T0280161

LOS CLAUSTROS

LOS
CLAUSTROS

KATY HAYS

Traducción de Mia Postigo

○ Plata

Argentina • Chile • Colombia • España
Estados Unidos • México • Perú • Uruguay

Para Andrew Hays
(y para Queso).

«El primer día de la vida humana ya señala
cuál será el último».

Séneca, *Edipo.*

PRÓLOGO

La muerte siempre me visitaba en agosto. Un mes lento y delicioso al que convertimos en algo ligero y brutal. El cambio fue tan veloz como un truco de cartas.

Debí haberlo visto venir. El modo en el que el cadáver iba a estar dispuesto sobre el suelo de la biblioteca, cómo la búsqueda iba a destrozar los jardines. Que nuestros celos, avaricia y ambición estaban a la espera para devorarnos a todos, como una serpiente que se come su propia cola. El uróboro. E incluso si soy consciente de todos los oscuros secretos que nos ocultamos los unos a los otros durante ese verano, una parte de mí aún echa de menos Los Claustros, por la persona que fui en ese entonces.

Solía pensar que podría haber sido distinto. Que podría haberle dicho que no al trabajo o a Leo. Que quizá nunca habría ido a Long Lake aquella noche de verano. Que incluso el forense podría haberse negado a que se hiciera la autopsia. Pero todas esas decisiones no fueron mías. Ahora lo sé.

En estos días pienso mucho en la suerte. *Suerte*. Probablemente del latín *sors*, que significa «fortuna» o «destino». Dante llamó a la Suerte la *ministra di Dio*, es decir, «la ministra de Dios». Suerte, tan solo una palabra antigua para describir al destino. Los antiguos griegos y romanos lo hicieron todo en aras del Destino. Construyeron templos en su honor y ataron sus vidas a sus caprichos. Consultaron a sibilas y profetas, predijeron el futuro con las entrañas de animales y estudiaron profecías. Incluso se dice que el propio Julio César cruzó el Rubicón solo después de haber lanzado unos dados. *Alea iacta est*, «la suerte está echada». El destino del Imperio romano dependía de aquella tirada de dados. Al menos el César tuvo suerte una vez.

¿Qué pasaría si nuestra vida —la forma en que vivimos y morimos— ya hubiera sido decidida por nosotros? ¿Querrías saber si una tirada de dados o una mano de cartas pudiera decirte cómo iba a terminar todo? ¿Puede ser la vida tan fina, tan perturbadora? ¿Y si todos somos como el César? Que esperamos nuestra racha de suerte y nos negamos a ver lo que nos deparan los idus de marzo.

Fue sencillo, al principio, no ver los augurios que perseguían a Los Claustros aquel verano. Los jardines siempre rebosantes de flores silvestres y hierbas, lavanda plantada en macetas de terracota y el árbol de manzanas pink lady, el cual florecía dulce y blanco. El aire tan cálido, que hacía que nuestra piel permaneciera húmeda y sonrojada. Un futuro inexplicable que terminó encontrándonos y no al revés. Una tirada desafortunada. Una que podría haber visto venir, si tan solo hubiera sabido qué buscar, al igual que los griegos y los romanos.

CAPÍTULO UNO

Llegaría a Nueva York a inicios de junio. En una época en la que el calor iba en aumento —se concentraba en el asfalto, se reflejaba en los cristales— hasta que llegaba a un pico que no descendía hasta bien entrado septiembre. Me dirigía hacia el este, a diferencia de tantos de mis compañeros de la Universidad Whitman que se iban hacia el oeste, hacia Seattle y San Francisco, a veces hacia Hong Kong.

En realidad, no me dirigía al este hacia el lugar que había esperado en primera instancia, el cual era Cambridge o New Haven o incluso Williamstown. Pero cuando llegaron los correos de los jefes de departamento que decían «lo lamentamos mucho... un grupo de aspirantes muy competente... muchísima suerte en tus futuros proyectos», di las gracias porque una de las solicitudes que había enviado hubiera dado buenos frutos: el Programa de Asociados de Verano en el Museo Metropolitano de Arte. Sin duda se trataba de un favor para mi tutor emérito, Richard Lingraf, quien había sido algo así como una celebridad de la Ivy League antes de que el clima de la Costa Este —¿o había sido un suceso cuestionable en su alma máter?— lo hubiera hecho refugiarse en el oeste.

Lo llamaban programa *de asociados*, aunque en realidad eran unas prácticas con un estipendio bastante miserable. De todos modos, no me importaba; me habría apuntado a dos empleos y les habría pagado para poder asistir. Al fin y al cabo, se trataba del Met. El tipo de prestigioso imprimátur que alguien como yo —una simple estudiante de una universidad que nadie conocía— necesitaba.

Bueno, no era que nadie conociese la Universidad Whitman, solo que, dado que yo había crecido en Walla Walla, el polvoriento pueblo con casas de una sola planta del sureste de Washington en el que Whitman estaba situada, pocas veces me encontraba con alguien de fuera del estado que supiera de su existencia. Me había pasado la infancia entera en aquella universidad, una experiencia que poco a poco le había quitado gran parte de su magia. Mientras que otros estudiantes llegaban al campus universitario muy emocionados por empezar sus vidas de adultos desde cero, yo no tuve semejante privilegio. Y ello se debió a que tanto mi padre como mi madre trabajaban para Whitman. Mi madre en el área de cocina, donde planeaba los menús y las noches temáticas para los estudiantes de primer año que vivían en la residencia universitaria: comida del País Vasco, de Etiopía, asado. Si hubiese vivido en el campus, quizá mi madre también habría planeado mis comidas, pero la ayuda económica que Whitman les proporcionaba a sus trabajadores se limitaba a los gastos de matrícula, por lo que me tocó vivir en casa.

Mi padre, por otro lado, había sido lingüista, aunque no formaba parte del cuerpo de profesores titulares de la universidad. Era un autodidacta que sacaba libros prestados de la Biblioteca Penrose de la universidad y me enseñaba las diferencias entre los seis casos del latín y cómo analizar gramaticalmente dialectos rurales del italiano, todo ello entre sus turnos de trabajo en la universidad. Claro que eso había sido antes de que lo enterraran junto a mis abuelos durante el verano previo a mi último año de universidad, detrás de la iglesia luterana en los límites del pueblo, después de que alguien lo hubiera atropellado y hubiera huido del lugar. Nunca me contó de dónde le venía el amor que sentía por los idiomas; solo daba las gracias de poder compartirlo conmigo.

—Tu padre estaría muy orgulloso, Ann —dijo Paula.

Me encontraba al final de mi turno en el restaurante en el que trabajaba y en el que Paula, la gerente, me había contratado hacía casi una década, cuando tenía quince años. El lugar era grande pero angosto, con un techo metálico descolorido, y habíamos dejado la puerta principal abierta con la esperanza de que el aire fresco disipara un poco los olores que quedaban de la cena. De vez en cuando, un coche recorría muy despacio la amplia calle situada en el exterior, y sus luces cortaban la oscuridad.

—Gracias, Paula. —Conté lo que me habían dejado de propina sobre el mostrador mientras hacía mi mayor esfuerzo por ignorar las marcas rojas con forma de arco que me estaban saliendo en el antebrazo. La hora de la cena, la cual había sido más intensa de lo normal por culpa de la graduación de Whitman, me había obligado a apilar platos sobre el brazo, aún calientes debido al gratinador. El trayecto de la cocina al comedor era lo suficientemente largo como para que la cerámica me quemara con cada viaje que hacía.

—Sabes que siempre puedes volver —me dijo John, quien se encargaba de la barra, mientras soltaba la manija del grifo y me pasaba una cerveza. Solo se nos permitía beber una cerveza por turno, aunque rara vez seguíamos esa regla.

Estiré mi último billete de un dólar antes de doblar todo el dinero para meterlo en mi bolsillo trasero.

—Lo sé.

Solo que no quería volver. Mi padre, quien se había ido de forma tan repentina e inexplicable, me perseguía por cada calle que delineaba el centro del pueblo, incluso por el caminito de césped descuidado que había frente al restaurante. Las vías de escape en las que me había refugiado, los libros y la investigación, ya no me llevaban lo bastante lejos.

—Incluso si es otoño y no necesitamos personal —continuó John—, aun así, te contrataremos.

Traté de controlar el pánico que me invadió ante la idea de volver a Walla Walla en otoño, cuando de pronto oí a Paula pronunciar a mis espaldas:

—Hemos cerrado.

Me giré para observar la puerta principal, donde un corrillo de chicas se había juntado. Algunas leían la carta que había en el

15

vestíbulo, mientras que otras se habían abierto paso a través de la puerta mosquitera y habían hecho que el cartel de CERRADO golpeteara contra la madera.

—Pero si aún estáis atendiendo —repuso una, señalando mi cerveza.

—Lo siento, ya hemos cerrado —dijo John.

—Oh, venga ya —dijo otra. Tenían el rostro colorado por culpa de los efectos del alcohol, y yo ya podía ver cómo iba a terminar su noche: con manchas de maquillaje corrido bajo sus ojos y algunos moretones en las piernas que no sabían cómo se los habían hecho. Tras cuatro años en Whitman, nunca había tenido una noche así, sino tan solo cervezas de turno y quemaduras.

Paula las guio con los brazos estirados hacia el exterior y las obligó a salir; yo devolví mi atención hacia John.

—¿Las conoces? —me preguntó, distraído, mientras limpiaba la barra de madera.

Negué con la cabeza. Era difícil hacer amigos cuando eras la única estudiante que no vivía en la residencia. Whitman no era como aquellas universidades públicas en las que ese tipo de cosas sucedía con normalidad, sino que era una pequeña escuela de arte —pequeña y bastante cara— en la que todos sus estudiantes vivían en el campus, o al menos empezaban su primer año viviendo de ese modo.

—Cada vez hay más alboroto en la ciudad. ¿Tienes ganas de que llegue tu graduación? —John me dedicó una mirada expectante, pero me limité a responder su pregunta encogiéndome de hombros. No quería hablar de Whitman ni de la graduación. Lo único que quería era llevar mi dinero a casa y guardarlo en el lugar seguro donde tenía las otras propinas que había ido ahorrando. Había trabajado cinco noches a la semana durante todo el año e incluso había aceptado turnos de día cuando mi horario lo permitía. Si no me encontraba en la biblioteca, estaba en el trabajo. Sabía que el estar agotada no haría que el recuerdo de mi padre o todos aquellos rechazos dejaran de perseguirme, pero sí que conseguía hacer que me parecieran menos reales.

Mi madre nunca decía nada sobre mis horarios ni sobre cómo solo volvía a casa para dormir, pues estaba demasiado ocupada con su propia pena y sus decepciones como para hacerle frente a las mías.

—El martes es mi último día —dije, apartándome de la barra para luego beber lo poco que me quedaba en el vaso. Me apoyé sobre el mostrador y dejé el vaso en el lugar de los platos—. Solo me quedan dos turnos.

Paula se me acercó por detrás y me abrazó por la cintura, y, a pesar de lo ansiosa que estaba por que llegara el martes, me permití disfrutar del abrazo y apoyar la cabeza contra la suya.

—Sabes que tu padre está ahí afuera, ¿verdad? Que puede ver cómo se te abren estas puertas.

No le creía; no creía a nadie que me dijera que había una especie de magia detrás de todo, una cierta lógica, pero me obligué a asentir de todos modos. Ya había aprendido que nadie quería saber cómo era la pérdida en realidad.

★ ★ ★

Dos días después, me puse una túnica azul de poliéster y acepté mi diploma. Mi madre estuvo allí para hacerme una foto y asistir a la fiesta del Departamento de Historia del Arte, la cual se llevó a cabo en un trozo de césped húmedo situado frente al semigótico edificio conmemorativo, la edificación más antigua de todo el campus. Siempre había sido muy consciente de lo nuevo que era el edificio, el cual se había terminado de construir en 1899, en comparación con algunos de Harvard o Yale. La iglesia de Claquato, una modesta estructura metodista construida con listones en 1857, era el edificio más antiguo que había visto en persona. Quizás aquella era la razón por la que el pasado me seducía con tanta facilidad: me había eludido durante mi juventud. El este de Washington estaba compuesto en su mayoría por campos de trigo y tiendas mayoristas de comida, unos silos plateados que nunca mostraban lo antiguos que eran.

De hecho, durante los cuatro años que había pasado en Whitman, había sido la única estudiante del Departamento especializada en el Renacimiento temprano. Apartada y a salvo de las proezas de artistas reconocidos como Miguel Ángel o Leonardo, prefería estudiar personajes pequeños y pintores olvidados que tenían nombres como Bembo o Cossa, o motes como «Tom el descuidado» o «el bizco». Lo que yo estudiaba eran ducados y cortes, nunca imperios. Las cortes eran, al fin y al cabo, de lo más mezquinas y se quedaban fascinadas por las cosas más exóticas, como la astrología, los amuletos o los códigos; cosas en las que yo misma no podía creer. No obstante, aquella fascinación también significaba que solía encontrarme sola en la biblioteca o en algún despacho apartado con el profesor Lingraf, quien solía llegar con calma a nuestras reuniones como mínimo veinte minutos tarde, y eso cuando no se le olvidaban.

A pesar de su falta de practicidad, las características pasadas por alto del Renacimiento me habían atrapado con sus bombos y platillos, su creencia en la magia y sus actos de poder. El hecho de que mi propio mundo careciera de aquellos elementos había hecho que fuese una decisión sencilla. Sin embargo, cuando empecé a buscar escuelas de posgrado me habían advertido que a muy pocos departamentos les iba a interesar mi trabajo, pues este era muy insignificante y pequeño y carecía de ambición o profundidad. Whitman alentaba a sus estudiantes a reexaminar la disciplina, a convertirse en ecocríticos y a explorar las cualidades multisensoriales de la visión humana. En ocasiones me preguntaba si no habrían sido las cosas que estudiaba, aquellos objetos olvidados que nadie quería, los que me habían escogido a mí, pues solía pensar que era incapaz de abandonarlos.

Bajo la sombra, mi madre movía los brazos en círculos mientras hablaba con otro padre de familia, y sus pulseras de plata tintineaban con cada movimiento. Si bien busqué la melena blanca de Lingraf por toda la fiesta, estaba claro que había decidido no asistir. A pesar de que habíamos trabajado juntos durante la mayor parte de aquellos cuatro años, no solía presentarse a los eventos del Departamento ni hablar sobre su investigación. Nadie sabía en qué andaba trabajando por esos días ni cuándo iba a dejar de aparecer por el campus. En cierta forma, trabajar con Lingraf había sido una carga. Cuando otros estudiantes o incluso profesores se enteraban de que él era mi tutor, solían preguntarme si estaba segura de que era él, pues en raras ocasiones decidía asesorar a estudiantes. Pero sí que lo estaba. Lingraf había firmado mi tesis, mis documentos de especialización, mis cartas de recomendación…, absolutamente todo. Y lo había hecho a pesar de que se negaba a formar parte de la comunidad de Whitman y de que prefería trabajar en su oficina, con la puerta cerrada para mantener las distracciones a raya y escondiendo sus papeles dentro de un cajón cada vez que alguien iba a verlo.

Mientras terminaba de escanear la fiesta, Micah Yallsen, un compañero de último curso que también se graduaba, se me acercó.

—Ann —me llamó—. He oído que te ibas a Nueva York este verano.

Micah había crecido dividiendo su tiempo entre Kuala Lumpur, Honolulú y Seattle. El tipo de itinerario de viaje tan arduo que necesitaba un avión privado o, como mínimo, asientos en primera clase.

—¿Dónde te quedarás? —me preguntó.

—He encontrado un piso en Morningside Heights.

Pinchó un descolorido cubito de queso cheddar del plato de papel que sostenía en la mano. Whitman nunca desperdiciaba dinero en servicios de *catering*, y estaba segura de que había sido el propio departamento de mi madre el que había preparado aquellas bandejas de picoteo.

—Es solo durante tres meses —añadí.

—¿Y después de eso? —preguntó sin dejar de masticar.

—Aún no lo sé —contesté.

—Me gustaría tomarme un año sabático —dijo él, dándole vueltas al mondadientes en la boca mientras contemplaba aquella idea.

A Micah lo habían aceptado en el programa de doctorado en Historia, Teoría y Crítica en el MIT, uno de los programas más prestigiosos del país. Aunque imaginé que su año sabático habría sido bastante distinto del mío.

—A mí me habría gustado seguir estudiando —señalé.

—Es que es muy difícil encontrar un lugar en el que estudiar Renacimiento temprano estos días —dijo—. Nuestra disciplina ha cambiado. Para mejor, por supuesto.

Asentí. Aquello era más sencillo que discutir. Al fin y al cabo, era lo que se solía decir.

—Pero, aun así, necesitamos gente que continúe con el trabajo de generaciones pasadas. Y mola que algo te interese, que te apasione de verdad. —Pinchó otro cubito de queso—. Claro que también deberías tener en cuenta las tendencias.

Siempre había sido ese tipo de persona a la que las tendencias le resultaban algo complicado. Para cuando me ponía al corriente con ellas, estas ya se escurrían lejos de mi alcance. Lo que me había llamado la atención de la vida académica había sido el hecho de que parecía un lugar libre de tendencias, en el que uno se asentaba en un tema y nunca se iba. Lingraf solo había publicado libros sobre los artistas de Rávena, ni siquiera había tenido que recurrir a los de Venecia.

—Eso es importante en la actualidad —estaba diciendo Micah—. En especial porque no hay mucho más que investigar en el siglo quince, ¿verdad? A estas alturas es terreno bastante conocido. No hay nuevos descubrimientos. A menos que alguien intente atribuirle un Masaccio a otra persona o cosas así. —Soltó una carcajada y aquello fue su señal para zambullirse en una nueva y más provechosa conversación. Había repartido sus consejos y cumplido su obligación. *Mira, Ann, deja que te explique por qué te llegaron todas esas cartas de rechazo de universidades.* Como si no lo supiera ya.

* * *

—¿Necesitas ayuda? —Mi madre estaba apoyada contra el pomo de la puerta de mi habitación, en la que me encontraba sacando montones de libros de la estantería para apilarlos en el suelo.

—No hace falta —contesté, pero ella entró de todos modos y se puso a cotillear las cajas que ya había llenado y a abrir los cajones de mi antiquísima cómoda.

—Ya no queda mucho —dijo, en una voz tan baja que apenas pude oírla—. ¿Estás segura de que no quieres dejar algunas cosas aquí?

Si en algún momento me había sentido culpable por dejarla sola en Walla Walla, mi propio instinto de autoconservación había hecho a un lado aquel sentimiento. Incluso cuando mi padre estaba vivo, había considerado mi estancia en aquella habitación como algo temporal. Quería ver los lugares que él traía en los libros que sacaba de la Biblioteca Penrose: los campanarios de Italia, las costas barridas por el viento en Marruecos, los rascacielos centelleantes de Manhattan. Lugares que solo me podía permitir visitar por medio de aquellas páginas.

Para cuando murió, mi padre hablaba diez idiomas y podía leer al menos cinco dialectos muertos. El lenguaje era su forma de aventurarse más allá de las cuatro paredes de nuestra casa, más allá de su propia infancia. Me apenaba que ya no estuviera en este mundo para ver que estaba haciendo aquello que más había querido hacer él. Pero mi madre le tenía miedo a viajar —a los aviones, a los lugares desconocidos, a sí misma—, y, por ende, mi padre solía preferir quedarse con ella, cerca de casa. No pude evitar preguntarme si, de haberlo sabido, de haber sabido que iba a morir joven, se habría esforzado más por ver algunas cosas.

—Quería asegurarme de que pudieras alquilar la habitación si lo necesitabas. —Terminé de llenar una caja de libros, y el sonido del dispensador de cinta adhesiva nos sobresaltó a ambas.

—No quiero que nadie más viva aquí.

—Quizás algún día sí lo quieras —le dije con delicadeza.

—No. ¿Por qué me dices esas cosas? ¿Dónde te quedarías tú si alquilara tu habitación? ¿Cómo voy a verte si no vienes, si no vuelves a casa?

—Siempre puedes venir a visitarme —me aventuré.

—No puedo. Sabes que no puedo.

Quise discutírselo, quise mirarla a la cara y decirle que sí que podía. Que podía subirse a un avión, y yo estaría allí, esperándola cuando aterrizase, pero sabía que no tenía sentido. Jamás iba a ir a visitarme a Nueva York, y yo no podía quedarme. Si lo hacía, sabía lo sencillo que sería quedarme atrapada en las telarañas, como le había pasado a ella.

—Ni siquiera estoy segura de por qué quieres ir allí en primer lugar. Una ciudad tan grande como esa… Estarás mucho mejor aquí, donde la gente te conoce. Donde nos conocen.

Si bien era una conversación que conocía a la perfección, no quería pasar mi última noche en la casa de aquella forma: del mismo modo que habíamos pasado tantas noches desde que mi padre había muerto.

—Todo irá bien, mamá —le aseguré, sin pronunciar en voz alta aquello que me decía a mí misma: *tiene que ser así.*

Ella tomó un libro que había sobre una esquina de la cama y pasó las páginas con el pulgar. Mi habitación tenía el espacio justo para una estantería y una cómoda, con la cama apretujada contra la pared.

—Nunca me di cuenta de que tenías tantos de estos —dijo.

Los libros ocupaban más espacio que mi ropa, siempre lo habían hecho.

—Gajes del oficio —le dije, aliviada porque hubiera decidido cambiar de tema.

—Vale —dijo, dejando el libro donde estaba—. Supongo que tienes que terminar con esto.

Y eso hice. Apretujé mis libros dentro de las cajas que iba a enviar por correo y cerré mi bolsa de viaje. Estiré una mano bajo mi cama, tanteando hasta encontrar la caja de cartón en la que guardaba mis propinas. Noté el peso del dinero sobre mi regazo.

Al día siguiente iba a estar en Nueva York.

CAPÍTULO DOS

—**M**e temo que no tenemos cupo para ti en el Met este verano —me dijo Michelle de Forte.

Estábamos sentadas en su oficina, y yo tenía una etiqueta que indicaba mi departamento y mi nombre, *Ann Stilwell*, aún pegada a la camiseta.

—Como sabes, te asignaron para que trabajaras con Karl Gerber. —Hablaba de un modo entrecortado y sin mayor entonación, lo que no permitía distinguir su lugar de origen, aunque seguramente debía haber sido cultivado en las mejores universidades—. Se está preparando para una exhibición que tendrá sobre Giotto, pero le salió una oportunidad en Bérgamo y tuvo que marcharse de improviso.

Traté de imaginar un trabajo en el que pudieran pedirte que viajaras a Bérgamo de forma inmediata, además del tipo de jefe que me permitiría marcharme sin más. En ambos casos me quedé en blanco.

—Puede que le tome varias semanas terminar aquel trabajo. Y, como te decía, lo lamento mucho, pero ya no tenemos cupo para ti.

Michelle de Forte, directora de Recursos Humanos en el Museo Metropolitano de Arte, me había apartado hacia un lado en cuanto había llegado para la charla de orientación aquella mañana y me había alejado de la sala llena de jarras de café caliente y pastitas dulces para conducirme a su oficina, donde me encontraba sentada en una silla de plástico Eames. Tenía la mochila aún sobre el regazo, y ella me miraba desde el otro lado de su escritorio, con sus ojos asomándose detrás de sus gafas de marco azul que se le habían deslizado hasta casi la punta de la nariz. Su dedo, delgado como el de un pájaro, daba ligeros toquecitos como un metrónomo.

Si esperaba que le dijera algo, no tenía ni idea de qué podría ser. Al parecer, yo era una negligencia producto del descuido en su planificación veraniega. Un inconveniente administrativo.

—Puedes ver que estamos en medio de una situación desafortunada, Ann.

Intenté tragar, pero tenía la garganta seca. Lo único que podía hacer era parpadear y tratar de no pensar en mi piso, las cajas de libros que aún no había abierto y los otros asociados a quienes sí les iban a permitir quedarse.

—A estas alturas ya no tenemos ningún puesto disponible en los departamentos. No necesitamos más personal en Historia Antigua y, si te soy sincera, no estás cualificada para trabajar en nuestros sectores con más demanda.

No estaba siendo cruel, sino tan solo honesta. Práctica. Me estaba informando de la situación actual. Contraponía lo que ella necesitaba con mi —en aquellos momentos— inadecuada presencia. Las paredes de cristal de su oficina revelaron algunos miembros del personal que iban llegando, algunos con una pernera del pantalón enrollada hacia arriba y cascos de bicicleta aún puestos y otras con desgastados bolsos de cuero y labios rojos y brillantes, aunque prácticamente todos ellos llevaban vasos de café. Me había pasado la mañana examinando las pocas prendas que contenía mi armario antes de decidirme por algo que pensé que era adecuado y profesional: una blusa de algodón, una falda gris y deportivas. La etiqueta con mi nombre bien podría haber rezado SOLO DE PASO.

Para mis adentros, comparé lo que supondría la pérdida del estipendio del Met con mis propinas. Suponía que tenía dinero suficiente para quedarme en Nueva York hasta mediados de julio, y siempre existía la posibilidad de que consiguiera otro trabajo; cualquier otro trabajo, en realidad. No hacía falta contarle todo eso a mi madre. Al estar ya en la ciudad, iba a necesitar algo más que una negativa de Michelle de Forte para hacer que me marchara. Las palabras *lo entiendo* se estaban formando en mis labios y tenía las manos listas para despegarme de la silla, cuando alguien llamó a la ventana que había a mis espaldas.

Un hombre apoyó las manos contra el cristal para ver el interior. Sus ojos se encontraron con los míos antes de que abriera la puerta y se agachara para evitar que su cabeza chocara con el marco.

—Patrick, si no te molesta esperar un segundo, tengo que encargarme de esto.

Yo era el *esto*.

Sin afectarse, Patrick se sentó en la silla que había a mi lado. Lo miré de reojo: rostro bronceado, unas atractivas arrugas alrededor de los ojos y la boca, una barba salpicada con canas. Era mayor, pero no viejo; le echaba unos cuarenta y muchos o cincuenta y pocos. Aunque no lo parecía a primera vista, era atractivo. Extendió una mano en mi dirección, y yo se la estreché. Estaba algo seca y llena de callos, era agradable.

—Soy Patrick Roland —se presentó, incluso antes de mirar en dirección a Michelle—, curador de Los Claustros.

—Ann Stilwell, asociada de verano del Departamento del Renacimiento.

—Ah, qué bien. —Patrick esbozó una ligera y torcida sonrisa—. ¿Qué tipo de Renacimiento?

—De Ferrara. A veces de Milán.

—¿Algo en particular?

—Lo más reciente han sido las bóvedas celestiales —contesté, recordando mi trabajo junto a Lingraf—. Astrología renacentista.

—El Renacimiento poco probable, entonces.

La forma en la que me miraba, de lado y con solo la mitad de su rostro, pero aun así con toda su atención, hizo que me olvidara, aunque fuera durante un instante, de que estábamos en la misma sala que la persona que quería despedirme.

—Se necesita valentía para trabajar en un campo en el que los archivos aún son necesarios —dijo él—. Donde la información rara vez está traducida. Es impresionante.

—Patrick... —lo intentó Michelle de nuevo.

—Michelle. —Patrick juntó las manos y la miró directamente—. Tengo malas noticias. —Se inclinó hacia adelante y deslizó su móvil por el escritorio—. Michael ha dimitido sin previo aviso. Ha aceptado un trabajo en el Departamento de Arte y Cultura de una empresa de tecnología. Parece que ya se encuentra de camino a California. Me mandó un correo la semana pasada, pero no lo he visto hasta esta mañana.

Michelle leyó lo que asumí que era la carta de renuncia de Michael en el teléfono de Patrick y deslizó un dedo por la pantalla para subir y bajar un par de veces.

—Ya nos faltaba personal antes de esto. Como sabes, no hemos sido capaces de encontrar a un curador asociado adecuado, y Michael había asumido aquella posición, aunque no estaba cualificado en absoluto. Aquello obligaba a Rachel a cumplir doble función para todo, y me preocupa que le estemos exigiendo demasiado. Contamos con algo de ayuda en Educación, pero me temo que no es suficiente.

Michelle le devolvió el teléfono a Patrick y acomodó un montón de papeles sobre su escritorio.

—Quería ver si Karl podía venir a ayudarnos durante unas semanas hasta que encontremos a alguien —añadió él.

Durante todo aquel intercambio, me había quedado sentada en silencio con la esperanza de que, si no me movía, Michelle podría olvidar que estaba ahí, que me había pedido que me marchara.

—Karl va a pasar el verano en Bérgamo, Patrick —le informó Michelle—. Lo siento, no tenemos a nadie que pueda ayudaros. Los Claustros va a tener que apañárselas. Ya hemos sido bastante generosos al proporcionaros el presupuesto para pagarle a Rachel todo el año. Y ahora, si no te importa... —Hizo un gesto en mi dirección.

Patrick se reclinó en su silla y me miró de arriba abajo.

—¿Y no puedes mandármela a ella? —preguntó, señalándome con el pulgar.

—No —contestó Michelle—. Ann no va a trabajar con nosotros este verano.

Patrick se inclinó sobre el brazo de su silla, y su torso se situó tan cerca que pude notar su calor corporal. Tardé un segundo en darme cuenta de que había estado conteniendo la respiración.

—¿Quieres venir a trabajar para mí? —me preguntó—. No sería aquí, sino en Los Claustros. Está en el norte, por la autopista. ¿Dónde vives? ¿Te sería muy difícil llegar?

—En Morningside Heights —contesté.

—Perfecto. Puedes tomar el tren A hasta la última parada. Seguro que caminas menos que teniendo que cruzar todo Central Park, de todos modos.

—Patrick —lo interrumpió Michelle—, no tenemos presupuesto para enviarte a Ann. Rachel ya está recibiendo el presupuesto destinado a tu asociada de verano.

Patrick alzó un dedo, sacó su teléfono y buscó entre sus contactos hasta dar con el número que necesitaba. Del otro lado de la línea, alguien contestó.

—¿Hola? Sí, *Herr* Gerber. Mira, es importante. ¿Me puedo quedar con tu asociada...? —Me miró de forma expectante y chasqueó los dedos.

—Ann Stilwell —dije.

—¿Me puedo quedar con Ann Stilwell durante el verano? ¿Que quién es? Creo que se suponía que iba a ser tu asociada de verano, Karl, pero te has ido. —Me miró para confirmar la información, y yo asentí. Charlaron en alemán durante algunos minutos hasta que Patrick se echó a reír y le pasó el teléfono a Michelle.

En su mayor parte, ella escuchó. Aunque cada pocos minutos, Michelle decía cosas como: «Solo si estás seguro» y «Perderás ese presupuesto». Hacia el final de la llamada, simplemente asentía y hacía soniditos de confirmación.

—Vale… Ajá… De acuerdo. —Le devolvió el teléfono a Patrick, quien soltó una sonora carcajada y repitió la palabra *ciao* dos o tres veces con un tono encantador.

—Bueno. —Se levantó de su silla y me dio un golpecito en el hombro—. Ven conmigo, Ann Stilwell.

—Patrick —protestó Michelle—, ¡la chica aún ni ha dicho que sí!

Patrick me miró, alzando una ceja.

—Sí, claro que sí —asentí, y las palabras salieron a trompicones de mi boca.

—Perfecto —dijo él, alisando una arruga que se había formado en su camisa—. Ahora acabemos con esto para sacarte de aquí.

* * *

Mientras Michelle había estado ocupada explicándome por qué no podía quedarme, la sala se había llenado de asociados de verano que sí podían quedarse. Aquel programa tenía la reputación de seleccionar solo a un puñado de estudiantes recién graduados de las mejores universidades y trabajar con ellos con destreza y discreción para asegurarles un futuro exitoso. Cuando había llegado mi carta de aceptación, había asumido que se trataba de un error, pero, para finales de aquel verano, habría entendido que en la vida se producían pocos errores.

Al personal fijo lo habían obligado a asistir, y, a pesar de que no llevaban etiquetas con sus nombres, pude reconocer a algunos: el joven curador asociado de Arte Islámico que había salido directo de la Universidad de Pensilvania, el curador de Arte de Roma Antigua que tenía un papel recurrente en la serie sobre civilizaciones milenarias producida por la PBS. Todos eran hermosos y listos y completamente inaccesibles en persona. Noté el peso de mi mochila colgando de forma incómoda contra mi cadera cuando me percaté de que era la única que aún llevaba una.

—Volveré en un momento —me dijo Patrick—. Bebe un poco de café —señaló las jarras—, y luego nos iremos a Los Claustros.

—Echó una mirada a la sala con rapidez, pues era lo suficientemente alto como para distinguir a todos los presentes—. Rachel no ha llegado aún, pero seguro que conoces a algún otro asociado, ¿verdad?

Estaba a punto de explicarle que no era el caso cuando Patrick empezó a alejarse y pasó un brazo por los hombros de un hombre mayor que iba vestido con una desgastada chaqueta de lana. Noté un hilillo de sudor que se me deslizaba por el lateral del cuerpo, por lo que me apreté un brazo en el costado para impedir que continuara su recorrido.

Era por esa razón que había llegado pronto, por supuesto. De modo que no tuviese que iniciar una conversación. Cuando eres el primero en llegar, la gente no tiene más remedio que hablar contigo. Para cuando todos hubieran llegado, yo ya habría estado tranquila y contenta en un círculo de personas que también hubieran llegado pronto. En su lugar, enganché los pulgares en las tiras de mi mochila y eché un vistazo a la sala para hacer ver que buscaba a algún amigo. A pesar de que se trataba de un desayuno de bienvenida, no era un acto pensado para que los asistentes se conocieran. Al observar a los grupitos de asociados, el modo en el que charlaban, quedaba claro que ya habían tenido oportunidades para hablar en más de una ocasión durante los últimos cuatro años: simposios y charlas que daban lugar a cenas y contemplaciones nocturnas tras veladas llenas de alcohol. Me acerqué un poquito a uno de los grupos para al menos oír de lo que estaban hablando.

—Me crie en Los Ángeles —estaba diciendo una chica—, y no es lo que la gente piensa. Todo el mundo cree que hay montones de famosos y dietas de zumos y flirteo. Pero tenemos una escena artística de lo más activa. Y cada vez nos va mejor.

Los otros miembros del grupo asintieron.

—De hecho, el verano pasado trabajé en la Galería Gagosian en Beverly Hills y tanto Jenny Saville como Richard Prince nos dieron charlas sobre arte. Aunque no todo son galerías reconocidas —añadió, entre sorbitos de un vaso artesanal.

Aproveché la pausa para incorporarme al grupo y di las gracias para mis adentros cuando la chica que tenía a la izquierda retrocedió para hacerme sitio.

—Incluso tenemos espacios experimentales y proyectos de arte comunitarios. Uno de mis amigos dirige un proyecto de colaboración de arte y comida llamado Culturas Activas.

Entonces pude ver el nombre de la chica en su etiqueta: Stephanie Pearce, Pintura Contemporánea.

—Cuando estuve en Marfa el verano pasado… —empezó otro integrante del grupito, pero la frase murió en sus labios cuando Stephanie Pearce dirigió su atención a la entrada, donde Patrick estaba conversando con una chica cuyo cabello rubio era tan pálido que era imposible que se lo hubiera teñido. Desde el otro lado de la habitación, la chica me miró directamente antes de acomodarse un mechón de pelo tras la oreja y susurrarle algo a Patrick en el oído. Lo que fuera que él le respondió la hizo reír, y el modo en que su cuerpo se sacudió, todo ángulos planos y suaves curvas, me hizo sentirme muy consciente de mi propio cuerpo.

Cuando era más joven, solía imaginar lo que sería ser así de guapa. Creo que todas las mujeres lo hacemos. Solo que mis pechos nunca llegaron, y mi cara nunca le dio el alcance a mi nariz. Mi pelo, oscuro y rizado, era más desordenado que alborotado, y las pecas que tenía desperdigadas por la cara y los brazos eran de una coloración oscura debido a todos los veranos que había pasado bajo el sol del este de Washington. Lo único que me favorecía eran mis ojos, grandes y a una distancia correcta entre ellos, pero no bastaban para contrarrestar toda la falta de atractivo que me componía.

—¿Esa es Rachel Mondray? —preguntó la chica que se encontraba a mi lado. Stephanie Pearce y algunos otros asintieron.

—La conocí cuando pasé un fin de semana en la jornada de puertas abiertas del campus de Yale —dijo Stephanie—. Se acaba de graduar, pero ya lleva casi un año trabajando en Los Claustros. La contrataron después de que se pasara el último verano en Italia, en la Colección Carrozza.

—¿De verdad? —preguntó alguien del grupo.

La Colección Carrozza era un repositorio y museo privado situado cerca del lago de Como al que solo se podía asistir con invitación. Se rumoreaba que albergaba algunos de los manuscritos del Renacimiento de mayor calidad de todo el mundo.

—Según dicen, la Carrozza le ofreció un puesto a tiempo completo después de que se graduara, pero ella lo rechazó. —Stephanie Pearce me miró directamente y añadió—: Por Harvard.

Mientras Stephanie hablaba, observé cómo Rachel recorría la sala. Había habido chicas ricas en Whitman, claro. Chicas cuyos padres tenían aviones privados y casas de veraneo en Sun Valley. Aun así, nunca había conocido a aquellas chicas, sino que solo había sabido de ellas a través de los rumores de unas vidas que jamás me atrevería a imaginar. Rachel no necesitó que la invitaran a nuestro círculo, pues se limitó a materializarse en él con total naturalidad.

—No te veía desde la primavera, Steph —la saludó Rachel, mirando a quienes conformábamos el grupo—. ¿Qué escogiste?

—Al final me decidí por Yale.

—Te encantará —dijo Rachel con tanta calidez que parecía que lo decía en serio.

—Yo voy a Columbia —me susurró la chica que estaba a mi lado.

No pude evitar envidiar a los que me rodeaban, a sus futuros asegurados en programas de posgrado de gran prestigio, al menos durante los próximos años. Por un momento, me preocupó que alguien pudiera preguntarme sobre mis planes para el próximo año, pero estaba claro que a nadie le importaba. Un hecho por el cual me sentía tan agradecida como avergonzada.

—Ann —me llamó Rachel, al leer la etiqueta con mi nombre—. Patrick me ha dicho que vamos a trabajar juntas este verano. —Cruzó el círculo para darme un abrazo. Y no uno incómodo, sino uno real que me permitió percibir lo suave que era, el aroma cítrico que desprendía, con notas de bergamota y té negro. La noté algo fresca al tocarla, y de nuevo fui consciente de todas las áreas sudorosas de mi cuerpo, de la rugosidad de mi ropa. Cuando intenté apartarme, ella prolongó el abrazo durante un segundo más, lo suficiente como para que me preocupara que pudiera percibir mi nerviosismo, con su marca caliente y pringosa sobre mi piel.

Todos los del círculo evaluaron la interacción, del modo en el que uno podría valorar el desempeño de un caballo de carreras bajo la guía de un nuevo jinete.

—Solo seremos nosotras dos —me contó, cuando se apartó por fin—. Nadie más se pasa por Los Claustros nunca. Pero es un bonito lugar en el cual encontrarse abandonada.

—Creía que te dedicabas al Renacimiento —dijo Stephanie, buscando confirmar su creencia al mirar mi etiqueta.

—Sí, pero es justo lo que necesitábamos —repuso Rachel—. Así que Patrick se ha asegurado de que nos quedáramos con Ann de inmediato. Os la robó a todos vosotros del Met.

Me sentí aliviada por no tener que explicar mi situación en mayor detalle.

—Bueno, vamos, entonces —dijo Rachel, estirando una mano para darme un pellizco en el brazo—. Deberíamos irnos.

Me apoyé una mano sobre el sitio en el que me había pellizcado y, a pesar del calor y el dolor que se dispararon hasta mi clavícula, me sorprendió notar que estaba disfrutando de la emoción de todo aquello: la atención, el pellizco, el hecho de que no me fuera a quedar en aquel lugar con Stephanie Pearce. Todo porque había decidido permanecer sentada en la oficina de Michelle durante un ratito más, lo suficiente para que Patrick llegara y llamara a la puerta.

CAPÍTULO TRES

Creo que nunca olvidaré lo que fue llegar aquel día de junio a Los Claustros. Habíamos dejado atrás el atasco de la carretera de museos, aquella parte de la Quinta Avenida en la que la Colección Frick, el Met y el Guggenheim se encontraban a rebosar de grupos turísticos y taxis en espera, niños de campamento y los que visitaban por primera vez los museos, todos impacientes ante las fachadas de mármol. Ante nosotros se alzaba el paisaje en tonos verdes del Fort Tryon Park, en los límites septentrionales de la ciudad. Cuando el museo empezó a perfilarse, hice lo que pude para no aplastar a Rachel mientras me inclinaba sobre su lado para observarlo mejor; ni se me pasó por la cabeza pretender que no estaba maravillada. En aquel lugar, parecía que habíamos abandonado la ciudad por completo, que habíamos ido por una salida sin señalización y habíamos llegado a situarnos bajo un *collage* de aterciopeladas hojas de arce. El camino hacia Los Claustros se curvaba en una suave colina y de repente revelaba una pared de piedra gris, cubierta de musgo y hiedra, que se desenroscaba por un caminito de troncos de árboles. Un campanario de forma cuadrada con estrechas ventanas al estilo románico se asomaba por encima de las copas de los árboles. Nunca había ido a Europa, pero imaginaba que se asemejaría un poco a aquello: misteriosa, adoquinada y gótica. El tipo de lugar que te recordaba lo temporal que era el cuerpo humano y lo resistente que era la piedra.

Sabía que Los Claustros habían sido creados, al igual que muchas otras instituciones, por John D. Rockefeller Jr. El hijo del magnate ladrón había transformado veintiséis mil hectáreas remotas y una pequeña colección de arte medieval en un monasterio del medievo con todas las de la ley. Unos restos derruidos de abadías y prioratos del siglo doce habían sido importados durante la década de 1930 desde Europa y se los había reconstruido bajo la atenta mirada del arquitecto Charles Collens. Unos edificios que habían quedado abandonados ante las inclemencias del tiempo y la guerra se habían vuelto a montar y a lustrar para que obtuvieran el brillo del nuevo mundo: capillas enteras del siglo doce fueron restauradas, y las columnatas de mármol, pulidas hasta que recuperaron su esplendor original.

Seguí a Patrick y a Rachel por un camino adoquinado que serpenteaba alrededor de la parte trasera del museo y luego bajo una especie de vestíbulo natural formado por arbustos y plantas de acebo que se inclinaban hacia abajo y hacían que el pelo se me enredara en sus hojas puntiagudas y en sus frutos de color rojo oscuro. Como un claustro de verdad, se encontraba completamente en silencio, salvo por el sonido de nuestros pasos. Avanzamos hasta que estuvimos en la cima del muro, donde nuestro progreso quedó bloqueado por un inmenso arco de piedra que enmarcaba una reja negra y metálica; casi esperé que un guardia con armadura del siglo trece nos diera la bienvenida.

—No te preocupes —me dijo Patrick—. La reja es para mantener a la gente fuera, no para encerrarte.

Pude distinguir los lugares en los que los bloques de piedra tallados de forma rudimentaria que componían la fachada del edificio habían sido cortados, las ondulaciones en las que la cabeza de bronce de un hacha había hecho tajos. Patrick extrajo una tarjeta llave y la deslizó por un angosto tablero de plástico gris que se mezclaba tan bien con toda aquella piedra que no lo había notado. Escondida en la pared de piedra había una pequeña y redondeada puerta que Rachel mantuvo abierta y ante la cual tuvimos que agacharnos para entrar.

—Lo normal es que entres por la puerta principal, pero esto es más divertido —me dijo Patrick desde atrás—. Cuanto más tiempo pases aquí, descubrirás más pasadizos secretos y rincones olvidados.

Al otro lado de la puerta había un patio con jardín que tenía montones de florecillas rosas y blancas y delicadas hojas de salvia argéntea. Era una de las zonas verdes, uno de los claustros, por las que el museo había recibido su nombre. Había una quietud en el ambiente que incluso los insectos parecían respetar, y el único sonido que se oía era un suave zumbido y el ocasional golpeteo de los zapatos contra los suelos de piedra caliza. Quería detenerme y observar las plantas que sobresalían de las macetas y los arriates, estirarme y tocar las paredes de piedra que rodeaban el lugar, que mis dedos notaran la realidad de aquel mundo que parecía un sueño. Deseaba cerrar los ojos e inhalar la mezcla de lavanda y tomillo hasta que esta borrara el olor de la oficina de Michelle de Forte, pero Rachel y Patrick siguieron avanzando.

—Se solía llamar *claustro* a cualquier jardín medieval rodeado de pasarelas como este —me contó Rachel—. Este de aquí se llama Claustro Cuixá y obtuvo su nombre en honor al monasterio benedictino de San Miguel de Cuixá, que está en los Pirineos. Los planos del jardín fueron trazados en el año 878 antes de la era común, y, cuando construyeron los claustros, los obreros de Nueva York mantuvieron su eje norte original. Tenemos otros tres jardines como este.

La pasarela estaba flanqueada por pilares de mármol, y cada uno de ellos estaba coronado con capiteles tallados con figuras de águilas con las alas desplegadas, leones apoyados sobre sus cuartos traseros e incluso una sirena que se sujetaba la cola; entre las columnas, unos arcos enmarcados tenían decoraciones de palmetas y secciones con entramados de piedra. Y, a pesar de la cantidad de fotos que había visto de catedrales medievales, no estaba nada preparada para la increíble magnitud de Los Claustros; para la calidad de los detalles con lo que todo había sido tallado; para la cantidad de ojos, tallados o pintados, que me devolvían la mirada; para el modo en el que la piedra conseguía que el jardín se mantuviera fresco. Era el tipo de mundo que seguiría ofreciendo sorpresas, sin importar lo familiar que me resultara en algún momento.

Seguí a Rachel y a Patrick a través de unas puertas situadas al final del claustro que daban al museo en sí. La sala era un mundo medieval en miniatura que me dejó anonadada: un entramado de vigas de madera del siglo trece adornaba el techo, y unas enormes ventanas con vitrales estaban dispuestas en las paredes. Había vitrinas llenas de objetos de oro adornados con piedras preciosas, como rubíes de un color tan rojo como la sangre y zafiros tan oscuros como el mar en una noche sin luna. Una representación en miniatura hecha de esmalte me llamó la atención, con sus colores tan vivos a pesar de sus años, y observé la vitrina en la que la guardaban, con los dedos en el borde del cristal. Aquel era el tipo de objetos, de un tamaño tan minúsculo, que siempre había creído que me harían sentir más grande en comparación.

—No te entretengas —me pidió Rachel, deteniéndose en la parte alta de unas escaleras para esperarme. Patrick ya nos había dejado atrás.

Era imposible que el tesoro que era Los Claustros no me sobrepasara. No era como el Museo Metropolitano, en el que los ojos tenían tiempo para descansar, pues el lugar entero era una obra de arte. Me quedé aliviada cuando las escaleras nos guiaron al vestíbulo y la entrada principal, donde los visitantes lidiaban con mapas y audioguías y señalaban a las galerías que contenían las obras más reconocidas. La entrada a Los Claustros, al igual que al Met, era gratuita para quienes vivían en Nueva York.

—Moira —dijo Patrick, dirigiéndose a una mujer cuyo cabello oscuro estaba salpicado de canas a la altura de las sienes—, esta es Ann. Trabajará con nosotros durante el verano.

—Que sepas que Leo ha estado fumando en el cobertizo del jardín otra vez —le informó Moira, mientras salía de detrás del escritorio de recepción—. Lo he olido. Y si yo lo he olido, eso significa que los visitantes también. El cobertizo sigue estando en las instalaciones del museo, y no está permitido fumar aquí. Es la cuarta vez en lo que va del mes.

Patrick desestimó las preocupaciones de Moira con la facilidad de alguien que está acostumbrado a poner paz en aquel tipo de situaciones.

—Ann, te presento a Moira, nuestra encargada de recepción.

—Y coordinadora del programa docente —añadió ella, sin apenas dirigirme una mirada antes de centrar su atención en Patrick una vez más.

—Hace un trabajo impecable —acotó él.

—Estaba pensando —empezó a decir Moira, apoyando una mano en la manga de Patrick— que podríamos instalar detectores de humo en el área de mantenimiento del jardín. Eso haría que...

—Siempre es así —me dijo Rachel, inclinándose para susurrarme al oído—. Si llegas tarde, debes saber que se acordará exactamente de cuántos minutos han sido.

Era agradable cuchichear con alguien, incluso si era tan solo durante un momento. Notar su aliento cálido en mi cuello, el cual parecía hacer arder las palabras entre nosotras.

—Moira —le dijo Patrick—, vamos de camino a la oficina de seguridad. Solo quería presentarte a Ann. ¿Crees que podríamos...?

—¿...hablar de esto luego?

Patrick asintió.

—Me encargaré de que alguien hable con Leo.

—Más te vale —dijo ella.

Seguimos nuestro camino hacia la oficina de seguridad, hasta una simple puerta de metal en la que Patrick nos dejó, aunque no antes de dedicarme una sonrisa traviesa y un guiño. Durante un instante, me pareció ver que su mano descansaba sobre la parte baja de la espalda de Rachel, pero todo fue tan rápido —al igual que la mañana, nuestra llegada al museo, nuestro trayecto por las galerías—, que no pude estar segura. No me dio tiempo a sonreír antes de que me hicieran la foto, me dieran mi tarjeta llave y Rachel continuara avanzando, por el pasillo, hacia las oficinas del personal.

—Vienes, ¿no? —preguntó sobre su hombro mientras yo sufría para enganchar la tarjeta llave a mi falda. Intenté no correr para alcanzarla.

Las oficinas de Los Claustros eran un laberinto de pasillos de piedra y puertas góticas, iluminados de forma sombría por unos candeleros situados en la pared a una distancia un pelín más larga de lo necesario, por lo que entre ellos quedaban espacios oscuros. Rachel me mostró el Departamento de Educación, donde unas ventanas con cristales emplomados estaban abiertas de par en par y dejaban ver el río Hudson. Tras ello me mostró la cocina del personal, la que, para mi sorpresa, era muy moderna y estaba llena de electrodomésticos europeos de acero inoxidable.

Lo siguiente que vimos fue la sala de conservación, en la que un equipo de especialistas ataviados con guardapolvos y guantes blancos estaban absortos en el lento proceso de raspar siglos de barniz de un cuadro al que le habían quitado su marco dorado y con filigranas para dejarlo a un lado. Después de eso visitamos una sala llena de luces fluorescentes y cajones de almacenaje. *Depósitos*, según Rachel, los cuales contenían miles de obras más pequeñas que se conservaban como si de especímenes científicos se tratara. Procuré quedarme con todo lo que pude: rostros, el número de puertas entre la cocina y las oficinas de Educación, el último lugar en el que había visto un baño. Y, por último, tras doblar una curva que nos llevó de vuelta al vestíbulo, Rachel me condujo a una sala llena de estanterías, todas apretujadas, con sus manivelas listas para poder abrirlas de par en par.

—Las estanterías dan a la biblioteca a través de una puerta trasera —me informó Rachel—, pero la biblioteca, donde nosotras trabajamos, está separada de las oficinas del personal.

Recorrimos la sala de las estanterías, y las suelas de goma de mis zapatos rechinaron contra los suelos de terrazo. Rachel se apoyó en una pesada puerta de madera que dio paso a la biblioteca: una larga sala de techos bajos con unos arcos que se entrecruzaban sobre enormes mesas de roble y sillas tapizadas en cuero verde y grandes botones de latón. Era el tipo de biblioteca que formaba parte de una elegante casa de campo, con ventanas con vitrales y montones de libros encuadernados, algunos de sus títulos escritos a mano sobre las cubiertas.

—El despacho de Patrick es aquella puerta del fondo. —Rachel señaló hacia una puerta de madera decorada con figuras hechas de hierro que representaban a dos ciervos en plena batalla, con sus astas enredadas—. Pero nosotras dos trabajaremos aquí, en la biblioteca en sí. Los Claustros no tienen más espacio para nosotras.

Al observar la biblioteca, no pude imaginar lo que sería trabajar rodeada por las cuatro paredes blancas de una oficina convencional cuando aquella posibilidad existía. Durante años, me había quedado embelesada con las imágenes, no solo de pinturas, sino de archivos, de habitaciones apenas iluminadas y llenas de libros y papeles, de la historia física que estaba desesperada por sostener entre mis manos y ver con mis propios ojos. Y allí estaba la biblioteca de Los Claustros en persona. Si bien no había ningún manuscrito desconocido, por mucho que contaran con montones de ellos expuestos en las galerías y muchos más guardados en los depósitos, sí que era un lugar lleno de primeras ediciones y títulos poco conocidos que reverenciaba a los muertos tanto como yo lo hacía. Y, al darme cuenta de ello, me sentí como en casa.

Notaba cómo Rachel me observaba mientras procesaba todo aquello. Me resultaba imposible simular la despreocupación que había mostrado ella durante toda la visita guiada, como si todo aquello —los techos abovedados y el cuero— fuesen cosas normales. Esperadas. Aparté una silla para apoyar mi mochila sobre ella.

—¿No quieres ver la colección? —me preguntó—. Esto —hizo un gesto para abarcar la biblioteca— es solo el área de trabajo.

No esperó a que le dijera que sí, quizá porque la respuesta estaba clara en mi rostro, sino que abrió las puertas principales de la biblioteca y la luz del sol me cegó de inmediato.

—Este es el Claustro Trie.

En el centro del jardín había un crucifijo de piedra, rodeado de un montón de flores silvestres, algunas tan pequeñas e insignificantes que se habían abierto camino entre las rendijas del sendero de ladrillos que rodeaba el crucifijo.

—Fue construido a semejanza de la alfombra de flores que verás en los tapices de unicornios del siglo quince —me explicó—. Y al otro lado hay una cafetería. Abrirán en unas horas para la hora de la comida. Tienen un café y unas ensaladas increíbles.

—¿Nos dan algún descuento? —pregunté, y me arrepentí de inmediato.

—Claro —contestó ella, mientras nos dirigíamos hacia otra puerta.

Me permití soltar el aire que había estado conteniendo al darme cuenta de que había tenido miedo de respirar desde que había llegado al museo, pues me preocupaba que, si ocupaba mucho espacio, pudieran cambiar de parecer.

—Patrick me ha contado lo que ha pasado con Michelle —dijo Rachel en voz baja mientras entrábamos en una habitación cuyos altos techos revelaban una capilla medieval en miniatura. La luz que se filtraba por los vitrales rojos iluminaba con tonos rosados el suelo del color de la arena—. No puedo creer que te haya hecho algo así, después de haberte hecho venir desde tan lejos. ¿Desde dónde era? ¿Portland?

—Washington —contesté, con la esperanza de no sonrojarme ante la vergüenza que sentí al corregirle. Algo en Rachel hacía que quisiera recibir su aprobación de forma desesperada; si hubiese podido hacerme oriunda de Portland en aquel momento, lo habría hecho. Tal vez fuera la forma en que se comportaba, siempre impulsándose hacia adelante. Incluso cuando uno de los restauradores nos había dicho que no podíamos entrar, Rachel se había encogido de hombros y había sostenido la puerta abierta para que yo pudiera verlo todo: las enormes botellas de aguarrás y aceite de linaza.

—Tenía una amiga en Spence que fue a Reed. ¿Conoces a Sasha Zakharov?

—No conozco a nadie que haya estudiado en Reed, queda bastante lejos de Whitman —le dije.

—Oh.

Rachel no pareció avergonzarse por su error, y me pregunté cómo sería sentirte tan segura en tu posición que no te importara que tu compañera de trabajo te corrigiera. Nos habíamos detenido frente a un par de ataúdes de piedra, refugiados dentro de unos nichos en la pared.

—Quiero que sepas —le dije, quizá con la voz un poco entrecortada— que, a pesar de que vine para trabajar en el Departamento de Renacimiento, tengo mucha experiencia en el área medieval. Y puedo hacer tiempo para aprender todo lo que no sepa.

No sabía por qué estaba tan desesperada por dejarle aquello claro. Rachel no me había preguntado lo que estudiaba ni tampoco había puesto en duda mi experiencia.

—Estoy segura de que te irá de maravilla —dijo ella para restarle importancia a mis preocupaciones.

No dije nada, a la espera de que continuara.

—Patrick no acepta a cualquiera. —Me miró y, por primera vez, pareció evaluar lo que veía: mis zapatos, mi ropa, mis pecas—. Debe haber sabido que serías una buena candidata para trabajar con nosotros.

Estábamos frente a las tumbas mientras unos cuantos visitantes paseaban por los alrededores e inspeccionaban los carteles de las paredes.

—¿Es la primera vez que vienes a Nueva York? —me preguntó Rachel, y sus ojos se encontraron con los míos.

—Sí —contesté, a pesar de que, en aquel momento, deseé que no fuera así.

—¿De verdad? —preguntó, cruzándose de brazos—. ¿Alguna primera opinión?

—No sé si he visto suficiente para poder opinar. Llegué hace apenas tres días.

Había pasado el primer día deshaciendo la maleta y lavando una sustancia pegajosa de todos los platos y ollas que había en el piso que había alquilado. El día siguiente lo pasé aprendiendo la ruta para llegar al trabajo que no volvería a usar: tomar el metro desde el centro de la ciudad hasta la estación de la calle 81 y luego cruzar Central Park a pie. A pesar del hecho de que Manhattan era conocida por sus altísimos rascacielos de hormigón y cristal, me había pasado la mayor parte de mi tiempo en parques llenos de vegetación.

—Pero seguro que tenías alguna opinión antes de venir aquí, ¿verdad?

—Ah, claro… —Las preocupaciones de mi madre se repitieron de forma silenciosa dentro de mi cabeza: lo grande que era la ciudad, tan impersonal, y mi imposibilidad para soportarlo.

—¿Y está dando la talla?

—A decir verdad, es totalmente diferente.

—Así es Nueva York. Es, al mismo tiempo, todo lo que te puedes imaginar y para nada lo que te esperas. Puede dártelo todo, pero también quitártelo en un instante. —Rachel me sonrió, le echó un vistazo a mis zapatos, los cuales habían estado rechinando contra los suelos desde que habíamos llegado, y luego se dirigió hacia la siguiente sala e hizo un ademán para que la siguiera.

—¿Y tú qué piensas de la ciudad? —le pregunté, tratando de mantener aquella conversación y de seguir sus pasos al mismo tiempo.

—Crecí aquí.

—Ah, no me había dado cuenta.

—No pasa nada. ¿Spence? Pensaba que atarías cabos.

—No sé lo que es Spence.

—Bueno, tal vez sea mejor que no lo sepas —dijo ella, echándose a reír—. Todos tenemos relaciones complicadas con nuestras ciudades natales.

Habíamos entrado en una sala con vitrinas llenas de representaciones en miniatura hechas con esmalte: brillantes ilustraciones de Jonás siendo devorado por la ballena o de Eva mordiendo una manzana tan roja que emitía destellos. Aquellas pequeñas obras maestras tenían más de ochocientos años de antigüedad.

Rachel saludó al guardia, quien estaba de camino a su siguiente puesto.

—Louis, ¿cuándo empieza Matteo su campamento de verano? —le preguntó.

El guardia se detuvo a unos pocos pasos de su destino.

—La semana que viene, y está volviendo loca a su madre. Muchas gracias de nuevo por haberlo cuidado el sábado pasado.

Rachel hizo un ademán para restarle importancia.

—Solo dimos un paseo por el parque y pasamos un buen rato con los botes.

Traté de imaginar a Rachel haciendo de canguro, pero no pude.

—Sí que le gustan esos botes —dijo Louis.

—Y a mí —asintió Rachel—. Louis, por cierto, esta es Ann. Va a pasar el verano con nosotros. Louis es el jefe de seguridad.

Se acercó a nosotras y me extendió una mano.

—Hoy me toca hacer una sustitución por las galerías —nos contó.

Se la estreché y le devolví el saludo.

—Tenemos una parada más que hacer —dijo Rachel, para luego envolver una mano en torno a mi muñeca y alejarme de Louis.

Tan pronto como estuvimos fuera de la sala, se acercó para susurrarme al oído:

—El hijo de Louis es un mocoso malcriado. Solo acepté cuidarlo porque Louis me cubre con Moira cuando llego tarde o cuando fumo y se activa la alarma de incendios por accidente.

Avanzamos hacia otras galerías, las cuales ya estaban llenas de visitantes que bebían y disfrutaban del ambiente fresco y oscuro lleno de representaciones de bestias fantásticas entremezcladas con dedos cortados de santos. Aquel tipo de obras y su extrañeza me atraían. Me detuve frente a un relicario de San Sebastián, una estatua de su torso pintado en colores crema y rojo, con los costados atravesados por flechas. Una cajita de cristal en el centro de la estatua preservaba el hueso de su muñeca. O el hueso de la muñeca de alguien, vaya.

Rachel se había acercado a una vitrina llena de cartas del tarot pintadas a mano. Una de ellas tenía la imagen de un esqueleto a lomos de un caballo, engalanado con cadenas de oro: la muerte. Otra representaba a un niño con alas y de facciones redondeadas —un cupido— que cargaba con el sol sobre su cabeza, y sus rayos dorados se extendían por toda la carta. La baraja estaba incompleta, y el letrero que había en la pared junto a ella indicaba que databa de finales del siglo quince. Y, a pesar de que no las conocía, las imágenes que representaban me resultaban familiares: un conjunto de símbolos que me habían acechado desde los bordes de mi investigación durante años. Eran unas imágenes que siempre me habían dado curiosidad, pero que nunca había tenido tiempo ni recursos para investigar.

—Llevo años alternando entre Los Claustros, la Biblioteca Morgan y la Beinecke —me contó Rachel— para estudiar la historia del tarot. Así que, al igual que tú, no soy una medievalista *per se*. Al fin y al cabo, la historia del tarot no empezó de verdad hasta los inicios del Renacimiento. —No se molestó en mirarme antes de continuar—. Los Claustros se esfuerza por resaltar obras de arte como esta. En el Met todo son pinturas y artistas de renombre. Pero trabajar en el anonimato y producir algo así de exquisito —cerró los ojos durante un instante— es arte de verdad.

Me pareció romántica la forma en la que hablaba sobre las cartas, como si aquellos cuadraditos de vitela pintada estuvieran dormidos, a la espera de que los sacudiéramos para despertarlos. Cuando abrió los ojos, aparté la mirada con rapidez y esperé que no se hubiera dado cuenta de que la había estado mirando.

—Esto es para lo que Patrick necesita ayuda —dijo ella, echándole un vistazo a las cartas del tarot—. Estamos preparando una exposición sobre la adivinación. Sobre las técnicas y los materiales que se usaron para predecir el futuro.

Bajé la mirada hacia la reina de bastos, vestida de un color azul oscuro y con un corsé salpicado de estrellas doradas; estaba sentada en un trono y sujetaba un bastón nudoso en la mano.

—Fue un periodo en el que todos estaban fascinados con la idea del futuro —me aventuré a decir.

—Sí, exacto. ¿Tu destino ya estaba escrito? ¿Lo habían predestinado? ¿O podías alterar su curso?

—Y ¿tenías el libre albedrío para hacerlo?

—Ajá. Los antiguos romanos tenían tanto miedo del poder del destino que idolatraban a la diosa Fortuna. Esta era el centro de la vida cívica, privada y religiosa. Plinio siempre dijo que «el destino es el único dios al que todos invocan». El Renacimiento tampoco se libró de esa obsesión.

—Porque, en un periodo de constante conflicto —empecé—, saber el futuro, o creer que puedes saberlo, era algo increíblemente poderoso.

—Pero aquella creencia también puede ser una carga —dijo Rachel, en una voz tan baja que apenas pude oírla. Entonces se apartó de la vitrina y se volvió para mirarme—. ¿Seguimos?

CAPÍTULO CUATRO

Durante la primera semana en Los Claustros, cargada del suave tamborileo de las lluvias vespertinas y del aroma de la piedra mojada y las plantas en flor, Patrick dejó claro lo que esperaba de nosotras, de mí. La exposición apenas se encontraba en su etapa de planificación, lo que significaba que el grueso de la investigación —el material fundamental que Patrick necesitaba para identificar obras de arte y solicitar préstamos— nos correspondía a nosotras. Solo teníamos agosto para montarlo todo, lo cual era una tarea bastante pesada que tenía muchas ganas de demostrar que era capaz de llevar a cabo. Y, si bien Patrick era muy firme respecto a las fechas límites, también fue muy paciente en el modo en el que me presentó el material y el lugar en sí.

—Estas son las listas con las que trabajarás —me dijo, dejando un montón de papeles sobre la mesa y apartando una silla para sentarse junto a mí a la mesa de la biblioteca en la que hacíamos nuestras tareas—. Rachel ya tiene sus copias, claro.

Las hojeé un poco. Contenían prácticas de adivinación del mundo antiguo de todo tipo, desde la cleromancia (la adivinación con dados) hasta la piromancia. A algunos términos de la lista, como *augurio*, solo los conocía como una palabra que se usaba para describir algo que presagiaba o predecía. Sin embargo, aprendí que la definición original de *augurio* se correspondía con la práctica de predecir el futuro mediante formaciones de aves, como las bandadas o sus migraciones. Había listas de documentos y autores cuyas obras debíamos sacar de la biblioteca para buscar menciones de adivinación, así como también una lista aparte de obras de arte que Patrick estaba considerando para la exposición. Me percaté de que muchas de ellas eran cartas del tarot.

—Nos reuniremos una vez a la semana para ver vuestro progreso. Y, mientras tanto, Rachel debería poder ayudarte si tienes alguna duda.

Volví a revisar el material. Incluso si nos dividíamos el trabajo entre las dos, era imposible pasar por alto el hecho de que había miles de páginas por leer, cientos de obras de arte que analizar y decenas de prácticas adivinatorias que explorar.

—Ann —me llamó. Aún estaba sentado junto a mí, y los brazos de nuestras sillas se tocaban. Al otro lado de la mesa de roble rústica, Rachel estaba trabajando con los diarios de Gerolamo Cardano, el famoso astrólogo renacentista, aunque, cada poco tiempo, echaba un vistazo hacia donde Patrick y yo charlábamos—. No traigo gente a Los Claustros así, sin más. Somos como una familia, y el éxito de uno es el éxito de todos. Si haces un buen trabajo aquí este verano, podremos ayudarte.

Estaba mirando a Patrick, pero podía notar la mirada de Rachel clavada en nosotros en los bordes de mi visión.

—¿Qué te gustaría que te ayudáramos a conseguir, Ann?

Nadie me había preguntado nunca de forma tan directa sobre mis metas, ni mucho menos ofrecido una ayuda tan directa para alcanzarlas. Mientras me devanaba los sesos para encontrar una respuesta apropiada, Patrick permaneció sentado en un silencio tranquilo, con las manos apoyadas sobre su regazo y observando con suma atención el más mínimo de mis movimientos.

—Estoy aquí porque quiero llegar a ser académica —dije finalmente.

Era la verdad, al fin y al cabo. Y una más agradable que otras verdades que no estaba lista para compartir: que, tras el año anterior, Walla Walla siempre iba a tener un dejo de muerte para mí; que no tenía más opciones; que no estaba segura de poder sobrevivir en un trabajo que demandase tener que vivir en el presente. Que, de algún modo, estaba haciendo todo ello por mi padre, por él y por mí.

—Podemos ayudarte con eso —dijo Patrick, y empezó sus siguientes palabras enunciando cada letra—. Podemos hacer que te conozcan las personas correctas, conseguirte las cartas de recomendación ideales. Incluso estaría encantado de leer tu trabajo y hacerte sugerencias antes de que lo entregases. Pero, a pesar de que los estudios son algo valioso y muy importante, no pueden ser lo único. No son suficiente, no en realidad. Por mucho que queramos que así sea. Te he visto paseando por las galerías, Ann. He visto la forma en la que le dedicas todo tu tiempo a una sola obra; la observas con cariño y dedicación. Eres más que una académica.

Me percaté de que Patrick tenía un modo de ver más allá de las apariencias amenas de la interacción humana. Tenía una forma de hablar y de prestar atención muy intensa y, aun así, siempre educada, que hacía que los demás no se pusieran nerviosos en ningún momento. Por lo que, a pesar de notar que estaba intentando ver lo que había detrás de la máscara profesional que me afanaba por presentarle, no me sentí incómoda. Me sentía aliviada de que viera a través de mí. Incluso de que Rachel lo hiciera. Y, por supuesto, tenía razón. Todo aquello —el lugar, los objetos, la magia del pasado, los estudios— involucraba más que el trabajo. Lo que quería era transformarme. Quería convertirme en una persona distinta.

Antes de que pudiera decírselo, él siguió hablando:

—¿Sabes? Después de traerte hasta aquí, decidí echarle un vistazo a tu solicitud. Solo para asegurarme de que estuviéramos poniendo tus habilidades en uso de la mejor forma posible, claro. Y me sorprendí bastante. ¿Dices que creciste en Walla Walla?

—Sí.

—¿Pero hablas seis idiomas?

—Siete —lo corregí—. Aunque tres de ellos son lenguas muertas. Técnicamente puedo leer latín, griego antiguo y un dialecto de la lengua ligur del siglo trece de Génova. Y hablo italiano, alemán y napolitano. Y también inglés, claro.

—Aun así, es impresionante.

—No había mucho más que hacer en Walla Walla —le expliqué, encogiéndome de hombros—. Solo estudiar y trabajar.

Estaba acostumbrada a quitarle importancia a la influencia que había tenido en mi vida la fascinación que mi padre había sentido por los idiomas. Analizar idiomas perdidos y aprender sus códigos secretos había sido algo que compartimos solo nosotros dos. Nunca fue con la intención de mejorar mi carrera o la suya. Y, en momentos como aquel, nuestro amor por los idiomas parecía como un secreto que quería guardarme para mí misma, incluso si Patrick tenía la intención de sonsacarme todo lo demás.

—Y trabajaste con Richard, ¿verdad?

Nunca había oído a nadie llamar a mi tutor por su nombre de pila, por lo que durante un momento me costó comprender quién podría ser el tal Richard. Aunque, por supuesto, Patrick había leído los documentos de mi solicitud y había visto la carta de recomendación de Richard Lingraf.

—Sí, durante los cuatro años.

—Conocí a Richard, solo que hace mucho tiempo. Cuando era un estudiante de posgrado en la Universidad de Pensilvania y él estaba llevando a cabo un trabajo muy impresionante en Princeton. Tuviste suerte de haber tenido un tutor como él, tan curioso y talentoso. —Y, entonces, más para sí mismo, añadió—: Aún me pregunto por qué decidió ir a Whitman; qué lugar tan raro para terminar sus días.

—Siempre me decía que prefería el clima de Washington.

—Sí, ya —dijo Patrick, mientras tamborileaba los dedos rápidamente sobre la mesa—. Seguro que aquello fue un punto a favor. —Hizo una pausa—. No puedo garantizarte nada, Ann, pero, si tu trabajo es tan bueno como creo que puede ser, estoy convencido de que Los Claustros puede ayudarte a llegar a algún lugar en el que puedas ser feliz.

—Gracias —le dije, dudosa. Durante toda nuestra conversación, Rachel se había mantenido allí, escuchando. Quise dejarlo estar en aquel momento y limitarme a darle las gracias a Patrick por todo el apoyo, solo que había algo que quería preguntarle, incluso si con eso hacía caer la careta de despreocupación que había intentado ponerme desde que había llegado cada vez que me encontraba en compañía de Rachel.

—¿Y cuando acabe el verano? Todavía no tengo ninguna oferta de trabajo, pero me encantaría quedarme en la ciudad. Y aquí, si me necesitáis. —Dirigí la mirada al otro lado de la mesa y me encontré con los ojos de Rachel. Hice lo que pude por alzar la barbilla y sostener su mirada durante algunos segundos.

—Ya veremos qué pasa —dijo Patrick—. ¿Quién puede predecir lo que nos deparará el futuro?

Me percaté en aquel momento de que Patrick estaba jugueteando con algo entre sus dedos, algo que debía haber sacado de su bolsillo: un trozo de cinta roja, como algo instintivo, algo que hacía sin pensar.

Volví a mirar las listas que me había entregado.

—Te necesitamos, Ann. Necesitamos tu ayuda —me dijo, buscándome la mirada—. No lo olvides. No te hemos traído aquí por caridad.

Creo que me había enamorado un poco de él nada más conocerlo. Del modo en que pedía nuestras opiniones para su investigación, del modo en que valoraba mis habilidades con los idiomas, cuando solía pasarme traducciones y confiaba plenamente en mis capacidades. Incluso del modo en que sostenía la puerta abierta para nosotras y nos traía cafés por la tarde; era la primera vez que alguien en una posición de poder era amable conmigo de verdad. Y, ya en aquellos momentos, me prestaba más atención que muchos de los chicos que había conocido en la universidad. Cuando por fin llegué a leer su ensayo sobre sistemas de calendarios medievales, no debí haberme sorprendido al encontrarlo absolutamente revolucionario, pero lo hice. Si bien traté de controlar el sonrojo que me invadía las mejillas cada vez que me hablaba, no había mucho que pudiera hacer. Durante aquellos primeros días, traté de descifrar si tenía alguna relación romántica con alguien. Sin embargo, las únicas pruebas que detecté una vez fue un suave brazo apoyado sobre la ventana en el asiento del acompañante en su coche. Solo un brazo sin cara.

★ ★ ★

La voz de mi madre me llegó a través del teléfono, embargada por una fragilidad que me resultaba familiar.

—*No puedo seguir con esto, es que no puedo.*

La muerte de mi padre la había dejado a la deriva. Después de que nos dejó, la ajustada estructura de nuestra vida diaria se había soltado: la leche caducaba y nadie la reemplazaba, el césped de nuestro jardincito crecía demasiado, mi madre dejó de cambiar sus sábanas. Y, de pronto, llegaba un día en el que lo ponía todo del modo en el que debía ser, como si estuviera reajustando la casa. Pero todo se volvía a soltar. Al principio con lentitud y luego de forma rápida y sin remordimientos, una y otra vez.

Aquellos días, los días en los que todo se ajustaba, eran precedidos por mi madre quejándose por el estado en el que se encontraba la casa. «¿Por qué hay tazas aquí? ¿Es que nadie puede poner las cosas en su sitio? ¿Cómo pretendes que viva así?». Solo que mi madre sí pretendía que yo viviese de aquel modo. Cada vez que recogía algo, se ponía a llorar en otra habitación: «¿Y el vaso que dejé aquí? ¿Por qué has tirado la leche?». Era como si, al dejar las cosas sin mover, pudiese ralentizar el tiempo, evitar que se le escapara. Sin embargo, aquello era lo más duro de la muerte: el despiadado paso del tiempo, cada vez más lejos de la persona que has perdido.

—*Está en todos lados, Ann* —me dijo, con una voz cada vez más aguda, más tensa—. *Sus cosas, sus camisas, su ropa, sus zapatos, sus papeles. No puedo con esto. Es demasiado. La casa está hecha un desastre. La dejó hecha un desastre.*

Estaba lavando los platos y secándolos con el único trapo de cocina que había venido con el piso, con el teléfono apoyado entre la oreja y el hombro. Era demasiado tacaña como para comprar papel de cocina.

—Quizás haya llegado el momento de donar algunas cosas, mamá. —Ya había intentado ir por aquel derrotero antes. Y, si bien siempre me decía que sí en el momento, durante los siguientes días se arrepentía y volvía a dejarlo todo tal como había estado el día de la muerte de mi padre. Un homenaje de botes de espuma de afeitar a medias y calcetines sucios.

—*Eso es lo que haré. Voy a donarlo todo y el resto lo tiraré.*

—Ajá. —Me dirigí hacia mi aire acondicionado, el cual había desarrollado una especie de traqueteo moribundo, y le di un fuerte golpe en el costado. El golpe pareció corregir la frecuencia del sonido de vuelta a ruido blanco.

—*Pero no quiero que te quejes cuando ya no quede nada. Cuando vuelvas y todo se haya ido. No quiero ni una sola queja.*

—Y no las tendrás, mamá, lo prometo. —No quería ver aquella casa nunca más.

—*Quizá te envíe algunas cosas para Nueva York.* —Había pasado a hablar más que nada para sí misma—. *Ni siquiera sé qué. Todo es basura, la verdad. Nos dejó pura basura. ¿De verdad lo quieres? ¿Qué quieres? ¿Quieres algo?*

Pensé en las cosas de mi padre y en la forma en la que, durante la mayor parte del tiempo, mi madre se movía a su alrededor en silencio y sin ser consciente de ellas. Solo era en esos momentos, cuando la casa parecía sacudirla para que despertara, que se percataba de sus libros, papeles y ropa, del modo en que él aún se aferraba a nuestro espacio.

—Vale, mamá. Me encargaré de algunas de las cosas de papá. Envíame lo que creas que querría quedarme, ¿vale?

Podía oírla al otro lado de la línea moviendo cosas a su alrededor: cristales, papeles, plástico; todo amontonado en algún lugar de la casa que en algún momento había sido un hogar antes de convertirse en un mausoleo.

No siempre había sido de aquel modo. Había habido una época en la que la casa había estado rebosante de conversaciones y calidez y de las carcajadas graves de mi padre, llenas de humor y sorpresa. Solo que mi padre había sido como la masilla que llenaba las grietas afiladas que había entre mi madre y yo, los lugares en los que no encajábamos, y, sin aquella masilla, no dejábamos de chocar entre nosotras, con nuestros ángulos marcados y nuestra fragilidad.

—Mamá, tengo que dejarte. Se está haciendo tarde. Te saco tres horas de diferencia, ¿recuerdas? —Esperé a que me respondiera, pero lo único que pude oír fueron los crujidos de sus movimientos constantes, su aliento distraído y entrecortado contra el teléfono, por lo que corté.

⋆ ⋆ ⋆

Para el final de mi segunda semana, me di cuenta de que, sin importar lo mucho que intentara emular el modo en que Rachel se vestía y la forma tan meticulosa con la que manejaba los textos antiguos, nunca iba a dar la talla. Por cada precioso jersey de lino libre de arrugas que Rachel vestía, yo apenas conseguía ponerme dos cosas que conjuntaran. En comparación con todo el lujo de sus prendas y accesorios, todo lo que yo tenía parecía de imitación barata. Incluso era incapaz de replicar la gentil deferencia que tenía con Moira y con Louis, pues, cuando lo hacía, me sonaba falsa incluso a mí.

Imaginaba que, cuando los visitantes del museo nos veían juntas —como casi siempre lo estuvimos todo ese verano—, sentirían lástima por mí, pues su naturalidad contrastaba con mi desesperación. ¿Cómo podrían no hacerlo? Se trataba de Rachel, quien siempre iba dos pasos por delante, quien redirigía a las personas que se habían perdido con confianza, cuyos movimientos eran silenciosos, mientras que la tela barata de mis pantalones hacía que sonaran al rozarse cada vez que caminábamos por las galerías. Y, si el ruido ya era alto para mí, no podía imaginar cómo lo sería para los demás.

Tampoco ayudaba para nada que soliera llegar al trabajo con la camisa ya sudada, e incluso en ocasiones los pantalones también, además de con el cabello intentando escapar de mis torpes intentos por contenerlo. El trayecto que hacía para llegar al trabajo no era largo —Patrick tenía razón, era más rápido que llegar hasta la Quinta Avenida—, pero, para cuando había cruzado las calles de Morningside Heights a pie en dirección al tren A, tras solo haberme detenido por un café en la bodega de la esquina antes de recorrer los caminos llenos de curvas del Fort Tryon Park hasta uno de los puntos más altos de Manhattan, la humedad ya había hecho de las suyas. Mi cuerpo, poco acostumbrado a un calor tan pegajoso, reaccionaba de forma violenta y abundante, casi como si se estuviese disculpando.

Cuando mi primera semana llegó a su fin, Moira me miró de arriba abajo nada más llegar y me dijo que siempre podía tomar la lanzadera que iba desde el museo hasta la estación: pasaba cada quince minutos y contaba con aire acondicionado. Por muy agradecida que pudiera estar por su consejo, no me pasó inadvertido el modo en que Moira había retrocedido un paso al verme, tan sonrojada y sudada y con el cabello cada vez más rebelde. Rachel, por supuesto, bajaba sin mayor problema de un discreto coche que la dejaba en la cima del acceso para vehículos que se encontraba más arriba, justo enfrente de la puerta de metal, cada mañana a las nueve.

Pero incluso si la humedad era abrumadora —en especial para mí, una chica cuya piel estaba acostumbrada a los campos áridos del este de Washington—, el museo en sí estaba lleno de ráfagas frescas que se abrían camino desde el río Hudson y agitaban las copas de los olmos como si una alfombra gigante se sacudiera en el aire. Parecía como si estuviese trabajando en una finca privada, en lugar de en una institución pública. Una que Patrick supervisaba desde la privacidad de la biblioteca.

—Fue su primer empleo —me contó Rachel al final de aquella segunda semana—. Justo al terminar su posgrado. Aunque no necesitara uno. Un trabajo, quiero decir.

»El abuelo de Patrick estaba metido en el negocio de excavaciones al norte del estado —siguió Rachel—. Su empresa excavó todas las piedras que usaron para construir los muros y llenar las grietas que había en Los Claustros. Fue la excavación privada más grande en Nueva York. Hasta los años sesenta, cuando Cargill la compró. Patrick aún vive en el hogar de su familia, en Tarrytown. Conduce hasta aquí cada mañana.

Traté de imaginarme a Patrick de joven en la cantera de su abuelo, con su brillante bronceado contrastando con las húmedas y sombrías colinas alineadas. En ocasiones, la resistencia que sentía un niño por el legado de su familia era casi molecular, como si su cuerpo se volviera alérgico a los paisajes y espacios de casa; en otras, se acostumbraban y se ponían cómodos en aquella estructura, en los tejidos y curvas familiares de la tradición. Yo siempre había sido de las primeras, y a lo mejor Patrick también lo era.

Rachel interrumpió mi ensimismamiento.

—¿Quieres ir a por un café?

Había estado preparando mis propios almuerzos para no comérmelos después de percatarme de que Rachel en raras ocasiones comía, pues se limitaba a fumar un par de cigarrillos y a beberse un café. Me sorprendió lo rápido que se me iba el hambre y la cantidad de dinero que estaba ahorrando por ello.

—Son mi vicio —me había dicho una vez que la había pescado en los límites del jardín, y un hilillo de humo se alzaba desde el cigarrillo que tenía en la mano—. Uno de ellos, al menos.

Salimos de la biblioteca y ocupamos dos sitios en la cafetería; estaba refugiada entre las columnas al fondo del Claustro Trie, el cual rebosaba de flores silvestres entre las que las abejas zumbaban como si fuesen hombres borrachos y casi chocaban entre ellas. La tarde era tan cálida y estaba tan llena de los suaves sonidos de la naturaleza que por un momento creí que era el personaje pobre en una novela de Edith Wharton, a quien la habían guiado hacia los lujos por primera vez y estaba aterrorizada de que llegara el día en que estos pudieran desaparecer, pero que al mismo tiempo estaba desesperada por disfrutarlo todo al máximo mientras pudiera.

Rachel apoyó un brazo sobre el bajo muro de piedra que rodeaba el jardín y se quitó las gafas de sol, mientras una de sus sandalias se balanceaba desde su pie. A pesar de que habíamos pasado casi todo nuestro tiempo juntas, casi no habíamos tenido oportunidad de mantener una conversación informal. En su mayoría, habíamos estado concentradas en textos, en busca de menciones de determinadas personas —brujos, chamanes, santos— que pudieran haber previsto el futuro en el siglo trece o catorce, pero no solíamos encontrar nada. Para lidiar con el silencio, me puse a estudiar las esculturas que estaban dispuestas en nichos en las paredes que rodeaban el claustro. Rachel observaba el jardín con el tipo de desinterés del que solo pueden presumir quienes están llenos de confianza, quienes que se niegan a llevarse un libro o el móvil cuando van a cenar solos.

Nuestros capuchinos llegaron, cada uno con rústicos terrones de azúcar. Cuando el camarero se marchó, Rachel sacó una galletita de su bolsillo. Era del tipo que vendían en la caja, del tipo que no la había visto pagar cuando habíamos hecho nuestro pedido.

—Toma. —La partió y me ofreció una mitad.

—¿La has robado?

Rachel se encogió de hombros.

—¿No la quieres? Están muy buenas.

—¿Y si alguien se da cuenta? —pregunté, mirando a nuestro alrededor.

—¿Qué es lo peor que podría pasar? —Dio un mordisco a la galleta y volvió a ofrecerme la otra mitad. La tomé y la sostuve en la mano—. Venga, pruébala.

Le di un mordisquito y dejé el resto sobre el platito de mi café. Tenía razón, estaba buenísima.

—¿Y? ¿A que tenía razón?

—La tenías, de verdad que sí —asentí.

Rachel se reclinó en su silla, satisfecha.

—Saben incluso mejor cuando son gratis.

Volví a mirar a mi alrededor para asegurarme de que el camarero no estuviera por ahí para darse cuenta de que estaba comiendo el resto de la galletita que Rachel me había dado, pero mis ojos se quedaron prendados de una figura tallada en la pared:

una mujer alada que sostenía una rueda, con sus relieves manchados y desgastados por el tiempo. En cada punto cardinal de la rueda, habían atado unas figuritas con palabras en latín grabadas en el cuerpo de cada una de ellas.

—¿Sabes lo que significan esas palabras? —me preguntó Rachel, siguiéndome la mirada—. *Regno* —dijo, señalando la figura en la parte alta de la rueda.

—Yo reino —contesté sin pensármelo.

Asintió.

—*Regnavi.*

—He reinado.

—*¿Sum sine regno?*

—No tengo reino.

—*Regnabo.*

—Reinaré.

Rachel metió el terrón de azúcar en su taza y me dedicó una mirada evaluadora.

—Lo oí la semana pasada. Que sabes leer latín, quiero decir. Y griego también. ¿Tienes algún otro secreto, Ann de Walla Walla?

¿Qué es la vida sin secretos?, pensé. Pero, en su lugar, dije:

—Ninguno que recuerde.

—Bueno, eso podemos arreglarlo. —Estiró una mano sobre la mesa y se quedó con el resto de mi galletita, lo que reveló un destello de rojo: una cinta de satén que envolvía su muñeca y contrastaba con su pálida piel. Sabía dónde había visto aquella cinta antes. En la biblioteca, envuelta entre los dedos de Patrick.

* * *

Desde aquella ocasión, empezamos a tomarnos nuestros descansos juntas cada vez más seguido. Mientras Rachel fumaba en los límites de los jardines, yo le hacía compañía y me sentaba sobre la fría piedra de los muros, con los pies colgando sobre el frondoso césped de verano, el cual me hacía cosquillas en los tobillos. Fue entonces que empezó a interrogarme. Primero sobre mi vida amorosa (sin nada que destacar, salvo por unos pocos chicos en el instituto e incluso menos durante la universidad), luego sobre mi madre (en qué trabajaba, dónde se había criado) y también sobre Walla Walla y Whitman (cómo era, por qué se lo conocía y si teníamos ferias del condado). El entusiasmo con el que hacía sus preguntas me sorprendió. Quería saber lo grande que era el pueblo (no mucho), cuánto tiempo había vivido mi familia allí (cuatro generaciones), cómo era (caluroso, hasta que dejaba de serlo, y luego aburrido), y cómo eran los estudiantes de Whitman (como los de Bard, pero de la Costa Oeste).

—Me obsesionan los lugares en los que no he estado —dijo Rachel, para explicar su curiosidad—. Y las relaciones de la gente. Hay mucho que imaginar sobre cómo una historia se puede producir cuando no tienes mayor contexto.

Sin embargo, cuando yo le preguntaba sobre sus relaciones o su familia, siempre cambiaba de tema, apagaba su cigarrillo y decía cosas como «bah, demasiado aburrido» o «preferiría que me contaras sobre ti», antes de dirigirse de vuelta a la biblioteca.

Una tarde, la estaba esperando sentada en un banco de piedra en el Claustro Bonnefont, el cual estaba rodeado de arcos góticos y vitrales. En las macetas de terracota que había cerca, plantas de incienso y mirra crecían de troncos nudosos que terminaban en flores blancas como plumas, con sus aromas presentes bajo el sol del atardecer. Me incliné sobre las flores y noté que me rozaban la mejilla.

—Tiene espinas, ¿sabes?

El hombre sostenía un cubo con herramientas de jardinería y tenía un par de guantes de cuero desgastados metidos en el bolsillo delantero de sus tejanos, los cuales estaban rotos y manchados de barro.

—La mirra —aclaró—. Tiene espinas. —Apartó las ramas para revelar un montón de largas y negras puntas.

Me moví hasta el otro lado del banco.

—Tampoco es que te vayan a perseguir.

—Ya lo sé.

Aunque no era como si estuviera muy segura. Había algo en las cosas que Los Claustros protegía —las obras de arte, incluso las flores— que las hacía parecer como si fuesen a saltar a la vida.

—Los egipcios la usaban para embalsamar.

—¿Cómo dices?

—La mirra. La usaban para preparar los cadáveres que iban a embalsamar en el Antiguo Egipto.

—También se la ponían alrededor del cuello para espantar a las pulgas durante el Renacimiento —comenté, volviendo al momento.

—No ha conseguido repelerme a mí aún —se rio, antes de señalarse con un dedo sucio—. Soy Leo.

—Ann —contesté.

—Lo sé —dijo él, agachándose un poco para darle un toque a mi tarjeta identificativa—. Te he visto por ahí. Eres la chica nueva.

Asentí, y él se arrodilló a mi lado, para luego apartar las hojas de árbol de incienso hacia un costado y sacar un par de oxidadas y chirriantes tijeras de podar con las que cortar las hojas muertas.

—¿Trabajas con Rachel?

—Y con Patrick.

—Parece que esos dos van siempre juntos últimamente.

El tono con el que pronunció aquellas palabras fue duro y tajante, mientras depositaba las hojas secas en el cubo.

—Me caen bien —dije, sin saber muy bien por qué estaba a la defensiva.

Él se apoyó sobre los talones, y me percaté de sus robustas botas de trabajo y del modo en que sus brazos parecían fibrosos, pero sin llegar a ser demasiado musculosos.

—A todo el mundo le cae bien Rachel —dijo, mirándome a los ojos—. ¿Qué podría no gustarte de ella?

No me sorprendió que alguien como Leo pensara que Rachel era atractiva. Imaginé el modo en que podría mirarla por los jardines, mientras ella fumaba en secreto y frotaba algunas hierbas entre los dedos para luego untarse sus aceites en el cuello. Resistí el impulso de pedirle que me contara todo lo que sabía sobre ella.

En su lugar, le pregunté:

—¿Cuánto la conoces?

—Empezó a trabajar aquí en otoño, durante su último año en Yale —dijo, haciendo un gesto hacia nuestro alrededor—. Solo los fines de semana hasta que se graduó.

—¿La dejaron trabajar de acuerdo con su horario en la universidad?

Leo meneó la cabeza.

—¿Es que no lo sabes? Las chicas como Rachel Mondray consiguen todo lo que quieren. —Cortó un trozo de cinta adhesiva marrón con los dientes y la usó para envolver una rama de mirra que se había roto. La forma tan delicada en la que sostenía las hojas contrastaba con el resto de él—. ¿Y qué hay de ti, Ann Stilwell? ¿Estás consiguiendo lo que quieres?

La pregunta y el modo en el que posicionó su cuerpo me hicieron sentir atrapada contra el banco, pero no quise liberarme.

—¿Sabes lo que es el rusco? —me preguntó, señalando a una maceta que estaba al otro lado.

—No.

—Pertenece a la familia de los espárragos, solo que, si se come en grandes cantidades, puede alterar o destruir los glóbulos rojos.

Observé la planta, con sus brillantes hojas verdes y frutos rojos.

—Cultivamos muchos venenos en Los Claustros —me contó—. Tienes que andarte con cuidado. Muchos de ellos son preciosos y parecen comestibles, pero no lo son.

—¿Me los puedes mostrar? —pedí, tras notar un impulso de confianza para solicitar lo que quería. Estar cerca de Leo era como sostener una mano próxima a una corriente eléctrica, un pulso intenso y vivo que nunca me había atrevido a tocar. En aquel momento anhelaba envolver la mano alrededor de ese cable bajo tensión.

Él se impulsó con los talones y se puso de pie para luego dirigirse hacia un lecho lleno de plantas que parecían enredarse y caerse unas sobre las otras. Lo seguí.

—En este lecho cultivamos cicuta y belladona, de las cuales seguro que has oído hablar. Pero también tenemos otras como beleño negro, cinoglosa, verbena y mandrágora. Todas estas hierbas eran de uso habitual en la medicina medieval y la magia. De hecho, todo este claustro está lleno de venenos y remedios que podrías identificar en los siglos once o quince. Aquellas urnas —dijo, señalando a un par de largos recipientes de piedra llenos de unas hojas verdes como la cera y flores rosadas— son de adelfa. Bastante letal, aunque también fue muy popular como emplasto en la Antigua Roma. Si apartas un poco las hojas, puedes ver los carteles.

Me incliné hacia adelante mientras él sostenía un entramado de flores de cicuta y revelaba un azulejo de cerámica que tenía grabado de forma elegante el nombre en latín para la planta: *Conium maculatum*.

—Y aquí tenemos *Catananche caerulea* —me dijo, sosteniendo una flor azul entre sus dedos.

Aparté las sinuosas vides para descubrir la placa, la cual rezaba Hierba cupido.

—Se creía que podía curar a los enfermos de amor —me contó, en una voz tan baja y cerca de mi cuello que noté que los delicados vellos de mi nuca se erizaban. El impulso por inclinarme más cerca de él me sorprendió.

Leo me condujo hacia otro lecho de plantas guiándome del brazo con una de sus ásperas manos. Sentí una ola de atracción ciega que iba creciendo en mi interior, una sensación que no amainó ni siquiera cuando me percaté de que Rachel estaba de pie bajo un arco puntiagudo que conducía fuera del jardín y nos miraba con atención. Había algo en el hecho de ser observada que me hacía sentir más valiente, que hizo que acortara la distancia entre nuestros cuerpos cuando Leo movió su mano de mi brazo a la parte baja de mi espalda, lo cual logró que me mordiera el interior del labio en anticipación. Llegamos a una zona llena de toronjil, y sus cálidas notas cítricas se entremezclaban con la lavanda y la salvia que lo rodeaba.

—Es incluso más potente si cierras los ojos —me dijo, cerrando los suyos a su vez antes de inhalar profundamente. Al otro lado del patio, vi que Rachel alzaba una ceja.

—Tengo que irme —le dije.

Leo siguió mi mirada hasta Rachel, quien se encontraba en el otro lado del claustro.

—Claro —dijo—. Rachel siempre consigue lo que quiere.

Pese a que quería que siguiera hablando, vi que Rachel alzaba la muñeca y hacía un gesto hacia su reloj. Ya había estado con Leo durante casi treinta minutos.

—Lo siento —le dije, insegura de cómo apartarme de la extraña intimidad que se había formado entre nosotros.

Cuando llegué junto a Rachel, me pasó un brazo por los hombros, de forma despreocupada pero posesiva.

—¿Te lo has pasado bien?

—Solo estaba aprendiendo sobre plantas.

—Y sobre el profe también, ¿eh?

No quise mirar atrás hasta que estuvimos en el pasillo en dirección a la biblioteca, pero, cuando lo hice, me percaté de que Leo estaba podando un frondoso seto cubierto de bayas negras y brillantes. Era belladona, según lo que me había dicho.

CAPÍTULO CINCO

La noche era calurosa, tanto que la máquina de aire acondicionado que había junto a la ventana no daba abasto, sino que se limitaba a resoplar y traquetear contra el firme verano que se aferraba a las calles de afuera. Estaba tendida en la cama y odié cada centímetro de la sábana que tocaba mi piel hasta que el cielo empezó a aclarar. Pensé en el único lugar que conocía en la ciudad que siempre estaba fresco, con sus capillas de piedra pesada y sus bóvedas, y decidí que las 04:45 a.m. no era demasiado pronto para dirigirme al trabajo.

Si los encargados de seguridad se sorprendieron al verme llegar, no lo demostraron. En su lugar, me hicieron firmar en una de las páginas del libro de entradas fuera del horario laboral sin mayor comentario y pude dirigirme hacia la biblioteca. En las galerías, las angostas sombras de las estatuillas parecían trepar como arañas por las paredes. Con tan solo el sol de la madrugada como iluminación extra, las piedras preciosas de los relicarios proyectaban charcos como de acuarela sobre el suelo. Mis pasos eran el único sonido que resonaba por los pasillos del siglo doce. Cuando pasé al lado de un guardia de seguridad despatarrado sobre su silla y con los ojos cerrados, no lo culpé. Aquel lugar también era más fresco y más cómodo que mi piso.

La puerta de la biblioteca no estaba cerrada con llave, pero, cuando la empujé para abrirla, había algo distinto en el ambiente: el aire parecía más espeso, y podía percibir el olor sulfúrico de las cerillas. Tanteé un poco la áspera pared de piedra para encontrar un interruptor antes de que la puerta se cerrara y se llevara consigo la poca luz que había. En la oscuridad, estiré las manos frente a mí y avancé poquito a poco hasta que di con una de las mesas de estudio y una de las lámparas de lectura. Di un tirón al cordoncillo de esta, y la pantalla de cristal verdosa se iluminó un poco, con un triste haz de luz que alumbró únicamente la mesa de roble, no toda la estancia. No me había percatado de que, en la oscuridad, mi respiración se había acelerado; solo lo noté en el momento en que empecé a respirar con normalidad.

Por toda la biblioteca, alguien había corrido las cortinas para cubrir las ventanas de estilo gótico, ventanas que solían llenar la sala con tanta luz natural que las lámparas de lectura parecían accesorios de lo más redundantes. Me dirigí hacia ellas, empecé a abrir las cortinas para dejar que entrara la débil luz solar y vi que las motitas de polvo danzaban por toda la biblioteca. ¿A lo mejor los de seguridad las corrían cada noche y yo había llegado antes de que les tocara abrirlas de nuevo? Abrí un poco una ventana, y el canto matutino de los pájaros se coló en la estancia e hizo que desapareciera cualquier cosa que hubiera imaginado que había en aquella oscura biblioteca.

Empecé a vaciar mi mochila en la mesa en la que Rachel y yo solíamos trabajar, acomodé mi portátil y mi libreta y saqué algunos de los textos que había estado usando como referencia (monografías sobre enfoques medievales de astrología y oráculos y un manual del siglo trece para interpretar sueños). Entonces me percaté de la presencia de unos circulitos rojos y suaves sobre la mesa. Cuando intenté quitar uno con la uña, se resistió. Insistí hasta que pude notar que me pinchaba bajo la uña al separarse de la mesa sin mayor resistencia. Froté el circulito rojo entre mis dedos. Cera. ¿Cera que había goteado de velas? Quité los restos de la mesa y los dejé a un lado, una pila ordenada sobre una hoja de papel.

Me gustaba estar sola en la biblioteca tan temprano. Era un momento en el que el sonido de mis pasos y el de los guardias era lo único que se podía oír, en el que la luz era baja y podía moverme sin que nadie se percatara de mi presencia. Al fin y al cabo, estar sola era mi modo de ser por defecto, una de las razones principales por las que la vida académica me había llamado la atención en primer lugar: la oportunidad de estar a solas con objetos fascinantes e historias antiguas. Prefería aquello a la idea de trabajar en una oficina con conversaciones sobre trivialidades, reuniones eternas y una intimidad forzada a base de ejercicios en grupo. La vida académica me libraba de todo eso. Y, por ello, le estaba agradecida.

Para cuando Patrick llegó, yo ya me había abierto paso entre dos estanterías de almacenamiento y había separado dos repisas el espacio justo como para apretujarme entre ellas, con la esperanza de que el libro que necesitaba no estuviera en alguno de los estantes de abajo, pues no había dejado lugar suficiente para agacharme. Oí sus pasos antes de verlo desplazarse a través del fino resquicio que había entre las estanterías, como un fantasma. Pero entonces se detuvo y deshizo sus pasos para volver hasta donde yo estaba.

—Parece apretado —dijo, y apoyó la mano con fuerza sobre la manivela. Las estanterías se acercaron, solo un milímetro, pero, aun así, apoyé una mano contra ellas para frenar el movimiento por instinto. Los espacios cerrados me provocaban claustrofobia, y había algo en el hecho de quedarme allí apretujada mientras Patrick permanecía de pie en el sitio libre que hacía que el corazón me latiera desbocado—. No voy a aplastarte, Ann —se rio Patrick—. Te he visto en el registro de entradas. ¿Te ha tocado madrugar?

—No podía dormir —expliqué, antes de sacar el tomo que había estado buscando del estante para luego abandonar los apretujados confines de las estanterías, de vuelta al carrito que había estado llenando con libros.

Patrick usó uno de sus dedos para reseguir los títulos.

—Has montado una colección de lo más interesante.

Sostuve con firmeza el libro contra mi pecho, avergonzada por cómo mi nerviosismo entre las estanterías se había transformado con rapidez en ansias. Anhelaba con desesperación poder complacerlo, tanto que me aferré a sus palabras, a su felicitación sobre cómo estaba conduciendo la investigación. Como si todos aquellos libros fueran para él y la madrugada también; noté el sonrojo y el calor en las mejillas.

—Dime una cosa, Ann —dijo él, tras leer el último título—. ¿Richard te habló de las prácticas de adivinación de la Italia del Renacimiento temprano?

Conocía bastante bien el papel trascendental que había desempeñado al menos una práctica de adivinación —la astrología— durante el Renacimiento. El modo en que había guiado decisiones insignificantes, como cuándo afeitarse la barba o darse un baño, y también otras más trascendentales, como cuándo ir a la guerra. El modo en el que aristócratas y papas habían creído que sus techos pintados —los cuales en la actualidad se conocían como bóvedas celestiales y estaban decorados con constelaciones y signos del zodiaco— podían tener tanto impacto en sus destinos como las propias estrellas. Incluso había investigado sobre la geomancia en Venecia, sobre la pasión que tenía aquella ciudad por lanzar un puñado de arena y usarla para predecir el futuro. A las cortes del Renacimiento les encantaban la magia y las artes ocultas, y se les daba bastante bien adaptarlas dentro de su modo de ver el mundo acorde al cristianismo. Según sabía, Lingraf sentía debilidad por aquella área de investigación, un interés romántico y fantasioso que yo siempre había atribuido a alguna pasión personal, en vez de al rigor académico. Y, hasta cierto punto, me había alentado en aquella dirección, y yo había permitido que ese interés floreciera.

—Sí que lo hizo —reconocí. Solo que Lingraf nunca había sido muy dado a compartir su trabajo. Era amable y alentador, pero nunca transparente.

—Cierto. Mencionaste parte de tu trabajo en la oficina de Michelle.

De nuevo me pregunté cuánto habría revisado Patrick los documentos de mi solicitud y si se habría puesto en contacto con Lingraf para saber más.

—¿Y qué es lo que piensas de todo esto? De la exposición en la que estamos trabajando —añadió—. A grandes rasgos.

—Creo que nos permite ver que el Renacimiento, que suele considerarse una época de lógica y ciencia, se dejó seducir con mucha facilidad por prácticas antiguas que no incluían geometría ni anatomía, sino creencias en oráculos y tradiciones místicas. De un modo que iba… —hice una pausa— bastante en contra de la ciencia. A grandes rasgos, claro.

—Claro —dijo Patrick, sin dejar de mirarme.

Volvió a sorprenderme lo apuesto que era. Incluso bajo la luz fluorescente de las estanterías, la línea de su mandíbula y sus pómulos parecían brillar de una forma sana. Durante mi primera semana en el museo había intentado averiguar su edad al buscar la fecha de su tesis. Según mis cálculos, había confirmado que tenía cuarenta y muchos o cincuenta y pocos. Bastante joven para ser un curador a tiempo completo en cualquier lugar, pero en especial en Los Claustros.

—¿Y por qué crees que se sentían tan atraídos por este tipo de cosas? —me preguntó, antes de escoger uno de los libros que había seleccionado sobre percepciones medievales y hojearlo.

—Porque anhelamos poder explicar el mundo que nos rodea —contesté—. Y darle un sentido a lo desconocido. —O, al menos, yo lo hacía. Y el impulso era, de algún modo, algo universal.

—¿Alguna vez has considerado… —empezó a decir él, alzando la vista, pero manteniendo un dedo sobre la página— que puede haber algo sobre estas prácticas, aunque nos parezca difícil creerlo ahora, que sea en parte… —me miró a los ojos— cierto?

—¿A qué te refieres? ¿A que al estudiar la posición de los planetas podamos ser capaces de predecir el mejor día para… —busqué en mis recuerdos la cosa más extraña que había leído en un manuscrito de astrología— tratar la gota?

Patrick asintió, y un atisbo de sonrisa tiró de la comisura de sus labios.

—No lo creo —dije, tras considerar la pregunta. La idea de que los humanos pudieran ser capaces de predecir el futuro al observar los planetas moviéndose por el cielo nocturno había captado la atención de académicos y clarividentes durante siglos.

Pero a mí me resultaba imposible creer en la astrología. Había visto con mis propios ojos lo despiadado y aleatorio que podía ser el destino. Estaba segura de que era algo que jamás podríamos llegar a saber. No obstante, no quería decepcionar a Patrick al revelarme como una persona demasiado cínica, por lo que añadí—: Claro que aún hay gente que cree en la astrología.

—Tenemos una tendencia a descartar aquello que no entendemos —dijo él—. A apartarlo sin pensárnoslo dos veces y calificarlo como algo anticuado o poco científico. Aun así, si hay algo que puedes llevarte contigo del tiempo que pases aquí, quiero que sea que les diste a estos distintos sistemas de creencias la oportunidad que se les debe. No tienes que creer en la adivinación para que haya sido algo cierto para un aristócrata del siglo catorce. —Dejó el libro sobre el carrito—. Ni tampoco para que sea cierto una vez más.

Para cuando regresé a la biblioteca, el papel con los restos de cera había desaparecido. Revisé la papelera, pero tampoco se encontraba allí. Patrick y yo éramos los únicos que ya habíamos llegado.

* * *

—¿Estás buscando a Leo? —me preguntó Rachel mientras le daba una calada a su cigarrillo. El calor de la mañana había dado paso a una tarde nublada, la lluvia amenazaba con caer del otro lado del río, y estábamos sacándole provecho al aire más frío al sentarnos en los límites del Claustro Bonnefont. Rachel sostenía la mano del cigarrillo al otro lado del muro para que nadie se percatara de que estaba fumando.

—No, no —dije, a pesar de que estaba mintiendo. Llevaba todo el día buscándolo e incluso había llegado a hacer tiempo en la cocina, los jardines y cerca de los baños del personal para ver si lo veía por ahí.

—Pero qué mal mientes —me dijo ella, observando mi perfil mientras apagaba el cigarrillo—. Los lunes suele trabajar en el cobertizo del jardín, no en los claustros. Aunque no sea algo que te importe, claro.

Rachel observó a su alrededor: los visitantes del museo paseaban con reverencia por los caminos de ladrillo del jardín, con las manos aferradas tras la espalda. Imaginé que aquello debía haber sido bastante similar hacía quinientos años.

—Menos mal que ha bajado un poco el calor —dijo. Claro que a Rachel no parecían afectarle el calor ni la humedad.

—Hoy he venido muy temprano —le conté—. No podía soportarlo. Pero cuando he llegado a la biblioteca esta mañana, había gotitas de cera sobre las mesas. O al menos me ha parecido que era cera. ¿Qué crees que podría haber dejado algo así?

—No sé —dijo ella, con la mirada puesta más allá del muro, hacia el río.

—¿Crees que alguien encendería velas en la biblioteca?

—Quizás hubo una actividad para donantes este fin de semana. No te imaginas lo que he encontrado en la biblioteca, o incluso en las galerías, después de alguna de esas.

Parecía probable. Además, no era como si el Departamento de Eventos y el de Conservación tuvieran mucha comunicación entre ellos.

—Es solo que me ha parecido extraño. ¿Por qué llevaría alguien velas a una sala llena de libros valiosos?

—Los monjes solían hacerlo todo el tiempo —dijo ella, poniéndose de pie.

El día transcurrió con rapidez después de eso, aunque, a pesar del cielo nubloso, la ciudad no recibió nada más que humedad y quietud. Me apenó tener que abandonar la biblioteca a las seis, pues sus frescos confines de piedra no habían tardado en volverse un lugar que me resultaba más familiar que mi propio piso, y la belleza del entorno del que disfrutaba durante el día hacía que la realidad de mis noches fuera mucho peor.

Mientras caminaba por las galerías, bajo las bóvedas elevadas de los pasillos de camino a la lanzadera, mi mente volvió a centrarse en el calor. No había estado preparada para soportarlo, para la humedad. Empecé a preguntarme si tendría suficiente dinero para comprar otro aire acondicionado; había una ferretería a un par de calles de mi piso. Sin embargo, cuando intenté hacer los cálculos del aire frío en comparación con la realidad de mi presupuesto, me di cuenta de que los márgenes eran tan justos que debía estar segura. Me dispuse a abrir la calculadora en mi teléfono solo para darme cuenta de que lo había dejado en una silla en la biblioteca. No tardaría demasiado en volver, pero, mientras recorría el Claustro Bonnefont, los vi —a Rachel y a Leo— de pie cerca del arco que daba paso al cobertizo del jardín, enfrascados en una conversación. Rachel estaba apoyada contra la pared, con los brazos tras la espalda, y Leo tenía una mano posada por encima de la cabeza de ella.

Sin pensar, me detuve detrás de una de las columnas para observarlos desde el otro lado del jardín. Podía oír la risa de Rachel mientras sacaba un cigarrillo, lo encendía y se lo extendía para que él lo agarrara. Leo no lo hizo, sino que levantó la mano de ella muy despacio hacia su boca y dio una calada. Ella quitó la mano, fastidiada, y se apartó de la pared, lo que dejó a Leo a solas.

Aproveché la oportunidad para meterme en la biblioteca, a escondidas y sin que nadie me viera. Me llevó algunos minutos dar con el teléfono, pues me resultaba difícil concentrarme a través de la mezcla de celos y deseo que hacía que me dolieran las palmas de las manos. Una vez que lo encontré, me dirigí hacia las puertas para empujarlas y salir cuando oí la voz de Patrick desde el otro lado.

—Creo que ha llegado el momento de incluir a Ann.

—Es muy pronto, Patrick —contestó Rachel.

—Está aquí para ayudarnos con esto.

Patrick había bajado la voz, lo que hizo que tuviera que apoyar el cuerpo entero contra la puerta, con la oreja justo en la unión entre ambas. Cuando Rachel volvió a hablar, pude percibir la frustración en su voz a través de la gruesa y húmeda madera.

—No estamos seguros de poder confiar en ella aún. Aunque ya siente curiosidad. ¿Sabes que ha encontrado la cera? ¿Te ha preguntado al respecto?

—Me he encargado de ello.

Entonces se produjo un silencio, salvo por el sonido de mi propio pulso, que me latía contra los oídos.

—Venga —dijo Patrick, con una voz suave que no había oído hasta el momento—, no nos peleemos por esto. Fuiste tú quien la escogió.

—Creo que podría ser de ayuda —aceptó Rachel, y tuve la impresión de que aquella conversación no se trataba solo de la exposición, sino de algo más, algo que aún no podía ver.

—A veces tenemos que arriesgarnos —insistió Patrick.

Se produjo un momento de silencio.

—¿Es que no confías en mí? —le preguntó él.

Rachel debió haber asentido, porque él añadió:

—Esa es mi chica. Ya sabes que no creo que haya acabado aquí por pura casualidad, ¿no?

El pomo de la puerta empezó a girarse, y salí corriendo hacia el otro extremo de la biblioteca para luego deslizarme dentro de las estanterías antes de que la puerta pudiera abrirse. Avancé por el pasillo del personal, más allá de la cocina, con la cabeza gacha en aquel espacio tan poco iluminado. Casi había llegado al vestíbulo corriendo a toda prisa cuando me tropecé con Leo.

—¿Estás bien? —me preguntó, sosteniéndome de los hombros y mirándome de arriba abajo.

—Sí, sí. Lo siento, es que... —Estaba muy nerviosa, demasiado agitada por el trayecto como para concentrarme en las palabras que quería decir.

—Relájate, Ann. Esto es un museo, nadie está intentando salvar vidas aquí.

—Ya, cierto. —Exhalé—. Solo estaba tratando de llegar a la lanzadera.

—Se acaba de ir —me dijo, dando un paso hacia atrás.

—Joder.

—¿Y si caminamos un poco? —Hizo un gesto para que fuera por delante de él. La forma en la que movió el brazo me recordó a cómo lo había tenido estirado por encima de la cabeza de Rachel, a la fuerza de aquel brazo, la posesividad. Quería notarlo sobre mí, alrededor de mi cintura y mis hombros, fuerte y tenso.

Cambiamos la oscuridad del museo por las copas de los árboles del parque, donde los caminos serpenteantes se entrecruzaban con las extensiones de césped a un ritmo vertiginoso. Leo caminaba a mi lado y en ocasiones tarareaba la melodía de una canción que no reconocí.

Tras dejar atrás a un grupo de niños a los que llevaban de la mano como si fuesen una cadena de diminutas margaritas, él se volvió y, sin mayor preámbulo, me preguntó:

—¿Qué haces aquí?

—¿Qué clase de pregunta es esa? —contesté. Su pregunta había sido intensa, y aquello me recordó, como si no lo hubiera sabido ya, que yo era nueva y no tenía mucha experiencia, por lo que mi presencia incluso molestaba a algunos.

Una parte de mí sabía que lo mejor sería que olvidara las cosas que había visto y oído aquel día, que construyera una barrera que me separara de Leo, Rachel y Patrick. Que apartara el mundo del museo de las cosas que quería alcanzar, como una carta de aceptación a una escuela de posgrado o una vida fuera de Walla Walla. Dentro de la pregunta de Leo había una implicación que también había empezado a preocuparme: «¿Por qué te estás metiendo en nuestro mundo?».

Debí haberme quedado en silencio demasiado tiempo, porque Leo añadió, con algo más de amabilidad:

—Quiero decir, ¿por qué no Los Ángeles, Chicago o Seattle? ¿Por qué aquí?

—He oído que esta es la mejor ciudad del mundo —dije, aliviada y haciendo un gesto a nuestro alrededor.

Leo se echó a reír.

—Dale tiempo.

El último niño, el que iba al final de la fila, pasó corriendo por nuestro lado, mientras pasaba su manita libre por el césped que le llegaba a la altura de las rodillas.

—Supongo que por el arte —me expliqué, observando su perfil. Me guardé para mí misma las otras razones: estaba a cientos de kilómetros de la iglesia luterana en la que habían enterrado a mi padre, era una ciudad que nunca te culpaba por ser ambicioso, a pesar de que otros quizá sí lo podían hacer. Caminamos lado a lado, Leo con las manos metidas en los bolsillos y una bandolera cruzada sobre el pecho—. Es el único lugar en el que puedo hacer el trabajo que quiero hacer —terminé.

—¿Y qué estás dispuesta a sacrificar por ello?

Su pregunta tenía un tono particular que hizo que metiera las manos al fondo de los bolsillos y me encogiera de hombros, al no estar lista para dejar que supiera más cosas sobre mí cuando yo aún sabía tan poco sobre él.

Leo chocó su hombro contra el mío.

—No todos son muy susceptibles por aquí —me dijo—. No deberías tomarte tan a pecho las preguntas. Y si lo haces, pero no quieres contestarlas, solo dile a quien sea que se vaya a tomar por culo. Lo único que quiero es ver si te gustará estar aquí. Aunque lo cierto es que a la mayoría eso no le importa, mientras hagas lo que tienes que hacer. A mí me gusta; me gusta trabajar en los jardines, al menos. El trabajo, como lo llamaste tú. Incluso si odio a los visitantes. A veces, en los días tranquilos, puedo hacer como si ese fuese el modo en el que tendría que ser. Antes de convertirse en un complejo de turismo industrial, antes de la economía de la experiencia.

»Es como percibo Los Claustros, como un mundo aparte.

Habíamos llegado a la estación de metro, con su entrada construida en un saliente rocoso cubierto por cascadas de hiedra que caían por los lados. Parecía una estación propia de Roma, no de la parte más al norte de Manhattan.

—Y esta es tu parada —me dijo, señalando las escaleras con la barbilla.

—Gracias por haberme acompañado —le dije, avergonzada por lo juvenil que había sonado el comentario, como si me hubiese traído de la mano como los niños que acabábamos de ver.

—Me gusta acompañarte, Ann Stilwell. —Vaciló un poco antes de continuar—. Y la ciudad, Los Claustros... son lugares increíbles, pero no dejes que te consuman. En su lugar, haz que te den vida.

* * *

Al día siguiente, el constante golpeteo de la lluvia marcó su ritmo en las ventanas de cristal de la biblioteca en la que Rachel y yo trabajábamos. La velocidad con la que ella consumía textos aún me sorprendía, así como su lectura rápida y penetrante. Cuando finalmente dejó de llover, Rachel se puso de pie, se excusó al alejarse de la mesa y fue a llamar a la puerta de Patrick. Durante casi una hora observé la puerta con el rabillo del ojo y traté de apartar de mis pensamientos la idea de que, si pasaban otros cinco minutos, podría tener el tiempo suficiente para acercarme y quizás oír una o dos palabras de la conversación que se estaba llevando a cabo tras ella. Solo que, justo cuando estaba a punto de dirigirme a las estanterías más cercanas a la oficina de Patrick, Rachel salió de ella y sostuvo la puerta hasta que esta se cerró con un susurro.

—Patrick quiere saber si te apetece ir a cenar a su casa el viernes —dijo ella, mientras se sentaba frente a mí.

No pude evitar recordar lo que había oído a través de la puerta de la biblioteca el día anterior, pero, si había algún matiz de resignación en la voz de Rachel, no llegué a notarlo.

En Whitman nunca me habían invitado a ninguna cena en la casa de algún miembro del personal académico. A pesar de que la universidad era pequeña, la división entre los estudiantes y el personal siempre había estado presente. Al fin y al cabo, aquellas cenas eran la comidilla para especular sobre relaciones inapropiadas. Sin embargo, había sentido curiosidad por conocer la casa de Patrick desde que Rachel la había mencionado por primera vez, y aquella invitación parecía la iniciación que tanto había estado esperando.

—Es una tradición —siguió ella—. Suelo ir una vez por semana. En ocasiones hay otras visitas, es más como una tertulia intelectual. Esta semana irá Aruna Mehta, la curadora de manuscritos antiguos de la Biblioteca Beinecke.

—No sé cómo llegar a Tarrytown —dije, empezando a preocuparme por la logística y por cómo haría para llegar de forma aún presentable, sin estar cubierta en sudor por haber caminado o viajado en el espacio sin aire acondicionado del metro.

—Podemos ir en coche juntas —dijo Rachel, alzando una mano—. Te pasaré a buscar a las cinco.

CAPÍTULO SEIS

El viernes, Rachel me recogió en un coche negro, con su conductor al volante.

—Te he traído algunas cosas —me dijo, alzando una bolsa lila enorme y llena—. Espero que no te importe. Es ropa.

—¿Me has comprado ropa? —le pregunté, sacando una falda con la etiqueta aún puesta de la bolsa.

—No, claro que no. Estaba haciendo limpieza en el armario y pensé que te podrían interesar algunas de estas cosas. No he llegado a ponerme muchas de ellas; las iba a donar.

El modo en el que lo dijo, tan despreocupada, hizo que pensara que no había nada más detrás de sus palabras, aunque una parte de mí se preguntó si no estaría cansada de ver mis sosos atuendos todos los días, la práctica mezcla de algodón y poliéster que definía mi vida. Le eché un vistazo a algunas de las prendas y noté el material entre los dedos. Ya entendía por qué Rachel siempre estaba increíble.

—Gracias —le dije.

—¿Quieres ponerte algo de eso ahora o...?

Era una propuesta amable, lo suficiente como para que no sintiera un arrebato de vergüenza, pero aun así me hizo bajar la mirada hacia los pantalones de vestir que había escogido para aquella velada. Incluso las propias palabras *pantalones de vestir* delataban mi error.

—¿No te molestaría?

—Para nada. John, ¿puedes dar una vuelta por la manzana? —le pidió Rachel al conductor, quien le dijo que sí—. Subiré contigo.

—¡No! —La idea de que Rachel subiera a mi apretujado piso, de que viera los platos sucios o mi ropa colgada en el tendedero que había improvisado en la escalera de emergencia, como habían hecho mis vecinos, o de que intentara sentarse en el único sitio disponible del sofá que no estaba cubierto de libros y papeles hizo que me mareara del pánico—. Es que solo tardaré un segundo, no hace falta.

—Hay un vestido negro que sería perfecto. Es un vestido recto bastante sencillo. Es lo que me pondría yo.

Mientras rebuscaba en la bolsa una vez que subí, di las gracias por que Rachel no estuviera allí para observar la única habitación que componía mi apartamento. Para hacer que pareciera más como un hogar, había colocado un cuadro con una foto de mis padres, así como unas postales de unas pinturas que nunca había visto en la vida real, pero que habían ocupado el grueso de mi tiempo y esfuerzo en Whitman: un conjunto de pinturas al fresco del Palazzo Schifanoia en Ferrara. El nombre Schifanoia provenía de la frase en italiano *schivar la noia* y significaba «escapar del aburrimiento». Se trataba de un palacio de placer en las afueras de Ferrara en el que Borso de Este, el excéntrico gobernante de un ducado muy influyente, había hecho que pintaran una sala de banquetes entera con escenas del zodiaco. Se podía ver a Venus en una procesión, conducida en un carruaje tirado por cisnes. Bajo ella, el resplandeciente Tauro, un toro de tonalidades marrones cuyos flancos estaban moteados con estrellas doradas, bendecía su paso. Borso había diseñado la sala para impresionar a sus invitados, pues la astrología era una demostración de poder, un tótem de buena fortuna. Claro que algunos académicos habían argumentado que era muchísimo más que eso, que Borso y los astrólogos renacentistas que habían diseñado aquella sala habían creído que las propias pinturas de cuerpos celestiales podían tener un impacto tan significativo en el destino de una persona como las verdaderas estrellas del cielo. Como si la imagen pintada de Leo pudiera afectar el horóscopo del espectador —o, en aquel caso, de Borso— de forma positiva. El arte en su máximo esplendor de poder, quizás. Aquel era un argumento que Lingraf siempre me había motivado a tomar en serio.

Me puse el vestido negro y me acomodé el pelo en una coleta baja para luego usar la caja que acababa de llegar de parte de mi madre como un taburete para tener una mejor perspectiva y así poder ver cómo me quedaba en el pequeño espejo del baño. La diferencia se notaba: mi cabello parecía ligeramente romántico en su alboroto, el escote bajaba lo justo para dar una apariencia de sensualidad y la silueta del vestido era suelta y cómoda y rozaba el lugar exacto de mis muslos para que fuese apropiada para una tertulia así, la primera a la que me habían invitado. Rachel no podría haberlo llevado más de una vez, o tal vez dos; tenía la textura de una prenda que nunca había pasado por la lavadora. Resistí la tentación de rebuscar en la bolsa para ver qué otras cosas de segunda mano me había regalado Rachel y, en su lugar, corrí hacia abajo, pues no quería hacerla esperar.

—Ah, sabía que te quedaría perfecto —dijo cuando me deslicé en el coche junto a ella. El cumplido me pareció tan natural como la tela del vestido contra mi piel.

Condujimos hacia el norte por la abarrotada autopista o, en realidad, avanzamos milímetro a milímetro, mientras Rachel escribía algo en su teléfono y yo observaba cómo las colinas daban paso a las salidas cubiertas de vegetación de la zona residencial, hasta que el conductor siguió la curva de una salida y luego se adentró en algunas calles más silenciosas. Rachel se mantuvo en silencio todo el rato, y yo, como no quería parecer demasiado entusiasmada, demasiado desesperada, hice lo mismo. Finalmente nos detuvimos en una larga entrada de gravilla, y Rachel volvió a guardar el teléfono en su bolso.

—Hemos llegado —dijo.

La casa quedó a la vista: una ordenada colección de losas grises y ventanas de cristales emplomados, separadas por un entramado de metales que componían los marcos. El camino de la entrada estaba flanqueado por abetos balsámicos y hayas, y la puerta principal tenía un arco gótico enmarcado por unos setos muy bien cuidados. Me recordó muchísimo a Los Claustros: el color de las piedras, la estética con toques góticos, la forma en que la entrada aumentaba la anticipación al revelarle poco a poco al conductor una chimenea de piedra por aquí y una veleta de cobre viejo por allá. Me pregunté si John nos esperaría todo el rato, sentado en el coche mientras se comía un sándwich que había guardado en la guantera, como hacía cada semana.

Nadie nos recibió en la puerta, sino que Rachel empezó a avanzar en dirección al vestíbulo ovalado dominado por una escalera de piedra. A nuestra izquierda se encontraba la biblioteca, y, mientras Rachel me conducía hacia el interior de la casa, hice lo que pude para guardar en mi memoria todos los detalles. Era mi primer vistazo dentro de la casa de un académico: había páginas de manuscritos enmarcadas y un tríptico encáustico en exhibición, una mesa cubierta por dados blancos de formas extrañas y estanterías llenas de libros encuadernados en cuero. Era una colección lujosa y escogida con cuidado, una que seguro que se extendía más allá del salario de Patrick en Los Claustros. Quería quedarme allí un rato, tocar la gruesa tela de los sofás y acariciar la fría madera de caoba de las mesas, pero Rachel ya había cruzado aquel espacio, como si fuese algo de lo más normal, y me esperaba ante unas puertas dobles, abiertas de par en par hacia la noche de verano.

Desde el patio de losas al lado de la biblioteca, las vistas llegaban hasta el lugar en el que el puente Tappan Zee cruzaba los condados de Rockland y Westchester por el río Hudson. El ambiente parecía confuso y estaba cargado con el constante zumbido de los insectos. Bajo un toldo a rayas, Patrick y una mujer estaban sentados y sostenían unas copas con gotitas de humedad. Ella era tan menudita que apenas ocupaba espacio en la silla, pero su vestido, de un intenso tono coral con detalles dorados tejidos, hacía que su presencia se engrandeciera. Con solo cuatro participantes, era un número demasiado pequeño para considerarla una tertulia, por lo que era más bien una íntima cena de gala.

Por alguna razón —probablemente nuestros alrededores, la biblioteca, las ventanas de cristal opacadas por los años—, esperaba que alguien llegara a preguntarnos qué queríamos beber, por lo que me sorprendió ver que Patrick se ponía de pie y se dirigía hacia una puerta al otro extremo del patio —la cual daba a la cocina, según me enteré más adelante— para prepararnos él mismo nuestras bebidas.

—Son negronis —me dijo, extendiéndome una copa redonda de cristal pesado con grabados.

La mujer que estaba sentada en la silla era Aruna Mehta, según me contaron. Había nacido en el Punyab y había pasado por Oxford. Ella y Patrick habían sido estudiantes de posgrado juntos y llevaban siendo amigos casi veinte años, según me dijo ella misma. Aruna se había recogido su reluciente cabello de forma elegante y tenía un par de gafas de lectura colgadas al cuello. Rachel la saludó con un beso en cada mejilla antes de sentarse. Incluso si se trataba de un saludo informal, la intimidad del gesto y la confianza con la que Rachel lo llevó a cabo me sorprendió. Ningún profesor me había proporcionado aquel tipo de familiaridad nunca.

—¿Es tu primera vez aquí? —me preguntó Aruna, haciendo un gesto hacia el paisaje.

—Sí —contesté—. Es increíble.

—Gracias —dijo Patrick, alzando su copa—. Pero no es mérito mío.

—Puedes otorgarte el mérito de su magnífica restauración. —Aruna chocó su copa contra las nuestras—. Salud.

—Eso sí que puedo hacerlo. —Patrick sonrió.

—La mayoría de los curadores no vive de este modo —empezó a decir Aruna, inclinándose en mi dirección con fingida confidencialidad. Su cercanía me parecía algo vital—. Patrick es la excepción, al igual que para muchas otras cosas.

Patrick se echó a reír, y me percaté por primera vez de que tenía unos suaves hoyuelos bajo su barba de algunos días. Me pregunté por qué no tendría a nadie más viviendo con él en aquella casa: una esposa, familia o incluso un ama de llaves. Tendría que haber montones de habitaciones.

—Aruna, para —le dijo Patrick, sin ningún atisbo de advertencia en su voz.

—Rachel sabe a lo que me refiero. —Aruna guiñó un ojo.

Era un recordatorio de lo muy apartada que me encontraba de todo. Quizá fuera un recordatorio deliberado de la cantidad de veces que Rachel había bebido negronis en el patio de Patrick, de que seguro que habría sabido cómo era la casa antes de la restauración. De que había conocido a Aruna, según me había contado, en sus años en Yale. Y mientras yo me había pasado mis años como estudiante siendo ignorada por los profesores que importaban, a ella ya la habían identificado como alguien especial, alguien a quien observar. Me recordé que aquella había sido la principal razón por la que había acudido a Nueva York, para convertirme en alguien como Rachel. Alguien a quien las personas tomaran en serio, alguien a quien yo misma pudiera tomar en serio.

—¿Habéis oído lo del Morgan? —preguntó Aruna—. Este año han propuesto que el tema sea la historia del ocultismo en el Renacimiento.

—Sí —dijo Patrick—. Les sugerí que pusieran a Rachel a moderar el panel sobre el tarot.

—Pero dijeron que no —me susurró Rachel tras inclinarse para hablarme al oído.

—Al final me encargaré yo —añadió él.

—Es de lo más interesante que, tras años de haber asegurado que era un tema que no valía la pena investigar, decidan llevar a cabo esto al mismo tiempo que tú estás montando una exposición sobre adivinación, ¿verdad, Patrick? —Aruna mordió el borde de su cáscara de naranja y la masticó mientras pensaba.

—Algo los habrá motivado —dijo Rachel, antes de darle un sorbo a su negroni al tiempo que el enorme cubito de hielo tintineaba contra el lateral de su copa.

—¿Y tú qué piensas, Ann? —Aruna se secó unas gotitas de condensación que habían caído de la copa a su vestido—. ¿Estos dos ya te han vuelto creyente?

—Me temo que aún no. —Me costaba descifrar el tono de aquellas conversaciones, entender la forma en la que Patrick y Rachel, y en aquel momento también Aruna, hablaban sobre las cartas del tarot y las prácticas de adivinación como si fuesen algo real. Parecía una broma. Una que, según me temía, solo se revelaría a sí misma cuando finalmente aceptara creer en lo increíble. Todo ello a mi costa, claro estaba.

—Ah, aún no —dijo Aruna—. ¿Eso quiere decir que aún hay tiempo para convencerte, entonces?

—A uno no se le debe convencer —interpuso Patrick, inclinándose hacia adelante en su silla, con los codos apoyados en las rodillas y las manos alrededor de su copa—. Uno debe estar abierto al proceso. Intentar entender por qué dichas prácticas importaban. Y cómo quizás aún lo hacen. Estamos hablando de sistemas de creencias que dieron forma a la manera en la que entendemos el destino, incluso en la actualidad. Por ejemplo, el tarot…

—Sí, pero el tarot solo pasó a formar parte del ocultismo en el siglo dieciocho —lo interrumpió Aruna—. Antes de eso solo era un juego de naipes con triunfos. Algo así como el *bridge*, al que jugaba la aristocracia. Cuatro personas, sentadas alrededor de una mesa, barajaban y repartían un simple mazo de naipes. No fue hasta que el charlatán de Antoine Court de Gébelin se involucró que las cartas del tarot se transformaron en algo más… —hizo un gesto con las manos— místico.

—Gébelin —me contó Rachel, mirándome— era un conocido libertino de la corte francesa del siglo dieciocho. Sugirió que fueron los sacerdotes egipcios, y no los italianos del siglo quince, quienes crearon la baraja del tarot mediante el libro de Thot. La baraja consiste, claro, en cuatro palos como nuestra baraja normal, más veintidós cartas a las que ahora llamamos «arcanos mayores». Cartas como la sacerdotisa, por ejemplo, que solía ser la papisa.

Había empezado a notar unos destellos de luz que zigzagueaban de aquí para allá y dejaban unos rastros de neón conforme el atardecer se volvía cada vez más oscuro. Luciérnagas que iluminaban nuestra conversación con la magia tangible de la naturaleza.

—Entre el afán que sentían por Egipto en la Francia del siglo dieciocho y el ambiente de una corte que adoraba los secretos y los misterios —continuó Rachel—, el tarot desarrolló un uso completamente distinto. Aunque creo que aún se puede argumentar que se le dio algún uso en ocultismo en el siglo quince, en especial en algún lugar entre Venecia, Ferrara y Milán. Un área que fue una especie de triángulo dorado para las prácticas mágicas y experimentales. A ver, sabemos que a los aristócratas del Renacimiento les fascinaban las prácticas antiguas de adivinación, las cosas como la geomancia y la cleromancia. Entonces, ¿por qué no las cartas? La Orden Dominicana se opuso a las barajas del tarot con rotundidad. Sabemos que Enrique III las prohibió en Francia. Sabemos que alguien fue arrestado en Venecia a principios del siglo dieciséis por cartomancia. Y tenemos numerosos indicios en los registros históricos de que las cartas del tarot aumentaban los *escándalos públicos*, lo que creo que es una frase que podemos analizar de distintas maneras.

Alterné la mirada entre ella y Patrick, quien había vuelto a reclinarse en su silla con los dedos entrelazados.

—Y, por supuesto —añadió Rachel—, no podemos ver las imágenes de los arcanos mayores, como la luna, la estrella, la rueda de la fortuna, la muerte o los enamorados, sin reconocer que había un interés generalizado por el ocultismo en la Italia del siglo quince que quizás haya influenciado las imágenes, o incluso la función, de las cartas del tarot.

Durante mi infancia, me había resultado imposible creer que algo como el horóscopo o una lectura del tarot pudiera proporcionarme una ventaja o mostrarme algún atisbo de mi futuro. Aquel tipo de creencias eran un lujo del cual no podía disfrutar. Y me parecía algo demasiado doloroso imaginar que las estrellas podrían haberme advertido sobre la muerte de mi padre, aunque sabía que los antiguos romanos no habrían estado de acuerdo conmigo. Quizá los tres con lo que estaba compartiendo la velada tampoco lo estarían.

—Pero consideremos que Rachel —acotó Patrick— aún no ha conseguido reunir todos los recursos que necesita para probar esta teoría. Y muchos de nosotros lo hemos intentado.

Pronunció aquella última palabra de un modo particular, con intensidad, fuerza y resentimiento. Y con ello pude percatarme de que no se trataba solo del proyecto de Rachel, sino que también era el suyo. Quizás un proyecto fallido. En cada oportunidad que había tenido, Patrick había parecido sugerir que se trataba de algo más que de una simple investigación, que era algo real y tangible, mientras que Rachel había albergado sus dudas. Claro que me había percatado de que no solía manifestarlas en voz alta frente a él.

—Imagina toda la legitimidad que podríamos darle a esa práctica en la actualidad si supiéramos que existe una baraja de cartas del siglo quince, una baraja antigua, quizás incluso la primera baraja que se utilizó para ese mismo propósito —terminó Patrick.

—Solo que lo único que tenemos son unos pocos registros de encarcelamiento —dijo Rachel—. E incluso menos menciones a la práctica en sí.

—Es probable que no existan muchos registros de encarcelamiento —dije, al haber encontrado mi voz—; no me imagino que Borso o Hércules de Este hayan podido arrestar a alguien por cosas así en Ferrara. —La familia De Este había establecido un negocio en el siglo trece en Ferrara, donde gobernaban un ducado libidinoso y místico que era tan supersticioso como ambicioso—. No me los imagino dejando un registro de ese tipo de cosas.

—Ni yo —añadió Rachel.

Conforme el sol se ocultaba en el Hudson, lo que hacía que el río pareciera de un color dorado y negro, Rachel no apartó la mirada, sino que esbozó una sonrisa apreciativa mientras me examinaba, como si lo estuviera haciendo por primera vez.

—Vayamos dentro y mostrémosle a Ann cómo funciona —dijo Patrick, dando una palmada sobre sus rodillas y volviendo su atención hacia Rachel.

Todos se pusieron de pie, pero yo me quedé sentada en mi silla durante un segundo más, mientras me preguntaba qué me esperaría dentro y si quería ver aquello que querían mostrarme. Las palabras que había dicho Patrick el otro día aún me atormentaban: «Ha llegado el momento». Sentía una extraña mezcla de incredulidad y ganas de creer, miedo de que no fuese a creer en aquello que ellos claramente querían que creyera, y, también, miedo porque fuera a hacerlo. Sin miramientos, de hecho. Cuando Rachel llegó a la puerta del salón, se volvió para mirar el lugar en el que me había quedado y así, sin más, como si me lo hubiera ordenado, me puse de pie y la seguí.

En el interior de la casa, se habían reunido alrededor de una mesita baja que Patrick había despejado de libros. Él tenía entre sus manos una baraja de cartas, más larga que la baraja normal de naipes y también más gruesa, con unos bordes desgastados y una parte trasera que mostraba una serie de soles amarillos colocados en unos mosaicos hexagonales de color naranja intenso. Patrick dejó el mazo sobre la mesa y me miró, a la espera.

—Baraja —me pidió.

El impulso de reír por los nervios era casi incontrolable. Quería reírme para que todos ellos entendieran que yo también era parte de la broma. Porque tenía que ser una broma, ¿verdad?

—Venga, baraja —dijo Rachel.

Me arrodillé frente a la mesita y levanté las cartas en una mano. Las notaba desgastadas al tacto, de una forma un tanto agradable, pero, cuando intenté disponerlas en forma de abanico en la mano, se me resistieron.

—No —dijo Patrick—, tienes que esparcirlas por la mesa. Tocarlas. Haz que tu energía esté en ellas. Luego vuelve a recogerlas en una pila y córtala en tres.

Una vez que las cartas estuvieron repartidas sobre la mesa, me esforcé para tocarlas todas. Estaba segura de que eran antiguas, por mucho que no estuvieran pintadas a mano ni hechas de vitela; al menos las habrían usado durante un par de siglos. Era la primera baraja de cartas del tarot que había usado nunca, y durante un instante, me pregunté si las cartas podrían notarlo en mi energía antes de percatarme de lo absurda que era mi idea. Sin embargo, había algo allí, mientras estaba agachada en el suelo del salón de Patrick, rodeada por sus colecciones de artilugios medievales y libros antiguos, y observada con detenimiento por mis tres mentores, que hacía que me preguntara si, quizá solo durante unos instantes, aquello podría ser posible. Si podría creer. Las cartas me parecían vivas y de lo más cómodas entre mis manos.

Cuando terminé de cortar la baraja, Patrick dispuso cinco cartas hacia arriba en una cuadrícula. Las ilustraciones eran simples, pero estaban llenas de símbolos esotéricos: el uróboro en la carta de la rueda de la fortuna; un león en la carta llamada *la force*. Los arcanos menores mostraban un autocontrol gráfico: un tres de bastos pintado en una capa fina sobre un fondo de color azul, como los huevos de un petirrojo; y un cinco de oros con los símbolos del zodiaco sobre un fondo verde eucalipto. También había una carta que rezaba *protection* y tenía un horizonte lleno de criaturas marinas que se retorcían y agitaban en el fondo. Me dio vergüenza lo atraída que me sentí por aquellas imágenes, tanto que estiré una mano y escogí una de las cartas —el tres de bastos— para observar más de cerca lo que tenía escrito.

—Es una baraja de tarot Etteilla —me explicó Rachel—. Una original, de las primeras barajas de ocultismo que se imprimieron. Esta edición es de 1890.

—¿Qué significa? —pregunté, mientras devolvía la carta a su sitio y alzaba la vista hacia Patrick.

Él estudió las cartas que tenía enfrente.

—Podemos ver aquí —dijo, señalando la carta llena de criaturas marinas— un océano lleno de oportunidades, de poder, de exploración, aunque también de autoconsumo. El uróboro, por supuesto, es un símbolo de renacimiento, de muerte y de empoderamiento personal. El león es una carta poderosa que se modera con los arcanos menores que nos recuerdan que existe el equilibrio y el deseo.

Mientras Patrick hablaba, me di cuenta de que yo ya estaba tratando de hacer encajar las cartas en mi vida, de crearles un significado a sus imágenes misteriosas. En el cuerpo del uróboro —forzado para siempre a devorarse a sí mismo— había un eco de mi pasado que no estaba lista para escuchar.

—Esta es una baraja que sabemos que se usaba para la adivinación —dijo Rachel, lo cual interrumpió mis pensamientos—. Pero lo que necesitamos es encontrar una baraja del siglo quince que nos indique que fue empleada para ese mismo propósito. Una baraja cuyas imágenes estén destinadas sin lugar a dudas a otras prácticas de adivinación o unos registros que nos permitan argumentar eso sobre barajas existentes.

—Hay muchas cartas sueltas por ahí que pertenecen al siglo quince —añadió Aruna—, solo que las barajas completas de aquel entonces, o barajas del tarot casi completas como las que hay en la Beinecke y el Morgan, son muy poco comunes. Es mucho más común tener barajas completas de esta época. La imprenta, al fin y al cabo, permitió que hubiese una baraja principal y múltiples copias. Aquello no sucedía con tanta frecuencia cuando los artistas fabricaban las barajas a mano.

—Y es probable que solo existieran unas pocas —dije, apartando la mirada de la baraja. Me costaba creer que los pragmáticos florentinos o los residentes de Roma se hubieran permitido adentrarse en semejantes ideas, aunque me sorprendí a mí misma al notar el tirón de la posibilidad al estar delante de aquellas imágenes.

—Encontrar una baraja así sería un descubrimiento importantísimo —dijo Rachel—, no solo para la historia del arte, sino para la historia del ocultismo en sí. Le otorgaría legitimidad a una práctica que tanta gente usa en la actualidad. A esto. —Hizo un gesto para abarcar las cartas esparcidas frente a nosotros.

Siempre me habían dicho que no había nada nuevo que estudiar sobre el Renacimiento, pero esto parecía bastante nuevo. Y no solo nuevo, sino extraño e increíblemente misterioso. Y pese a que era una idea que bajo otras circunstancias me habría mostrado inclinada a descartar, en aquel momento y en aquel lugar notaba que la posibilidad me seducía. Que, por una vez en la vida, aquello a lo que los investigadores académicos le habían arrebatado la magia podría recuperarla por fin. ¿No era aquello, al fin y al cabo, por lo que nos habíamos convertido en académicos e investigadores en primer lugar? Para descubrir el arte como una práctica, no solo como un artefacto.

* * *

Volvimos al patio para cenar una sencilla mezcla de verduras a la plancha, bacalao y rebanadas de pan rústico que Patrick nos llevó desde la cocina. A pesar de mi primera impresión de que Patrick debía tener una plantilla completa de trabajadores para hacer que una casa tan grande funcionara, me quedó claro que él se las arreglaba por sí mismo sin mayor problema, y cenamos uno al lado del otro en una pequeña mesa, no en una larga mesa de comedor como había pensado que haríamos al principio. Cuando habíamos terminado de comer y nos estábamos reclinando en nuestras sillas, con la noche aún cálida debido al calor del día, Rachel se puso de pie y recogió tanto mi plato como el suyo, al tiempo que Patrick la acompañaba con el resto. Los vi dirigirse hacia la cocina, y la tenue luz del interior solo revelaba un ligero atisbo de sus sombras. Podíamos oír el sonido de los platos y las cacerolas mientras las metían en el lavaplatos y el fregadero.

—Puede que tarden un poquitín —me dijo Aruna, quien sacó un cigarrillo y me ofreció otro antes de encender el suyo en medio de la oscuridad. Nuestra mesa solo estaba iluminada gracias a la luz de una sola lámpara de queroseno.

—¿Debería ir a ayudarlos? —pregunté, antes de hacer un ademán para ponerme de pie.

—No —me contestó, apoyándome una mano sobre el brazo—. No quieren que los ayudes. —El modo en el que lo dijo, con un sutil atisbo de advertencia, me tomó desprevenida.

—Ah.

—¿Sabes en lo que te estás metiendo, Ann? —me preguntó ella, mientras exhalaba una nube de humo.

—Creo que sí. —La había visto beber al menos cuatro copas de vino y me pregunté si eso tendría algo que ver con su disposición a compartir información conmigo mientras estábamos sentadas a solas en el patio.

—Pues yo creo que no. —Sacudió algo de ceniza de la punta de su cigarrillo y la dejó caer sobre las losas—. No debes inmiscuirte en eso. —Hizo un ademán en dirección a la cocina—. El resto de nosotros no lo hacemos. Sabemos lo que nos conviene. No es un lugar para ti ni para mí, Ann. Nuestro lugar está aquí, en el patio. No dentro de la casa. No necesitamos saber lo que sucede dentro de la casa.

Sabía a lo que Aruna se refería, por supuesto. Me di cuenta de que lo había sabido desde que había visto el trozo de cinta roja alrededor de la muñeca de Rachel. En el interior de la casa, el ruido de los platos al chocar unos contra otros y del grifo abierto había cesado. No se les oía desde hacía unos diez minutos, al menos.

—No dejes que Rachel te involucre —me dijo—. Asegúrate de seguir siendo tú misma. De que mantienes una parte de ti apartada. Porque esto —hizo un gesto en dirección al río y luego hacia a la casa— puede ser demasiado para algunos.

Nos quedamos sentadas en silencio con el coro de los grillos que sonaba cada vez más fuerte, un tarareo que podía notar en la parte de atrás de la garganta, hasta que Patrick y Rachel volvieron a la mesa por fin. Me percaté de que, mientras caminaban lado a lado, Patrick había estirado una mano para tocar el brazo de Rachel, con sus siluetas dibujadas contra la luz de la cocina.

Cuando finalmente condujimos de vuelta a casa, era bastante tarde, y la idea de volver a mi pequeño piso parecía ajena y fría. La luz de la carretera parpadeaba fuera del coche con un brillo anaranjado, como de otro mundo.

—Me alegro de que estés aquí —me dijo Rachel en voz baja desde el otro lado del coche. Estiró una mano, la apoyó sobre mi brazo y la dejó allí un segundo más de lo que parecía adecuado.

CAPÍTULO SIETE

Tras aquella noche, Rachel y yo dejamos de tomarnos días libres. Cuando llegaban los fines de semana, encontrábamos alguna razón para ir a Los Claustros, incluso aunque Patrick no estuviera allí. Y, si bien pensé que la magia de caminar bajo sus techos abovedados y decorados con montones de arcos y unas cuantas hojas doradas sería algo pasajero, aquello nunca sucedió. La belleza era algo intoxicante, y me pregunté si habría sentido lo mismo si me hubiera encontrado en el Met, en la Quinta Avenida, donde los asociados de verano trabajaban en filas de monitores de ordenadores, uno al lado del otro. En su lugar, Los Claustros me había transportado a un mundo de piedras húmedas y montones de flores, donde las obras de arte en sí, cubiertas de encáustico y esmalte, quemaban.

Y, conforme crecían mis ansias con respecto al trabajo —cada minuto que pasaba despierta enfocado en el ocultismo, cada minuto que pasaba despierta dedicado a demostrar que era merecedora del riesgo que Patrick y Rachel habían corrido—, empecé a perderme las llamadas de casa. Al principio, los mensajes que me dejaba mi madre eran solo para *ver que todo iba bien*. Para ver que yo estuviera bien. Para ver qué tal me iba el verano. Para ver si había recibido los documentos que me había enviado. Para ver cuáles eran mis planes para el otoño. Y luego se convirtieron en *comprobaciones*. Quería comprobar que tuviera tiempo para llamarla, que estuviera en casa, que hubiera recibido sus mensajes. En uno de los ellos pude notar que había estado llorando, y fue como si hubiera estado viéndola, de pie en la cocina, con la ropa de mi padre puesta, con el desorden y la tristeza por todos lados. Le envié un mensaje: *Estoy viva y estoy bien, solo muy ocupada por el trabajo.*

Y era cierto que estábamos ocupadas, solo que no tanto como para no devolverle las llamadas, como para no asegurarme de que estuviera bien. Creo que, quizá, me refugié en el trabajo en el museo, en la ciudad en sí misma, para esconderme de la culpa que sentía por no estar junto a ella para guiarla de vuelta a una vida normal. Como si hubiese podido ser capaz de persuadirla de que dejara la isla de dolor que había creado para sí misma. En Nueva York me encontraba mejor, y cada vez me resultaba más complicado moverme entre mi nueva realidad y mi antigua pesadilla. No quería que mi madre, Washington ni los huertos de manzanos que rodeaban el pueblo me sacaran del sueño con el que me había topado.

Me había emborrachado con la ciudad y, en cierto modo, estaba desesperada por ahogarme en ella. Por dejar que los ruidos y las personas y el constante movimiento me atrajeran hacia su oleaje e hicieran que me perdiera en el mar para siempre. Nunca me sentía tan viva como cuando Nueva York me hacía dar tumbos de un lado para otro. Incluso me atraía el hecho de que, bajo el sol del verano, la ciudad oliera a basura caliente y a la polución de los vehículos. La idea de que a lo mejor no iba a estar en aquel lugar para ver la luz cambiar mientras se filtraba por los arces en el Fort Tryon Park en septiembre —un mes que pasaría sin Rachel; menos luminoso, menos extraño— ya me llenaba de angustia.

Resultaba que Rachel era una persona increíble con la que trabajar. Hablaba con familiaridad con la mayoría de los académicos de renombre de la disciplina y tenía la información de contacto de cada uno guardada en un rinconcito de su teléfono, junto a muchos otros secretos. Cuando teníamos que concertar una cita en la Biblioteca del Morgan o en Columbia, Rachel encandilaba a los bibliotecarios con sus encantadoras preguntas y sus cumplidos descarados. No obstante, también era muy inteligente: siempre tenía a mano la referencia adecuada o algún dato histórico y secreto. Se las ingeniaba para hacer que cada descubrimiento pareciera esencial, como si mediante él pudiera poner fin a nuestra investigación. Me sentía como si hubiese dejado de ser una académica o una investigadora y hubiese pasado a ser una detective a la que solo le faltaba una pista para alcanzar el estrellato, porque era de ese modo como el trabajar con Rachel me hacía sentir: como si la obra de arte o el documento que podría cambiar mi vida para siempre estuviese a la vuelta de la esquina.

Solo que también empecé a notar algunas cosas extrañas. Mentirijillas y pequeñas costumbres que se le escapaban. Rachel disfrutaba mucho mintiéndole a Moira, quien tenía una manera muy frustrante de inmiscuirse en todo lo que sucedía en Los Claustros. Si Moira iba a buscar a Patrick, Rachel le decía que justo se acababa de ir, incluso si sabía que él estaba en su oficina. La había visto mover las cosas de Moira por la cocina, solo lo suficiente, de un estante a otro, para que ella empezara a dudar de sí misma. Cuando nos habían pedido que actualizáramos el manual de entrenamiento docente para reflejar los cambios que habían llevado a cabo en las obras de arte que estaban en exposición, Rachel se había encargado de ello y lo había llenado de información falsa que Moira supuestamente había pasado por alto. Me lo había encontrado un día mientras estaba de pie en el escritorio de Moira y fui a contárselo a Rachel.

—Es una broma —insistió.

—Aun así, deberías decírselo —le había dicho, preocupada por que Moira pudiese tomárselo en serio, pero a Rachel le llevó días hacer las correcciones y las hizo con una lentitud deliberada que pareció disfrutar a lo grande. Me pregunté si le habría dicho algo a Moira si no me hubiese dado cuenta.

También hubo un día en el que todas las baldosas esmaltadas que identificaban las plantas del Claustro Trie desaparecieron. Leo había participado en una reunión de personal solo para informar sobre el problema. «Me temo que debe haber sido alguno de los visitantes, quizás un niño», había sugerido Patrick. Sin embargo, Leo había seguido insistiendo con el tema día tras día hasta que, en un momento dado, las habían encontrado en la fuente que estaba en el centro del Claustro Trie, rotas en mil pedazos. Nadie le había dado más vueltas al asunto, salvo yo y puede que también Leo. Casi seguro que Leo también.

Aquellos eventos parecían juegos. Juegos desbordados por una oscura diversión que solo parecía natural en medio de las esculturas funerarias y los huesos de santos momificados que llenaban las galerías. Y, claro, nunca podía estar segura de que fuesen un juego ni tampoco de lo contrario. Creo que a Rachel le gustaba que fuese de ese modo.

Aun con todo, me di cuenta de que nunca jugaba con Patrick. Con él siempre era directa, en especial durante nuestras reuniones semanales en las que nos sentábamos en su oficina y repasábamos nuestro progreso. Éramos, en palabras de Patrick, sus ojos y sus oídos dentro de los archivos. Era nuestra responsabilidad verlo y oírlo todo, en particular las cosas que podrían haber pasado inadvertidas con el transcurso de los siglos. Aquello significaba leer y releer material con el que ya estábamos familiarizadas, crear índices sobre las prácticas de ocultismo y de adivinación con las que nos encontrábamos y perseguir otras pistas pequeñas, sin importar lo tedioso o extenuante que fuera. Cada semana, Patrick revisaba nuestro trabajo y nos enviaba en busca de nuevo material, un nuevo montón de cartas o diarios o manuscritos que sospechaba —aunque nunca podía estar seguro— que podían revelar algo de importancia, algo que pudiéramos usar.

Me sorprendió que, tras aquella lectura del tarot, todos hicimos como si nunca hubiese pasado. Como si no nos hubiésemos arrodillado alrededor de una mesita para tomarnos la adivinación en serio. Como si no hubiese empezado a buscar en mi vida cotidiana los cambios que las cartas habían predicho: la extensión de agua de la carta de *protection*, la fuerza del león. Todo ello mientras Rachel y yo sufríamos con la carga que Patrick nos asignaba, incluso si él no lo veía. Cada semana, repasábamos miles de páginas escritas y las traducíamos desde cero o cambiábamos entre tres o cuatro idiomas cada día, a menudo hasta altas horas de la noche.

Quizá fue por ello que me sorprendió, casi dos semanas después de la lectura del tarot, que Rachel rechazara la invitación de Patrick de quedarnos hasta tarde mientras estábamos guardando nuestras cosas. ·

—Vale —dijo él, y sus nudillos se pusieron blancos mientras sujetaba el borde de la puerta de su oficina—. ¿Y este fin de semana?

Alterné la mirada entre ambos y tuve la sensación de que me estaba entrometiendo en algo bastante íntimo, a pesar de que las palabras que intercambiaban eran completamente normales.

—No lo sé —dijo Rachel—. Tal vez estemos trabajando. Puede que vaya a Long Lake, aún no estoy segura. Pero no creo que esté aquí.

—Bueno, podemos hablarlo…

—Ann —lo interrumpió ella—, ¿te importaría darnos un minuto? Te daré el alcance en el vestíbulo.

Cuando cerré la puerta a mis espaldas, ellos seguían cada uno en su rincón, sin hablar, y me pregunté cómo sería balancear el poder y el deseo y el trabajo, todo a la vez.

Tras la cena en casa de Patrick, había empezado a analizar cada interacción entre él y Rachel: el modo en que ella apoyaba la mano sobre su brazo o su espalda y la dejaba reposar allí, la forma en la que él la seguía con la mirada incluso cuando estaban en galerías llenas de gente. Siempre se me habían dado bien los idiomas, por lo que, con el transcurso del tiempo, comencé a traducir su lenguaje como una serie de llamadas y respuestas de deseo, una sintaxis compleja de búsqueda y captura.

Crucé los jardines de camino al vestíbulo al tiempo que acariciaba las grandes y blancas milenramas y la suavidad de la menta. El aroma de las piedras bañadas por el sol era un cambio agradable con respecto a los polvorientos libros que sacábamos de las estanterías. Cerré los ojos un momento y, cuando los abrí, me encontré con Leo al otro lado del jardín, arrodillado sobre la tierra y observándome.

—¿Lista? —me preguntó Rachel, acercándose a mí por detrás—. Quiero mostrarte algo.

—Si necesitas quedarte…

—No. A veces Patrick se olvida de que Los Claustros no es lo único que tengo en la vida, aunque eso sí sea lo que le pasa a él.

Asentí y acaricié las flores una última vez.

* * *

Recorrimos los serpenteantes caminos del Fort Tryon Park y pasamos al lado de gente corriendo y parejas de ancianos sentados en bancos, de niños pequeños tumbados sobre la hierba y otros más grandes que usaban los frondosos matorrales para jugar al escondite. Como un par de colegialas, llevábamos libros contra el pecho y caminábamos una al lado de la otra, con pasos tranquilos e incluso sincronizados. Me di cuenta de que éramos las dos contra el mundo, un acuerdo al que habíamos llegado en silencio durante nuestras reuniones con Patrick.

Si hubiésemos estado en el Met, quizás habríamos ido a un pequeño bar a la moda, de aquellos que tenían un nombre en francés y una clientela selecta, pero, al encontrarnos tan al norte, Rachel me condujo hasta la calle Dyckman, por donde pasamos por debajo de dos pasos a nivel de hormigón llenos de grafitis hasta que dimos con el río Hudson, donde un bar se extendía al lado de un puerto y un amarradero público. Las mesas eran de plástico, y unas sombrillas blancas ofrecían sombra a las pocas personas que disfrutaban de sus bebidas, con la piel sonrojada por el sol y el viento. No había mucha parafernalia, ni camarera ni una carta en sí, sino tan solo un lugar en el que hacer los pedidos y otro en el que sentarse y esperar. Me encantaba que existieran lugares así en un distrito como Manhattan, donde alguna vez había imaginado que todo sería barato y bonito, pero que hacía tiempo se había convertido en algo caro y a la moda.

Rachel pidió nuestras bebidas, y la observé inclinarse sobre la barra para charlar con el camarero que la atendía. A él no parecía importarle que ella estuviese invadiendo su espacio y volvía una y otra vez para estar cerca. Entre las conversaciones que Rachel mantenía con él, el hombre que se encontraba sentado en el taburete de al lado trataba de llamar su atención cada vez que podía. Cuando Rachel echó la cabeza hacia atrás en una carcajada —no estaba segura de quién la había motivado a ello—, volví a advertir el modo serpenteante en el que su cuerpo se movía, toda ella curvas y suavidad, sin ninguna esquina puntiaguda como las que yo había empezado a tener. Cuando volvió, dejó un par de cervezas claras sobre la mesa. Notaba el sol del atardecer broncearme los brazos y calentarlos de una forma que me recordaba a mi infancia en Washington. Solo que el grito de las gaviotas y el constante ruido de los motores en el río era completamente nuevo.

—¿Qué opinas de Leo? —me preguntó Rachel después de un rato, para luego beber un sorbo de su cerveza y llenarse los labios de espuma.

—¿El jardinero?

—Ajá —asintió ella—, sí, el jardinero.

—No lo conozco.

—No te he preguntado si lo conoces. Te he preguntado lo que opinas de él. —Hizo una pausa y consideró su pregunta—. Si es que piensas en él.

—Pienso en él —dije, tratando de que el sonrojo no me llegara a las mejillas cuando recordé la forma en que me había tocado aquel día en el jardín, la extraña intensidad con la que me había sostenido la mirada o incluso la forma en la que su mano había descansado por encima de la cabeza de Rachel.

—Él parece pensar en ti —comentó ella, con la mirada posada en el río.

—No he venido aquí por él. —A pesar de que quería creer que habían hablado sobre mí. Que, el día en que los había visto juntos en el jardín, era de mí de quien estaban hablando y nada más.

—Bueno, eso es lo mejor, ¿no crees?

En el Hudson, unos veleros esperaban a captar la brisa en sus diminutas velas triangulares, el viento hacía temblar las lonas blancas y el chasquido que producían se podía oír desde la ribera.

—Solo estaré aquí durante el verano —dije.

—Eso pensaba yo también —dijo Rachel, mirándome por encima de sus gafas de sol—. Pero este lugar tiene algo. —Hizo un gesto hacia el río—. ¿Sabes? Fue Leo quien me trajo a este bar, no lo habría encontrado de otro modo. Conoce muchísimos lugares en Nueva York como este.

Sentí un arrebato de celos en aquel momento, al pensar en Leo y Rachel juntos, quizás en la misma mesa en la que estábamos sentadas, aunque no sabía quién era la persona que motivaba mis celos.

—¿Así que lo conoces desde hace mucho tiempo? —le pregunté.

Rachel se encogió de hombros y cambió el tema del modo en que ella sabía hacer: tajante y absoluto.

—¿Quieres ir a navegar?

No tuve oportunidad de contestarle antes de que añadiera:

—Vamos. —Se bebió casi la cerveza entera de un trago—. Venga.

Ya estaba tirando de mí en dirección a la marina donde los veleros estaban atados con sogas de colores en los atracaderos, como todo un caleidoscopio de cascos y parachoques que se golpeaban, con su mano rodeando la mía. No pude evitar darme cuenta de que, cada vez que le hacía alguna pregunta personal a Rachel, ella cambiaba de tema o incluso de escenario. Y, aun así, estaba claro que había cosas que quería que supiera: pistas sobre su vida antes de mí. Sabía que llegaríamos a hablarlo algún día, por lo que avancé dando tumbos detrás de ella, dispuesta a dejar que las cosas se produjeran del modo en que tenían que hacerlo.

—No sé navegar —le dije.

—Yo sí.

Eché un vistazo al delgado vestido de algodón que me había puesto para ir a trabajar, a las suaves bailarinas de cuero que Rachel me había dejado, y luego a los marineros en el muelle, todos con camisetas de manga larga, pantalones cortos y zapatos adecuados. Pero Rachel no miró atrás. Siguió corriendo por el muelle hasta que llegamos a un barco atado cerca del final y empezó a desatar las cuerdas que lo amarraban, con sus largos dedos trabajando de forma instintiva. Volvió a enrollarlas y las lanzó hacia el barco, tras lo cual lo sostuvo para que yo pudiera subirme.

—Date prisa —me urgió, y me di cuenta de que estaba mirando hacia atrás. El velero era pequeño e inestable, y me costó muchísimo sujetarme de los bordes del casco, debido a lo insignificante que era la barandilla. El vehículo en sí era tan poco profundo que pensé que me resbalaría y caería directa al Hudson. Rachel se inclinó en dirección al velero y nos dio un empujón con un impulso tan fuerte que me sorprendió, tras lo cual reajustó la proa para que nos dirigiéramos hacia la corriente. Mientras alzaba la vela principal al tirar con confianza de una cuerda para luego atarla, el viento empezó a soplar y nos empujó hacia adelante. Finalmente me digné a mirar hacia el muelle, donde el hombre que había estado sentado a la barra se estaba cubriendo los ojos debido al sol y gritaba algo, pero el sonido se perdió debido al crujido que hacía la vela. Me volví a girar y observé con una sonrisita todo el río que teníamos por delante.

CAPÍTULO OCHO

La caja que me había enviado mi madre llevaba esperando en la cocina de mi piso alquilado durante casi dos semanas. Debido a su tamaño, la había movido por toda la casa y le había dado distintos usos, como taburete, mesita o tope para las puertas, con la intención de mantener mi pasado encerrado durante tanto tiempo como fuese posible. No estaba segura de si estaba lista para que los contenidos de Walla Walla se derramaran en Nueva York, pues temía que la distancia que tanto había trabajado en construir se acortara. Aunque también estaba cansada de tropezar con la caja, de ver la letra de mi madre en el exterior, de la forma en la que tenía una presencia en mi pequeño estudio y ocupaba más espacio del que estaba dispuesta a cederle. Por tanto, usé mis llaves para rasgar sin mucha delicadeza la cinta adhesiva e hice una pausa solo para echarle leche a mi café y asegurarme de que la puerta principal del piso se quedara abierta con la ayuda de un libro, en un desesperado intento por aumentar la brisa que circulaba.

No había ninguna nota ni tampoco ningún tipo de organización dentro de la caja. Parecía como si —y estaba segura de que así había sido— mi madre hubiera agarrado un montón de papeles y los hubiera lanzado al interior de la caja sin más, con algunas pausas para empujar hacia abajo la pila y luego llenar aquel espacio otra vez. Había papeles que se habían rasgado y otros que se habían arrugado. Una libreta, doblada por la mitad, se asomaba desde el fondo.

Durante un momento consideré tirarla entera: llevarla hasta el contenedor que había detrás del edificio y vaciarla allí sin más.

Un capítulo finalizado. Sin embargo, al ver la letra de mi padre
—unos garabatos apretujados en los que todas las consonantes
hacían el mismo giro brusco hacia arriba—, acabé sacando los
papeles de la caja y apilándolos con reverencia sobre el suelo. Hice
pilas de traducciones, vocabularios y listas etimológicas. Otras
dos libretas salieron a la superficie, pero nada dentro de aquella
caja reveló ningún tipo de lógica, orden ni organización. Me pregunté de dónde habría sacado mi madre esos documentos y llegué a la conclusión de que seguramente habría tenido alijos de
objetos de mi padre desperdigados por toda la casa, alijos de los
que yo no sabía nada debido al poco tiempo que había pasado allí
tras su muerte. Durante mi último año en Whitman, había hecho
todo lo posible para pasar solo las noches en esa casa, pues era un
tiempo en el que podía mantener los ojos cerrados ante la realidad que de otro modo me habría visto obligada a enfrentar.

Una vez que todos los papeles estuvieron fuera de la caja,
empecé a repasarlos para intentar encontrar los que eran simi-
lares o parte del mismo grupo. Había traducciones que mi padre
había hecho y sus respectivos originales. En algunos casos se
trataba de fotocopias de libros, y, en otros, de copias hechas a
mano de algunos manuscritos. Como conserje, a mi padre le
había correspondido ir a las oficinas del campus por las noches
y vaciar las papeleras. Siempre había procurado prestar atención
en los edificios de Humanidades y Lenguas por si hallaba algún
pasaje que pudiera llevar a casa para traducir. Solía volver tarde
porque había pasado demasiado tiempo rebuscando entre los
desechos de papel de los catedráticos, a quienes no les importaba tirar los materiales que ya habían incorporado a su investigación. No obstante, para mi padre aquellas páginas descartadas
eran sus libros de texto.

Y también fueron el medio por el cual yo aprendí. Mi padre
y yo nos sentábamos con los fragmentos descartados de artículos, libros o cartas y montábamos las traducciones. Siempre creí
que aquellos pequeños trozos de escritura nos hacían, a los dos
o a mí, mejores traductores, porque carecían de contexto, de

pistas. A menudo, lo único que teníamos para trabajar era una página de texto abandonada. Una página de un artículo académico en alemán sobre Goethe, una carta de Balzac, páginas que habían pertenecido a un manuscrito del siglo cinco en Parma. Aquellos desperdicios eran nuestro deleite. Un pequeño proyecto que podíamos hacer durante nuestro tiempo libre, solo una o dos páginas de trabajo antes de que él se marchara a limpiar oficinas y yo a mi turno en el restaurante.

Aquellos eran los papeles que mi madre me había enviado. Los retazos en los que solíamos trabajar los dos. Tendrían que haber sido recuerdos, objetos preciosos que carecerían de valor para cualquiera menos para mi padre y para mí. Aun así, mientras los examinaba, pude notar la sensación familiar de cuando los bordes de mi visión se tornaban borrosos, el mareo que lo único que hacía era aumentar cuanto más intentaba aclarar mi visión. Era el pánico. La separación. Aquello que me había sobrepasado la tarde del funeral de mi padre, aquello contra lo que había estado batallando, a lo que le había temido desde entonces. Una especie de brote de vértigo profundo e intenso que me había superado y me había destrozado. Y que, en los peores días, me dejaba incapaz de distinguir la diferencia entre lo que era real y lo que era el poder de mis pesadillas.

Dejé las páginas en el suelo y me dirigí a la ventana, donde permití que los sonidos de la calle surgieran hasta darme encuentro y me anclaran al lugar en el que estaba. Respiré, tal como me había dicho que hiciera el psicólogo de la universidad durante la única reunión que habíamos tenido tras el incidente: por la nariz, mientras contaba hasta cinco, hasta que aquella sensación pasara. Y ese día sí que se me pasó. Se me pasó tras unos cuantos minutos y un vaso de agua. Sin embargo, el día del funeral de mi padre no fue así. Casi podía oler aquel día en las páginas que tenía frente a mí: una mezcla de comida congelada y zinnias, una amargura intensa.

Había conseguido mantener la compostura la tarde del funeral, pues solo había perdido la claridad de los bordes de mi visión por momentos, solo había notado que me quedaba sin respiración, hasta que mi madre se había puesto de pie para dar su discurso. Nos encontrábamos en nuestro jardín trasero, que no era más que un cuadradito de césped rodeado por cuatro vallas, donde los amigos, la familia y los compañeros de trabajo de la universidad de mi padre se habían reunido. Aquel cuadrado de césped estaba lleno, y mi madre se subió a un banquito para darles las gracias a todos. Cuando lo hizo, en medio de sollozos, no fui capaz de seguir resistiendo la presión en el pecho ni de continuar haciendo caso omiso de las náuseas. Notaba el mareo previo a la pérdida de conciencia, por lo que me giré y me dirigí tan rápido como pude de vuelta a casa, solo para atravesar por completo la puerta de cristal. Ni siquiera vi las pegatinas de mirlos que mi padre había pegado en el cristal cuando era pequeña.

Lo que más recuerdo es la sangre. Pero mi madre recuerda los gritos. Y, a pesar de que nadie me habló sobre ello, creo que eso es lo que más recuerdan quienes estuvieron presentes aquel día: mi cuerpo lleno de sangre, mis pulmones soltando absolutamente todo mi aliento hasta que no me quedó más dentro, hasta que lo di todo. Había necesitado que me dieran puntos, casi treinta en distintas partes del cuerpo: en las manos y en las mejillas, el estómago y los brazos. Aún tenía una cicatriz, justo sobre el inicio del cabello y al lado de la oreja, que se había quedado gruesa y elevada, y que en ocasiones recorría con los dedos, sin pensar, hasta que lo recordaba. Me retuvieron durante setenta y dos horas cuando resultó que estaba teniendo problemas para distinguir entre lo que había sucedido en realidad hacía poco —la muerte de mi padre, mis heridas— y el mundo tal como lo imaginaba: oscuro, falso y aterrador. Al menos eso fue lo que me dijeron. Aunque también fue la razón por la que no podía seguir en aquella casa; mi madre no era la única que se había roto. No era la única que había perdido la noción de cómo salir a la superficie, solo que al menos yo sabía simplemente cómo salir de allí.

Respiré hondo y continué organizando los papeles hasta que algo me llamó la atención. Era una letra que podía reconocer, pero no recordar. No era la de mi padre, sino la de alguien más. Dejé de concentrarme en la caligrafía llena de curvas para leer lo que decía el texto. Estaba escrito en el dialecto del italiano de Ferrara, y, mientras leía la transcripción, me di cuenta de a quién le pertenecía aquella letra y de por qué me resultaba tan familiar: la había escrito Richard Lingraf, mi tutor. Aquel hombre aún copiaba materiales de archivo a mano en la era en la que todo podía escanearse con el móvil. Según sabía, ni siquiera tenía un móvil. Lo más probable era que mi padre hubiera rescatado las páginas de la papelera de Lingraf alguna noche y que no hubiera tenido oportunidad de compartirlas conmigo.

Avancé poco a poco con el documento. No podía entender algunas de las palabras debido a la tendencia de Lingraf de unir los vocablos al escribir con prisa, aunque el resto comenzó a tener sentido. Era un registro de las pertenencias de alguien en la víspera de su muerte. Estaba claro que quien fuera aquella persona había tenido muchos medios: monedas de oro, libros, sabuesos de caza, porcelana y pinturas al fresco. Me percaté de que en la lista también había *carte da trionfi*, cartas del tarot. Levanté la página y le di la vuelta, pero no había nada escrito al otro lado. Lingraf había abandonado la transcripción en mitad de una oración. La dejé a un lado para continuar revisando el resto de los documentos, ya no en busca de la caligrafía de mi padre, sino de la de Lingraf. Encontré otra media docena de páginas, algunas de las cuales ya habían sido traducidas por mi padre, y las puse a un lado.

Durante mis cuatro años en Whitman, Lingraf había bromeado sobre que yo era su única estudiante. Solo que no había sido ninguna broma, sino la pura verdad. A Lingraf lo habían contratado en los noventa desde la Universidad de Princeton. Siempre lo había visto como un ancla para el Departamento, una contratación que confería el tipo de legitimidad estable y de larga duración que una universidad de Arte situada en los campos de trigo del este de Washington necesitaba con tanta desesperación. Sin embargo, Lingraf no había dado muchas clases en Whitman ni tampoco había investigado mucho tras sus primeras publicaciones. E, incluso si lo hubiese hecho, nunca había compartido aquella información conmigo. Lo que solía hacer era disfrutar de las vistas desde su despacho y ofrecerme sugerencias vagas sobre dónde podía presentar mi informe sobre el Palazzo Schifanoia. En retrospectiva, me di cuenta de que de verdad le encantaba lo extraño que era su trabajo: le gustaba tomarse su tiempo con la iconografía, discutir el simbolismo, deleitarse con las asociaciones a lo arcano. No le presté mucha atención a sus obsesiones, pues todos estábamos bastante preocupados con las nuestras. Aquello era, al fin y al cabo, en lo que consistía ser académico.

Me sorprendió que todas las páginas que mi padre había traducido hablaran con sumo detalle sobre el tarot y el juego de cartas. Mencionaban a un personaje en Venecia cuyo género no quedaba claro y al que se le había conocido por haberse valido de las cartas para predecir el futuro. Los documentos también hablaban del trabajo de un hombre que conocía bastante bien: Pellegrino Prisciani, el astrólogo de la familia De Este, y de las imágenes que estaba desarrollando. Lingraf jamás me había mencionado nada de aquello, a pesar de que las conexiones con mi propia investigación eran bastante obvias, pues Prisciani también había diseñado la sala con el banquete astrológico del Palazzo Schifanoia. Si mi padre hubiese seguido vivo, estaba segura de que lo habría compartido conmigo, pero nunca tuve la oportunidad de hablarle sobre la familia De Este ni sobre sus palacios de placeres.

Más allá de aquellos detalles, las páginas no revelaron mucho más. Había algunas pruebas de que el tarot había estado presente de algún modo en la corte de los De Este, algo que ya sabíamos y que podríamos haber asumido de forma razonable de todos modos. No obstante, cuando me volví hacia la última página de los apuntes hechos a mano de Lingraf, no pude descifrar las palabras. Estaban escritas en un idioma que parecía un dialecto de Ferrara o de Nápoles, solo que todos los sufijos estaban invertidos y los había usado como prefijos.

Comprendí que era una especie de código: una serie de letras invertidas con cuidado, que no era capaz de descifrar. Un código que mi padre no había intentado traducir.

Probé suerte con un par de escenarios para ver si podía montar una oración; una técnica que me había enseñado mi padre para cuando no tuviese un diccionario a mano. Era un modo de valerme del latín que conocía muy bien, si bien nada encajaba. Aparté la página y traté de buscar alguna nota o mensaje de mi padre o de Lingraf que pudiese identificar de dónde provenían las transcripciones —un archivo, una colección privada, lo que fuera—, pero no había nada. Solo encontré, en la parte superior de una de las escasas fotocopias de Lingraf, el borde de una marca de agua: la mitad del ala desplegada de un águila y un trozo afilado de un pico.

Sin saber de qué archivo o biblioteca provenían aquellas transcripciones, no había mucho más que pudiera hacer. Claro que podía tratar de adivinar de dónde venían o confirmar las traducciones de mi padre, a pesar de que ya parecían bastante correctas; el problema era que había cientos de prefecturas, archivos, bibliotecas y colecciones privadas. Las opciones eran tantas que resultaban abrumadoras.

A mi alrededor, los papeles estaban desperdigados por el suelo, como ecos del pasado que me pedían que volviera, y de pronto me pareció que era demasiado, que cubrían no solo mi suelo, sino mi vida. Tenía que escapar de aquellas cuatro paredes del mismo modo que había escapado de mi habitación en Washington. Agarré el bolso sin pensármelo mucho y de pronto ya estaba en la calle, caminando hacia el sur, por fin capaz de respirar.

* * *

Aunque no tenía un destino claro en mente, pronto me di cuenta de que estaba caminando en dirección a Central Park, por aquellas grandes manzanas del Upper West Side en las que los edificios de ladrillo de antes de la guerra bloqueaban las vistas al río y, en ocasiones, al sol. Los barrios cambiaban de forma sutil pero clara con cada manzana por la que pasaba y se volvían más verdosos, más ricos, más llenos de tiendas. Quería sacar aquellos papeles de mi sistema a base de caminar. Caminar y caminar hasta que pudiese volver en el tiempo y tirarlos. Me molestaba que Lingraf no me hubiese comentado aquella parte de su investigación. Con todas las tardes que habíamos pasado juntos en su despacho, llenas de papeles sueltos y clases escritas a mano, y nunca había insinuado siquiera que el tarot fuese un tema que le llamara la atención. Si Patrick había esperado, tras leer la carta de Lingraf, que compartiera con él algo de la investigación de mi tutor, lamentaba mucho tener que decepcionarlo. Si no hubiese sido por la disposición de mi padre a buscar entre materiales descartados, quizá jamás habría sabido que Whitman me conectaba con Los Claustros.

Me detuve a por un café en uno de los vecindarios de tiendas más sofisticadas, a algunas manzanas del parque, y me senté en la terraza durante algunos minutos mientras veía a la gente ir y venir, con cestos llenos de frutas y verduras.

—Hoy es día de mercado ecológico —me contó la mujer que me sirvió el café cuando le pregunté de dónde podrían venir todas aquellas personas. Un mercado ecológico, un lugar en el que quizá podría comprar un ramo de flores que pudiera restaurar el ánimo de mi piso.

Con el café en la mano, paseé por las filas de puestos que había en la calle 79 y me sorprendió encontrar tantos productos que rebosaban las canastas y las partes frontales de las mesas. Había gente que vendía miel y protectores labiales, judías verdes e incluso un pequeño ramo de ranúnculos que compré y unos sobrecitos de lavanda que me habría gustado poder comprar. Había un cierto encanto en ir a echar un vistazo a las tiendas que siempre me había gustado y había resentido a partes iguales. Disfrutaba de estar rodeada de un grupo de personas, de observar cosas bonitas, pero la sensación de saber que no me podía permitir nada salvo un puñado de tallos era algo restrictivo y oscuro.

Hacia el final de la fila, la gente se había reunido alrededor de una mesa plegable que no tenía el toldo protector del que disfrutaban otros puestos. Estaba prácticamente vacía, pues no contaba con la extravagante exposición de productos de los otros vendedores. Y, entonces, lo oí antes de verlo.

—¿Ann? —me llamó Leo, mientras salía de detrás de la mesa y envolvía su mano alrededor de mi muñeca—. ¿Qué haces aquí?

—Solo daba una vuelta. —Me puse tan nerviosa al verlo que ni siquiera me percaté de que me estaba arrastrando hacia su lado de la mesa y me indicaba una silla.

—Siéntate —me dijo, mientras recibía el dinero de una mujer que llevaba un sofisticado vestido ajustado. Ella se guardó en su bolso de cuero lo que fuera que Leo le había dado y se marchó.

Observé cómo Leo llevaba a cabo algunas transacciones más, en algunas de las cuales vendió objetos que estaban dispuestos sobre la mesa, y en otras los sacaba de un cesto que tenía debajo, hasta que, al fin, se produjo una pausa en la venta, y él me miró.

—¿Así que dando una vuelta?

Asentí. Al fin y al cabo, se trataba de una coincidencia, ¿verdad?

—¿Nadie te ha enviado hasta aquí? ¿Rachel no te ha pedido que vinieras a buscarme?

Me pregunté cómo sabría Rachel dónde encontrar a Leo un sábado por la mañana, pero me limité a decir:

—Nadie, solo estoy yo.

Leo me dio algo que había sobre la mesa. Se trataba de una serie de semillas negras alineadas con delicadeza en un collar. Reseguí con los dedos sus bordes brillantes.

—Te vendrá bien —me dijo, haciendo un gesto hacia el collar—. Póntelo.

Alcé la mirada hacia él y volví a darme cuenta de lo pequeña que parecía la mesa comparada con su figura. Resultaba casi cómico: Leo llevaba unos tejanos desgastados y una camiseta negra con agujeros a la altura del cuello, y sus piernas y su torso eran tan largos que parecía que todo lo que llevaba puesto era demasiado pequeño, como si fuera de la talla de un niño.

—¿Qué son? —le pregunté.

—Semillas de peonías. Se supone que te protegen de los espíritus malignos y de las pesadillas.

—No he tenido problemas para dormir.

—Aún —dijo él.

Me puse el collar por encima de la cabeza mientras él vendía otra cosa, pues el negocio iba viento en popa.

—¿Qué más vendes? —Me acerqué a la mesa para ver mejor. Había amuletos de hierba entretejida y collares de semillas de peonías, un puñado de algo hecho polvo metido en sobrecitos de plástico, cada uno con una pegatina con un precio sorprendentemente alto. El collar de peonías que yo llevaba puesto costaba cuarenta dólares.

—Remedios. Remedios para las aflicciones de los ricos.

Le di la vuelta a uno de los amuletos de hierba para ver el precio: sesenta dólares. Me lo llevé a la nariz.

—Hierba luisa —dije.

—Muy bien. Aún podemos convertirte en horticultora. Pero es verbena en su mayoría, de la misma familia. Le agregué la hierba luisa solo para el aroma.

Me di cuenta de que todo lo que había en la mesa también podía encontrarse en el jardín Bonnefont en Los Claustros, el jardín que contenía las hierbas mágicas y medicinales que se usaban con mayor frecuencia en la Edad Media.

—¿Y esto? —pregunté, levantando uno de los sobrecitos de plástico.

—Beleño negro, seco y pulverizado. Dos gramos. —Cuando no dije nada, Leo añadió—: Es un narcótico.

Lo dijo encogiéndose de hombros, como si vender narcóticos orgánicos a mujeres vestidas con ropa cara no fuese gran cosa.

—¿Lo has probado? —le pregunté.

Asintió.

—¿Puedo probarlo?

Me evaluó con la mirada.

—Puedes, pero tengo algo mejor que quizá prefieras. —Sacó una caja con hierbas etiquetadas de debajo de la mesa. Había mandrágora y ajenjo. Leo me ofreció un paquetito de algo que se llamaba «cardo marino».

—¿Para qué sirve?

Se inclinó hacia mi oreja y susurró, mientras con la otra me sostenía de la parte superior del brazo:

—Es un afrodisiaco, un estimulante. —Me quitó el paquetito de las manos y se lamió el meñique antes de meterlo en el sobre. Me puso su dedo cubierto de polvo frente a los labios y yo acepté su oferta y lamí el polvo que había sobre él. Era granuloso y amargo, marcado por la sal de su piel.

—¿Cuánto tarda en hacer efecto?

—Ya lo sabrás.

Lo vi dirigirse al otro lado de la mesa, donde una fila de personas esperaba a que los atendiera. No quería marcharme. Estar cerca de la energía de Leo hacía que los papeles parecieran algo muy muy lejano.

—¿Puedes ayudarme? —me preguntó una mujer que intentaba pasar al otro lado de la mesa, más allá de donde Leo estaba intercambiando un amuleto por dinero.

Miré a Leo para que me dijera qué hacer, pero, cuando no me dijo nada, me puse de pie para involucrarme en el negocio.

—Claro, ¿qué está buscando?

Debimos haber continuado de ese modo, vendiendo hierbas y collares, mezclas y pociones, durante al menos dos horas. Leo siempre se las arreglaba para tocarme al pasar, para rozarme con su cuerpo, y se quedaba más tiempo del necesario sobre mí mientras yo contaba el cambio. Fue una danza exquisita que me hizo esperar que el sol nunca se pusiera, que aquel día en el mercado ecológico nunca llegara a su fin.

Solo que sí terminó, y, cuando las mujeres se marcharon —porque eran principalmente mujeres— y el inventario de Leo se acabó, él sacó el dinero, contó doscientos dólares en billetes de veinte y me los entregó.

—Tu comisión —me dijo.

Cuando estiré una mano para tomar el dinero, él la escondió.

—Pero no puedes decirle a nadie que me has visto hoy, ¿vale?

—Vale —acepté despacio y me estiré para tomar el dinero, con éxito aquella vez—. ¿Y eso por qué?

—¿De verdad lo preguntas? —dijo él, alzando una ceja.

—Sí, de verdad. ¿Por qué?

—Porque todo lo que he vendido hoy proviene de los jardines de Los Claustros. Lo coseché, lo robé y le di otro nombre para que les resultara atractivo a las mujeres blancas que no creen en la medicina moderna, aunque últimamente sean las únicas que se la pueden permitir. ¿Me entiendes?

—¿Y crees que a alguien le importaría? ¿Qué más da que te lleves unas cuantas hierbas del jardín?

Leo echó la cabeza hacia atrás y soltó una carcajada.

—Oh, no, Ann. Esto no es algo pequeño. No estoy cortando unas cuantas hierbas. He sembrado un jardín entero en el invernadero que hay detrás del Claustro Bonnefont con plantas que cosecho para esto —repuso, señalando la mesa—. Vendo bastante más que unas cuantas hierbas.

En mi opinión, estaba bastante orgulloso de todo ello: del dinero, del negocio, del secretismo.

—¿Por qué se lo contaría a alguien? —le pregunté, guardándome el dinero.

—Te sorprendería saber de lo que puede discutir la gente en conversaciones informales.

—Me aseguraré de no incluir tu cultivo ilegal en mi lista de temas de conversación.

—¿Cultivo ilegal?

—¿Qué pasa? ¿No es así como se llama?

Leo se echó a reír, y aquel sonido tan rico y profundo me pareció de lo más encantador. No podía creer que yo fuese la causante de un sonido así. Me encantaba.

—No consigo imaginar que estés familiarizada con ellos —dijo—. Con los cultivos ilegales, quiero decir. —Iba a admitir que no, que él tenía razón, cuando de pronto añadió, más serio—: Tienes que aprovecharte todo lo que puedas de la situación que te toca, ¿no es así? Hay que buscarse la vida como sea.

Aquello sí que era algo con lo que me encontraba familiarizada, algo que había estado haciendo desde que tenía la edad suficiente para darme cuenta de cuál era mi situación.

—Es solo… —dio un paso en mi dirección y acortó la distancia entre nosotros al llevar una mano a un rizo que se había escapado de mi moño— una de las cosas que hago. Aunque es una importante.

Podía notar sus ásperos nudillos rozando el borde de mi mejilla, y giré la cabeza para que la palma de su mano acariciara mis labios. Quería ahogarme con ella, pero, cuando respiré hondo su aroma —a tierra, sudor y toronjil—, Leo alzó la vista de pronto y dijo:

—Mierda, tengo que irme.

No tardó nada en guardar sus cosas —lo que reveló lo poco que había habido allí en primer lugar—, doblar la mesa y pasarme la caja con el dinero.

—Venga, vámonos. —Me sujetó de la muñeca y dio un tirón.

Al principio solo íbamos a paso rápido, pero me di cuenta de que había un hombre detrás de nosotros que nos seguía de cerca.

—Leo —lo llamó—. Leo…

—Date prisa —me animó él, empezando a trotar.

A mis piernas más cortas les costaba seguirle el ritmo.

—¿Quién es ese? —pregunté, echando una mirada hacia atrás.

—El agente de policía de la zona —me explicó Leo—. Se enfada un poquitín cuando vendo mis productos sin licencia.

—¿No tienes licencia para vender?

—Oye, que tú también has estado vendiendo hoy, así que date prisa.

Un poco más adelante, ya podía ver el parque.

—Tenemos que buscarte un taxi —dijo Leo, alzando una mano para hacerle una señal a uno—. Eres muy lenta.

Cuando un taxi se detuvo a nuestro lado, Leo me metió en el asiento de atrás y le lanzó un billete de veinte dólares al conductor.

—Llévala a su casa —le dijo.

—Leo, espera, no... —No había terminado de entender qué estaba sucediendo cuando él ya había cerrado la puerta. La ventanilla no funcionaba, por lo que grité su nombre contra el cristal y lo vi girarse para encontrarse con el policía, porque de verdad era un policía quien nos había seguido, antes de salir disparado y escabullirse dentro del parque.

CAPÍTULO NUEVE

Rachel apenas esperó a que la puerta de la biblioteca se cerrara a mis espaldas antes de anunciar:

—Patrick necesita que vayamos al centro.

Era lunes, y yo me había pasado el fin de semana muerta de curiosidad por saber más respecto a la investigación de Lingraf sobre el tarot y preguntándome si sería apropiado que lo contactara, si él siquiera me contestaría. Pero entonces habría tenido que explicarle cómo había conseguido tantos documentos suyos y él no creería que hubiera sido por casualidad. Mientras jugueteaba con las brillantes y negras semillas de peonías que había llevado alrededor del cuello desde que había visto a Leo, decidí mantener el secreto de mi padre, al menos por el momento.

—No sé cuánto nos llevará —añadió Rachel—, pero quizá sea un buen día para no estar en la biblioteca de todos modos. —Señaló la oficina de Patrick con el pulgar—. No necesita que nos metamos en medio por el momento.

Era cierto, Patrick había estado cada vez más tenso durante nuestras reuniones, pues sus expectativas eran más y más inalcanzables conforme nosotras no dejábamos de darnos de bruces con callejones sin salida en nuestra investigación.

—No sé a qué hora volveremos —dijo ella—. Más tarde, supongo. Por si necesitas saberlo.

A mí no me importaba. Al contrario, resolvía mi problema con Leo sobre cómo sería nuestra siguiente interacción, la primera tras haberlo visto aquel fin de semana.

—Vamos a ver a Stephen Ketch —explicó Rachel, una vez en el coche y de camino al centro.

No sabía si se suponía que debía conocer al tal Stephen Ketch, por lo que me quedé callada, con la esperanza de que Rachel continuara hablando y yo no tuviese que revelar mi ignorancia.

—Es un favor personal para Patrick, no para el museo.

Rachel pareció enfadada al decirlo, y caí en la cuenta de que las cosas entre ella y Patrick habían parecido algo más tensas desde la cena con Aruna, desde que Patrick había decidido incluirme en todo ello. Me pregunté cómo se sentiría Rachel al ver su equilibrio afectado. Cuando no dije nada, Rachel alzó la mirada hacia mí, a la espera de una respuesta.

—Lo siento —le dije—. No sé quién es Stephen Ketch.

Rachel soltó un suspiro y observó cómo los edificios pasaban a toda velocidad por la ventanilla del coche.

—Ya lo verás —me dijo.

John nos llevó tras un montón de edificios con porteros en dirección al puente de Queensboro antes de detener el coche. Podíamos ver la zona en la que el distrito Sutton Place daba con el East River, y era uno de esos extraños lugares en los que la ciudad parecía darte espacio para respirar, para que los edificios se quedaran en el fondo y el cielo tuviera protagonismo. Seguí a Rachel por una manzana, y, antes de llegar al río, se detuvo frente a una puerta de hierro flanqueada por dos nichos de ladrillo coronados con una filigrana de hierro forjado. Una luz victoriana colgaba de una cadena negra.

Era casi un callejón. Un huequecillo entre los edificios del cual no me habría percatado de no haber llegado caminando y si no me hubiera traído alguien que sí sabía dónde mirar. Era sutil y precioso. Escondido, pero, una vez que te percatabas de su presencia, se negaba a soltar tu atención. También era angosto e histórico, muy distinto a las calles abarrotadas por las que habíamos pasado en nuestro trayecto hacia el sur. Rachel llamó a un timbre al lado izquierdo de la puerta y, en el fondo del callejón, detrás de otra puerta, oí que sonaba. Si bien nadie vino a recibirnos, la puerta vibró, y Rachel la empujó para entrar. Caminamos hasta que dimos con una puerta de cristal que tenía las palabras LIBROS

Y ANTIGÜEDADES DE KETCH en letras doradas y escritas a mano en la parte frontal.

El interior no era como me lo había imaginado. Era oscuro y de techos bajos. Todo parecía rodeado de botellas de cristal antiguo y cuadros apilados en el suelo. Había libros en cada superficie de pared disponible, algunos de los cuales estaban encerrados en vitrinas de cristal. El aire acondicionado traqueteaba en la parte trasera de la tienda, y alguien había dispuesto unos ventiladores escandalosos en las esquinas para ayudar a que el aire frío circulara por la sala. Había cosas por todos lados: una silla de Luis XIV, una vasija blanquiazul, una escultura, un cachivache de latón.

Un hombre bajito y corpulento, quien solo podía asumir que era Stephen, estaba sentado detrás de un gran escritorio de roble en el rincón más profundo de la sala y hacía anotaciones en un libro de contabilidad. Me detuve para inspeccionar una de las vitrinas de cristal en la que unas luces baratas enfocaban algunos de los objetos más caros: un puñado de anillos antiguos con piedras preciosas genuinas engarzadas, todos con las etiquetas de los precios giradas para ocultarlos. Me quedé mirando un anillo de oro con una piedra roja lisa en el centro, sencilla y sin tallar. Daba la impresión de ser muy antigua, incluso de origen romano.

En Walla Walla, las tiendas de antigüedades solían estar llenas de polvorientas herramientas de agricultura y muebles quemados por el caluroso sol occidental. Muy de vez en cuando, se podía encontrar algún objeto que hubiese viajado con su dueño desde el este, como un cofre pintado con flores o un espejo oscurecido por el paso de los años, aunque la mayoría de las cosas que se consideraban antigüedades eran bastante nuevas, de unos cincuenta años o tal vez cien. Sin embargo, en la tienda de Stephen había objetos del siglo diecisiete, cuadros que databan de una fecha anterior a que los caminos de los inmigrantes inauguraran por primera vez el oeste desde la ciudad de Independence, en Misuri.

No había gastado nada de dinero desde que había llegado a Nueva York, más allá de lo necesario para la tarjeta del metro y la comida, pero en aquella tienda de antigüedades me encontré a mí misma preguntándome qué cantidades estarían escondidas en los lados ocultos de las etiquetas de precios. Por el rabillo del ojo, pude ver cómo Rachel seguía a Stephen a través de una puerta en la parte trasera de la sala y también oí, gracias a las delgadas paredes de una época anterior a la guerra, que subían unas cuantas escaleras. Mientras aguardaba sola en la tienda, saqué distraída un libro de una de las estanterías y me di cuenta de que era una primera edición de *Oliver Twist*. Lo devolví a su sitio y me acerqué un poco al escritorio de Stephen.

Hacia la parte trasera de la tienda, el desorden se volvía más agobiante, y me imaginé a Stephen viviendo como un animal en su madriguera, con un cómodo nicho de antigüedades y libros valiosos con los que abrigarse y sentirse como en casa. Le eché un vistazo a su libro de contabilidad, en el que los objetos y sus precios estaban detallados con letras gruesas. Llegué a leer *Relicario, san Elías, 6800 dólares* antes de que la puerta se abriera y tanto Rachel como Stephen volvieran a aparecer. Ella sostenía una caja envuelta con un lazo verde.

—¿Hay algo que quieras ver? —me preguntó Stephen, y no de forma desagradable, sin ningún atisbo de reprimenda a pesar de haberme sorprendido cotilleando.

—Tienes unas antigüedades muy interesantes —respondí.

Él miró a Rachel, y ella asintió.

—Te mostraré algunas.

Me percaté en aquel momento de que era un hombre muy bajito, por lo que la mayor parte de su presencia provenía de su figura regordeta, la cual le costó introducir detrás de su escritorio y luego sacarla una vez más, al tiempo que sujetaba un conjunto de llaves alrededor de un llavero que tintineaban en su mano.

Cuando pasó por mi lado, estiró una mano para sujetar una de las mías y tantear la base de mi dedo anular. Su toque fue agradable: cálido, seco y suave, y me hizo un gesto para que lo siguiera, mientras Rachel se quedaba atrás para curiosear algunos libros que había en la estantería al lado del escritorio.

—Mirar está bien —dijo, guiándome hacia una vitrina de cristal—, pero no se compara con poder tocar lo que ves.

Sacó un anillo de la vitrina y me lo entregó. Tenía un grabado de vides y un diamante pequeñísimo que brillaba con fiereza a pesar de la falta de luz solar que había en la tienda y de su tamaño diminuto.

—Un anillo de compromiso de platino, de alrededor de 1928 —me dijo.

Se deslizó por mi dedo a la perfección, y su tamaño lo hacía parecer delicado.

—Es precioso —le dije, y me permití a mí misma imaginar lo que habría sido poseer un distintivo de riqueza tan evidente en la víspera del colapso económico del país. Una baliza en los días oscuros que se habían avecinado. Me pregunté si lo habrían empeñado en los inicios de la caída del mercado de valores y si habría pasado de vendedor en vendedor hasta que había acabado allí, con Stephen.

Sacó un anillo con una pequeña esmeralda de corte cuadrado y sutiles decoraciones grabadas en las esquinas.

—Y este es más antiguo todavía —me comentó antes de pasármelo.

Me lo puse. Nunca había tenido ninguna pieza de joyería cuando era pequeña, ni siquiera me había comprado nada de bisutería como sustituto, pero siempre había envidiado una sola joya que mi madre llevaba: un precioso brazalete de oro con un único dije, un sello hecho de ámbar. Le había pertenecido a mi abuela, según me había explicado mi madre, y algún día iba a ser mío. Y, a pesar de la belleza del brazalete y del hecho de que me encantaba cómo caía desde su muñeca como un péndulo, la idea me llenaba de una tristeza indescriptible. Aquellas joyas habían terminado en una tienda de antigüedades en lugar de en el cuerpo de alguna persona. Era lo mismo que ocurría con las joyas de Los Claustros, que estaban relegadas a una vida de frialdad.

—¿Y esa? —pregunté, señalando la alianza de oro con la piedra roja y lisa en el centro. Me di cuenta de que las pequeñas curvas de oro que sujetaban la piedra en su lugar eran en realidad serpientes, de un tamaño minúsculo y desgastadas por los años.

—Ah, pero qué buen gusto. —Stephen sacó el anillo y lo sostuvo en una mano mientras que con la otra desplegaba su pañuelo con una floritura antes de colocar el anillo sobre su palma, bajo el simple cuadrado de algodón.

El anillo era ínfimo. Demasiado pequeño como para que pudiera llevarlo en otro dedo que no fuera el meñique, en el cual apenas encajó. En su interior habían grabado las palabras *loialte ne peur*. Era francés antiguo, quizá del siglo trece o catorce, y significaba *lealtad sin miedo*.

—Es muy viejo —dijo—. Muy muy viejo —añadió, como si lo estuviese repitiendo para sí mismo.

Giré la etiqueta del precio, la cual rezaba «25 000 dólares». Que una pieza semejante pudiera terminar perdida en aquella abarrotada tiendecilla, apretujada entre libros valiosos y demás objetos, era algo que no me podía creer. Me lo quité y lo examiné, y me resultó obvio que había sido fabricado a mano con un martillo.

Cuando me dispuse a devolverle el anillo, me di cuenta de que, detrás de las filas de joyas, había unas cuantas monedas acuñadas con los bordes resquebrajados, donde el tinte original se había desgastado. En una podía apreciarse claramente la cabeza de Medusa, con sus ojos diminutos y su pelo hecho de serpientes.

—¿Puedo? —Estiré una mano en dirección a la moneda, y Stephen asintió.

Una vez que la tuve sobre mi palma, me pareció más pesada y gruesa de lo que solían ser las monedas normales, y advertí que era un amuleto con un grabado en la parte de atrás.

—Para calmar el vientre —me contó, cuando intenté leer la inscripción en griego antiguo.

—Qué cosas más curiosas —dije, casi para mí misma.

—Deberías mostrárselo, Stephen. —Aquello lo dijo Rachel, quien nos observaba desde el fondo de la tienda—. Creo que le gustaría verlo.

Stephen pasó por el lado de Rachel y se dirigió hacia la puerta por la que ambos habían desaparecido antes. La sostuvo abierta para que yo ingresara.

Había unas pocas escaleras y luego un pequeño vestíbulo que desembocaba en otra sala, aquella con menos vitrinas y unos cuantos manuscritos desplegados de modo que sus páginas ilustradas quedaban a la vista. Las cortinas estaban cerradas para evitar el daño que podría ocasionar la luz solar y, dispuesta en las vitrinas, había una variada colección de objetos preciosos: broches, anillos y barajas de cartas antiguas. Y cosas incluso más antiguas, como un set de papiros, un escarabajo esmaltado y un relicario. La sala era un museo en miniatura.

—Stephen trata con coleccionistas —me explicó Rachel desde algún lugar a mis espaldas—. Trabaja con muchas personas a las que les interesan objetos que son... —hizo una pausa para observar un manuscrito desplegado— difíciles de adquirir en el mercado común.

—No nos especializamos en el origen de las cosas —dijo Stephen, haciendo un ademán para señalar los objetos a su alrededor—, sino en su adquisición. Nos visitan todo tipo de compradores y vendedores. En ocasiones nos llegan objetos del extranjero. Y, a menudo, las cosas que llegan deben ser trasladadas con celeridad. Yo puedo ofrecerles un hogar.

—¿Y Los Claustros? —pregunté.

—Ah, no —contestó Rachel—. Los Claustros, no, pero Patrick tiene unos estándares un poco menos exigentes.

Dejó la caja sobre una de las vitrinas, y Stephen la desenvolvió para luego sacar una sola carta de la baraja.

—Son de Mantua —me explicó ella.

Stephen asintió.

—Sí, de un comerciante que pensó que podrían haber provenido de Rávena. Ya sabes cómo eran aquellas ciudades bizantinas, cómo usaban el oro con tanta soltura.

—Son increíbles —dije, observando la carta que Stephen había dejado sobre el cristal. La carta *Mundi*, que representaba la integridad y la plenitud, una sensación de totalidad. Era la última carta en la secuencia de triunfos moderna.

—Una familia las encontró en el ático de una vieja casa de campo, en esta misma caja, envueltas con esta misma cinta.

—¿De verdad? —pregunté.

—Así cuenta la historia —dijo Stephen, encogiéndose de hombros.

—Patrick ha estado coleccionando —añadió Rachel—. Suelen ser objetos pequeños como fragmentos, páginas sacadas de manuscritos o pinturas devocionales pequeñas. Pero a veces las cosas pueden ser un poco más… —Rachel me miró a los ojos— inusuales. El año pasado volvió a casa de un viaje a Grecia con un juego de astragalomancia: los huesecillos de las ovejas que usaban los antiguos griegos para predecir el futuro. Durante el invierno, compró un manuscrito que supuestamente había sido escrito por un arúspice, alguien que usaba las entrañas de animales sacrificados para buscar augurios. —Señaló la carta que había sobre la vitrina—. Estas encajan en la segunda categoría de su colección.

Recordé los objetos que tenía Patrick en su biblioteca al tiempo que Stephen volvía a colocar la carta *Mundi* de vuelta en su caja y ataba una vez más la cinta.

—¿A lo mejor te gustaría empezar una colección? —me preguntó él.

Tuve que contener una carcajada. No había nada en aquella tienda que yo pudiera comprar.

—Ha estado intentando convencerme desde hace meses —me contó Rachel, acercándose hasta donde estaba—. ¿Podemos probarnos esos? —Señaló un par de anillos de plata hechos a mano, cada uno de ellos decorado con la cabeza de un cordero que miraba en direcciones opuestas respecto de su pareja, por lo que, cuando se llevaban juntos, eran simétricos. Solo cuando Stephen sacó los anillos me percaté de que el anillo contenía el resto del cuerpo del cordero.

Rachel se los puso en un dedo, y me sorprendió ver lo delicados que parecían.

—Toma —me dijo, dándome uno. Me quedaba a la perfección. Rachel se inclinó más cerca y sostuvo su mano para que estuviera al lado de la mía y las cabezas de los corderos estuvieran frente a frente. Nuestras manos eran claramente diferentes: ella con sus dedos largos y delgados, con uñas bien cuidadas, y yo con articulaciones más bien notorias y las cutículas destrozadas. Me pareció curioso que la misma talla de anillo nos fuera bien a ambas.

—Nos llevaremos estos —le indicó a Stephen, mientras alzaba su mano para admirar el grabado.

Me quité el anillo y lo sostuve frente a ella, con curiosidad por saber qué precio indicaba la etiqueta. ¿Qué clase de inversión sería esa?

—No —me dijo—. Ese es tuyo.

—Rachel, no puedo aceptarlo.

—Claro que puedes, no seas tonta.

—Son anillos de amistad —me explicó Stephen, mientras escribía el recibo a mano—. Se supone que los deben llevar dos personas. Son de la década de 1930, de plata. De ley, por supuesto.

—Pero es un regalo tan extravagante… —Me volví a deslizar el anillo en el dedo.

—Ann. —Rachel me buscó la mirada—. Lo que puede resultar extravagante para algunos, puede que para otros no. Aprende a aceptar un regalo.

Bajé la mirada hacia donde el anillo ya estaba ejerciendo una encantadora presión y me di cuenta de que debía dejar de rechazar las cosas que habían llegado de forma inesperada a mi vida desde que había cruzado las puertas de Los Claustros.

—Gracias —le dije.

Rachel asintió sin decir más, y volvimos hacia la sala principal de la tienda en la que Stephen anotó la venta en su libro de contabilidad con su letra grande y redondeada.

—Una pareja preciosa —dijo él—. Aseguraos de que no se separen nunca.

—Así lo haremos —contestó Rachel, mirándome.

★ ★ ★

En el trayecto de vuelta al museo, Rachel y yo nos sentamos en silencio, cada una observando por lados opuestos del coche cómo se desenvolvía la ciudad: Central Park, el parque de Henry Hudson, hasta que, por fin, el campanario de Los Claustros quedó a la vista.

—Puedes dejarnos aquí abajo, John —le indicó Rachel, haciendo un gesto para que el coche se detuviera bastante por debajo de la entrada al museo.

Ni bien nos bajamos del coche, Rachel se giró hacia mí y me dijo:

—No le digas a Patrick que Stephen te ha mostrado las cartas.

Íbamos caminando por unos campos de césped bien cuidado. Era media tarde, y los rayos del sol nos daban directo mientras andábamos.

—Pero si me ha mandado contigo a…

—No ha sido así —me interrumpió ella.

—Entonces, ¿por qué…?

—Me parecía importante que vinieras. Que lo supieras. No quiero ocultarte nada.

No había pensado contarle —ni a ella ni a nadie, en realidad— lo que había descubierto en los documentos de mi padre. Pero Rachel no era la única que tenía secretos por compartir.

—Este fin de semana me he encontrado con unas menciones bastante inusuales al tarot —le dije, alzando la mirada para ver los muros de Los Claustros por delante de nosotras.

—¿Ah, sí? ¿En qué tomo?

—No estoy segura.

Le conté a Rachel acerca de los papeles que me había enviado mi madre, de las traducciones de mi padre y de las transcripciones de mi tutor.

—¿Y Lingraf nunca te contó nada de esto?

—No. No tenía idea de que hubiese investigado nada sobre el tarot.

Rachel se detuvo. Habíamos llegado a la rotonda que había frente a Los Claustros, y, en las paredes del museo, unos brillantes banderines rojos se agitaban con la brisa.

—¿Así que no lo mencionó nunca? En los cuatro años en los que trabajasteis juntos, ¿nunca te dijo nada?

—Nada de nada.

—Ya veo. —Rachel esperó menos de un segundo antes de añadir—: ¿Estarías dispuesta a traer los papeles? Para que les echemos un vistazo.

—Claro, aunque, sin saber de dónde provienen, no estoy segura de cuán útiles puedan sernos.

Entramos al museo, y dejé que el aire frío me envolviera y que el eco de mis pasos sobre los suelos de piedra me reconfortara.

—Supongo que podríamos preguntárselo a Patrick —dije.

Rachel apoyó una mano en mi brazo con suavidad, sin mayor urgencia.

—Mejor no. Por el momento, mantengámoslo entre nosotras —me dijo.

CAPÍTULO DIEZ

Para cuando mediados de julio llegó a Los Claustros, las plantas habían florecido tanto que se inclinaban en dirección al suelo y traían con ellas un manto pesado de calor y abotargamiento. Aun así, la biblioteca y las galerías seguían siendo un refugio. Algunos días, a pesar de lo tentadores que eran los jardines, permanecía en los abovedados y dorados interiores, paseaba cerca de los conductos de ventilación y me pasaba el día entre cuatro paredes. En una palabra, me encontraba *enclaustrada*, pero más que nada debido al atractivo del aire acondicionado.

Quizá parte del atractivo también residiera en el hecho de que Leo casi nunca se pasaba por el interior del museo, pues me vi a mí misma atrapada entre mis deseos de pasar tiempo con él y mi compromiso con Rachel. Me temía que la atracción que sentía por Leo fuera una distracción del trabajo. Y el trabajo tenía que ser la prioridad, pues de él dependía mi futuro. Por lo que, a pesar de que nos habíamos visto de pasada —él desde el otro lado del jardín con tejanos con dobladillo y botas de trabajo, el rostro cubierto por un sombrero de paja o saliendo del área de Conservación y Mantenimiento con las manos en los bolsillos—, me había esforzado mucho por pasar lo más inadvertida que podía durante aquellos momentos. Me había esforzado para ser lista y agachar la cabeza, por muy difícil que me resultara, por mucho que supiera que, si se daba la oportunidad, lo tiraría todo por la borda sin dudarlo.

Y si Rachel notó algo de todo aquel esfuerzo, no dijo nada. En aquellos momentos, ambas teníamos nuestros propios secretos que mantener. Era cierto; las transcripciones que compartí con ella no revelaron nada trascendental, aunque sí mostraron que el tema del tarot en el Renacimiento tenía más base o, al menos, más matices que un simple juego de cartas. No obstante, decidí no mostrarle un papel, ni siquiera a ella: el que contenía el lenguaje que no había conseguido descifrar, si bien de todos modos parecía ser parte de la misma colección de traducciones que llevaban el sello parcialmente visible del águila. A ese me lo quedé solo para mí.

Ya llevaba dos horas en la biblioteca cuando Rachel apareció y miró hacia la puerta de la oficina de Patrick.

—¿No ha llegado aún?

Negué con la cabeza.

—Tenía la esperanza de que nos ayudara a librarnos de esta visita académica con Moira. —Rachel echó un vistazo en derredor, en busca de algo. No estaba segura de qué, pero, un segundo después, Moira entró en la biblioteca.

—Ah, qué bien, las dos estáis aquí. La visita empieza en cinco minutos, así que probablemente deberíais guardar todo esto. —Moira me miró, encorvada sobre la mesa y con un montón de papeles desperdigados a mi alrededor—. Al menos por el momento.

—Moira… —empezó Rachel, solo que ella ya se había dado la vuelta y se había marchado antes de que pudiéramos protestar.

Las visitas académicas eran algo curioso. El programa docente de Los Claustros, el cual solía estar conformado por jubilados, trabajaba en conjunto con el Departamento de Educación para ofrecer visitas guiadas para escuelas infantiles y visitantes del museo en general. Solo que a los del programa docente nunca les llamaban la atención las colecciones en sí, sino lo que sucedía tras bastidores. Cuando los guiamos por las oficinas, se quedaron apoyados contra las ventanas o los pomos de las puertas mientras procuraban grabar en su memoria cada detalle de la topografía del museo. Y cuando los condujimos a través del Departamento de Almacenamiento y Seguridad, nos hicieron más preguntas que cuando estuvimos frente al Tríptico de la Anunciación o a los sarcófagos del siglo doce.

Cuando llegamos a Almacenamiento, una mujer con un pañuelo envuelto alrededor del cuello a pesar del calor del verano preguntó:

—¿Cuántas obras tenéis en este lugar?

Rachel extrajo una bandeja en la que trozos de mampostería y pequeñas piezas esmaltadas estaban numeradas y catalogadas.

—Los Claustros tiene más de cinco mil obras como esta en almacenamiento. Son obras que podemos exhibir como soporte para las exposiciones o poner en rotación en las galerías principales.

—Hay incluso más en el Met —me susurró una mujer que estaba a mi lado, y yo le sonreí con educación—. ¿Has ido alguna vez a ver su almacén? —me preguntó, apoyándome una mano sobre el brazo.

—No —contesté.

—Ah. Deberías ir, es algo que uno no debe perderse. Puedes ver cómo cuelgan los cuadros en exhibidores de alambre.

Rachel y yo estábamos acostumbradas a ese tipo de comentarios, a la forma en que los miembros del programa docente creían que podían darnos lecciones sobre nuestros propios materiales. Por lo que luego, cuando ellos ya se habían dispersado por las galerías, Rachel y yo nos sentábamos un rato y nos reíamos —con bastante maldad, la verdad— de su condescendencia y de la sabiduría que nos impartían.

A pesar de no haber visitado las instalaciones de almacenamiento de la Quinta Avenida, sabía por mi experiencia en Los Claustros que se guardaban todo tipo de objetos valiosos de formas muy variadas. Mientras la sala tuviese la temperatura regulada y estuviera resguardada de la luz solar directa, poco más importaba. Claro que las personas que visitaban museos no veían las obras de arte de ese modo, como objetos funcionales que tenían que ser rotados y dispuestos de cierta manera para que tuvieran significado. Veían cada objeto como un tesoro, algo que podían imaginar encontrarse en sus áticos, entre las pertenencias de sus familias, algo a lo que le otorgaban un valor inconmensurable debido al sentimentalismo y a la falta de investigación.

Cuando llegamos al Departamento de Seguridad, Rachel presentó a cada uno de los guardias con confianza.

—Qué bien que os paséis por aquí —dijo Louis, quien tenía un montón de monitores encendidos detrás de la cabeza.

—¿Tenéis cámaras en todos lados? —preguntó una mujer, tras alzar la mano desde algún lugar del fondo del grupo.

—Casi —le contestó Louis.

—Pero ¿no necesitáis tener cada ángulo disponible en caso de un robo?

—Los robos en los museos son algo muy poco común —explicó él con paciencia—. Y tenemos personal las veinticuatro horas del día para garantizar la seguridad de las obras.

—¿Qué áreas no tienen cámaras? —preguntó la mujer.

—¿Está planeando un robo? —contestó Louis, bromeando. La mayoría de las obras de arte en Los Claustros no se podían mover: pinturas al fresco, tapices enormes, estatuas fijadas en nichos; todo ello era arte que pesaba cientos de kilos.

La mujer dejó escapar un «nooo» larguísimo, claramente ofendida por lo que implicaba la broma. Desde la parte delantera del grupo, Rachel y yo intercambiamos una mirada y ambas nos esforzamos mucho por contener las sonrisas que amenazaban con colarse en nuestros rostros.

—El interior de las oficinas, la biblioteca y algunas zonas del almacén no están supervisadas del todo con cámaras —explicó Rachel.

—Además de los jardines y los cobertizos —añadió Louis—. Tenemos muchas zonas de los jardines supervisadas con cámaras, pero no todas. Al fin y al cabo, las plantas se pueden reemplazar.

—Eso no es del todo cierto —repuso Leo. Estaba intentando pasar, con una taza de café en la mano, a través del mar de mujeres, algunas de las cuales le echaron un vistazo reprobatorio a su ropa.

—Leo —lo llamó Rachel—, por favor, preséntate ante nuestro nuevo grupo del programa docente de verano.

—Qué tal —saludó él, alzando su taza vacía.

—Leo es uno de nuestros jardineros —añadió Rachel.

—Por si las manchas de barro no lo habían confirmado ya.

—Si tenéis alguna pregunta sobre el tipo de plantas que tenemos en el jardín, él os la puede responder.

—Hice una visita en la que nos dijeron que cultiváis venenos, ¿es cierto? —interpuso una mujer.

Leo asintió.

—Pero tened presente que muchas de las cosas que consideramos veneno en la actualidad tenían usos medicinales en la Edad Media y el Renacimiento. Por ejemplo, la belladona —explicó—. Se le llama así porque las mujeres solían tomar pequeñas dosis para dilatarse las pupilas.

Su mirada se cruzó con la mía, y pude ver sus hoyuelos a través de una barba que no se había molestado en afeitar hacía varios días.

—¿Y qué otros usos se les daba? —preguntó alguien desde el fondo.

—Bueno, la mandrágora servía para ayudar a conciliar el sueño. Aunque ahora sabemos que, si se la consume en exceso, fácilmente puede conducir a la muerte…

—Podemos hablar de todo esto cuando lleguemos a los jardines —lo interrumpió Rachel—. Estoy segura de que Leo debe marcharse.

Él alzó su taza para darle las gracias y, cuando se deslizó entre el grupo que llenaba el pasillo, me rozó al pasar. Una de sus ásperas manos sujetó mi muñeca, y aquello fue lo único que necesité para que la sangre me hirviera y se me acelerara el pulso. Sin embargo, para cuando pude mirar por encima del hombro, Leo ya estaba caminando por el pasillo y no miró atrás ni una sola vez.

—Bueno —dijo Rachel, dando una palmada—. ¿Quién quiere ver la estatua de santa Margarita de Antioquía? —preguntó, y todos seguimos avanzando.

Tras dejar al grupo con su café y sus galletitas gratis en la cocina, donde Moira revoloteaba a su alrededor muy atenta, Rachel y yo nos dirigimos a la capilla. Me encantaba el modo en que nuestras voces se oían en aquel lugar: una colección de susurros bajos que se juntaban y formaban algo completamente distinto, como un tarareo monástico o un canto meditativo. Los pasos que se oían en el pasillo de piedra que había en el exterior le daban una estructura de percusión al espacio que era bastante bienvenida. Era como imaginaba que serían las iglesias y catedrales de Europa, con los visitantes curioseando por los viacrucis pintados por los artistas italianos, flamencos o franceses mientras se preparaba una misa real no demasiado lejos.

Rachel se sentó en un banco y se inclinó hacia atrás sobre sus brazos, con los dedos rodeando el borde del asiento y el rostro alzado hacia el techo, por donde la luz traspasaba los vitrales y reflejaba charcos rojos, verdes y azules sobre las paredes de piedra clara.

—Así que te vas a lanzar.

No lo dijo como una pregunta, sino como un hecho.

—¿A qué te refieres?

—A ti y a Leo.

—No me he decidido aún.

—Ah, pero sí que lo has hecho. —Ladeó la cabeza en mi dirección hasta que nuestros ojos se encontraron—. Pareces hambrienta cuando él está cerca.

—Ni siquiera lo conozco bien. —Notaba cómo el rubor se me extendía no solo por las mejillas, sino por todo el cuerpo.

—¿Y tienes que hacerlo?

No estaba segura. La mayor parte de mi experiencia con los hombres había sido con algunos que apenas conocía —aquellos esporádicos líos de una noche en mis últimos años de instituto y los primeros de bachillerato, un cliente al que había conocido mientras trabajaba de camarera y que solo pensaba quedarse en la ciudad durante un fin de semana, un compañero de clases en la universidad que era mayor y se estaba preparando para estudiar

Derecho— u otros que había conocido de toda la vida. No había punto medio, y Leo, en aquel momento, ya era un punto medio.

Volvimos por las galerías y nos detuvimos en el salón del Gótico temprano, donde las paredes estaban decoradas con brillantes muestras de vitrales de las catedrales de Canterbury, Ruan y Soissons. Uno de ellos mostraba a una mujer con un vestido dorado que sostenía dos botellas y cuyo título rezaba: «*Mujer repartiendo venenos,* de la leyenda de san Germán de París, 1245-1247».

★ ★ ★

Si bien aquella noche me quedé hasta tarde, en retrospectiva, no sé por qué. Una tormenta vespertina había hecho que el calor apretara menos, aunque no había ayudado con la humedad, lo que había hecho que los jardines estuvieran empapados y espesos. Cuando dieron las 05 p.m., Patrick y Rachel se marcharon, y solo me preguntaron de pasada cuánto rato más pensaba quedarme. «No más de una hora», había contestado, a pesar de que sabía que quería esperar hasta que oscureciera. Quería quedarme completamente sola en aquel lugar y no oír nada más que el eco de mi propia respiración o el rasgar de los papeles bajo la yema de mis dedos.

Una vez que el sol se ocultó, cerré los libros y me fui a sentar en el borde del Claustro Bonnefont, desde donde observé cómo la luna se alzaba sobre las copas de los árboles. Y, mientras observaba, perdí la noción del tiempo, y el día se convirtió en noche. Alcé el rostro hacia el cielo, incapaz de creer que el cielo nocturno de Nueva York no fuese diferente al que había visto en Washington. Imaginé que en aquella ciudad las constelaciones pendían del cielo de un modo distinto, que la luna menguaba más lento, que la Tierra giraba más rápido sobre su eje. Incluso si sabía que nada de ello era posible.

Cuando la luna se situó directamente sobre mi cabeza, decidí volver a la biblioteca. Habrían pasado dos horas, quizá y, cuando me apoyé sobre la puerta para empujarla, el interior de la biblioteca estaba a oscuras. Al suponer que los de seguridad habrían apagado las luces al ver que la sala estaba vacía, tanteé la pared en busca del interruptor de la luz. Solo que, mientras la puerta se cerraba, me percaté de que el espacio no estaba del todo a oscuras, sino que estaba iluminado tenuemente en uno de sus extremos por dos candelabros que goteaban cera y una luz amarilla líquida.

Al principio no vi a las figuras, pues estaban ocultas por las sombras. Lo que sí vi fueron las cartas extendidas sobre la mesa, con sus láminas doradas que parpadeaban al reflejar la luz del candelabro. Fue solo cuando Patrick se movió que las siluetas se volvieron claras: la curva de su brazo, el largo de su cabello, todas figuras conocidas.

—Ann… —empezó a decir, y me di cuenta de que, mientras mis ojos se adaptaban a la luz suave, él había cruzado el espacio para llegar hacia mí y que se había acercado tanto que pudo estirar la mano y tocarme el brazo para estabilizarme.

Rachel permaneció inmóvil en el otro lado de la mesa, y ninguno parecía capaz de articular palabra. Todas las preguntas que quería hacer parecían más que redundantes, pues estaba claro lo que estaba sucediendo. No cabía duda de que habían pensado que estaban solos, ya que mis libros, al fin y al cabo, estaban cerrados. No se suponía que aquel experimento, aquella lectura o como fuese que llamaran a lo que estaban haciendo debiera involucrarme. Me di cuenta de que mi presencia en aquel lugar era un error, una equivocación, y de que todos teníamos secretos que ocultarnos entre nosotros: yo a Rachel y a Patrick, Leo a todos nosotros; y una parte de mí aquella idea le gustó, pues aquello quería decir que cada trocito de información y de conocimientos íntimos me lo había ganado a pulso.

—Ann —me llamó Patrick una vez más, mientras deslizaba la mano por mi brazo hasta situarse en mi hombro—, lo siento. Hemos debido invitarte.

No estoy segura de lo que pensaba que iba a decirme, quizá que no debería haber estado allí. Que estaba despedida. Pero no esperaba que fuera a invitarme a participar, y, aunque debí haberme sentido frustrada porque sí, me habían dejado de lado, mi corazón se llenó de agradecimiento ante sus palabras.

Me hizo un ademán para que lo siguiera adonde la baraja de cartas que habíamos recogido en la tienda de antigüedades de Ketch estaba dispuesta en un patrón complejo.

—Cuando tiene una nueva baraja, a Patrick le gusta… —Rachel hizo una pausa, como si estuviese buscando la manera correcta de decirlo— estrenarlas aquí.

—Es el ambiente —dijo él—. Ayuda a conectar con la intuición.

Sabía que no debía preguntar si debíamos encender las luces, por lo que me senté junto a Rachel, al otro lado de la mesa, y ella me dio un apretón tranquilizador en la mano. Me pregunté de quién habría sido la decisión de no incluirme aquella noche, y si Rachel habría estado a mi favor o en mi contra. Por mucho que hubieran decidido incluirme, había una relación, una conexión entre Rachel y Patrick, a la cual nunca sería capaz de acceder.

La lectura había sido dispuesta para Patrick. Él había repartido las cartas y estaba tratando de descifrar el significado de las que le habían salido, mientras deslizaba un dedo bajo cada una de ellas y se detenía solo para tocar sus esquinas. Cuando pasaron varios minutos, él volvió a juntarlas en una pila, con cuidado de no frotarlas unas contra otras, y me las pasó, la baraja completa, hasta el otro lado de la mesa.

Con el rabillo del ojo pude ver cómo Rachel observaba aquel gesto, y algo sucedió, un segundo en el que pareció distanciarse, para luego volver a relajarse y acercarse un poco.

—Primero sostenlas en la mano —me indicó Patrick— y piensa en la pregunta para la que quieres una respuesta; luego saca tres cartas y ponlas en fila.

Hice lo que me pidió, con los ojos cerrados durante todo el proceso. No las barajé, claro, por temor a maltratar la pintura al óleo y las láminas doradas. Empezaba a albergar la esperanza de que las cartas pudieran mostrarme lo que me deparaba el futuro, cómo iban a ser los días que me quedaban en Los Claustros y aquellos más allá también.

Fue imposible no maravillarme por la belleza de las cartas mientras las disponía sobre la mesa, no quedarme cautivada por su resplandor y sus símbolos poco usuales, no intentar leer lo que podrían estar diciéndome. Frente a mí se encontraban la luna, el colgado y el dos de copas. Sabía que la luna, del modo en el que estaba dispuesta, al derecho y no del revés, significaba engaños o mentiras, enigmas. Sin embargo, el dos de copas hablaba de amor o amistad, de nuevas relaciones, cooperación y atracción. El colgado era un símbolo de cambio y transiciones, aunque también era el símbolo tradicional de Judas, del traidor. Entre las tres me pintaban un escenario cambiante, con algo nuevo y peligroso. Y había algo más, algo que se asomaba en los bordes de mi visión que parecía una advertencia que no conseguía captar del todo. Una energía que provenía de las cartas y que hacía que se me acelerara el pulso y que los ojos se me nublaran y me ardieran como si estuviese bajo el agua.

Dado que Rachel ya conocía a la perfección el simbolismo de la baraja, había empezado a estudiar el significado de cada carta por mi cuenta, como en su momento había estudiado latín con fichas de estudio. Había aprendido el modo en el que los palos hablaban de distintas tendencias: las copas sobre la intuición, las espadas sobre la diversidad de direcciones, los bastos sobre la energía primordial. Había descubierto que los arcanos mayores podían ser interpretados de distintas maneras de acuerdo con la orientación de la carta, si estaban del revés o no. No obstante, lo que mejor había aprendido había sido que no había una correlación exacta entre cartas y sucesos, sino que se trataba más de una sensación, una emoción que transmitían.

—¿Qué ves? —me preguntó Patrick, y su mirada se encontró con la mía. Entonces volvió a preguntarme, esta vez con más intención—: ¿Qué es lo que ves, Ann?

En las cartas podía ver mi futuro e incluso ecos de mi pasado más reciente, solo que lo que veía era algo personal, solo para mí, era una señal de que las cosas estaban cambiando, de que empezaban a sacudirse, a pesar de que no pudiese ver el modo exacto en que estas volverían a formarse para mí. Me resistí al impulso de meterlas de nuevo en la pila y pretender que no las había sacado en ningún momento.

—Aún no se me da muy bien todo esto —dije, apartando las cartas con suavidad—. ¿Por qué no las lees tú, Rachel?

—No puedo —dijo ella—. No hago lecturas.

—¿Por qué no?

—Solo no lo hago. Las estudio, pero no las interpreto. No lo hago y ya está.

—¿Nunca has hecho una lectura de cartas? —le pregunté.

Rachel miró hacia el otro lado de la mesa y clavó los ojos en Patrick.

—Sí, hace mucho tiempo, pero es complicado. A diferencia de Patrick, yo no quiero ver el futuro. Prefiero que me sorprenda.

Ante aquellas palabras, Patrick se apartó de la mesa con brusquedad, y la pesada silla de madera en la que había estado sentado cayó hacia atrás y resonó contra el suelo de piedra. No se molestó en devolverla a su sitio. En su lugar, abandonó la biblioteca y nos dejó a ambas allí, a solas bajo la luz de las velas.

CAPÍTULO ONCE

Tres días después de que me pareciera verlo en las cartas, Leo me invitó al Bronx, donde iba a tocar con su grupo.

—Toco el bajo —me explicó, masticando un mondadientes y apoyado contra una de las columnas que rodeaban el Claustro Trie—. Puedes tomar el metro y te bajas una parada más allá del estadio de los Yankees. Te veré allí.

No había habido una charla previa, ninguna explicación sobre lo que había pasado el día del mercado ecológico o tras ello. Simplemente se me acercó y me invitó. Aunque más que una invitación, se trataba de una inevitabilidad. Al menos así me lo pareció, incluso si no tenía su número y él tampoco se ofreció a dármelo. Solo prometió que me vería allí.

—Bueno —dije—. Vale.

Sabía que, al aceptar ir, me estaba salvando de pasar otra noche en mi piso, el cual, en el transcurso del último par de semanas, se había deteriorado más: ropa amontonada sobre la cama, platos apilados en el fregadero, papeles por todos lados. No me consideraba una marrana, pero aquella mañana había pisado unos granos de café que se me habían caído del filtro que había tirado a la basura la noche anterior y ni siquiera me había molestado en quitármelos de las plantas de los pies. Si bien no se me escapaba la similitud que guardaba con el hogar que había dejado atrás en Walla Walla, decidí no pensar demasiado en el impulso que compartía con mi madre de dejar que las cosas se salieran de control cuando estaba estresada.

En realidad, había dispuesto la mesa de la cocina para libros, artículos, mi portátil y una baraja de cartas del tarot que había encontrado en una librería de la zona. Leí artículos académicos sobre el tarot, o *carte da trionfi*, como se les había conocido durante el Renacimiento, y me enteré de que el registro más antiguo de su existencia databa de un informe de contabilidad de la familia De Este en 1442 en Ferrara, y de que Marciano de Tortona, el asistente y astrólogo del duque Felipe María Visconti de Milán, había sido uno de los primeros en escribir sobre el simbolismo de la baraja del tarot. También descubrí que, si bien era cierto que el tarot se había originado como un juego de cartas, había sido registrado como un objeto adivinatorio en Venecia en 1527.

Y, aunque muy pocos académicos habían escrito sobre el tarot, pues en raras ocasiones los historiadores o los historiadores del arte se molestaban con dicho tema, todos estaban de acuerdo en que el periodo temprano de la Modernidad se había obsesionado con la adivinación y las predicciones del futuro. En la Italia de los siglos quince y dieciséis, todos contaban con los servicios de los astrólogos, por supuesto. Marsilio Ficino, astrólogo de la influyente familia Medici, había creído en la sabiduría de los planetas con tanto fervor que había predicho, durante el nacimiento de Giovanni di Lorenzo de Medici, que este se convertiría en papa. Y así había sido, llegó a ser el papa León x. Además, los lugares como Ferrara, donde la familia gobernante nadaba en la abundancia y estaba misteriosamente fascinada con los métodos ocultos que pudieran ayudarla a prolongar su gobierno, parecían el lugar perfecto para que las cartas del tarot se usaran como herramientas para predecir el futuro. También había que considerar la tradición del tarot en sí, con sus imágenes tan distintivas, tan diferentes a cualquier otra baraja de cartas que nos hubiera llegado a la actualidad, que era difícil pensar que se les había dado algún otro uso que no fuese para el ocultismo. Por último, estaba el modo en que sentía las cartas en mi mano cuando las disponía sobre la mesa: eléctricas y vivas.

Tras haber aceptado reunirme con Leo, lo dejé en los jardines y me dirigí a la biblioteca. Desde aquella noche en la que habíamos leído las cartas a la luz de las velas, me había sorprendido encontrar a Rachel sentada a la misma mesa, con todas las luces encendidas, y rodeada de documentos de trabajo y materiales de nuestra investigación y no entre las sombras. Pese a que ella parecía moverse con muchísima naturalidad entre el mundo de las cartas y el mundo de la investigación racional, a mí me estaba costando cada vez más mantener los límites definidos. Conforme llegaba adonde estaba Rachel, pudimos oír a Patrick a través de la gruesa puerta de su oficina, con la voz alzada, aunque sus palabras quedaban amortiguadas debido a la vieja madera de roble.

—Es Aruna —me explicó Rachel, sin apartar la mirada de las notas que estaba transcribiendo—. Le llevó las cartas, y ella cree que son falsas. Patrick quería exhibirlas en el Morgan, pero parece que no va a poder ser. En su lugar, tendrá que conformarse con hacer de moderador.

Me costaba creerlo. Había notado algo aquella noche que las sostuve, la noche en la que las dispuse sobre aquella misma mesa ante la que me hallaba en ese momento. Aunque, ¿no era así como funcionaba la magia? Se distraía al público con el escenario, el ambiente, la producción vistosa, de modo que nadie se diera cuenta de la destreza de las manos, de la falsedad de todo lo que sucedía.

Podíamos oírlo a través de la puerta, el rugido amortiguado de la furia y la decepción. Era un contratiempo, y Patrick se estaba hartando cada vez más de los contratiempos.

—¿Y tú qué crees? —le pregunté.

Rachel apartó la vista de su investigación y se encogió de hombros.

—Son preciosas, pero no parecen auténticas al tacto. Están rígidas. La vitela suele ser mucho más flexible. Y es cierto que las imágenes parecen un poco toscas. Como hechas por un crío.

Asentí. Yo solo las había visto dos veces: en la tienda de antigüedades de Ketch y bajo la escasa luz de la biblioteca. Rachel, según me imaginaba, habría tenido más oportunidad de observarlas con detenimiento.

—¿Y Aruna está de acuerdo?

—Sí. Yo ya se lo había dicho, claro, pero no quería hacerme caso. Me parece que tendrá que mostrárselas a más personas antes de asumir que no son auténticas.

—No sabía que la gente acostumbraba a falsificar cartas del tarot del siglo quince.

—Si te soy sincera, creo que son una copia del siglo diecisiete, no algo contemporáneo. Un intento mediocre de reproducir lo que los Visconti estaban haciendo en Milán. —Rachel se inclinó sobre la mesa y bajó la voz hasta que esta no fue más que un susurro, casi un siseo—. Sabes lo que está buscando, ¿no? Quiere una muestra primordial, la baraja más antigua, una que demuestre con claridad que se la usaba para el ocultismo. Está buscando algo que ni siquiera sabemos si existe. Algo que… —hizo un ademán con las manos— ha soñado.

—¿Y no crees que vayamos a encontrar ninguna prueba de su existencia? ¿Nunca?

—Es probable que sí. No estaría haciendo este trabajo si no creyera que existe la posibilidad. Pero ¿qué probabilidad hay de que nos llegue a través de Stephen? Ese no vende nada que sea así de bueno. Los objetos que sí son así de buenos se los queda o, en todo caso, se los pasa de forma muy discreta a instituciones cuyas políticas de adquisiciones no son tan estrictas.

Rachel tenía razón; las cartas estaban rígidas, carecían de la cualidad flexible de la vitela y algunas de las ilustraciones parecían burdas. Sin embargo, había algo diferente en el modo en el que notaba las cartas, algo intuitivo que no estaba lista para pasar por alto.

—Creo que Patrick estaba dispuesto a hacer la vista gorda sobre todas estas cosas porque la baraja estaba casi completa. Y es imposible encontrar barajas completas. Iba a ser todo un triunfo poder mostrarlas en el Morgan. De hecho, Patrick quiere que vayamos mañana a la tienda de Stephen a buscar unas cuantas cartas que faltan. Supongo que a algunas las debe haber tenido que adquirir de otra fuente.

—No hay problema —le dije—. Lo que me sorprende es que aún las quiera, dada la opinión de Aruna.

Los sonidos que provenían de la oficina de Patrick habían cesado, y la biblioteca volvió a su quietud, salvo por el eco de los visitantes que pasaban por los pasillos de fuera.

—Creo que lo mejor será no andar cerca de Patrick por el momento —dijo Rachel en un susurro.

* * *

La plataforma de metro de la calle 125 tenía muy poco lugar en el que estar de pie, y el propio metro, aún menos. Por todos lados había gente vestida con telas a rayas y gorras de los Yankees: familias jóvenes, universitarios borrachos, turistas japoneses, un tipo que vendía gorras de imitación; era un mar de cuerpos, asfixiante e idiosincrásico, que se movía a mi alrededor a pesar de mis intentos por que no me arrastrara. Me apretujaron en el interior antes de que las puertas se cerraran, con la cara apretada contra el cristal, el cual estaba algo arañado y desgastado, y me liberaron tres paradas después cuando el vagón se vació en el estadio de los Yankees, quince minutos antes del primer lanzamiento. Tras ello, los únicos que quedamos en el vagón fuimos un hombre, quien había logrado la sorprendente hazaña de permanecer dormido durante todo aquello, una joven madre con su hijo pequeño en su regazo y yo. El hecho de que la ciudad se balanceara de forma salvaje entre aquellos dos extremos —el caos lleno de alegría y el caos del día a día— hizo que estuviera desesperada por experimentarlo todo, por sentir la polaridad de ambos extremos.

Me encontré con Leo una parada después, en la entrada del metro. Me había puesto un vestido corto y como de muñeca de la colección de segunda mano que Rachel me había dejado, y me quedé muy satisfecha cuando Leo me miró y luego volvió a mirarme de forma muy dramática.

—Estás muy guapa —me dijo, evaluando mi atuendo—. Venga, vamos a comer algo antes del concierto.

No me dio la mano, sino que me sujetó de la parte superior del brazo y caminó muy cerca de mí, del modo en que un secuestrador guiaría a su víctima si tuviese un arma. Me parecía una forma muy rara de caminar, pero me gustaba lo cerca que se encontraba, lo íntimo del gesto.

Era la primera vez que visitaba el Bronx, y fue una experiencia vibrante y ruidosa: música que salía de los coches y las bodegas, gente en las escaleras de las entradas de los edificios riéndose o escuchando su propia música; no estaba segura de si se trataba de una sinfonía o de una cacofonía. Y, a pesar de las calles largas y cubiertas de hojas y de los edificios de pisos bajos, de tan solo cuatro o cinco plantas, parecía más abarrotado que Manhattan, cuyo paisaje estaba dominado por rascacielos. Si Leo me había parecido nervioso en ocasiones y a menudo hostil en Los Claustros, en el Bronx me daba la impresión de que estaba a sus anchas. Incluso el modo en que caminaba era más ligero, más descuidado, como si no tuviese el control completo de la forma en que sus pies se movían ni de su cadencia.

—Yo vivo allí —me contó, señalando un edificio de ladrillo—. En la tercera planta, en esa ventana de la esquina.

Notaba su aliento en mi nuca. La forma en la que hacía uso de mi espacio siempre me resultaba un poco inquietante, pues ocupaba gran parte de él, como si no fuese mío, sino suyo. Y, si bien aquello tendría que haberme puesto nerviosa, en realidad me emocionaba. Hacía que quisiera abrir de par en par todas las partes de mi vida que había compartimentado para dejarlas expuestas.

Seguimos caminando en dirección al sol hasta que un atardecer de un naranja intenso tiñó las aceras. Ninguno de los dos dijo nada. Me preocupaba que lo que pudiera decir me dejara en evidencia, que revelara el fraude que era. Sin embargo, Leo se limitó a llevarme a un bar y me condujo rápidamente a través del oscuro interior hasta que volvimos a salir hacia un patio trasero en el que las sombrillas tenían detalles de logotipos de cervezas y había un solo ventilador que rotaba y hacía que el aire húmedo y estancado se desplazara de un lado para otro en aquel recinto improvisado.

Leo se dejó caer en una silla de plástico, y luego se puso de pie de un salto para retirar la mía, pero el gesto llegó muy tarde. Solo consiguió alcanzar el brazo de la silla y hacerla retroceder un poquito. Aun así, agradecí el intento.

—Lo siento —me dijo—. Estoy oxidado.

—Me buscas un taxi, me retiras la silla… —dije—, no habría dicho que fueses tan caballeroso.

—La caballerosidad estaba de moda en la Edad Media, ¿no es así? —preguntó.

Pedimos unas cervezas que llegaron envueltas en gotitas de condensación y un plato de tacos. Me había arreglado demasiado para lo que era el bar.

—¿Te metiste en líos? —le pregunté—. El otro día.

—Oh, ¿con el agente Palko? Solo me pesca muy de vez en cuando. En teoría necesitas que te multen tres veces para que te prohíban entrar en el mercado, y él solo ha conseguido multarme dos.

Asentí, y los dos nos quedamos en silencio hasta que él preguntó:

—¿Será este tu primer concierto punk?

—Sí.

De hecho, era mi primer concierto y punto, aunque no estaba lista para admitirlo.

—Cuando nos vayamos, puedes quedarte entre bastidores. —Leo me ofreció su cajetilla de cigarros, pero no la acepté. Él sacó uno y lo encendió. El olor sulfuroso de la cerilla me llegó hasta el otro lado de la mesa.

—¿Es a eso a lo que te quieres dedicar? —Bebí un sorbo de mi cerveza, burbujeante y sustanciosa, agradecida por que hubiéramos cambiado de tema—. A ser músico.

—¿No crees que ser jardinero sea un buen oficio? —Se reclinó en su silla y sacudió la ceniza de su cigarrillo sobre la mesa; no había cenicero.

—No. Quiero decir, a menos que tú quieras que lo sea.

—¿Y si te digo que... —empezó él, mientras encendía una cerilla distraído, como un acto instintivo, una costumbre— no tengo ninguna ambición? Que solo quiero cultivar, recortar y quitar la mala hierba todo el día. ¿Entonces qué?

—¿A qué te refieres con «entonces qué»?

—¿Eso sería todo? ¿No querrías salir más? —Dibujó una línea imaginaria entre ambos—. ¿Lo que estás buscando es alguien que siempre quiera transformarse en otra cosa? Porque eso puede resultar agotador.

Aún me costaba determinar cuándo Leo bromeaba y cuándo hablaba en serio. Sospechaba que en muchas ocasiones era una mezcla de ambos.

—No sé qué es lo que busco —dije, tras un minuto, tanto para llenar el silencio como por el hecho de que era cierto.

—En ese caso, déjame advertirte sobre los artistas. Pueden ser muy hijos de puta. Cabrones de verdad, a nivel psicológico, ya sabes. —Se señaló a sí mismo, haciendo hincapié en la forma en la que estaba sentado sobre la silla de plástico, en cómo hacía que esta se doblara y se inclinara hacia atrás con cada uno de los movimientos de su larga y desgarbada figura. Leo siempre estaba en movimiento, ya fuera sacudiendo una pierna o inclinándose hacia atrás en su asiento. Aun así, a pesar de su energía frenética, siempre estaba atento: observaba la manera en la que comía, los bordes de mis ojos, mis labios.

—En ese caso, me alegro de que solo seas un jardinero —le dije.

—Sabía que no me equivocaba contigo —dijo él, antes de exhalar un hilillo de humo—. Y soy guionista, si era eso por lo que preguntabas. Escribo obras de teatro y toco el bajo con un grupo punk en mi tiempo libre.

—Entonces, ¿no quieres ser músico? —Tenía la impresión de que cada vez que determinaba algo sobre Leo, todo el escenario cambiaba. Y aquella sensación de falta de equilibrio me gustaba.

—No. —Inhaló—. Debe ser todo un alivio, ¿eh?

—No tengo nada en contra de los músicos.

—Pero ¿a cuántos conoces? ¿De cerca?

—A ninguno —admití—. También eres el único guionista que conozco.

—Eso es porque ya no quedamos muchos.

Pedimos más cervezas, y le pregunté cómo se había decantado por escribir obras de teatro: en la universidad. Y por qué le gustaba tanto: por la estructura, el ritmo. Hablamos sobre nuestro paso por la universidad; él en la Universidad de Nueva York, y yo en Whitman. Él me sacaba cinco años, y me pregunté cuántos años más me tomaría hasta abandonar mi sueño y volver a casa a hacer alguna otra cosa. Sin duda, más de cinco años.

—¿Alguna vez te han preguntado qué piensas hacer si lo que quieres no da resultado? —le pregunté.

Leo se quedó en silencio unos segundos.

—¿Qué harás tú si no da resultado?

—¿Cómo?

—Los museos, lo *académico*. —El modo en el que lo dijo, estirando la palabra y pronunciándola entre dientes, era un reto, una forma de provocarme.

—No ha dado resultado —dije—. Soy la huerfanita que Patrick adoptó, ¿recuerdas?

—Ya —dijo él, para luego exhalar el humo del cigarro y observar los bordes de la sombrilla que había sobre mi cabeza—. Rachel suele decirme que, si no tengo suerte, debería convertirlo todo en obras de teatro.

—¿Y por qué no lo haces?

—Porque creo en la integridad del proceso.

—Entonces Rachel sabe que eres guionista —dije, antes de beber un sorbo de mi cerveza. Quería sonar despreocupada, pero no pude evitar preguntarme cuántas conversaciones habrían compartido, si habrían ido a aquel bar antes, y por qué no me lo había contado ella.

Leo asintió.

—¿Y te ha visto tocar?

—¿Vamos a hablar de Rachel toda la noche? Podría haberla invitado a ella y ya.

Fue un golpe bajo y lo sabía, porque un segundo después estiró una mano sobre la mesa para tomar la mía y, aunque intenté apartarme para devolverla a mi regazo, se aferró a ella con sus largos dedos envueltos alrededor de los míos y ejerció el mismo tipo de presión que le ponía a todo: un poco demasiado fuerte, pero con una convicción que era fácil de respetar.

—¿Estabais juntos?

No sé por qué lo pregunté, sino que solo lo hice. Lo pregunté porque tenía que saberlo.

—No —contestó, apartándose el pelo detrás de la oreja—. No es mi tipo. Además, hasta donde yo sé, hasta donde saben todos, vaya, Patrick y Rachel están liados desde hace un tiempo.

No quise seguir insistiendo, ya que, a fin de cuentas, tenía la respuesta que había querido.

—¿Y yo sí soy tu tipo? —le pregunté, envalentonada por las dos cervezas que había bebido y por el hecho de que aún me estaba sujetando de la muñeca mientras me acariciaba con el pulgar la piel que cubría mis suaves venas azules.

Leo no respondió, sino que se inclinó sobre la mesa y me besó. No con suavidad, del modo que uno lo hace cuando besa por primera vez, sino que fue un beso grande y brusco, mientras me enroscaba una mano en el cabello. Y era *aquello* a lo que no podía resistirme de Leo: la prisa, el desorden, el caos, su entusiasmo descarado por hacer las cosas de un modo diferente. Y no solo diferente a quienes había a nuestro alrededor, sino a todo lo que había conocido: los intentos tímidos de los chicos, las manos sudorosas en el coche, los mensajes de texto sin contestar. Era como si la atracción que Leo sentía por mí fuese hambrienta y expansiva, como si fuese a devorar la mesa, el bar, mi vida. Y quería que lo hiciera.

Lo vi tocar aquella noche, desde los bordes del escenario. El sonido era tan alto que se transformó en ruido, uno que golpeaba y dolía. En el público, los cuerpos colisionaban de forma frenética, pero casi ni le presté atención a lo que estaba sucediendo en la parte oscura de la sala, pues estaba concentrada en la forma en la que el cabello de Leo le caía sobre los ojos, en cómo un caminito de sudor se extendía poco a poco por su pecho. Y, a pesar de todo lo que había pasado aquel verano, aquel año, los devastadores meses tras la muerte de mi padre, no pensé en nada de ello en aquel momento. Solo pensé en Leo. En su torso largo y en su condición de chico malo. En la energía del público y en cómo mi cuerpo parecía moverse por sí mismo, de forma independiente y acorde a la música.

Tras el concierto, nos apretujamos en el piso del guitarrista, donde la luz era amarillenta y el ambiente estaba cargado de humo. Tenía un balcón que daba al río y una novia pequeñita, Mia, que afirmaba que no se había cepillado su cabello rizado y salvaje desde hacía seis años. Me lo creí. Cuando salí hacia el balcón para escapar de la gente, del olor a cigarrillos y alcohol, Leo me acompañó y se apretó contra mí.

—Te ha gustado, ¿verdad? El concierto.

Asentí en voz baja.

—Sabía que te gustaría. Hay algo de punk en ti, Ann. Incluso si no estoy seguro de que tú misma lo sepas. Pero me gusta. Me recuerda a mí.

Dejé que mi cuerpo se apoyara contra el suyo, hasta que su mejilla rozó mi nuca.

—Tengo algo para ti —me susurró.

—¿Qué es? —pregunté, dándome la vuelta. Estábamos tan cerca que tuve que alzar la mirada para ver lo que estaba sosteniendo sobre mi cabeza: una desgastada baraja de cartas.

—La baraja del tarot de Mia —me dijo—. A ver, saca una.

—No es así como se hace —dije, con el ceño fruncido.

Pero él las mantuvo en lo alto, con la carta que estaba encima de todas prácticamente separada del resto. Se la quité y me la apreté contra el pecho.

—¿Cuál es? —me preguntó, con una sonrisa en los labios.

Le eché un vistazo a escondidas y me la despegué del pecho; la carta ya estaba húmeda con sudor a pesar de haber estado en contacto con mi piel tan solo un segundo. Los enamorados. Cuando alcé la vista hacia él, se estaba riendo. Se inclinó hacia mí y me susurró en la oreja:

—Me gusta predecir tu futuro.

★ ★ ★

A la mañana siguiente, me desperté en el Bronx con un vasito de café para llevar y un panecillo sobre la mesita de noche. Leo compartía piso con el baterista, quien de hecho era un aspirante a artista de técnicas mixtas de la universidad Brown. Para cuando asomé la cabeza fuera de la habitación de Leo, el baterista ya se había marchado y Leo estaba sentado a la mesa de la cocina, escribiendo algo con un lápiz. Había ropa, restos de marihuana y manchitas pegajosas de hachís, pero también una vieja colección de las obras de Sam Shepard, unos cuantos ensayos de hojas sueltas de David Mamet sobre la mesita y unas cuantas revistas *Playbill* con fechas garabateadas sobre las portadas.

—Gracias por el café —le dije.

—Servicio completo —dijo, sin alzar la mirada.

—Me lo pasé bien...

—¿Cenamos uno de estos días? —me interrumpió, mientras seguía escribiendo.

—No tengo tu número. —Me quedé de pie, buscando mi móvil o un trozo de papel mientras Leo seguía escribiendo. Tras unos momentos, Leo señaló al otro lado del piso.

—Pásame un boli, te lo anotaré.

Me dirigí al rincón del piso en el que un montón de bolígrafos y libretas estaban apiladas de forma descuidada en una estantería. Estaba buscando alguno que fuese relativamente normal cuando los vi: un par de dados. Y no un par cualquiera, sino unos de astragalomancia, como los que Patrick tenía en su biblioteca. Me resistí al impulso de agarrarlos y preguntarle a Leo de dónde los había sacado, si eran réplicas o reales, y volví hacia él con un boli.

—Dame tu brazo —me indicó Leo, y yo lo estiré en su dirección de forma obediente. Disfruté de la forma en la que él me estampó su número en la piel, en la parte más suave del brazo—. Listo —dijo, alzando la mirada para verme—. Ya lo tienes.

CAPÍTULO DOCE

Incluso después de que las marcas de tinta hubieran desaparecido, aún notaba que los números que Leo me había escrito se me arrastraban por la piel. No obstante, la temporada alta en Los Claustros acabó siendo una gran distracción y, día tras día, me encontré rodeada de buses llenos de turistas internacionales, niños de campamento y neoyorquinos que buscaban escapar del sol del mediodía. Un flujo constante de cuerpos se movía a través de las galerías, incesante y desganado, y llenaba el edificio gótico de energía y calor. Había tantas personas que los sensores de temperatura empezaron a dispararse, y el propio sistema comenzó a sufrir. Los niños se plantaban sobre las grandes rejillas de metal que había en el suelo y disfrutaban de la novedad del aire fresco que les subía por las piernas. El sonido del eco de los pasos era algo inescapable conforme los visitantes se dirigían desde los relicarios llenos de joyas hasta llegar a los cuadros de los santos martirizados, tras haber pasado por las pinturas al fresco de leones y dragones.

Fue así como, conforme el sol se arrastraba poco a poco por el horizonte y el calor amenazaba con no dejarnos nunca, Patrick parecía estar llegando a su límite. Sus amistosas sonrisas habían dado lugar a unas mejillas hundidas; sus camisas, que antes habían estado impecablemente planchadas, en aquellos momentos estaban arrugadas. Y, cuando hablaba con nosotras, sus preguntas tenían un tono distinto, una urgencia que había estado hirviendo a fuego lento, pero que había alcanzado el punto de ebullición al igual que los montones de visitantes. Si bien Patrick nos había puesto a Rachel y a mí a trabajar con los mismos materiales en días anteriores, aquel ya no era el caso, pues noté que empezaba a separarnos. Distribuía recursos de los archivos, los dividía entre nosotras, y luego, a nuestro pesar, siempre revisaba nuestro trabajo, como si fuésemos niñas en la escuela en lugar de investigadoras profesionales y experimentadas. Como si la falta de información de los archivos fuese culpa nuestra, como si le estuviéramos escondiendo lo que de verdad descubríamos en ellos.

Fue por aquella razón, supuse, que decidió llevarme a mí sola a la tienda de antigüedades de Ketch aquel día y dejar a Rachel en la biblioteca, enterrada entre libros y traducciones.

—Necesito que termines con esto antes del simposio en el Morgan —le dijo a Rachel mientras esperaba que yo recogiera algunas de mis cosas. Me di cuenta de que se trataba de un castigo, aunque no estaba segura de para quién.

Durante el trayecto en taxi por el centro, sin embargo, con Los Claustros detrás de nosotros, pareció volver a ser el Patrick que había conocido al inicio del verano, ansioso por mostrarme lo involucrada que me encontraba en todo aquel misterio de las cartas.

—Rachel hace un trabajo excelente —empezó él—. De verdad excelente. Pero no siempre cree. No del modo en que lo hago yo y pienso que tú también. Ese instinto no es algo que se pueda enseñar.

Quise protestar, decirle que Rachel también lo compartía o que se equivocaba, que yo aún no creía en las cartas. Solo que entonces recordé la noche en la que Leo y yo habíamos estado en el balcón y había sostenido la carta de los enamorados contra mi pecho, las cartas que había dispuesto en Los Claustros y que me habían advertido de un cambio, una transición, quizás una traición. Dirigí la mirada al otro lado del taxi hacia Patrick, aunque él estaba mirando por la ventana, con una mano apoyada en el borde y las puntas de sus dedos blancas por la presión que ejercía. Sabía que él aún esperaba que aquella baraja pudiera ser el descubrimiento que tanto había ansiado.

—Lo viste, ¿verdad, Ann? —me preguntó, girándose para enfrentarme—. En la baraja, esa noche. Tú también notaste algo diferente. Te lo vi en la cara.

El modo en que examinó mi expresión, desesperado y atormentado, hizo que quisiera asegurarle que solo eran cartas, nada más que un simple truco. El problema era que tenía razón. Lo había notado. Y aquella sensación había empezado a seguirme, como una especie de espectro de algo que no podía explicar, algo más allá de la investigación y las citas.

—Sí —repuse—. Creo que hay algo especial en ellas. —Y entonces me apresuré a añadir—: Pero Patrick, recuerda que puedo equivocarme. Todo esto de las cartas es algo nuevo para mí.

—Claro, pero ¿acaso eso no hace que sea mejor? Una prueba de que incluso tú, alguien sin experiencia, puede percibirlo también.

—En ocasiones —dije, con suavidad— no podemos confiar en lo que sentimos. La intuición, una sensación… no son prueba de nada.

No añadí aquello que había estado carcomiéndome por dentro, el hecho de que había empezado a costarme distinguir entre lo que era real y lo que no dentro de las paredes de Los Claustros. En ocasiones, bajo los arcos góticos y entre las esculturas funerarias, tenía la impresión de que los ojos de las estatuas me seguían, como si el oro y la brillantina me estuvieran llenando la visión y volviéndola borrosa, como si, durante un momento, mi propio cuerpo se estuviese disolviendo en el espacio para convertirse en una sensación, una impresión, una intuición.

Sabía de dónde provenía aquel instinto, aquella insistencia en que lo desconocido era valioso. Había germinado en la mesa de la cocina de mi casa en Washington, entre trozos de papel y pedacitos de idiomas, entre las libretas que mi padre y yo solíamos llenar por completo entre los dos. Aunque, en ocasiones, él trabajaba solo. Era el instinto el que me había guiado hasta donde estaba, el que me había guiado en todo lo que había hecho. Siempre había sido así. Había empezado a darme cuenta de ello cuando mi padre había muerto, pero parte de mi convicción se había marchado con él. Y solo en aquel momento estaba comenzando a volver. Patrick tenía razón cuando decía que yo creía más de lo que lo hacía Rachel. Porque era posible que una necesitara algo de magia para hacer que una infancia limitada fuese algo más tolerable.

Cuando llegamos a Libros y Antigüedades de Ketch, nos dimos cuenta de que nada había cambiado. Lo único que parecía era que las botellas antiguas y los libros habían aumentado en cantidad, se habían multiplicado en el tiempo que había pasado, como si se hubiesen reproducido en la oscuridad.

A pesar de habernos abierto la puerta mediante el intercomunicador, Stephen no se encontraba en la sala principal. Patrick llamó a una campanilla en su escritorio, y pude oír el eco en la sala de arriba.

Tomé una primera edición de un libro de Émile Zola, me senté en una de las sillas que estaban libres para hacer tiempo y abrí las páginas donde empezaban las primeras líneas en francés. Patrick paseó por entre las estanterías mientras esperaba a Stephen, hasta que llegó al lugar en el que yo estaba sentada y apoyó una mano en el respaldo de mi silla, con el cuerpo inclinado en mi dirección.

—Ah —dijo, observando el libro que tenía sobre el regazo—. «Si callas la verdad y la metes bajo tierra, lo único que hará será crecer». Buena frase de Zola.

Alcé la vista hacia él y, por un momento, me sentí muy joven. Como si estuviese mirando a mi padre mientras él le echaba un vistazo a mi traducción para revisar que hubiese usado los tiempos verbales correctos. La imagen me resultó tan sorprendente que me hizo cerrar el libro de golpe, levantarme de la silla y poner algo de distancia entre Patrick y yo, cosa que era bastante complicada en la pequeña tienda de Stephen.

—¿Sabes? —dijo, dando una vuelta por el lugar para asimilarlo todo: los libros antiguos, las joyas, los cuadros—. Lo encontraremos. En algún momento sé que lo encontraremos. La baraja, el documento, la verdad. Aquello que nos lo descubrirá todo. Estoy seguro.

Había algo en su voz, una fuerza sutil que escondía algo que todo investigador sabía: aquello que buscaba quizá ya no existiera. Esa era la verdad de los archivos; siempre estaban incompletos, a pesar de lo valiosos que podían ser, pues estaban conformados por fragmentos.

—Siempre has sido de los que creen —dijo Stephen, desde el fondo de la sala. Había entrado por la puerta trasera y en aquel momento se puso a rebuscar entre los papeles de su escritorio hasta que dio con un grueso sobre que le entregó a Patrick, quien me lo dio sin prestarle mucha atención.

»Tengo algunas cosas que tal vez quieras ver —le comentó Stephen a Patrick, señalando la puerta con la barbilla. Cuando intenté seguirlos, Patrick alzó una mano.

—Solo tardaremos unos minutos —me indicó.

Volví a la silla de antes entre las antigüedades, con el sobre en el regazo, y la imagen de Patrick de pie a un lado que se había transformado en una imagen de mi padre de pie a un lado volvió a mi cerebro. Cuando transcurrieron más de unos minutos y me quedó claro que iban a tardar más de lo prometido, me puse de pie para buscar algo con lo que distraerme y empecé a tomar objetos que había alrededor para intentar adivinar su antigüedad y cuánto valían antes de revisar el precio en su etiqueta. Me entretuve con ello hasta que me dio la impresión de que lo único que me faltaba examinar era el sobre que me había dado Patrick. Lo alcé hacia la luz y me fijé en la forma en la que estaba cerrado. Simplemente lo habían doblado, por lo que pude pasar el dedo por debajo sin problemas y deslizar el contenido hacia mi palma. Había tres cartas: dos arcanos menores y el arcano mayor de la sacerdotisa.

Dejé a un lado los arcanos menores y le di la vuelta a la carta de la sacerdotisa para observar el revés. Este contenía no solo estrellas sobre un fondo azul, sino también delicadas líneas doradas que conectaban las estrellas: constelaciones. Estaban Escorpio y Libra, las Pléyades y Cáncer, así como unas motitas brillantes de unos motivos dorados suspendidos sobre un bosquejo de la Tierra, con el mundo tan negro y oscuro como la noche. Observé la carta que tenía en la mano y palpé su rigidez con los dedos.

La doblé por instinto, como una especie de prueba, para notar aquello sobre lo que Rachel y yo habíamos discutido, la extraña rigidez de las cartas, y, cuando lo hice, percibí que uno de los bordes soltaba un chasquido. En la esquina superior derecha, algo se había despegado del delicado fondo azul y dorado de la carta: un trozo de papel. Y allí, debajo, podía ver algo inusual: un mechón de pelo al viento sobre un paisaje de colores rosa y azul claro. Metí una uña con suavidad en la abertura y vi cómo la rígida carta de la sacerdotisa se despegaba por completo y daba paso a una carta diferente: la cazadora, Diana. La pude reconocer gracias al arco que llevaba en una mano y a la diadema de la luna que tenía en la cabeza. Frente a ella, un ciervo bebía de un estanque. Sobre su figura, unos querubines sostenían una colección de flechas, y la constelación de Cáncer —el signo astrológico asociado a la luna— colgaba en el cielo.

Me di cuenta de que la portada falsa había estado pegada con un poquito de harina y agua en cada esquina, una sustancia seca que se deshizo cuando la froté con suavidad con la yema de los dedos. La carta que había descubierto era lírica y dramática en su representación. Sus colores eran pálidos pero saturados, y la imagen, diversa y mística. No obstante, había una palabra escrita en ella, *trixcaccia*, que me fue imposible de descifrar. No por la caligrafía, sino por el idioma. Casi podía reconocerlo, un híbrido entre el napolitano y el latín, el cual tenía un aire que me resultaba familiar.

La carta que sostenía en la mano contaba con aquel carácter insólito que tenían algunas obras de arte, la habilidad para atraer a una persona de una forma que resultaba absorbente. La primera vez que había experimentado una sensación similar había sido con una réplica. Había sido hecha con mucho cuidado de un fresco de las Gracias de Botticelli que se encuentra en el Louvre, y que había sido copiado con todo lujo de detalles para una exposición en Seattle. Podría haberme quedado mirando ese fresco durante un día entero, sus figuras delicadas y sus colores difuminados. La carta que sostenía en la mano tenía aquellas mismas cualidades, como si me estuviese cayendo en ella, en un estanque de belleza.

El sonido de los pasos en el piso superior me hizo volver a prestar atención, y me dispuse a pegar de nuevo la cubierta falsa sobre la carta que había descubierto debajo. Me detuve antes de volver a mojar la harina, por miedo a que aquello pudiera dañar la pintura, pero no había modo de volver a pegar ambas cartas. Durante los siguientes segundos, jamás se me pasó por la cabeza devolver la carta al sobre o compartir mi descubrimiento con Patrick. En su lugar, saqué de mi bolso todo menos mi cartera —las tarjetas, monedas, billetes, cualquier cosa que pudiera arañar la superficie de la carta— y luego la metí en el interior y lo volví a cerrar.

Mientras volvía a dejar mi bolso en el suelo y abría una vez más el libro de Zola que había estado leyendo por alguna página al azar un poco más avanzada de donde había estado, la puerta al final de la sala se abrió y Patrick y Stephen entraron, aún hablando en voz baja.

—¿Me llamarás si sabes de algo más? —preguntó Patrick.

—Claro, claro —le aseguró Stephen—. Serás el primero a quien llame.

Vi cómo Patrick le entregaba un sobre muy grueso y Stephen le devolvía una hoja de papel.

—No te guardes eso —le dijo—. Lo mejor es no conservar los recibos a la vista por si alguien tiene preguntas. Pero entiendo que puedas quererlo por el momento.

Patrick asintió y, tras regresar hasta donde me encontraba sentada, me entregó el recibo y tomó el sobre.

Le eché un vistazo y vi que decía «tres cartas del tarot». Lo metí en mi bolso y me pregunté cuánto tiempo tendría antes de que Patrick se diera cuenta de que solo había dos cartas dentro del sobre.

* * *

Durante el resto del día tuve miedo de que Patrick se fuera a dar cuenta de la ausencia de la carta. Mientras estaba sentada en la biblioteca, intenté, sin mucho éxito, apartar de mi mente el temor de que Patrick fuese a salir de su oficina para exigir saber dónde estaba la carta, su descubrimiento. Me resultó imposible concentrarme, e incluso cuando paseé por los jardines e intenté obligarme a mí misma a respirar, el aroma de la lavanda y el roce de las plantas contra mi piel tampoco pudieron darme paz.

Me encontré con Rachel en un extremo del Claustro Bonnefont.

—¿Qué ha pasado en la tienda? —me preguntó, mientras sacaba un cigarrillo con una sacudida y se lo encendía, con movimientos rápidos y tajantes.

—Nada —repuse—. Hemos recogido unas cuantas cartas más.

—¿Y ya está?

—Y ya está. —No estaba lista para contarle a Rachel ni a nadie lo que había descubierto, pero podía notar que había algo de prisa en su pregunta, algo que hacía que mi piel se erizara y mis mejillas se sonrojaran.

—Bueno. —Hizo una pausa para soltar una nube de humo—. Es que está al teléfono en su oficina y suena cabreado.

¿Qué podía decirle? ¿Que aquello por lo que Patrick estaba tan furioso estaba a tan solo unos metros de su oficina, sano y salvo dentro de mi bolso? No. Por lo que, al no querer revelar mi secreto, dije la única cosa que Rachel y yo no habíamos pronunciado en voz alta, por mucho que fuera algo de lo que ambas nos habíamos percatado.

—Ha estado muy estresado, desesperado por hacer que toda esta investigación diera resultados, por tener algo que mostrar en el Morgan. ¿Crees que quizás esté llegando al límite? Por el hecho de que hayamos encontrado tan poco y que parezca que no hay nada por descubrir.

Rachel me miró por el rabillo del ojo, solo un pequeño vistazo, y asintió.

—¿Qué te parece si nos escapamos de aquí este fin de semana? —me preguntó—. Creo que deberíamos irnos a algún lado.

Había tenido la intención de pasar aquel fin de semana con la carta, a solas. O tal vez incluso de ir a cenar con Leo, pero Rachel continuó:

—El simposio en el Morgan empieza el lunes, eso nos da casi tres días si nos vamos hoy. ¿Podrías hoy?

—¿A dónde quieres ir? —le pregunté.

—A Long Lake —me dijo—. Al campamento.

Nunca había oído que alguien usara la palabra *campamento* para referirse a otra cosa que no fuese aquellos lugares donde los niños aprendían lo básico sobre arquería y se pasaban las tardes haciendo brazaletes de amistad, pero estaba segura de que Rachel me hablaba de algo completamente diferente.

—Vale —le dije—. ¿Y Patrick?

—Ya se lo diré yo. Se lo diré ahora mismo, de hecho. Solo prepara una mochila con unas pocas cosas para el fin de semana y te veo en mi piso. Te pasaré la dirección por mensaje.

—¿Ya mismo?

—Salvo que quieras quedarte y ver cómo termina todo esto.

Tenía razón. Saqué mi teléfono y le envié un mensaje a Leo —*¿Quedamos para otro día?*—, aunque él aún no me había confirmado la invitación a cenar. De reojo, vi cómo los tres puntitos grises que indicaban su respuesta se balanceaban por mi pantalla, pero no esperé a que terminara de contestar. Tenía que poner cierta distancia entre Patrick y yo. Si la carta era un bote salvavidas, sabía que no iba a haber espacio para los tres.

★ ★ ★

El hecho de que hubiera imaginado que íbamos a ir a las montañas Adirondack en coche demostraba lo poco que sabía sobre los lujos de los que disponía Rachel. Cuando me encontré con ella frente a su edificio, ya había un coche esperándonos. El botones la siguió con un bolso de cuero beis claro y lo dejó de forma ceremoniosa en el maletero, al lado de mi mochila en la que había metido sin mucho cuidado un par de novelas y mi portátil. Era, aunque no iba a contárselo a Rachel, la primera vez que iba en un viaje de chicas o que me quedaba a dormir con alguna amiga desde que estuve en primaria.

Nos dejaron en un helipuerto cerca de la autopista West Side, donde otro botones recogió nuestro equipaje y lo metió en el helicóptero antes de que las hélices empezaran a rotar de forma rítmica. Asumí que nos llevaría hasta la parte más alta del estado, pero, cuando se lo comenté a Rachel, ella se rio y me dijo, mediante sus auriculares: «No tiene ese tipo de alcance». Cuando el piloto se giró y me dedicó una sonrisa, hice lo que pude para evitar que la vergüenza me inundara mejillas, cuello y pecho.

Tras aterrizar en un centro de hidroaviones de Long Island, nos subimos a un avión amarillo que tenía dos enormes flotadores y unas alas relativamente pequeñas. Dos hélices no demasiado grandes nos iban a dar el impulso necesario para llegar hasta Long Lake al atardecer. Rachel se subió sin dudar, se acomodó en el asiento trasero y ya se estaba abrochando el cinturón de seguridad cuando yo todavía estaba dando mi primer paso vacilante hacia el interior. El piloto me dio un par de auriculares y me dedicó una sonrisa optimista. Era el avión más pequeño en el que había volado nunca. Una vez que me puse los auriculares, oí que el piloto le decía a Rachel: «Nuestro tiempo de vuelo será de cerca de dos horas y quince minutos». Y, tan solo unos pocos minutos después, ya estábamos en el aire, y los rascacielos de Manhattan se iban haciendo más y más pequeños conforme los dejábamos atrás.

Durante el trayecto, el piloto nos fue señalando en ocasiones algunos puntos de referencia: el amplio recorrido del río Hudson; las altas montañas de Catskills; el hipódromo de Saratoga, en Lake Placid, el cual había sido sede de los Juegos Olímpicos de Invierno en dos ocasiones; hasta que el canal mediante el cual el piloto se comunicaba con nosotras quedó en silencio mientras él nos conducía hacia abajo, hacia un terreno oscuro que resultó no ser un terreno en absoluto, sino la extensión casi negra de Long Lake. Mientras volábamos, había intentado imaginarme cómo sería el campamento de Rachel, pero no estaba ni de lejos preparada para la realidad.

El piloto avanzó un poco más hasta que pudimos ver la casa, con su muelle iluminado por luces blancas y brillantes que sobresalían del lago y que eran la única fuente de luz en varios kilómetros a la redonda. Sobre el muelle, un hombre hizo señales con una varilla verde hasta que el hidroavión encajó cómodamente sobre la superficie. La puerta se abrió y desembarcamos. Rachel le dio un abrazo al hombre, y, aunque pude ver que sus labios se movían, no alcancé a oír lo que le decía.

El piloto del hidroavión me dio un golpecito en el brazo y me indicó con señas que me quitara los auriculares. Cuando lo hice, todos los sonidos que había en derredor me inundaron de sopetón, y me sorprendí al notar que tenía la piel de los brazos erizada contra el viento frío. Desde que me había mudado a Nueva York, no había experimentado de verdad lo que era una noche de verano con frío. Y, dado que el aire acondicionado de mi piso solía estropearse, lo normal era que durmiera sin cubrirme ni siquiera con las sábanas.

Mientras sacaban nuestro equipaje del hidroavión, observé la casa. Tenía dos chimeneas de cimas almenadas que adornaban cada extremo y cuyas siluetas se veían negras a contraluz. Las luces estaban encendidas en el interior, y pude distinguir a duras penas las curvas del porche que envolvía toda la estructura con sus bordes delicados. Desperdigados por aquí y por allá, había candelabros que se podían atisbar a través de las ventanas. No entendía por qué la llamaba *campamento* cuando claramente era una mansión con un conjunto de edificios a juego y un cobertizo para barcos. Todo tenía un toque histórico tan evidente que incluso las luces que se reflejaban por los cristales de las ventanas parecían disolver sus diseños en el agua. Recorrimos el muelle y luego una pequeña colina de césped, y, conforme nos acercábamos a la casa, distinguí unos ciervos embalsamados en las paredes y sobre las repisas de las chimeneas; había astas por doquier.

Cuando Rachel se detuvo en las escaleras que conducían hacia la puerta principal, oí un fuerte chirrido y pude ver, incluso en aquella luz tenue, el grosor y la amplitud de los tablones con los que la casa había sido construida. Rachel no se detuvo en la entrada, sino que ingresó sin miramientos en un salón que estaba cubierto, desde el suelo hasta el techo, por paneles de pino laqueado en tonos claros. Las pequeñas y delicadas tiras de madera estaban pulidas hasta tal extremo que estar en aquella sala daba la impresión de encontrarse dentro de un árbol; incluso olía a pinos y al humo de una hoguera.

Por todos lados había estanterías con libros a rebosar: ejemplares de tapa blanda desgastados de *La guerra de los Tate* y *El valle de las muñecas*, novelas encuadernadas de Zane Grey y cajas viejas de damas y otros juegos de mesa que tenían las esquinas ajadas por el uso. Había sofás que se hundían un poco en el medio y gruesas mantas de cachemira sobre cada uno de ellos. Todo parecía muy informal, pero del cuidadoso modo que solo las personas adineradas podían conseguir.

—¿Rachel? —oí que una mujer la llamaba desde lo que resultó ser la cocina.

Si el resto de la casa tenía un estilo histórico deliberado, la cocina era completamente moderna en contraste. Una isla recubierta en madera y una cocina con diez fogones dominaban el lugar. Había peonías en distintos estados de florecimiento acomodadas en jarrones en una mesa, y en el alféizar, cuencos llenos de plátanos y cebollas y el delicioso aroma a melocotón y limón.

Una mujer mayor, de cabello gris como el acero y contextura gruesa, rodeó a Rachel en un abrazo.

—¿Todo bien con el vuelo?

Rachel asintió y se acomodó en un taburete de la barra.

—¿Y Jack ha traído vuestras maletas?

—Ajá.

—Soy Ann —me presenté, estirando una mano, pero la mujer me la hizo a un lado con un gesto y me rodeó con los brazos.

—Me alegro mucho de que estéis aquí. Esta casa solía estar llena todo el verano, aunque en estos días ya no tanto. —Dirigió la mirada hacia Rachel y le dio una palmadita en la mano—. Lo siento mucho, cariño.

Rachel hizo un ademán con la mano para restarle importancia.

—Hace mucho que la casa está así, Margaret.

—Algunas cosas no son más sencillas de sobrellevar por mucho que pase el tiempo.

Nos quedamos en silencio durante unos momentos hasta que Margaret añadió:

—En fin, os he dejado algunas cosas en la nevera, aunque asumo que os las podréis arreglar sin problemas. Podemos traer más cosas del mercado si queréis, pero Jack no irá al pueblo hasta mañana por la tarde.

—Muchas gracias, Margaret. No creo que necesitemos nada más.

—Entonces me iré ya. —Se quitó el delantal que llevaba y rodeó la isla para darle otro abrazo a Rachel y darme un apretón en el hombro.

—Ya sabes dónde encontrarnos —se despidió.

—Pensé que era tu madre —le dije, una vez que Margaret se marchó.

Rachel negó con la cabeza.

—Margaret es nuestra cuidadora. Lleva trabajando aquí desde que tengo memoria. Ven —me dijo, levantándose del taburete—, quiero enseñarte tu habitación.

Rachel me condujo por el vestíbulo de la parte frontal de la casa y luego por unas escaleras de caracol que tenían una pesada barandilla de pino hasta la segunda planta. El techo del pasillo tenía una forma arqueada, estaba hecho del mismo pino que adornaba el resto de la casa y hacía ondas por encima de mi cabeza, como una ola. Rachel me llevó hasta la tercera habitación hacia la izquierda y abrió la puerta.

—Las únicas que estamos aquí somos nosotras. Hay una escalera igual y las mismas habitaciones en el lado oeste de la casa, pero esas solo las usamos cuando celebramos fiestas grandes o tenemos muchísimos invitados.

Grabé en mi memoria cada detalle: la forma en la que se unían los paneles de pino, lo pulidos que estaban los interruptores de latón, el hecho de que hubiera flores frescas en cada sala y en casi todos los pasillos. Nunca me había quedado en un lugar tan bonito como la casa de Rachel en Long Lake, ya fuera una habitación de hotel o la casa de alguien, por lo que me sorprendió mucho la forma tan despreocupada con la que ella se movía por un espacio que yo estaba desesperada por saborear.

Rachel entró en la habitación, la cual tenía una cama con dosel y una chimenea de ladrillos, varias ventanas alineadas y una puerta de cristal que conducía hacia una terraza de la segunda planta. En el exterior, el área que rodeaba la casa se encontraba completamente a oscuras salvo por un cachito de luna, que iluminaba el lago desde no muy alto.

—Aquí no hay mucho ruido. No es como los Hamptons o Long Island —dijo ella—. Es muy muy silencioso. Y oscuro. E íntimo. Aquí nadie te pregunta quiénes son tus padres ni dónde vives. La casa era propiedad de mis tatarabuelos por parte de madre —me explicó—. En aquellos tiempos en los que nadie quería ir a los Hamptons, sino que todos venían para aquí. La construyeron en 1903. A mi abuelo le gustaba navegar con los botecitos por el lago. Cada año se celebra una regata que lleva su nombre: la regata de verano Henning.

Ya había visto los botes en uno de los extremos del muelle cuando habíamos llegado, y sus cascos blancos habían reflejado la luz brillante de la luna mientras flotaban en el cobertizo.

—Y dado lo mucho que le gustaba a mi madre este lugar, siempre veníamos aquí en los veranos, siempre.

Si bien sonaba algo solitario, agradecía la privacidad en aquellos momentos, el espacio que Rachel había podido poner entre nosotras y la ciudad. Allí, sobre la cama, estaban mis maletas. Y dentro de una de ellas estaba la carta, la cual había hecho el largo viaje desde el centro de la ciudad hasta la parte alta del estado en menos de cinco horas.

Cuando estábamos en el centro de hidroaviones, me percaté de que Rachel había silenciado su móvil. Cuando lo sacó, vi el nombre de Patrick en la parte superior de la pantalla y agradecí tener a Rachel entre nosotros, para que ella pudiera absorber la creciente fricción que estaba surgiendo entre Patrick y yo. De pronto caí en la cuenta de lo largo que había sido aquel día y no pude evitar echarle un vistazo a la cama con añoranza, a sus mantas cuidadosamente dobladas y a sus almohadas suavecitas.

—Estaré en la habitación de al lado —dijo Rachel, al ver el cansancio en mi expresión como si fuera el suyo propio. Y entonces, tras verla cerrar la puerta, me senté en la cama y aprecié la oscuridad de Long Lake. La enorme casa estaba vacía, salvo por los crujidos de la madera, la cual se contraía para soltar el calor que había acumulado durante el día.

CAPÍTULO TRECE

S i bien Rachel y yo habíamos pasado mucho tiempo juntas, nunca habíamos estado solas con un montón de horas por delante sin actividades previamente organizadas. Todo el tiempo que habíamos pasado juntas había sido en el museo, trabajando en algo. Nunca habíamos ido a cenar ni a almorzar, como solían hacer las amigas, sino que tan solo habíamos compartido algunos capuchinos, una cerveza y un velero robado. No obstante, todos aquellos momentos habían resultado en una amistad. Por lo tanto, a la mañana siguiente, nos sentamos a la barra de la cocina y bebimos nuestros cafés solos mientras nos sentábamos con los pies desnudos bajo nosotras.

—En la década de 1920, el secretario de Estado solía volar hasta aquí desde Albany durante sus fines de semana de verano. Y, durante un tiempo, mis padres le prestaron la casa al director del MoMA para que celebrara el Día de la Independencia. Creo que es posible que Dorothy Parker se haya quedado aquí alguna vez, porque encontré un ejemplar de *Love in a Cold Climate* de Nancy Mitford con su nombre escrito dentro. Y, en cualquier caso, he decidido que sí que estuvo aquí —dijo, para luego beber un sorbo de su café— durante un fin de semana o así, y seguro que se dejó el libro.

La idea de que aquella casa había estado llena de fiestas y risas me dejó con una sensación de nostalgia, y me pregunté qué clase de juegos extraños se habrían jugado a la sombra de las montañas Adirondack. Sin contar nuestra conversación y el suave sonido del lago al golpear la orilla, el cual se filtraba a través de las ventanas, la cocina estaba en silencio. Era sencillo imaginar lo que habría sido aquel lugar con música y gente descansando en el porche en una fría noche de verano, mientras la música flotaba entre los paneles de madera.

—¿Sueles traer amigos aquí? —le pregunté, tras imaginarme a grupos de chicas acurrucadas alrededor de la barra a la que estábamos sentadas, mientras el bacon se freía en la sartén.

Rachel negó con la cabeza.

—Tú eres la primera. No he tenido muchas amigas.

Al menos en eso, Rachel y yo nos parecíamos.

—¿Y Patrick...? —Apenas había salido su nombre de mi boca cuando Rachel se puso de pie, se dirigió a la nevera y la abrió.

—¿Quieres desayunar? —me preguntó, para cambiar de tema.

—No tengo mucha hambre, la verdad.

—Ni yo. ¿Vamos a la playa?

La noche anterior no había visto ninguna playa cuando habíamos aterrizado en medio de la oscuridad, pero me moría de ganas de notar el sol en los muslos y leer un rato.

—Claro, suena genial.

Y así fue como nos pusimos nuestros trajes de baño y llevamos toallas, libros y sombrillas, apretujados de forma incómoda bajo el brazo, hasta el pequeño tramo de arena que se curvaba al lado del jardín de la casa. Donde terminaba el lago, unas nubes blancas y espumosas colgaban del cielo. Nos quedamos dormidas, leímos y nos tumbamos en aquel lugar hasta que Rachel rodó sobre un lado e invocó la realidad que había estado adentrándose en mis huesos desde la cena en la casa de Patrick al preguntar:

—¿Te ha convencido ya Patrick sobre el asunto de la adivinación? —Estaba tumbada a mi lado, con la cabeza apoyada en una mano y un poquito de arena que le salpicaba la mejilla.

No quería dejar mi libro a un lado, aquello que había estado sosteniendo entre mi cara y el sol durante casi una hora, agradecida por tener algo con lo que distraerme. No estaba lista para aceptar lo que me esperaba en Los Claustros, ni siquiera lo que me esperaba en mi habitación.

—Quiero decir que no —contesté, para dejar que el comentario y lo que implicaba flotara entre nosotras.

—A mi madre le predijeron el futuro una vez —me contó Rachel—. Fue a un lugar en la parte baja de la avenida Lexington donde le leyeron hojas de té. La mujer que le hizo la lectura observó las hojas y le dijo que no le contaría lo que había visto. Que lo que fuera que había allí era demasiado oscuro y triste. Mi madre siempre decía que se lo había tomado a broma, pero creo que ese miedo nunca la dejó de verdad.

—No sé qué va a ser de mi vida —interpuse—. Y eso que soy yo quien la vive.

—Creo que, si resulta ser cierto, a las mujeres se nos daría mejor que a los hombres —dijo ella, observando el horizonte por encima del lago—. Y no porque las mujeres seamos más intuitivas por naturaleza; todos estamos demasiado obsesionados con la idea de la intuición femenina. Aunque no lo digo por eso, sino porque las mujeres podemos distinguir nuevos patrones con más facilidad que los hombres. Piensa, por ejemplo, en los textiles. Durante siglos, las mujeres han sido tejedoras, y todas ellas han sido capaces de ver patrones e inferir y crear cosas preciosas. Todo lo que estamos haciendo es entretejer una vida, intentar ver a dónde nos lleva cada hilo.

Pensé en las Moiras, las diosas hilanderas griegas que se suponía que nos asignaban nuestro destino al nacer. Cloto hilaba la hebra de la vida mientras que Láquesis iba tirando de ella. Átropos, la que cortaba, era quien decidía cuándo una vida debía terminar. Se creía que, entre las tres, determinaban el destino de un bebé a unos días de su nacimiento.

—¿Sabías que mis padres murieron aquí? —me preguntó Rachel, sin apartar la vista de donde el viento empujaba con delicadeza la superficie del lago en montañas y valles que se deshacían.

—No —dije, aunque la imagen de Rachel sola y huérfana no me pareció para nada sorprendente ni fuera de lugar. Había algo en ella, una especie de autonomía y en ocasiones algo de cansancio, que hacía que lo que me había confesado tuviera sentido.

—A veces me pregunto si esa mujer que le leyó las hojas de té a mi madre lo sabía. Intenté buscarla después de lo que pasó, pero no la encontré. Hice que me leyeran las hojas del té montones de mujeres en la parte baja de la avenida Lexington, y ninguna de ellas había visto a mi madre. Llevaba una foto suya a cada lectura, aunque ahora ya no llevo ninguna foto en absoluto.

—¿Hace cuánto sucedió? —Sabía que no había ninguna buena pregunta en aquellos casos.

—Hace tres años.

—Lo siento mucho. —Era un comentario de lo más inadecuado—. Mi padre falleció el año pasado.

Rachel se enderezó en su asiento y me miró.

—Así que sabes lo que es —dijo.

Asentí. Las nubes parecían colgar muy bajo del cielo, como si estuvieran besando las cimas de las montañas Adirondack en la distancia.

—Me parece que sí que creo que las personas pueden predecir el futuro —le dije en un hilo de voz.

—Lo que no sé es por qué la gente querría saber cómo van a terminar sus historias —repuso ella.

★ ★ ★

Para el final de la tarde, una tormenta había pasado por Long Lake y se había llevado consigo cualquier rastro del calor que había hecho que la parte superior de mis muslos se tornara de un rosa intenso. Y, en medio del frío que se filtraba por las mosquiteras de las ventanas y que me hizo ponerme un jersey, me di cuenta de que tenía ganas de estar allí fuera, en el aire vigorizante del verano, lejos de todo lo que había en aquella casa: Rachel, la carta e incluso yo misma.

Me puse las deportivas que había traído en mi equipaje y oí las bisagras de la puerta mosquitera crujir mientras la cerraba a mis espaldas. Lo había visto desde la playa: un caminito estrecho, quizá nada más que un sendero por el que los animales solían pasar, que serpenteaba hacia el norte, lejos de la casa, la cual ocupaba el borde sur del lago. Estaba cubierto por una red de sedosas hojas verdes y delicadas florecillas blancas. Las raíces se asomaban por el sendero y me hacían trastabillar con sus ángulos extraños y resbalosos. Todo estaba mojado por la lluvia, y las piedras del camino tenían un brillo húmedo y verde por el musgo. No pude evitar percatarme de que se trataba de un tipo de sendero muy distinto a los que había recorrido durante toda mi vida, los cuales habían sido abiertos y secos, cubiertos de hierba y llenos de vistas a paisajes que le permitían a uno marcar su progreso mediante distintos puntos de referencia.

En Long Lake no había puntos de referencia, sino un sinfín de árboles apretujados con unas copas tan densas que no tardé en perder cualquier posibilidad de ver el cielo. Con el paso del tiempo, el sendero se alejaba de la orilla del lago y se adentraba en el bosque, donde el terreno cambiaba de forma constante de uno seco y transitable a uno pantanoso y lleno de agua. Aun así, seguí andando. Podía sentir en mi soledad y el movimiento constante de mi cuerpo la distancia que necesitaba de aquel día, de aquel verano incluso.

No había cómo negar en qué posición me había puesto a mí misma al esconder la carta de Patrick; los riesgos para mi trabajo y mi futuro eran enormes. Sin embargo, no estaba del todo segura de si aquello había sido decisión mía. Durante aquel momento en la tienda de antigüedades de Ketch, había notado como si algo más allá de mi ser racional me hubiese poseído, como si el instinto hubiese superado a la lógica. Me di cuenta, mientras otro conjunto de raíces me hacía trastabillar, de que había sido una sensación que solo había experimentado en una ocasión antes de aquello. En un día en el que todo había parecido automático, instintivo: el día en el que había vuelto a casa de la universidad para encontrar el teléfono de la cocina sonando sin parar, una y otra vez, pues mi madre no había configurado el contestador automático, hasta que, al final, había contestado y había oído las palabras del otro lado de la línea. «Lamento comunicarle que Johnathan Stilwell ha fallecido».

No conseguía recordar nada de aquel día más allá de la sensación de actuar por instinto, de ser incapaz de distinguir entre lo que había sucedido de verdad y la realidad alterna a la que había entrado. Podía recordar el ruido sordo de mi coche cuando cambié la marcha al punto muerto, el distante sonido del teléfono que podía oír incluso desde fuera de casa, la sensación del teléfono en mi mano. Solo que no había nada más allá de eso que no fuese la inevitabilidad de todo lo que había sucedido.

Los árboles que flanqueaban el camino de Long Lake se estiraron y me hicieron tropezar, y me di de bruces contra el suelo, con las rodillas raspadas y las palmas llenas de barro, cara a cara con la tierra húmeda y las duras rocas que componían el camino. En ese momento ya había perdido la noción de cuánto tiempo había estado caminando. Lo suficiente para darme cuenta de que ya no sabía dónde me encontraba, ni siquiera del recorrido que había seguido el sendero para llevarme hasta donde estaba. Bajo las copas de los árboles, era imposible determinar cuánto tiempo hacía desde que se había oscurecido el cielo, o si era que había oscurecido en primer lugar.

Me puse de pie, me sacudí las ramitas y la tierra de las manos y las rodillas y decidí que había llegado el momento de volver sobre mis pasos para regresar a la casa. Mientras caminaba, pensé en la carta que me estaba esperando en mi bolso, en la rara inscripción —*trixcaccia*— que tenía pintada en la parte delantera. Si bien la palabra me resultaba desconocida, el idioma me parecía familiar, al menos un poco, por lo que rebusqué en mi memoria, en aquel delgado e imperfecto archivo, para intentar descubrir dónde lo había visto antes. Sin embargo, mientras me disponía a ello, se volvió claro que la temperatura estaba bajando y que la luz cada vez era más escasa. Ya tendría que haber alcanzado la orilla del lago para ese entonces, pero lo único que podía ver era el mismo entramado de árboles, el mismo terreno ondulante de piedras arcillosas, los mismos estanques de agua en los que el sonido de los castores, al golpear con la cola la superficie del agua en un ruido de advertencia, resonaba por todo el bosque.

Nunca le había temido a la naturaleza, al menos no en el Oeste, donde podía buscar terreno alto y distinguir a dónde me dirigía. No obstante, en aquel lugar, el bosque era tan frondoso que solo conseguía ver unos pocos metros en cualquier dirección. Los árboles parecían una sala de espejos, pues siempre terminaban siendo los mismos. Dejé de avanzar y me detuve para escuchar, con la esperanza de oír el rugido del motor de un bote o el estruendo ocasional de una autopista, pero lo único que podía captar era cómo el agua goteaba de las hojas de los árboles e interrumpía el silencio de forma constante y ensordecedora. Frente a mí, el sendero continuaba; no había visto que este se abriera ni diera la vuelta, por lo que seguí avanzando, a la espera de encontrarme con el césped que había frente a la casa, el cobertizo, el lago o lo que fuera.

No mucho después, se hizo de noche. Todo se volvió tan oscuro que estaba segura de que no se trataba de la sombra de una tormenta que estaba de paso, sino de que era la noche, con su frío respectivo, la que se abría paso a través de los troncos de los árboles. Y, si bien mi vista había empezado a adaptarse un poco, seguí tropezándome cada pocos pasos y estirando los brazos para alcanzar algo con lo que evitar caer: una roca, un arbusto, lo que fuera que me ayudara a recuperar el equilibrio. Aun con todo, el frío y la oscuridad no eran lo peor. Lo peor eran las sombras, la negrura más profunda que aparecía de improviso en los bordes de mi visión como si se tratara de apariciones, de forma tan rápida que no podía estar segura de que fuesen reales. Y con ellas llegó el miedo. No solo el miedo a la noche y al frío y a lo que fuera que pudiera haber en ese bosque conmigo, sino el miedo a mis decisiones: el haber escondido la carta, el haber abandonado Washington con sus campos amplios y verdes, el haber aceptado ir a Los Claustros. Y, entonces, el miedo a que ninguna de aquellas decisiones las hubiera tomado yo en primer lugar.

Me detuve y me di cuenta de que, en la oscuridad, había perdido el sendero. No había forma de que pudiera seguir de ese modo hasta la mañana, hasta que el sol volviera a salir y me permitiera saber dónde estaba. Sin tener más remedio, me senté en el suelo húmedo, con las rodillas presionadas conta el pecho y la espalda apoyada en la corteza descascarillada de un árbol, y esperé hasta que la humedad me caló hasta los huesos y los dientes me empezaron a castañear de forma incontrolable cada pocos minutos. En aquel momento, no había lugar para preocuparme por cualquier otra cosa que no fuese mantener el calor suficiente para sobrevivir a la noche.

Aún no estoy segura de cuánto tiempo le llevó encontrarme, solo que, para cuando lo hizo, tenía tanto frío que no podía obligar a mi mandíbula a abrirse para llamarla. Solo que aquello no importó. Rachel había traído consigo una chaqueta y una linterna y no tardó en verme, con las deportivas blancas cubiertas de barro y manchas verdes.

—Madre mía, Ann. —Cuando llegó adonde estaba, Rachel me colocó la chaqueta sobre los hombros y deslizó un brazo alrededor de mi cintura—. ¿Puedes caminar?

Resultó que sí podía, si bien de forma un poco inestable. La chaqueta ayudó, pero fue el calor corporal de Rachel, el cual provino de ella mientras se esforzaba por ayudarme a caminar de vuelta en dirección al sendero, lo que me calentó más. En unos pocos minutos, fui capaz de avanzar con más confianza, siempre y cuando la tuviese a mi lado.

—No pasa nada —me dijo, mientras seguíamos el camino que marcaba la luz de su linterna—. Es por aquí, confía en mí.

Incluso cuando me sentí lo suficientemente bien —con menos frío y miedo— para caminar por mi cuenta, no quería soltarla. Como si Rachel fuese un fantasma que pudiese desaparecer ni bien nuestros cuerpos dejaran de tocarse. Pero entonces, tras unos treinta minutos o así, pude verlos: las luces de la casa, el contorno del porche. Y, lo que era más importante, la diferencia entre lo que era real —nuestros cuerpos, la carta, la casa— y lo que no lo era: mis recuerdos sobre las sombras de aquella noche, quizás incluso mis recuerdos de noches anteriores.

* * *

—Tengo que mostrarte algo —le dije. Me estaba secando el pelo con una toalla, tras haber pasado lo que me había parecido como una hora en la ducha tratando de restregarme todos los restos de tierra y suciedad que se me habían quedado en las manos y en las rodillas.

Rachel estaba sentada en la cama de mi habitación y había encendido un fuego en la chimenea mientras yo estaba en el baño. Ya pasaba bastante de la medianoche, y el único ruido que se oía en la casa provenía del crepitar de la savia cuando las llamas la lamían.

Si tuviera que determinar el momento en el que mi lealtad hacia Rachel se volvió más fuerte que la que le debía a Patrick, fue entonces, durante aquella noche. El momento en el que decidí que necesitaba que ella confirmara lo que yo había empezado a descubrir en el bosque. Saqué la carta y su cubierta falsa de mi bolso y las dejé sobre la cama, a su lado, y la palabra *trixcaccia* llamaba la atención de forma evidente. Se la mirase por donde se la mirase, no parecía tener sentido, pues era una simple colección de consonantes y vocales. Solo que en aquel momento pude ver la forma en la que el sufijo se había convertido en un prefijo, cómo habían cortado la palabra y la habían vuelto a formar. Se trataba de un código. Uno que ya había visto. Rebusqué en mi bolso hasta dar con la carpeta que contenía la transcripción de Lingraf, el pasaje que ni mi padre ni yo habíamos conseguido descifrar, y la dejé a un lado de las cartas.

Rachel no dijo nada mientras recogía la carta y le daba la vuelta para observar el reverso. Solo entonces volvió a depositar su atención sobre mí.

—¿Esto es lo que Patrick fue a buscar el otro día?

No me pasó inadvertida la acusación, la implicación de su pregunta: que él no le había contado lo que habíamos ido a buscar a la tienda de antigüedades de Ketch, y, además, que quizás aquella era la razón por la que él se había enfadado tanto.

—No exactamente —repuse y coloqué la cubierta falsa sobre la carta—. Todas las cartas que Patrick fue a buscar tenían esta apariencia. Mientras estaban en la sala del piso de arriba, yo me puse a mirar esta carta, la sacerdotisa, y la doblé un poco con la mano. Sabía que no debía hacerlo, porque podría agrietar la pintura, pero aquella rigidez que tenía, como me dijiste, parecía extraña. Como si no la hubiesen hecho a mano. Cuando lo hice, la esquina superior de la carta se soltó. Si bien pude ver que había algo más debajo de la cubierta, no quería dañarla, así que la separé con la uña. Estaba pegada con agua y harina, y esto fue lo que encontré debajo. —Quité la cubierta mientras hablaba.

—Diana —dijo Rachel, observando la carta—. La cazadora.

Asentí.

—¿Y las otras?

—No tuve oportunidad de hacer lo mismo con esas.

Rachel mantuvo la vista fija en la carta, como si se estuviese asegurando de memorizarla.

—¿Se lo dijiste? —me preguntó, y finalmente dejó de observar la carta para mirarme a los ojos.

—No. Solo te lo he contado a ti.

—Bien. Si no lo ha descubierto aún… —Meneó la cabeza—. Solo necesitaste unos minutos con la carta en las manos para darte cuenta. ¿Cómo puede haberlas tenido él tanto tiempo y aún no haberse percatado?

—¿Crees que ya sabe que una de las cartas de Stephen no está?

Rachel se encogió de hombros.

—Me dijo que Stephen le estaba buscando una baraja completa y que le había encontrado unas cuantas cartas sueltas que coincidían con la descripción de la baraja que nos había vendido. Que le llegarían en unos días. Así que no sé si estas son todas o si aún faltan algunas por llegar. Cuando fui a su oficina el viernes para decirle que nos íbamos, no me pareció que estuviese hablando con Stephen por teléfono. Al menos no sonaba como él.

Di las gracias, entonces, de que Patrick me hubiese entregado el recibo. No tenía ninguna prueba de lo que había comprado, aunque no cabía duda de que Stephen sí que lo sabría, con sus libros de contabilidad y sus registros.

—La cazadora —dijo Rachel otra vez, solo que en aquella ocasión de forma más suave—. *Diana Venatrix*.

Observé la carta, con las palabras de Rachel resonando en mi mente. *Venatrix* era el término en latín para «cazadora», mientras que *cacciatrice* era el equivalente en italiano. Siempre había tenido la impresión, al estudiar las transcripciones que había escrito mi tutor, de que podía ver retazos de latín por aquí y por allá. Pero no podía traducirlas sin una clave para descifrarlas. Entonces me di cuenta de que aquella carta era la clave: la imagen de Diana como la cazadora y la palabra, escrita de aquella forma tan extraña, era algo que podíamos usar.

Saqué una libreta de mi bolso y en ella escribí la palabra que había en la carta: *trixcaccia*. Y luego el latín, *venatrix*, y el italiano, *cacciatrice*. Allí, en la palabra de la carta, podía ver cómo el sufijo en latín, la parte final de la palabra, *trix*, se había combinado con el prefijo del italiano, *caccia*. Lo único que necesitaba para traducir la transcripción de Lingraf era buscar prefijos y sufijos estándar en italiano y en latín.

Aquel tipo de análisis no era lo que yo solía hacer, sino lo que hacía mi padre. De ese modo había descifrado otros idiomas durante años. Al encontrar un texto original y luego ir resolviéndolo, había empezado con una sola palabra y muy poquito a poco lo había construido oración por oración. Y allí estaba yo, usando aquel mismo método para traducir un idioma que se me había escapado y a Lingraf también.

—La cazadora —repitió Rachel, y tomó mi libreta.

Me giré hacia la transcripción y me dispuse a trabajar. Incluso entre las dos, nos llevó hasta la mañana poder traducir aquella única página. Nos sentamos una al lado de la otra sobre el suelo y avanzamos palabra por palabra, tal como mi padre y yo habíamos hecho. Asumimos conforme progresábamos que la gramática provenía de alguna lengua romance y que el código había sido elaborado por un aristócrata del Renacimiento al que le interesaba el secretismo. Y teníamos razón. Entre los conocimientos avanzados de Rachel del latín y el italiano que se me daba tan bien, terminamos de traducir el documento, el cual resultó ser una breve carta de alguien, quizás un miembro de una familia gobernante, para su hija, la cual rezaba:

Querida hija, te envío una baraja de cartas que han sido de mi propiedad desde hace algún tiempo ya. Confío en que te otorguen la iluminación que me han proporcionado a mí. Es posible que con estas cartas veas más de lo que quieres ver. Puedes creer que nos ha sido otorgado el don del libre albedrío, pero estas cartas serán un recordatorio de que nuestros destinos están escritos en las estrellas. Te advierto, hija mía, que te envío estas cartas con el temor de que, al hacerlo, no solo te muestren el futuro, sino que también se aseguren de que así sea. Debes estar preparada y dispuesta a creer. Y que tus deseos se alineen con la voluntad de las cartas, pues solo uno de ellos prevalecerá.

CAPÍTULO CATORCE

Estábamos tan cansadas por haber trasnochado que dormimos hasta el mediodía. Y entonces, cuando el sol estaba en lo más alto, salimos por fin de la cama de mi habitación, en la que ambas habíamos caído rendidas, rodeadas de libros y anotaciones. Nos tumbamos sobre unas sillas en el jardín y dejamos que el sol nos calentara el cuerpo mientras veíamos cómo la brisa agitaba el lago con olas espumosas.

Resultaba increíble poder estar en un lugar en el que pudiéramos hablar con tranquilidad sobre nuestro descubrimiento, donde ni Moira, Patrick o siquiera Leo pudieran oír por casualidad nuestras teorías más descabelladas sobre la carta y su origen. Lo que quedaba claro, al menos, era que habíamos encontrado —que *yo* había encontrado— la carta del tarot, la baraja que demostraba que la adivinación había sido el propósito original de las cartas. Sin embargo, lo que no sabíamos era de dónde provenía la baraja ni de cuándo. El documento que había transcrito Lingraf no tenía ninguna referencia ni nota. Era casi seguro que la ilustración de la carta provenía del Renacimiento, pues todo, desde el tema hasta la ejecución, era prueba de ello. Solo que podría haber provenido de cualquier lugar: Milán, Roma, Florencia, Venecia… La única pista que teníamos era aquel sello parcial, el ala y el pico de un águila en una fotocopia a blanco y negro. Incluso que Stephen dijera que las cartas provenían de Mantua no significaba gran cosa, al haber transcurrido tantos siglos desde entonces.

Pero no pasaba nada. Estábamos, al menos durante aquel momento, encantadísimas por nuestro descubrimiento. Y me sentía más segura al habérselo contado a Rachel, menos vulnerable: compartíamos aquel secreto.

Me puse de pie y me estiré un poco.

—Voy a ir por algo de comer, ¿quieres que te traiga algo?

Rachel se limitó a negar con la cabeza, sin apartar la vista de su libro, el cual proyectaba una larga sombra desde su rostro hasta el césped. El anillo que llevaba, con el cordero que era la pareja del mío, brilló bajo el sol.

Parecía más ligera, más relajada en aquel lugar. Esos dos días que habíamos pasado en Long Lake fueron la única ocasión en la que la había visto disfrutar de verdad, salvo, quizá, por el día en que navegamos por el río. Cuando estaba cerca de Patrick, siempre estaba atenta y se comportaba de forma profesional. Me adentré en la cocina a través de la biblioteca recubierta por paneles de madera y me encontré con Margaret llenando un jarrón de cerámica con brotes de hortensias blancas.

—Del mercado de agricultores —me explicó, mientras cortaba unas cuantas hojas sueltas de los tallos con un cuchillo para pelar—. ¿Quieres que te ayude a buscar algo?

Cuando era niña, no había habido nadie que me ayudara a navegar en la cocina, sino que tan solo había contado con sobras envueltas en papel de aluminio de algunas cenas de la residencia que mi madre traía a casa tras sus turnos en Whitman. Siempre era yo quien se equivocaba y tenía que volver a empezar, quien abría y cerraba alacenas y cajones para intentar montar una comida antes y después de la escuela. Nunca había contenedores con etiquetas de fruta cortada y verduras picadas. Y, sin duda, nunca había habido una Margaret, una figura materna que dejara de hacer lo que estaba haciendo para ayudarme.

—No quiero molestar —le dije—. Solo iba a por algo para comer. —No habíamos llegado a comer nada después de habernos despertado, pues ninguna de las dos había querido hacer el esfuerzo de levantarse y abandonar el jardín. Rachel se había encendido un cigarrillo y había declarado que ya le valía con eso.

—¿Qué te parece un sándwich? —me preguntó Margaret, echándole un vistazo a la nevera—. He comprado algo de pan en el mercado de agricultores esta mañana. —Empezó a sacar ingredientes de la nevera y a apilarlos sobre la encimera.

—Puedo hacerlo, no quiero molestarte.

—Sé que puedes hacerlo, pero ¿no preferirías que me encargase yo?

Al ver que ya había partido la hogaza en dos de forma experta, con mano firme y un corte seguro del cuchillo, me di cuenta de que tenía razón, sí que prefería que se encargara ella.

—Gracias —le dije, mientras me sentaba en un taburete.

—Parece que os lo estáis pasando bien, tomando el sol y leyendo. —Margaret metió un cuchillo en un bote jaspeado de mostaza—. Me alegro de ver a Rachel volver a pasárselo bien.

No estaba segura de si debía mencionar algo de lo que había sucedido entre nosotras durante el poco tiempo que habíamos estado en aquel lugar: que Rachel me había salvado y que me había contado lo de sus padres, pero había algo en Margaret que hacía que quisiera confiar en ella. Quizás era la forma en la que hablaba, como si cada frase fuera algo confidencial, una conversación solo entre nosotras dos.

—Me contó lo de la muerte de sus padres —me aventuré.

—¿Ah, sí? —Margaret pareció sorprendida, casi resignada—. Pensé que no volvería a este lugar después de lo que pasó.

Quería saber los detalles. Había aprendido que los detalles le daban algo sólido al suceso, un cuerpo al terror. Incluso si, en mi caso, aún no recordaba los detalles de algunos de los peores días de mi vida. Margaret me miró desde el otro lado de la encimera y se limpió sus grandes manos en el vestido que llevaba antes de tomar una lechuga y quitarle algunas hojas.

—A los padres de Rachel les gustaba salir a navegar hacia el norte por la noche —me contó— y cenar en un pequeño restaurante sobre el lago. Sigue abierto, de hecho. Y, luego, volvían a casa navegando. Esos veleros tan minúsculos… —Meneó la cabeza— apenas tienen suficiente espacio para dos personas, solo que, esa noche, los tres decidieron apretujarse en él y salir a navegar. No hacía tanto viento. Incluso los vi virar de un lado para otro, aunque claro, eso pasa mucho en estos lares antes de que las tormentas empiecen y llegue el viento. Después de la cena, el viento comenzó a arreciar. Aún no sé por qué se subieron a ese botecito, pero lo hicieron. Todos ellos, y se dispusieron a navegar de regreso. Cuando dieron las diez y aún no habían vuelto, envié a Jack en una lancha motora para ver si los encontraba. Tras algunas horas, dio con el velero: había volcado en mitad del lago y no había señal de Rachel ni de sus padres. Entonces llamó por radio al *sheriff* del condado Hamilton, por supuesto, y…

—¿Rachel estaba con ellos? ¿Y fue la única que sobrevivió?

Margaret asintió.

—Fue una búsqueda exhaustiva. La encontraron a la mañana siguiente, inconsciente en una orilla bastante cercana al velero. Pero la búsqueda de sus padres llevó días. Cerraron el lago y lo llenaron de redes. Al final los hallaron flotando en una ensenada no demasiado lejos del campamento. El viento de aquella noche… —Hizo una pausa—. La tormenta había sido tan fuerte que las olas inundaron el velero, y solo había un chaleco salvavidas. Cuando encontraron a Rachel lo tenía puesto. Hay quien dice que retiraron los otros chalecos salvavidas para que pudieran caber los tres en la cabina. Rachel no parecía recordar gran cosa. Decía que el velero había volcado y poco más. El *sheriff* creía que podría haber recibido un golpe del mástil o que tal vez habían estado más bien cerca de la orilla cuando ella salió disparada por la borda, aunque nadie lo sabe con certeza. Fueron los primeros en morir ahogados en Long Lake en casi cinco años.

Pensé en lo oscura que parecía el agua y en la ubicación remota del campamento, en un extremo del lago, a kilómetros del pueblo y de otras casas. Había sido un accidente, por supuesto, pues Rachel había perdido a su madre y a su padre a la vez. Pero entonces recordé la expresión de Rachel el día en que habíamos robado aquel velero, la forma tan experimentada en la que había desatado las cuerdas y nos había adentrado en el Hudson, mientras el viento le agitaba las puntas del pelo contra sus mejillas sonrojadas, arrugadas por sonreír, y me pregunté si yo podría seguir disfrutando de un deporte que les había arrebatado la vida a mis padres.

—¿Esta es la primera vez que vuelve desde el accidente?

—No, ya nos ha visitado unas cuantas veces. Al inicio solo para lidiar con los informes de la policía. Aunque luego dejó de hacerlo durante mucho tiempo. El otoño pasado vino con un hombre mayor que ella con el que estaba trabajando.

—Patrick —dije.

—Sí, Patrick. Qué encantador. Un poco mayor para Rachel, pero claro, tras la muerte de sus padres y todo eso, ¿quién podría juzgarla?

El hecho de que hubiese escogido a Patrick tenía más sentido. Él le ofrecía la seguridad que Rachel había perdido tan de improviso.

Margaret se inclinó sobre la encimera y bajó la voz.

—Pero todo esto está sujeto a un fideicomiso, ¿sabes? Rachel no puede acceder a nada de ello hasta que cumpla los treinta. Aquello sí que fue una sorpresa. No se llevaban bien. Ella y sus padres, quiero decir. No eran muy cercanos. Discutieron aquella noche, y creo que el recuerdo de esa discusión aún pesa en su memoria. No falta mucho para que cumpla los treinta, y todos nos preguntamos qué es lo que hará con el campamento. Si lo venderá o si se lo quedará. Pasa lo mismo con el piso de sus padres. Como no puede venderlo hasta sus treinta, está allí, deshabitado, algunas plantas por encima de donde vive ella en la ciudad. Yo me habría mudado, pobrecita mía —dijo ella, en tono confidencial—. Es muchísimo dinero, la verdad. Su madre era lo que solíamos llamar una *heredera* y su padre, bueno, se las arreglaba bastante bien por sí mismo. Por el momento, Rachel recibe una paga que le entrega el abogado de la familia. Él es quien nos paga y se encarga de los gastos de las propiedades. Todos estamos a la espera de ver qué decide Rachel, qué es lo que quiere hacer en el futuro.

Margaret deslizó el sándwich en mi dirección. Era más alto de lo que había esperado y estaba lleno de una lechuga brillante y crujiente, capas de pollo asado y tomates ecológicos.

—Gracias —le dije.

Al volver al jardín, vi que Rachel estaba observando el agua; las nubes seguían acumuladas en un extremo del lago.

—Qué buena pinta tiene —me dijo.

Cuando dejé el plato en una mesita, no tardó nada en quedarse con la mitad del sándwich y darle un mordisco. Un hilillo de mostaza le manchó la mejilla.

—Otra tormenta de verano —dije, sentándome frente a ella. Masticamos en silencio hasta que oímos el retumbar de un trueno. Las nubes, borrosas y lejanas, se habían consolidado en una oscuridad nocturna que se estaba extendiendo en nuestra dirección.

—Echo de menos esto cuando estamos en la ciudad —dijo ella.

—¿No es difícil para ti? —Las palabras se escaparon de mis labios antes de que pudiera detenerlas.

—Margaret te lo ha contado todo, ¿verdad? —Rachel soltó un suspiro—. Trato de no contar los detalles, no me gusta. Cada vez que lo hago es como si lo estuviera viviendo de nuevo. En ocasiones aún puedo notar el frío, ese frío tan intenso que te llega hasta los huesos y que vino por mí esa noche.

Estiré una mano para apoyarla sobre su brazo y ofrecerle algo de consuelo. Sabía que no había nada que pudiera decir. Las palabras no estaban hechas para llenar ese tipo de vacíos. Aun así, sabía lo que era perder a un padre. Y, tras lo que había sucedido el día anterior, también conocía ese frío.

—Es lo único que recuerdo, ¿sabes? El frío. La gente siempre me pregunta los detalles, pero la memoria nos protege de los peores traumas. ¿Erais muy cercanos, tu padre y tú? —me preguntó.

Yo misma solo recordaba unas cuantas cosas del día en que mi padre había muerto.

—Era el que más se parecía a mí de mis padres —le dije—. O quizás era yo la que me parecía a él. A veces creo que eso frustraba a mi madre. No siempre nos entendía.

—Mis padres tampoco solían entenderme —repuso Rachel—. Pero siempre albergué la esperanza de que un día lo hicieran. Incluso aunque no pensara que yo fuera lo que ellos habían querido. No en realidad. Querían una hija que fuese más desenfadada, más divertida. Menos seria.

—Yo creo que mi madre quería una hija que fuese menos ambiciosa —dije, pues era cierto. Siempre había creído que mi madre veía mi ambición como una crítica hacia ella. Y quizás así fuera.

—Esas expectativas calan hondo —acotó Rachel—. Mis padres siempre pensaron que con el tiempo iba a dejar atrás el tarot, el mundo académico. Incluso trataron de alentarme, así lo llamaban, a renunciar. A que me dedicara a la recaudación de fondos, que me casara joven, que hiciera lo que ellos no habían podido hacer: tener muchos hijos.

—¿Querían pagarte para que lo hicieras?

—Era como que querían apoyarme menos si no lo dejaba. Económicamente, quiero decir. La vida sin los padres es como hacer borrón y cuenta nueva.

—Pero ¿a qué precio?

Rachel asintió y devolvió su atención más allá del jardín, hacia el lago. Me pregunté si, cada vez que Rachel estaba frente a aquellas vistas, lo que veía era el velero destrozado, la tormenta que había cambiado tanto su vida. Sin embargo, sabía que el tiempo hacía posible volver a visitar incluso los lugares más oscuros.

Justo cuando terminamos de comer, la nube de lluvia se acercó más a la casa y las corrientes húmedas agitaron las páginas de nuestros libros. La tormenta nos alcanzó muy rápido, y las ramas de los olmos más altos arañaron el techo cubierto de tablillas. Y, si bien Rachel y yo nos refugiamos en el interior de la casa, ambas sabíamos que la tormenta no tardaría en pasar, lo suficientemente rápido como para que, cuando nuestro hidroavión aterrizara dentro de una hora para llevarnos de vuelta a la ciudad, no hubiese ningún problema mientras surcaba el cielo de tonos anaranjados por el atardecer.

* * *

En retrospectiva, lo ideal habría sido que acabara mi verano en Los Claustros en aquel momento. Que nunca hubiese vuelto a la ciudad, que hubiese guardado mis cosas en una mochila y hubiese dejado en mi piso alquilado lo que no podía llevar conmigo. Pero no tengo dudas de que no era yo quien tomaba las decisiones.

Conforme el hidroavión aterrizaba en Long Island, Rachel se giró hacia mí y me preguntó:

—¿Y si te quedas conmigo el resto del verano?

Y entonces, debido a que parecía que no solo estábamos juntas en ello, sino en todo lo demás, le dije que sí sin dudarlo. Ya que ¿por qué le habría dicho que no? ¿Por qué me habría quedado en el cuchitril que era mi piso cuando Rachel me estaba ofreciendo una alternativa?

—Tengo muchísimo espacio —siguió ella mientras subíamos al coche que nos estaba esperando—. Y vamos a trabajar al mismo sitio todos los días. Además, he visto el edificio en el que vives, no parece que tengas aire acondicionado siquiera. Sé que ya es agosto y que tendría que habértelo ofrecido antes, pero…

No hacía falta que me convenciera. Ya parecíamos compañeras de piso, de todos modos; gemelas que habían pasado por la misma experiencia a miles de kilómetros de distancia.

—Llévate el coche y haz las maletas con lo que necesites —me dijo, mirándome. Tras ella, la autopista West Side serpenteaba—. Le pediré al portero que te prepare un juego de llaves.

A pesar de que solo nos conocíamos desde hacía poco más de dos meses, me sorprendió darme cuenta de que había pasado más tiempo con Rachel del que había pasado con ninguna otra persona que no fuese mi propia familia. Una familia con la que no habría dudado en pasar menos tiempo si hubiese podido permitirme vivir en la residencia de la universidad. Y las amistades durante la universidad no habían sido algo fácil para mí, en especial desde que me había dado cuenta de que prefería ocupar mi tiempo aprendiendo idiomas que no eran necesariamente útiles antes que yendo a fiestas o a reuniones en habitaciones apretujadas de la residencia para compartir cama con otras diez chicas. A Rachel aquello no le importaba, porque éramos iguales. Éramos diferentes de muchísimas formas, pero las cosas que nos importaban eran las mismas.

Y fue así como me llevé el coche hasta mi piso, metí mi ropa y mis libros en la maleta que había traído conmigo desde Walla Walla y el resto de las traducciones de mi padre en una libreta. Tiré la comida que me quedaba en la minúscula nevera que había en el piso, me deslicé la llave en el bolsillo y luego me quedé en el pasillo bajo la luz fluorescente que se encendía y se apagaba, sin saber si algún día volvería a aquel lugar.

Cuando el conductor me llevó de vuelta al piso de Rachel, un apartamento del Upper West Side de dos habitaciones, volví a recordar aquello que había experimentado en Long Lake: Rachel era rica. Había unas amplias vistas a Central Park, una terraza con montones de macetas, suelos de parqué y una brillante nevera de color celeste que tenía mangos de diseño *vintage*. Si bien el lugar no era enorme, sí que era lo suficientemente espacioso. Y Rachel vivía sola.

Agradecí que no intentara inventarse excusas respecto de aquel lugar. Que no dijera: «Ay, perdona el desorden, no me ha dado tiempo a limpiar» o «Sé que parece demasiado, pero es que era de mi abuela». Se limitó a dejarme pasar y a señalar donde estaba el platillo en el que podía dejar mis llaves y la habitación libre en la que podía dejar mi maleta.

La cocina y el salón eran parte de un gran espacio abierto que quedaba dividido por la mesa del comedor, una pieza de madera vieja con una decoración intrincada y unos cuantos arañazos. Pese a que todo en aquel piso parecía inmaculado, me alivió ver que había algunos lugares en los que las imperfecciones eran bienvenidas. Dejé que mi mano reposara sobre los materiales: la madera lisa, el cuero suave, la delicada plata de los marcos de sus fotos… todo estaba frío al tacto. Hasta que llegué a las ventanas de cristal con vistas hacia el parque. Por debajo, pude ver la perpetua fila de taxis y la gente que entraba y salía de la capa verde que formaban las copas de los árboles de Central Park. El aire acondicionado del piso zumbaba con suavidad.

—Antes de que lo preguntes —empezó Rachel—, mis padres vivían en el mismo edificio. En el piso de arriba. Yo crecí allí arriba. Y no, no me compré este piso por mí misma. Me lo compraron cuando aún estaba en el posgrado, como una inversión.

—No iba a preguntarlo.

—La gente normalmente quiere saber esas cosas.

—Es cosa tuya, Rachel. Tú decides lo que quieres contarme.

—Lo sé —dijo, y entonces, tras cruzar el espacio que había entre nosotras, se estiró y me dio un abrazo con incluso más fuerza que el que me había dado el día en que nos conocimos, casi con desesperación—. Es que no quiero que nos ocultemos nada.

CAPÍTULO QUINCE

A la mañana siguiente se produjo mi primera visita al Museo y Biblioteca Morgan, situado en la avenida Madison, una mansión de piedra rojiza cuyos interiores dorados albergaban manuscritos poco comunes, borradores originales de las sinfonías de Mozart y dibujos de Pedro Pablo Rubens. En 2006, una significativa recaudación de fondos había permitido que se construyera un edificio contemporáneo tras el de piedra rojiza, además de un atrio y un auditorio de cristal. Aquel día, el atrio estaba lleno de una mezcla de académicos y reconocidas figuras del mundo del arte que se habían congregado en el lugar para el simposio anual del Morgan, el cual aquel año había recibido el título de «El arte y el ocultismo: la adivinación en la Europa moderna temprana». Rachel y yo habíamos llegado juntas, pues Patrick nos había dicho que nos vería allí.

El Morgan estaba cerrado para el resto del público, y aquel ambiente selecto era inconfundible: por todos lados la gente alzaba las manos o las tazas de café para saludar a otros. Había grupos de mujeres que vestían faldas de tubo negras y a la moda, collares extravagantes y pajaritas, además de distintos niveles de ropa deliberadamente informal. La gente se reunía por todas partes con sus allegados para cotillear sobre aquellos a los que no conocían. Si hubiese sido capaz de escuchar alguna conversación, lo más seguro era que hubiera sido como presenciar un idioma privado, una lista aislada de nombres, lugares y cursos que estaban hechos para excluir a cualquier individuo lo bastante atrevido como para intentar colarse en la conversación.

Desde el bar se podía oír el sonido que hacía la máquina de café expreso La Marzocco.

Reconocí a algunos de los presentes y, tras solo unos pocos minutos, me di cuenta de que al menos diez personas que habían asistido a aquel evento me habían rechazado. Dado que los rechazos a programas de doctorado eran algo bastante personal, me pregunté cuántos de ellos se pondrían a reevaluar las opiniones que tenían sobre mí y mi trabajo tras aquel verano, cuando Rachel y yo encontráramos la mejor forma de anunciar nuestro descubrimiento.

La lista de ponentes de aquel día estaba llena de celebridades y de profesores ejemplares, pues el recibir una invitación al Morgan era una señal de reconocimiento. Había profesores de la universidad de Chicago y Duke, los cuales iban a dar charlas sobre profecías en el góspel carolingio y el misticismo medieval como forma de culto femenino. También había conferencias sobre la historia de los dados y sobre el horóscopo de la infancia de Isabella de Este, el papel de la astrología y la geomancia, y los presagios supersticiosos y la interpretación de sueños. Nosotras habíamos acudido, en especial, por la charla que iba a dar Herb Diebold sobre el tarot, la sesión de preguntas y respuestas que se suponía que Patrick iba a moderar.

Aruna también era una de las presentes, y, cuando llegó, se nos acercó y se inclinó para susurrarnos como si fuera un secreto:

—Ya me parecía que os vería por aquí.

—Sí, no nos lo perderíamos por nada —dije.

—Y Patrick no nos habría dejado que lo hiciéramos —añadió Rachel, en voz tan baja que no estaba segura de si Aruna la había oído.

Aruna se alisó la parte delantera de su vestido. Era de crepé y seda blanco, con grandes bolsillos cuadrados por delante. Un estilo que habría hecho que cualquier otra persona pareciera desaliñada, pero que en ella quedaba simple y elegante.

—¿Habéis hablado ya con alguno de estos cotillas sobre lo que nos espera hoy? —preguntó Aruna.

—Creo que prefieren que los llamemos «académicos» —dijo Rachel.

Antes de que Aruna pudiera contestar, nos interrumpió un hombre de piel olivácea muy bronceada que le dio un beso a Rachel en ambas mejillas.

—Tiene razón, ¿sabéis? Sí que preferimos que nos llamen «académicos». Aunque «cotillas» quizá sería más acertado —dijo él.

—Pensé que ibas a pasar todo el verano en Berlín —comentó Rachel, y sus palabras quedaron amortiguadas contra la mejilla de él.

Sabía que se trataba de Marcel Lyonnais, un profesor de Harvard mejor conocido por un estudio pionero que había creado una tipología de símbolos en la Italia de la época moderna temprana y por haber dejado a su esposa y tres hijos por una de sus estudiantes de posgrado, Lizzy, quien era unas décadas más joven que él.

—Sí, de hecho, eso haré. Solo he venido por unos días, para pasar algo de tiempo con Lizzy. Se siente un poco sola... —Marcel dejó de hablar y, sin muchas ganas, dirigió su atención hacia mí—. ¿Y tú eres...?

—Ann —me presenté, estirando una mano para que la estrechara y, cuando lo hizo, noté que su palma era suave.

Quería decirle algo más que mi nombre para dejarle claro que yo también era parte de todo ello, que era un recurso valioso, pero a nuestro alrededor el mar de cuerpos empezó a moverse poco a poco hacia las escaleras, algo que nos indicaba que el momento de socializar se retomaría una vez que las charlas hubiesen llegado a su fin. Entonces, conforme la gente me rozaba con los hombros, me pareció ver a alguien conocido. Al principio no la reconocí, del modo en que no se reconoce de inmediato a alguien conocido fuera de un contexto dado. Sin embargo, tras un momento, estiré una mano y la apoyé sobre su brazo.

—¿Laure? —pregunté.

Laure había ido dos cursos por delante de mí en Whitman y había sido lo más cercano que había tenido a una amiga y, en ocasiones, a una mentora. Aunque imaginaba que habría hecho lo mismo con otros estudiantes también. Laure había estudiado Arte Contemporáneo, y su estilo indescriptible y su comprensión rápida nos habían dejado claro a todos que no se veía forzada a quedarse en Walla Walla, ni siquiera en Seattle, que era donde había crecido. Por aquel entonces, la había seguido una estela de olor a marihuana y un grupito de chicos emo que le hacían la competencia.

—¡Ann! —Laure me abrazó tan pronto como me vio—. ¿Estás en Nueva York?

Nos estaban dando codazos y apretujando contra las escaleras.

—En Los Claustros —le expliqué mientras la seguía de cerca.

—¡Me alegro mucho! No sabía nada, deberíamos salir un día. ¿Te quedas hasta el próximo año?

Negué con la cabeza.

—No pasa nada. Ya te llegará el momento.

Bajamos por unas escaleras mientras continuamos hablando y, en el proceso, perdimos de vista a Aruna; Rachel iba por detrás de mí, apretujada contra Marcel. Siempre parecía que los adultos se morían por impresionarla, cuando para el resto de nosotros los mortales las cosas eran totalmente distintas.

—¿Quieres sentarte conmigo? —me preguntó Laure mientras nos dirigíamos hacia el auditorio.

—De hecho, he venido con…

—Ha venido conmigo —dijo Rachel, poniéndose a mi lado.

Rachel saludó a Laure de una forma un tanto fría, y me percaté de que Laure me había mirado casi de inmediato, con una pregunta claramente reflejada en su rostro.

—Ya te buscaré en el descanso —se despidió Laure, dándome un rápido apretón en el brazo antes de dirigirse hacia las filas de asientos.

El auditorio había sido diseñado con la acústica en mente. Estaba decorado con paneles curvos de cerezo, los cuales le daban un toque cálido a la habitación, y bajo ellos se encontraban unos asientos rojos que se desplegaban hasta el fondo de la sala de forma ceremoniosa. Ya había varios ponentes que se habían acomodado en sus sitios sobre el escenario, y Patrick estaba en el medio de ellos. Rachel y yo escogimos unos sitios en la mitad de adelante y nos sentamos.

Sabía que el mundo académico era pequeño; lleno de amigos y enemigos y conflictos que ardían a fuego lento y cuyas llamas se habían avivado durante años de comentarios casuales sobre el trabajo de alguien o, en ocasiones, sobre su personalidad. Un simple vistazo a la sala podía identificar las distintas facciones: profesores titulares que aún se sentaban con sus viejos tutores de tesis de hacía diez, veinte o treinta años, rodeados por sus propios estudiantes de posgrado, quienes, sin duda, imaginaban que sus futuros seguidores se sentarían a su alrededor algún día. Cada grupo era como una constelación, entrelazados entre sí, pero también cerca de otros, y siempre trataban de calcular el tamaño de sus órbitas, el poder de la atracción gravitatoria de cada uno.

A diferencia de mí, Rachel podría haberse incorporado sin problemas a cualquier grupo. Podría haberse visto absorbida por las constelaciones, pues era una brillante estrella en los cielos académicos. Solo que, en lugar de unirse a alguno de los grupos, nos sentamos juntas cuando las luces se atenuaron, y la verdad es que yo prefería nuestro grupo exclusivo de a dos. En el fondo del escenario, la pantalla se iluminó con una imagen de una baraja del tarot del Renacimiento, uno de los muchos ejemplos que había de barajas incompletas, a las que tan solo les faltaba una carta o dos. Era la carta del mundo: contra el fondo de la lámina dorada había una pintura en miniatura de la vida en la época medieval tardía —un bote de remos, un caballero que avanzaba entre dos castillos—, todo ello curvado para encajar en la forma de una esfera. Sobre aquel pequeño mundo gobernaba una mujer con un cetro en una mano y un orbe en la otra.

Herb Diebold ocupó su lugar detrás del atril. Era mayor de lo que había pensado, y más bajo, aunque iba vestido de forma elegante, con una alegre camisa a cuadros abotonada hasta el cuello. Un bigote gris arreglado con sumo cuidado contrastaba con sus redondas mejillas y su cabeza completamente calva.

—El verano pasado estaba en Pontegradella —empezó, tras aclararse la garganta—, en un pequeño y sofocante archivo municipal para tratar de encontrar los registros del encarcelamiento de Alfonso, el sobrino de Ercole de Este, quienes muchos creen que era su hijo bastardo, y me topé con algo inusual. Sí, hallé los registros del encarcelamiento de Alfonso, claro, pero había otra cosa listada debajo que me llamó la atención.

Diebold hizo una pausa y pasó la imagen de la pantalla para mostrar una foto del registro, y allí, en una esquina superior, apareció una imagen que yo conocía bastante bien, pues la había visto aquella misma mañana antes de salir del piso; en los papeles de Lingraf. En la pantalla se veía la imagen completa del águila, con las alas desplegadas, la marca de agua en su totalidad de la que solo habíamos visto una parte: los archivos municipales de Pontegradella, un pueblo de Ferrara.

Estaba a punto de apoyar una mano sobre el brazo de Rachel cuando ella me susurró al oído:

—La marca de agua.

Asentí, y Diebold continuó hablando:

—Decía: «Mino della Priscia, bajo arresto por hablar con un miembro ajeno a la corte sobre el *oraculum* de la duquesa de Ferrara». Al principio creí que había un error, por lo que hice algo de espacio en mi mesa de investigación y saqué mi muy útil diccionario de latín. Incluso después de todos estos años, aún necesito algo de ayuda para traducir.

Ante ello, algunas risas educadas llenaron el auditorio. Todos los presentes sabíamos que Diebold no necesitaba, en absoluto, nada de ayuda para traducir.

—Claro que *oraculum* se parece mucho a *oráculo*. Pero no creía que pudiera ser eso, dado que, hasta donde yo sabía, y sí que sé bastante sobre Ferrara en la época del Renacimiento temprano, la duquesa de Ferrara era extremadamente devota.

Miré a Rachel, y ella me devolvió la mirada. A nuestro alrededor, las caras del público estaban iluminadas por la luz de la pantalla, y todos parecían cautivados.

—Entonces, ¿qué se suponía que debía pensar? —Diebold dejó la pregunta en el aire mientras bebía un sorbo de agua—. ¿Que la madre de Isabella de Este, la patrona más importante de la Italia del Renacimiento, consultaba a oráculos? Volví a revisar mi diccionario, pero la etimología era clara. Así que estamos aquí el día de hoy para hablar de esto: de oráculos y adivinos, de cartas y dados, para determinar cuál fue el papel que desempeñaron.

En aquel momento, Diebold hizo una pausa y pasó la mirada por el público antes de ajustarse las gafas y devolver su atención a las notas que tenía delante. Me volví hacia Rachel y articulé las primeras palabras del documento que habíamos traducido: «Querida hija».

—La pregunta no debería ser: «¿Usaban la adivinación?», porque claro que lo hacían. La astrología, como sabemos, estaba presente en todos lados. También sabemos que a los aristócratas del Renacimiento les obsesionaba saber si sus destinos eran algo fijo o variable. Querían saber qué era lo que podían cambiar, qué quedaba en manos del destino y de qué no podían escapar. Les fascinaban los griegos y los romanos, quienes siempre recurrían a los oráculos para determinar el destino de la humanidad. Y, si los cristianos de la época medieval no consultaron oráculos, fue solo debido a que se trató de una era encandilada con el pensamiento apocalíptico, una tendencia que les había dejado el oráculo más importante de todos: Jesucristo.

Diebold le dio la vuelta a una página sobre el atril y continuó. Y, aunque sabía que teníamos que quedarnos, que debíamos permanecer sentadas durante la sesión de preguntas y respuestas en la que la voz de Patrick fue tan baja que parecía que iba a salir corriendo en cualquier momento, que aún nos quedaba más cháchara insulsa y cafés por delante, lo que en realidad quería hacer era abandonar el auditorio y volver a las páginas que había dejado junto a mi cama. Volver a ver con mis propios ojos, a pesar de que ya sabía lo que iba a encontrar, la misma marca que había en la página.

—Por tanto, la pregunta es: «¿Cómo lo sabemos?» ¿Cómo sabemos lo que nos depara el destino? Aquella fue una pregunta que capturó a los hombres y mujeres de letras durante el Renacimiento. Querían conocer el futuro, lo bueno, pero en especial lo malo. La pregunta siempre era: «¿Podrían cambiar esos futuros o estaban escritos en piedra? ¿Lo había determinado así el destino?».

Esa pregunta es la razón por la que estamos aquí hoy.

Rachel se inclinó sobre el reposabrazos del asiento como para susurrarme algo, aunque se detuvo cuando Diebold siguió hablando:

—Por supuesto, fui en busca del oráculo de Ferrara, solo que no llegué a encontrar ninguna referencia a él. Si bien les pregunté al respecto a académicos especializados en Ferrara de la Universidad de Bolonia, estos se limitaron a encogerse de hombros. «¿Qué podría ser?», me preguntaron. Y les dije que a lo mejor un templo, quizás una sala en el Palazzo Schifanoia o tal vez un cuadro o... —Señaló la pantalla a sus espaldas—. ¿Una carta del tarot?

Un silencio expectante se había asentado en el público. Diebold meneó la cabeza.

—Por desgracia, no encontré ningún registro de una lectura del tarot en los archivos municipales aquel verano. Ni tampoco en los pueblos de los alrededores. Pero entonces volví a mi fiel diccionario de latín y empecé a rastrear las raíces de la palabra *oraculum*. Resulta que proviene de *orare*, que significa «rezar» o «suplicar». Entonces volví a aquella línea en el registro de detención, aquella que había creído que podía indicar que la duquesa de Ferrara podría haber tenido un oráculo, y me di cuenta de que también podría interpretarse como que alguien ajeno a la corte pudiera haber oído las plegarias de la duquesa, o que le hubieran hablado de ellas. Fue entonces que caí en cuenta de lo delgada que es la línea que separa lo que conocemos como destino y lo que creemos que es una elección. Una simple interpretación, en realidad. Nada más.

Durante los siguientes treinta minutos, Herb Diebold continuó explicando que había llegado el momento en que los historiadores del arte le dieran a la iconografía del tarot el lugar que merecía, incluso si esta no era usada para la adivinación. Comparó cartas del siglo quince con ejemplos de estatuas griegas y romanas, pinturas al fresco y mosaicos en Rávena. Cuando la charla terminó con una ronda de aplausos y las luces de la sala se volvieron a encender, Rachel y yo nos quedamos mirándonos el tiempo suficiente como para que las personas que estaban en los asientos contiguos a los nuestros empezaran a rozarnos las rodillas y a pedirnos que los dejáramos pasar.

Subimos por las escaleras que nos conducían al atrio, pero la muchedumbre nos separó, y terminamos en círculos distintos. Si bien en el descanso para el café se ofrecían sándwiches y *macarons*, no tenía hambre. Quería sostener la carta en la mano, saber, por medio del tacto, cuánto se había equivocado Herb Diebold. Que no solo la duquesa sí había tenido un *oraculum*, que no solo se lo había heredado a su hija, sino que nosotras lo habíamos encontrado: la baraja de cartas del tarot era, de hecho, su *oraculum*.

—¿Quieres ir fuera a fumar? —me preguntó Laure al acercarse adonde estaba.

—No fumo —repuse.

—Puedes disfrutar del aire fresco, entonces.

—Ahora que lo dices… —empecé a decir, y eché un vistazo hacia donde Patrick y Diebold estaban hablando cerca de las escaleras. Patrick hacía gestos rápidos y abruptos con las manos, mientras que Diebold se frotaba la nuca con una mano—, me encantaría un poco de aire fresco.

Bajamos unas escaleras que nos condujeron hasta la avenida Madison, donde los arces que estaban plantados frente al Morgan estaban llenos de hojas verdes y brillantes. El día se había vuelto tan caluroso que incluso la brisa que levantaban los coches al pasar era bienvenida. Al igual que en todos los simposios académicos, había montones de personas fuera del edificio fumando. Laure sacó una cajetilla de cigarrillos de clavo de olor de su bolso y extrajo uno. Incluso sin haberlo encendido, su olor dulzón inundaba el ambiente.

—Vale —dijo, enfocando su mirada en mí—. ¿De qué conoces a Rachel Mondray?

Había tenido la esperanza de que nos pusiéramos al corriente sobre nuestras vidas, de que pudiera contarle lo que había sucedido con mis solicitudes de ingreso a universidades o incluso que nos quejáramos del calor, pero no había esperado que me hablara sobre Rachel. Ni siquiera la había mirado en la sala de conferencias.

—Trabajamos juntas en Los Claustros.

—¿Solo vosotras dos?

—Y Patrick.

—Ajá. —Laure se llevó una mano a la cara y encendió el cigarrillo con destreza—. ¿Hace cuánto que trabajáis juntas?

—Desde junio.

Dio una calada y luego dejó caer su brazo a un lado. El otro lo tenía cruzado bajo los pechos, y parecía parte de uno de los cuadros de Balthus, pálida y muy muy delgada.

—¿Y qué ha pasado? O sea, ¿qué ha pasado en Los Claustros desde que empezaste a trabajar allí?

—Nada. Trabajamos y ya está. ¿Tú de dónde la conoces?

En otra vida, habría confiado completamente en Laure. Le habría contado lo de la carta, que me había mudado al piso de Rachel, lo de la tienda de antigüedades de Ketch y las noches en las que había trabajado hasta tarde en el museo. Le habría contado lo extraño que era trabajar entre viejos esqueletos y personas que creían que el ocultismo aún existía. No obstante, me había convertido en una persona distinta, una que había aprendido la importancia de saber guardar un secreto y el valor que tenía la información.

—La conocí el año pasado —dijo Laure—. Asistió a uno de los seminarios de mi posgrado. A la mayoría de los estudiantes les pareció muy frustrante, pero el profesor puso mucho énfasis en lo buena que era Rachel. Quedaba claro que ella era alguien a los ojos de los demás, alguien con talento quiero decir. —Hizo un círculo con la mano y un caminito de humo siguió el movimiento.

Asentí porque entendía a la perfección lo que quería decir.

—Y ella fue bastante agradable. Era obvio que Yale quería que se quedara a estudiar allí, pero ella escogió Harvard.

—Sí, eso oí.

Laure me evaluó con la mirada.

—¿Te dijo algo más? —A nuestro alrededor, la gente empezaba a volver al edificio.

—¿Algo como...?

—¿Quieres que quedemos para desayunar? —Laure me interrumpió con voz urgente, mientras apagaba su cigarrillo con el zapato, un elegante mocasín de cuero.

—Claro, me encantaría.

—Perfecto —dijo Laure. Me pasó un brazo sobre los hombros mientras volvíamos al atrio—. Cuídate mucho, ¿vale?

Alcé la vista para ver la fachada del Morgan frente a nosotras. Había cientos de tesoros recopilados y preservados dentro de sus paredes.

—Vale —dije, aunque estaba segura de que me estaba cuidando a mí misma bastante mejor de lo que habría hecho Laure si hubiese tenido la oportunidad.

* * *

Cuando el simposio llegó a su fin, esperé a Rachel en las escaleras del Morgan, apoyada contra una de las vasijas de hormigón del siglo diecinueve en las que habían plantado una fila de anuales blancas. Se había quedado dentro por culpa de Marcel, quien quería asegurarse de que tuviese la oportunidad de conocer a algunos de los ponentes. Ansiaba ser el tipo de académica que la gente arrinconara al final de los eventos para presentarle a sus estudiantes, aunque solo para inventarme excusas por las que tuviera que irme: tenía un almuerzo con el director de la Colección Frick, me estaba esperando el chofer o una biblioteca llena de libros desesperados por que los leyera. Estaba claro que Rachel iba a convertirse en una de esas personas.

—¿Te lo has pasado bien?

Era Aruna, quien había aparecido en silencio a mi lado.

—Mucho.

—A mí estas cosas ya me parecen de lo más agotadoras —dijo ella—. Hasta tristes. Todos estos viejos obsesionados, todavía preocupándose por los mismos trabajos que han sido objeto de controversias de académicos durante siglos. ¿Alguna vez te has preguntado por qué quieres estar aquí y no en... —se interrumpió para sacar una cajetilla y ofrecérmela— Wall Street, ganando dinero de verdad?

Negué con la cabeza y me pregunté si algún día terminaría cediendo. Si me convertiría en fumadora. En ocasiones me parecía algo de lo que no se podía escapar.

—No lo idolatres —me dijo.

—No lo hago.

—Tampoco mientas.

Sacudió la ceniza del extremo de su cigarrillo, y yo me eché a reír.

—Somos muchos aquí los que solo queríamos pasar la vida estudiando lo que fuera. Pasar nuestros días en bibliotecas y en aulas, en archivos y museos, *sentir* la historia a través de las cosas que esta ha dejado atrás. Solo que hacerlo nos aleja de los vivos, Ann. Tienes que recordar eso. Y algunos sobrevivimos a toda esta muerte mejor que otros.

—A mí todo esto me parece bastante vivo —le dije.

—Claro, pero todo eso es mentira. Está muerto. Todo. Ese es el verdadero trabajo de un académico: convertirse en nigromante. ¿Entiendes lo que quiero decir, Ann?

—Sí —contesté, aunque en realidad no estaba segura del todo.

—Me alegro, porque muchos de nosotros olvidamos que el verdadero propósito es darles una nueva vida a los objetos, incluso en ocasiones a costa de perderla nosotros mismos.

Al estar de pie en aquellas escaleras, era difícil no notar el peso del pasado a nuestro alrededor. A fin de cuentas, ¿los museos no eran en realidad mausoleos? En un sentido bastante literal en el caso de Los Claustros.

—¿Has pensado en estudiar Derecho? —me preguntó Aruna.

Le devolví la mirada, y ella se echó a reír.

—Puede que aún no sea demasiado tarde —le dije.

—Bueno, si este verano no te hace cambiar de opinión —empezó—, no dudes en venir a pedirme consejo cuando llegue el otoño. Ayuda el poder contar con alguien que ya esté en el mundillo.

—Muchas gracias —le dije con sinceridad.

—Y bien por ti por no hacer el ridículo ni intentar hacerles la pelota a todos y cada uno de los profesores presentes. La desesperación no le queda bien a nadie. En especial en el mundo académico, donde premiamos los logros espontáneos, no los años de trabajo. —Aplastó el cigarrillo con su zapato y me apoyó una de sus manos frías en el brazo—. Eso es lo que Rachel ha aprendido más rápido que la mayoría —murmuró en voz baja.

Tras un breve apretón, Aruna se marchó y se mezcló con destreza entre los últimos grupos de académicos que quedaban antes de dirigirse a la esquina de la avenida Madison. Allí, paró un taxi y me dedicó un último adiós con la mano. Empecé a alzar la mano, pero entonces me di cuenta de la cantidad de gente que también lo había hecho, por lo que, en su lugar, incliné la cabeza, para que aquel pequeño gesto me distinguiera de los demás.

Esperé hasta que fui la única que quedaba de pie en los peldaños, y me limité a escuchar el ruido de los coches por la calle, el ritmo de la actividad constante, el sonido de lo que estaba vivo.

CAPÍTULO DIECISÉIS

L legar a Los Claustros en coche era mucho mejor, y no tardé en olvidar lo que suponía ir apretujada en el metro con el café en la mano o tener que calcular la hora a la que llegaba para así poder tomar la lanzadera a tiempo. El vivir juntas nos despejó pequeños espacios de tiempo que no habíamos tenido antes: el trayecto de ida y vuelta del trabajo, los desayunos, el rato después de la cena. Y, en aquellos espacios de tiempo, me di cuenta de que era capaz de abrirme y dejar que Rachel me viera como yo era en realidad. Me gustaba creer que ella también se sentía de ese modo.

Aunque estaba claro que Patrick no lo hacía.

—Vivir y trabajar juntas puede causar problemas en vuestra amistad. Lo mejor sería no tentar a la suerte para que no se rompiera el vínculo, ¿no os parece? —nos dijo el primer día en el que volvimos al museo tras el simposio en el Morgan, mientras estábamos en la biblioteca.

—Para las chicas es diferente —fue lo único que le contestó Rachel.

Aun así, era obvio lo incómodo que se sentía Patrick al ver que siempre estábamos juntas. Nos observaba como si estuviera esperando rastrear los orígenes de alguna broma privada entre las dos grabada en nuestros rostros.

Aquel día, los jardines de Los Claustros zumbaban con la energía de los visitantes y los polinizadores, y yo, que me sentía incapaz de olvidar el secreto que zumbaba en mi interior, y en el de Rachel también, recorrí el perímetro hasta llegar al Claustro Bonnefont, con sus árboles de membrillo de color verde brillante y sus ramas nudosas. No quería sentarme, por lo que me quedé de pie para observar el final del jardín, el cual daba a los escarpados muros de piedra y, casi treinta metros por debajo, al suelo.

Con las palmas apoyadas en la parte alta del muro de piedra, me incliné sobre él lo suficiente para notar lo peligrosa que era mi situación, para dejar que la adrenalina me recorriera las venas hasta que pudiera experimentar de nuevo aquella sensación que había tenido cuando había descubierto la carta de la cazadora, aquel subidón de miedo, aquel pellizco de urgencia. Aunque solo fuera para poder sentir la oleada de alivio que venía después. El momento en el que no ocurría nada malo, en el que no me caía, cuando Patrick no me había descubierto y cuando Rachel y yo, al final, nos habíamos salido con la nuestra.

Nueva York me había mostrado lo hambrienta que me encontraba. Tenía hambre de alegrías y riesgos, hambre por declarar, en voz alta y para quien fuera que estuviera alrededor, todas mis ambiciones. Tenía hambre por alcanzarlas. En lugar de estar llena de miedos, rebosaba de una especie de alegría burbujeante. Y sabía que en una ciudad como Nueva York era posible empezar de cero, hacer que el recuerdo de mi padre fuese algo que me impulsara hacia adelante, en lugar de tirar de mí hacia atrás. Descubrir la baraja del tarot antes que Patrick sería el logro más grande de todos. Y no se trataba de que no tuviese moral, sino de que estaba comprendiendo la lección que la ciudad me estaba enseñando.

Mientras me asomaba sobre el muro una vez más para ver el camino adoquinado que había debajo, noté un par de manos que me rodeaban la cintura y me daban un ligero empujón hacia adelante. Solté un grito, alto y agudo.

Cuando me giré y vi a Leo, también vi un jardín lleno de visitantes que nos observaban, preocupados, y se preguntaban si deberían intervenir o no.

Aparté las manos de Leo de mi cintura, pero él se limitó a sonreír y siguió sujetándome.

—Te tengo —me dijo.

—Pero qué susto me has dado —le dije, mirando a mi alrededor. Le dediqué sonrisas tranquilizadoras a las personas que parecían más preocupadas.

—No deberías inclinarte de ese modo, ¿y si te pasa algo?

—¿Quieres decir como que alguien venga por detrás y me empuje?

—Eso, o si te tropezaras y cayeras. Hay una razón por la que no le permitimos a la gente sentarse sobre este muro.

—¿Ah, sí?

Me señaló el cartel que yo, de algún modo, había pasado por alto desde hacía semanas. «No inclinarse o sentarse sobre el parapeto».

—Venga —me dijo—. Tengo algo para ti.

Me condujo de la mano a través del Claustro Bonnefont y por una puerta que rezaba «Solo personal autorizado». Nunca había estado en aquella sección de Los Claustros. Estaba cubierta de hierba y tenía paredes que la separaban del resto del museo, además de dos pequeños cobertizos y un largo invernadero lleno de brotes. Había herramientas de jardinería, como desbrozadoras y tijeras de podar, amontonadas por doquier; pilas de macetas vacías y pequeños fragmentos de cantería escondidos del público. También había botes de basura llenos de trozos recortados de plantas, y un montón de hojas se había extendido sobre la zona de compostaje.

Leo me condujo a uno de los cobertizos, el cual contaba con unos amplios estantes con macetas que cubrían las paredes, y cada una de ellas tenía unos cuantos frascos de cristal llenos de semillas secas. Agarré uno al entrar.

—Semillas de hisopo —me dijo—. Sequé algunas flores del jardín del año pasado.

La forma en la que todo estaba cuidadosamente organizado parecía algo tierna, desde los puñados de flores atados que se secaban, colgados con pinzas en la pared, hasta la forma en las que las tijeras de podar estaban todas clavadas con la parte afilada hacia abajo en macetas de terracota. Y el ambiente olía a Leo, o quizá Leo olía a aquel lugar: a tierra, hierba y una pizca de sudor.

Desató un puñado de flores de lavanda secas de la pared y me las dio.

—Para ti.

Su aroma me envolvió: herbal y soleado y complejo.

—Las corté tras aquel primer día que nos vimos en el jardín y las colgué para que secaran. Así duran más que cuando están frescas —me dijo—. Y, cuando te canses de ver las flores por ahí, puedes romperlas a cachitos y dejarlos en el fondo de tus cajones. —Estiró una mano y usó su pulgar para romper una de las flores de lavanda en pedacitos. Vi cómo caían al suelo y se desperdigaban a nuestros pies.

Si bien no me había percatado de lo pequeño que era el cobertizo cuando habíamos entrado, sí que lo noté en aquel momento. Apenas había espacio para que nos giráramos, por lo que nuestros cuerpos ya casi estaban apretados el uno contra el otro cuando Leo apoyó su mano en mi nuca y me besó. En retrospectiva, no fue él quien me cargó y me puso sobre el estante, sino que me subí de un salto, le rodeé la cintura con las piernas y lo atraje hacia mí tan cerca como para sentirme apretándome contra él. Él no tardó en seguirme el juego y deslizó una de sus ásperas manos bajo mi camiseta, sobre mi sujetador y luego, al pasarla por mis brazos alzados, me la quitó del todo.

Me percaté de que mis movimientos eran sorprendentemente confiados y seguros. Como si, por primera vez, yo estuviera llevando la voz cantante y Leo me estuviera siguiendo. Ya no me quedaba esperando a que quienes me rodeaban me dieran la bienvenida o me ofrecieran su aprobación; sino que iba y la tomaba por mí misma, y la sensación me llenó de emoción. Tanto era así que estiré una mano en dirección a la cintura de los tejanos de Leo y empecé a desabrocharlos. Pero incluso a pesar del sonido de nuestra ropa y nuestros cuerpos, una tos deliberada se oyó desde el exterior del cobertizo.

—Siento la interrupción —dijo Rachel.

El tirante de mi sujetador se me había bajado. Si bien Leo no se giró para saludarla, yo me deslicé poco a poco del estante y di un paso hacia el rayo de luz que iluminaba el umbral mientras me acomodaba el sujetador y me volvía a poner la camiseta. Solo entonces salí hacia donde Rachel nos aguardaba.

—Podéis terminar lo que estabais haciendo —añadió—. Puedo esperar por allí detrás.

—Estamos bien, gracias —repuso Leo desde el interior del cobertizo—. Te llamaré, Ann.

Conforme me alejaba del lugar con Rachel, no dije nada. Ni siquiera me molesté en alisar las arrugas que se habían formado en mi camiseta ni en enfriarme la piel que se había humedecido por el sudor y la anticipación.

—No me había dado cuenta de que ibais tan en serio —dijo Rachel, mirándome mientras volvíamos hacia la biblioteca.

—No sé si llamaría a eso algo serio.

—¿Para arriesgarte de ese modo en el trabajo? Debe serlo —comentó.

—¿Cómo sabías que estábamos allí? —No estaba segura de si quería saber la respuesta, pero Rachel se encogió de hombros.

—Ya había buscado en el resto del museo.

Entonces, mientras cruzábamos el arco gótico hacia las galerías, Rachel sostuvo la puerta y me dijo:

—No dejes que Leo eche a perder lo que estamos haciendo.

Crucé la puerta y me detuve. Nos encontrábamos en la sala de los tapices, en la que unos textiles enormes y de tejido grueso representaban escenas idílicas de la vida medieval: una alfombra de flores que cobraba vida, un unicornio en reposo.

—¿Por qué lo dices? Leo no tiene nada que ver con lo que estamos haciendo.

—Por el momento estás compartimentando. Pero ¿qué pasará cuando te empiece a costar hacerlo? ¿Cuando, en lugar de concentrarte en lo que tienes delante, quieras ir a conciertos de punk de tres al cuarto y a beber cerveza tibia en el Bronx?

Las palabras de Rachel me dolieron. No solo porque fueran acertadas, sino porque no le había dado razón para que pensara que podría priorizar a Leo sobre ella, sobre nuestro trabajo, nuestro descubrimiento. Si bien había ido a Nueva York por trabajo, el tarot era lo que aseguraba que me pudiera quedar, no Leo, incluso si en ocasiones me costaba desenredar mis relaciones en Los Claustros del lugar en sí mismo, como si mis relaciones personales y mi pasión por el trabajo se hubiesen entrelazado tanto como las vides que crecían en los jardines.

—Leo no es mi prioridad —le aseguré.

—Entonces no hagas que lo parezca. Lo que hemos descubierto, lo que tú has descubierto, es muy grande, Ann. Es enorme. Y ahora que sabemos de dónde proceden las cartas, con esa prueba, podemos lograr muchas cosas. Tenemos que conseguir muchas cosas.

Rachel empezó a alejarse, pero yo la sujeté del brazo. Unos cuantos visitantes nos estaban observando, y, a pesar de que nuestras voces eran bajas, eran más altas de lo que uno normalmente oiría en las galerías de Los Claustros.

—Eso hago —siseé—. Solo he salido con él una vez. Cada minuto libre que tengo lo paso contigo. Te lo he contado *todo*. ¿No está claro que estamos juntas en esto?

Pese a que no me consideraba alguien que enfrentara sus problemas, al decidirme a plantarle cara experimenté la misma emoción que había experimentado al inclinarme sobre el muro del jardín.

Rachel alzó ambas manos.

—Vale, vale. Te creo. Quizá sea que no quiero compartirte por el momento. De verdad te necesito. Tenemos que estar centradas. No quiero que Leo me quite eso.

—No pienso dejarte —le dije. Y entonces me sorprendí a mí misma al abrazarla, al notar que su figura delgada se relajaba contra mí.

—Solo quiero asegurarme de que podamos con esto antes de que Patrick lo haga —añadió, al apartarse.

—Yo también —repuse, asintiendo—. Lo necesito.

—Lo sé —dijo ella.

★ ★ ★

—Nos lo pedirá pronto —me informó Rachel al día siguiente, cuando estábamos sentadas en la biblioteca, rodeadas de papeles sueltos y anotaciones, un caos que en realidad era una selección deliberada de materiales—. Ha estado hablando sobre hacer otra lectura. Una aquí, por la noche de nuevo. Ahora que la baraja está más completa. Tendremos una oportunidad entonces.

Rachel y yo necesitábamos una oportunidad para ver el resto de las cartas con nuestros propios ojos, una oportunidad para, al menos, hacerles una foto para poder ponernos con nuestra investigación. Sabíamos que el descubrimiento iba a asentar nuestras carreras, nuestra importancia en el mundo académico. Era una oportunidad que ninguna de las dos podía poner en riesgo al compartir lo que sabíamos con Patrick. Ambas éramos conscientes de lo fácil y deprisa que podría cambiar la narrativa del descubrimiento, de nosotras —dos mujeres jóvenes al inicio de sus carreras— a Patrick, un investigador experimentado en el ocultismo. Por ello, habíamos decidido guardar silencio y ganar tiempo.

Cuando Patrick por fin nos pidió que nos quedáramos por la noche dos días después, Rachel y yo estábamos en los jardines, sentadas en la pared del extremo, donde disfrutábamos del sol del atardecer. Rachel fumaba, y yo dejaba que la hierba me hiciera cosquillas en los tobillos y que las piedras cubiertas de musgo acariciaran mis palmas. Los visitantes que llenaban los caminos admiraban los capiteles tallados, las esculturas de monjes vestidos con hábitos resguardados en sus nichos. A Rachel y a mí, sin embargo, no nos prestaban atención. Parecía que nos habíamos convertido en parte del paisaje.

Estaba buscando a Leo cuando vi a Patrick dirigirse hacia nosotras desde el otro lado del claustro, despacio, mientras apreciaba el aroma del toronjil y la lavanda y hundía la mano de forma despreocupada en la fuente, para luego sacudirla y dejar que las gotitas de agua reflejaran la luz del sol.

—No estabas fumando, ¿verdad? —preguntó Patrick cuando llegó adonde estábamos, con las manos metidas en los bolsillos. A pesar de que no me molesté en mirar, noté de inmediato que Rachel soltaba su cigarrillo por el borde del muro hasta la hierba que había debajo.

—¿Yo? Nunca —dijo ella.

Contuve una sonrisa.

—Fumar está prohibido en el terreno del museo, aunque siempre puedes hacerlo fuera, por la puerta de atrás.

—Normalmente lo hago ahí, sí —asintió Rachel.

Patrick clavó la mirada sobre nuestras cabezas, en dirección al río, antes de preguntarnos, aún sin mirarnos:

—¿Tenéis planes para esta noche?

Si bien Rachel y yo nos esforzamos para no mirarnos, podía sentir la sangre moviéndose rápida a través de mis dedos mientras se aferraban al borde del muro.

—No —dije, con la boca seca.

—Pues no, la verdad —añadió Rachel.

—¿Os importaría quedaros un poco más tarde?

—Ningún problema —repuse—. ¿Quieres que preparemos algo en particular?

Patrick negó con la cabeza.

—Lo único que tenéis que traer es a vosotras mismas. Eso y una mente abierta.

Rachel y yo asentimos, y Patrick se marchó, aquella vez cruzando el jardín con unos pocos pasos rápidos.

Tras ello, el fin del día pareció como si no fuera a llegar nunca. No obstante, esperamos y seguimos con las tareas de investigación que Patrick nos había asignado, tareas que, en aquel momento a la luz de nuestro secreto, parecían algo inútil, hasta que los de seguridad entraron a la biblioteca para hacer su ronda mientras el sol se ponía.

—Nos vamos a quedar trabajando hasta tarde otra vez —les informó Rachel.

Louis asintió.

—Nos falta personal, por si queréis cubrir nuestros turnos también.

Ambas nos echamos a reír, y pensé para mí misma lo increíble que era que los de seguridad prácticamente nunca nos molestaran, que tuviéramos permiso para trabajar, pasear o entrar a cualquiera de los espacios de Los Claustros cuando quisiéramos y como quisiéramos, a pesar de lo valiosas que eran las obras en exposición.

Menos de una hora después, Patrick salió de su oficina con la caja de cartas en la mano. En el exterior, las tejas del techo se habían vuelto de un color terracota oscuro mientras la luz del sol iba siendo reemplazada por el brillo de la ciudad. Las linternas colgantes que iluminaban los jardines por la noche se mecían con la suave brisa que subía desde el río Hudson.

Patrick dejó las cartas sobre la mesa y le echó un vistazo a su reloj.

—No debería tardar en llegar —dijo.

—¿Quién? —preguntó Rachel, aunque no hizo falta que lo preguntara, pues Leo se abrió paso en la biblioteca, con sus tejanos aún sucios al haber pasado la tarde trabajando en los jardines—. ¿Qué hace él aquí? —inquirió ella.

—Leo nos va a ayudar a llevar a cabo un experimento muy importante.

Al oír aquellas palabras, Leo me dedicó una rápida sonrisa antes de sacar un puñado de sobrecitos de plástico de su bolsillo. Los dejó caer sobre la mesa y los reconocí de inmediato. Eran los mismos que había estado vendiendo en el mercado ecológico, aquellos que había vendido a escondidas: mezclas de hierbas y tinturas hechas a medida, elaboradas de forma cuidadosa en el invernadero de Los Claustros.

—He estado pensando —empezó a decir Patrick, mientras se acercaba a la mesa y tomaba un sobrecito transparente— que quizá lo hemos estado haciendo mal. Creo que debemos considerar aproximarnos a las cartas de un modo diferente, en un estado completamente distinto, en realidad.

—Crees que debemos meternos drogas —dijo Rachel, en un tono de voz carente de emoción y sin miramientos, como si nos hubiese pedido que sacáramos un libro antiguo de las estanterías. No obstante, me sorprendió comprobar que sabía lo que Leo ofrecía en aquellos sobrecitos, que quizás hasta los había probado ella misma.

—No, no son drogas, no en el sentido más estricto. No como las entendemos en la actualidad —repuso Patrick. Y, en aquel momento, sonó como él mismo, como el curador que me había contratado, como el curador que sentía una curiosidad increíble por las cosas que se habían dispuesto ante nosotros, y no el curador que estaba frustrado por no estar progresando, porque su pasión se estuviese revelando de forma tan lenta.

»Como vosotras bien sabéis —continuó—, el misticismo medieval ya ha sido estudiado de cabo a rabo. Y sabemos que aquellos que experimentaron visiones tuvieron algo de ayuda. El beleño negro y la mandrágora es probable que hayan tenido un papel primordial en ayudar a facilitar las visiones de los místicos medievales. Solo que esta no es —ni tampoco fue— una droga de uso recreativo, sino para la investigación, para comprender mejor. Para que podamos acercarnos más a nuestra propia intuición, a nuestros instintos. Es un proceso por el cual entendemos, no nos intoxicamos. Llevo tiempo pensando que deberíamos intentarlo, y Leo ha sido de gran ayuda.

Leo alzó uno de los sobrecitos y lo sacudió.

—Treinta por ciento de beleño negro, sesenta y cinco por ciento de mandrágora y cantidades muy pequeñas de belladona y estramonio. Nada de lo que hay aquí puede haceros daño —explicó—. Tanto el beleño como la mandrágora tienen hioscina. Es un alucinógeno, un psicotrópico. La belladona y el estramonio tienen atropina, que funciona como relajante muscular. Ayudará a regularlo todo.

Rachel clavó la vista en Patrick.

—Estás de coña, ¿verdad? ¿Quieres que nos metamos venenos que Leo ha preparado?

—Pensamos que dirías algo así, que te preocuparía. Así que… —Leo extrajo un termo del bolsillo trasero de sus tejanos y lo dejó sobre la mesa—. Venga, todos son iguales. —Mezcló los sobrecitos que había en la mesa—. Escoge uno y me lo tomaré ahora mismo.

Rachel escogió un sobrecito y se lo deslizó sobre la mesa hasta él, quien lo vació en su termo y lo agitó un poco. Entonces bebió, con el termo inclinado hacia atrás y su garganta trabajando de forma metódica hasta que terminó y le mostró el frasco vacío a Rachel.

—No es nada malo —le dijo—. Lo prometo. Todo lo que contiene es seguro siempre que se lo consuma en cantidades pequeñas.

Ya había visto a Leo vender aquellas mezclas a las mujeres del Upper West Side, mujeres que querían escapar de sus propias vidas, que buscaban sus propias revelaciones. Y quizá fue por ello que me sentía a salvo al beber las hierbas que Leo nos había preparado. O quizá porque de verdad quería, al igual que Patrick, dar un paso más. Ver qué más podría descubrirse en las cartas, en nosotros, con algo de ayuda. Patrick sacó tres tazas y una jarra de agua caliente y nos sirvió a cada uno un poco antes de entregárnoslas con los sobrecitos.

—¿Cuánto tardará en hacer efecto? —le pregunté a Leo.

—De veinte a cuarenta minutos. La circulación sanguínea tiene que procesarlo, y llegará poco a poco, no de sopetón. Te darás cuenta cuando menos te lo esperes.

Rachel dio un sorbo a su té.

—Sabe horrible, Leo.

—Es amargo —la corrigió él—. No horrible.

Bebí un sorbo, y fue algo sobrecogedor. Un líquido viscoso oscuro, granulado e intenso, y una parte de mí deseó haber podido tomarlo de un solo trago, para no tener que prolongarlo.

—Gracias, Leo —dijo Patrick, antes de beber de su taza de forma delicada.

—Estaré en el jardín si me necesitáis. —Leo empezó a alejarse.

—¿Podrías venir en un par de horas a ver cómo vamos? —le pidió Patrick—. Solo para estar seguros de que todo va bien.

Leo asintió.

—Estoy seguro de que todo irá bien, pero volveré de todos modos.

Mientras esperábamos a que las drogas hiciesen efecto, despejamos nuestra zona de trabajo y abrimos las ventanas. Patrick trajo dos candelabros de su oficina y los encendió. Las llamas se agitaron gracias a las suaves corrientes que recorrían el lugar. Se había hecho el silencio entre nosotros, y nadie se atrevía a romperlo. Tal vez por miedo a que las siguientes palabras que pronunciáramos fuesen unas de las que no pudiéramos retractarnos. La cera roja goteó lentamente sobre la mesa de roble.

Y fueron aquellos pozos de cera líquida los que hicieron que me diera cuenta de que algo raro estaba sucediendo. Al principio, estos parecían brillar y sacudirse, dar vueltas por la mesa sin ninguna dirección determinada. Empecé a parpadear y a frotarme los ojos en un intento por quitarme lo que fuera que estuviera haciendo que mi visión fuese borrosa e inestable. Pero cuando no fui capaz de detener el movimiento de la cera, reparé de pronto en que otras cosas que había en la sala y a mi alrededor —los libros y las lámparas, las ventanas de estilo gótico y los travesaños curvados— parecían haber obtenido una cualidad más brillante también, como si se hubiesen encendido por dentro.

Me percaté de que Rachel había empezado a notar los efectos de las drogas, y, cuando me sujetó de la muñeca, lo vi en sus ojos: la belladona había hecho que sus pupilas se dilataran como dos monedas negras y brillantes.

—Deberíamos empezar a repartir las cartas —le dijo a Patrick. Y, aunque su voz sonó muy muy lejos, como si estuviese al final de un largo pasillo, Patrick le hizo caso. Dispuso una carta tras otra sobre la mesa, y, mientras lo hacía, fue como si mi mente estuviese haciendo el trabajo que mis dedos ansiaban hacer: deshacer cada cubierta para revelar las cartas que había debajo. Mercurio en lugar del mago; Venus acompañada de la constelación de Tauro en lugar de los enamorados; una mujer que se parecía a Rachel, con su largo cabello rubio adornado con una corona de hojas de olivo y una toga de un solo hombro atada a su cintura, en lugar de la reina de copas.

En un arrebato de pánico, miré a Rachel y luego a Patrick para intentar descifrar si alguno de ellos veía lo mismo, pero estaba claro que no era así. Cuando devolví la vista a la mesa, las cartas, al igual que el resto de los objetos de la biblioteca, habían empezado a iluminarse con aquel brillo sobrenatural, y mientras los dedos de Patrick reseguían los bordes iban dejando unos rastros dorados sobre la mesa, como si parte de él se hubiera quedado allí, donde su dedo había estado, un caminito de cientos de huellas dactilares.

Y, a pesar de contar con la luz de las velas, la sala empezó a tornarse aún más oscura. Como si todos, con la biblioteca incluida, estuviésemos siendo atraídos hacia las entrañas de Los Claustros. Como si el techo, con sus bóvedas y sus vigas entrecruzadas, se nos estuviese cayendo encima. Aunque, en lugar de sentirme aterrorizada, había algo en aquella situación que la hacía parecer maravillosa, como si finalmente nos estuviésemos volviendo uno con el edificio. Como si siempre hubiésemos estado destinados a quedar aplastados por el peso del trabajo en sí.

Aún no consigo recordar las cartas exactas que Patrick repartió sobre la mesa, pero sí recuerdo que hizo más de una lectura, que no dejaba de empezar de nuevo en un intento por alcanzar una solución que se le seguía escapando. De hecho, todo lo que creía ver en las cartas parecía deshacerse en una mancha borrosa antes de que pudiera comprenderlo. Entonces me di cuenta de que, en lugar de mejorar mi intuición, las drogas la habían nublado, la habían vuelto borrosa, de modo que ya no podía ver ni sentir con claridad.

No obstante, a pesar de la oscuridad que se estaba expandiendo a mi alrededor, podía notar un impulso eléctrico. Una baliza que provenía de las cartas que Patrick iba dejando sobre la mesa, como destellos a un futuro oscuro e intenso que no podía explicar, pero que de algún modo me parecía cierto. Aun así, cuanto más trataba de conectar con esos destellos, estos se volvían más y más arrolladores. Me atravesaban y me sobrepasaban como una nube que se revolvía y se alejaba tan pronto llegaba. Debido a las drogas, no me percaté de que había dejado de respirar ni de que el mareo estaba dando paso a la pérdida de conciencia.

Y, aunque parecía que solo habían transcurrido unos cuantos minutos, allí estaba Leo, de pie en la puerta de la biblioteca y preguntándome si me encontraba bien. Rodeó la mesa, me apoyó una mano en el hombro y me miró a los ojos. Quise decirle que no podía ver lo que tenía que ver en las cartas, que las hierbas que habíamos tomado me habían puesto una venda sobre los ojos. Pero, cuando alcé la vista para buscar su mirada, el movimiento resultó ser demasiado rápido para mí y la sala giró a mi alrededor de forma violenta, lo que hizo que dejara atrás la oscuridad y me dirigiera hacia una luz cegadora. Mientras Leo me decía algo al tiempo que intentaba mantenerme recta al pasar un brazo por debajo de los míos y mientras podía ver cómo Rachel y Patrick movían la boca, parecía como si mis orejas hubiesen estado llenas de algodón, como si hubiese estado bajo el agua observándolos a todos desde una distancia que no podía acortar.

Leo me condujo a los jardines a pesar de que me parecía que las piernas no me funcionaban. Aunque antes de marcharnos, eché un último vistazo a la biblioteca y los vi. Patrick y Rachel inclinados sobre la mesa, ella extendía una mano hacia una carta, y cada movimiento parecía muy lento debido a la luz de las velas.

Los jardines no supusieron una mejora respecto de la biblioteca. Los capiteles tallados y las estatuas, las vides que se enredaban sobre la cruz celta que adornaba el centro del Claustro Trie, las sombras y los montones de oscuridad, todo ello parecía estirarse y querer tirar de mí para cubrirme. Cuando Leo me acompañó por las galerías, las piedras brillantes me cegaron, y la pintura al fresco de un león se movió con nosotros mientras nos daba caza desde la pared. Parecía que todo quería hacernos daño.

—Quiero volver. —Si bien era mi voz la que oía, casi no podía reconocerla.

—Necesitas recuperarte un poco —me dijo Leo, y noté que me estaba llevando hasta el pasillo que conducía a la cocina del personal del museo—. Voy a hacer que comas algo, y luego podrás volver. —No me miró, sino que siguió arrastrándome, cargando con mi peso gracias al largo brazo que me sostenía y a su fuerte espalda—. ¿Qué has comido hoy?

—No estoy comiendo mucho estos días —dije, y era cierto. A mi mente llegó una imagen de Rachel como un esqueleto, como alguien cuya carne se derretía hasta llegar a los huesos.

—Deberías hacer algo al respecto.

Leo me acomodó en una silla en la cocina y me ofreció un trozo de pastel de la nevera, pero lo aparté.

—Tienes que comer —me dijo.

—Voy a vomitar.

—No, no vas a vomitar. —En aquellos momentos, Leo estaba muy cerca y pude notar sus manos sobre mi cabello, acariciándolo y deslizando los dedos entre los mechones. Me estaba consolando. Me estaba acariciando.

—Quiero volver —repetí.

Leo volvió a empujar el plato en mi dirección, pero negué con la cabeza.

—Vómitos —dije una vez más.

Me trajo un vaso de agua, el cual bebí muy despacio y fue como si pudiese sentir cada molécula de agua pasar por mi garganta y llegar a mi estómago. Ni siquiera la luz industrial que había en la cocina había sido capaz de suavizar lo colocada que estaba. Todo parecía funcionar a su propio ritmo, de unas formas completamente nuevas. Traté de pensar en cuánto tiempo había pasado desde que había tomado las hierbas.

—¿Cuánto durará el efecto? —le pregunté.

—Durará más si no comes algo.

A regañadientes, me acerqué el trozo de pastel y le di un bocado. Pero comer no me sirvió de nada. Beber no me sirvió de nada. Las drogas se volvieron más fuertes, como si solo hubiesen empezado a amasar su poder en mi sangre, a aunar fuerzas para una última y larga carrera. Y mientras Leo me conducía de vuelta a través de los pasillos de Los Claustros, aquella vez la luz parecía cernirse sobre mí, y lo único que vi fue oscuridad. También parecía salir de mi interior, una oscuridad que vi en los dedos de los santos y en sus tobillos, en la naturaleza salvaje de los tapices de unicornios y en las bocas abiertas de las gárgolas que estaban posadas sobre los bordes de los claustros. Me di cuenta de que todo el museo —aunque quizá lo había sabido desde siempre, lo había querido creer desde siempre— estaba luchando por despertarse.

CAPÍTULO DIECISIETE

No olvidaré nunca la forma en la que aquella mañana llegó, el modo en el que el piso de Leo estaba a oscuras debido a las nubes, cómo me mantuve a la espera del estruendo de un trueno, de que empezara a llover. En su lugar, el cielo amoratado se limitó a dejar a oscuras todo lo que tenía debajo. Leo ya se había marchado para cuando desperté, pero me había dejado una nota —*Te veré allí*—, por lo que me dirigí al metro, donde el trayecto fue caluroso y mi café, amargo. Aun así, iba pronto, pues las drogas de mi sistema habían hecho que durmiera mal y dando vueltas en la cama, y pude tomar la primera lanzadera hacia Los Claustros. Acomodé el peso de mi mochila sobre los hombros mientras estiraba una mano hacia la entrada del personal. Dentro, a pesar de que en los pasillos no había gente, sí que estaban cargados de sucesos de la noche anterior que recordaba a medias, sombras de recuerdos en los que no confiaba.

Me dirigí a la biblioteca. Los candelabros ya no estaban, ni tampoco las manchas delatoras de cera ni las cartas. En su lugar, el bolso de Rachel estaba sobre la mesa, y su contenido se habían derramado de él de forma extraña, como si hubiese dejado el bolso en un apuro. La puerta de la oficina de Patrick estaba entreabierta, y por el resquicio pude ver un pie, nada más que un pie, que se sacudía rítmicamente, como si estuviese experimentando un ligero temblor. Lo único que interrumpía el silencio eran unas respiraciones laboriosas y un sonido repetitivo, como el son de un tambor hueco.

¿Por qué no grité el nombre de Rachel? ¿Por qué no corrí de inmediato a buscar a los de seguridad? No tengo ni idea. Quizá no pude ver que las pistas —el pie, el bolso, el temblor— eran las piezas que daban forma a un grotesco accidente. Quizás en aquel momento no podía estar segura de lo que era real tras la noche que habíamos vivido, de si las drogas de verdad se habían disipado de mi sistema. En su lugar, algo me atrajo hacia la puerta de la oficina de Patrick, donde todo parecía estar en su lugar, salvo por una taza de café que se había caído y había dejado un charco oscuro sobre la moqueta.

Cerca de él yacía el cuerpo de Patrick, aún vestido con el traje que había llevado la noche anterior, inerte.

Y también estaba Rachel, llevando a cabo compresiones torácicas, insuflando aire en sus pulmones, a pesar de que estos ni se alzaban ni se desinflaban por el esfuerzo. La piel de Patrick relucía.

En aquel momento, todo me dejó: mi noción del tiempo y la acción, mi habilidad para comprender la escena que se desarrollaba frente a mí. Lo único que pude hacer fue quedarme en el umbral de la puerta y observar a Rachel, con su rostro carente de emoción que esbozaba una mueca obstinada y sus compresiones mecánicas y laboriosas, como una máquina de bombeo. Estaba tan concentrada que ni siquiera había notado mi presencia.

Cuando por fin alzó la vista en mi dirección, con ambas manos aún en el pecho de Patrick, lo único que dijo fue:

—No he tenido tiempo de llamar a una ambulancia. ¿Puedes llamar a una ambulancia? Me da miedo parar y que no…

Dejó de hablar, con el rostro bañado en sudor y carente de todo color, a pesar del esfuerzo, y miró el cadáver.

—Rachel —la llamé—. Está muerto.

Se podía oler en la oficina, aquel olor dulzón y rancio de la muerte, como uvas Concord demasiado maduras. Me las arreglé para caminar hacia el cadáver y apoyar los dedos sobre su cuello. Estaba frío. No había sangre que recorriera sus venas, ni la había habido desde hacía horas.

—He oído que mientras hagas que la sangre y el aire sigan en movimiento, hay posibilidades —dijo ella, casi para sí misma y sin devolverme la mirada.

Me arrodillé a su lado y le sostuve los antebrazos.

—Rachel, es demasiado tarde.

Finalmente, me devolvió la mirada. Sus ojos parecían blanquecinos, como si no pudiera ver. Como si todo aquel suceso hubiese sido una aparición, un hechizo del cual solo tenía que despertar. Me pregunté si ambas tendríamos la misma apariencia, si nuestras pupilas seguirían dilatadas por la belladona.

—No —dijo, apartándose y conteniendo un sollozo—. Llama a una ambulancia.

Saqué el móvil de mi mochila y llamé a Emergencias. Le informé a un operador lo que estaba viendo frente a mí, y él me preguntó varias veces si estaba segura de que Patrick estaba muerto. Le dije que sí, una y otra vez. Rachel, quien estaba escuchando la conversación, por fin dejó de hacer compresiones en el pecho de Patrick; se sentó en el suelo al lado del cadáver, con el rostro húmedo, y apoyó la barbilla sobre las rodillas, temblando como si tuviera frío. Si bien los brazos de Rachel solían parecer ágiles y fuertes, en aquel momento tenían una apariencia débil y pálida, y me pregunté de dónde habría sacado aquella reserva de energía para llevar a cabo compresiones torácicas durante tanto tiempo.

Las preguntas que podría haberle hecho en aquel momento —cuánto tiempo había pasado de ese modo, presionando sin parar el pecho de un cadáver; qué había sucedido; cómo lo había encontrado— parecían imposibles de articular. Lo único que pude hacer fue acompañarla en el suelo, donde nos rodeamos con los brazos, con las rodillas apretadas contra las de la otra, con la esperanza de que nadie llegara en mucho tiempo y nos encontrara, al menos hasta que pudiéramos hacernos una idea de lo que sería un mundo que no tuviese a Patrick en él.

No sabíamos cuánto tiempo tardaría en llegar la policía o incluso los demás miembros del personal, pero nos quedamos allí sentadas durante lo que parecieron horas, si bien solo pudieron haber sido unos minutos, mientras observábamos el cuerpo inerte de Patrick, hasta que al final Rachel se puso de pie y se dirigió a la parte delantera del escritorio. La vi abrir cajones y levantar papeles y libretas.

—Rachel, ¿qué...? —Dejé de hablar. Había algo en su expresión, decidida y obcecada, que hizo que no siguiera hablando. En su lugar, me puse de pie, y el movimiento repentino hizo que me mareara. Aquella escena tan surrealista, el cadáver en el suelo, la velocidad con la que Rachel buscaba en los cajones, me hizo darme cuenta de que debía prestarle atención a la puerta de la biblioteca por si veía algún movimiento y afinar el oído para escuchar cualquier indicio de las sirenas. Cuando llegó a la mochila de Patrick, Rachel la vació sobre el suelo, y lo que había dentro se desperdigó por doquier. La libreta de contactos de Patrick se deslizó hasta chocar con su zapato bien pulido.

Rachel se puso de rodillas y revisó los objetos que habían salido de la mochila para luego volver a meterlos sin mucho cuidado tras haberlos inspeccionado, hasta que caí en la cuenta, en medio de todo el caos de aquella escena, de lo que estaba buscando. La vi al otro lado de la oficina, pues se había deslizado por el suelo, con su cinta verde ligeramente raída y desgastada. Me dirigí hacia el lugar, pero mis movimientos me parecían lentos. Tan lentos que hubo tiempo para que Moira llegara a la puerta y soltara un grito, uno largo y desgarrador. Y mientras Rachel volvía a poner la mochila de Patrick en su silla en medio de la conmoción, sus ojos se encontraron con los míos al tiempo que yo deslizaba de forma silenciosa la caja dentro de mi mochila. Todo ello conforme Moira se agachaba al lado del cadáver y empezaba a llorar, preguntando una y otra vez lo mismo que yo había estado preguntándome desde que había llegado aquella mañana: *¿Qué ha pasado?*

* * *

Un agente de policía nos tomó declaración, y el forense se llevó el cadáver. Tuvieron que sedar a Moira. Frente al museo, las luces azules de los coches de policía iluminaban la piedra gris del edificio. Y, mientras estaba de pie rodeada del personal del museo, me di cuenta de que toda la construcción había quedado sumida en un silencio extraño. Nadie sabía qué hacer. Nunca había presenciado una muerte, pues tan solo había vivido lo que había sucedido después. Y, ante ello, me vi flotar a la deriva, consciente de que no había buenas decisiones que tomar, buenos pasos que seguir, sino tan solo la devastadora certeza de que el tiempo iba a continuar transcurriendo, sin importar lo mucho que quisiera detenerlo y dar vuelta atrás. Lo único que me hacía mantener los pies en la tierra era un peso muerto dentro de mi mochila: la caja de cuero con su cinta verde.

No tuve oportunidad en aquel momento de preguntarle a Rachel cómo lo había encontrado o cómo había terminado para ella la noche anterior. Aun con todo, daba las gracias porque Rachel lo hubiera encontrado antes de que el museo abriera sus puertas, antes de que los visitantes de Los Claustros se dirigieran del vestíbulo al Tríptico de la Anunciación y luego de vuelta al vestíbulo, mientras las orejas que ya no podían oír de Patrick yacían justo detrás de la pared de piedra, sin que nadie las descubriera.

Creían que se trataba de un infarto. «Al menos fue rápido y murió en el lugar que amaba». Aquellos eran los comentarios tópicos que yo sabía que no significaban nada, y, cada vez que oía que alguien los repetía, el zumbido de mis orejas se volvía más y más fuerte.

—Tenemos que llamar a Michelle —dijo Rachel a media voz, tras ponerse a mi lado. Había estado de pie en la entrada del museo mientras observaba el ir y venir de un montón de forenses y personal de limpieza. Los mirones habían empezado a congregarse en el parque.

Sabía que Rachel tenía razón, pero también sabía que compartir las noticias hacía que aquello fuese real. Que, al perder a Patrick, también había perdido a mi benefactor, a la persona que me había llevado a Los Claustros. Rachel ya tenía el teléfono en la oreja, y me di cuenta de que, por mucho que temiera lo que

Michelle pudiera decir, también estaba desesperada por que alguien me dijera qué hacer. Solo cuando Rachel terminó la llamada entré en razón y vi que, a pesar de lo que podía parecer, éramos nosotras mismas quienes teníamos que encontrar nuestro propio camino.

—¿Qué te ha dicho?

—Que me llamará en un rato para darme instrucciones, pero que deberíamos cerrar el museo a los visitantes y que el personal debería volver a casa.

—¿Crees que me va a echar? —Finalmente reuní el valor para preguntarlo.

Rachel entornó los ojos, confundida.

—¿Por qué te iba a echar?

—Porque ahora que no está Patrick...

—Ahora que Patrick no está... —Las palabras murieron en sus labios, y pude notar el cansancio de Rachel, todo el esfuerzo que le tomaba tan solo hablar. Era una sensación que me habría gustado no recordar, pero lo hacía. Rachel lo intentó de nuevo—. Ahora que Patrick no está hay mucho más que hacer. No te pasará nada, Ann. No nos pasará nada a ninguna de las dos. —Entonces hizo una pausa, me sujetó del brazo con tanta fuerza que noté cómo las medialunas de sus uñas se clavaban en mi piel y me dijo en un susurro muy tenso—: Y ahora... ahora algunas cosas serán más fáciles.

En aquel momento deseé que estuviéramos solo las dos. No obstante, a nuestro alrededor había más miembros del personal en la entrada, con sus rostros iluminados por momentos por las luces azules rotatorias de los coches de policía. Todo ello era una intrusión súbita y no bienvenida: el mundo contemporáneo que irrumpía en la paz de Los Claustros.

⋆ ⋆ ⋆

En el trayecto de vuelta a casa ninguna de las dos habló, pero la caja de cuero que tenía en mi mochila me pareció mucho más pesada que antes. Me moría de ganas de darme una ducha, pues, al haber ido al museo directamente desde el piso de Leo, el sudor de la noche anterior seguía pegado a mi cuerpo, salado e incómodo. No recordaba haber visto a Leo después de que me había sacado de la biblioteca. A pesar de que me había llevado a su piso, no recordaba nada de la noche anterior, más allá del trozo de pastel y las luces fuertes de la cocina. Y Leo… ¿dónde estaba? No lo había visto llegar al museo aquella mañana.

Una vez que llegamos al piso de Rachel, dejé mi mochila sobre la mesa y me dirigí al baño tanto para darme una ducha como para pensar. Necesitaba el agua caliente para poder refregarme del cuerpo la escena de aquella mañana. No obstante, cuando salí me di cuenta de que se me había quedado grabada más a fondo, no solo en mi piel, sino en mis huesos, y no era tan fácil librarse de ella.

Para cuando volví al salón, con el pelo mojado que me caía sobre los hombros, Rachel ya le había quitado la cubierta a cada una de las cartas y las había dejado sobre la mesa al lado de sus originales. Bajo las cartas de los arcanos mayores había cartas de iconografía compleja que representaban tanto deidades romanas como signos y símbolos astrológicos. Ya podía ver patrones que emergían desde los naipes, una red complicada de simbolismo que parecía conectar cada carta con su correspondiente constelación. Sobre Venus y la carta de los enamorados, Tauro pendía del cielo; la carta del hierofante mostraba la constelación de Sagitario con Júpiter, el planeta regente de Sagitario, en el fondo. Tan pronto como determinaba alguna conexión, otra surgía. Las conté en silencio; había setenta y siete cartas. La baraja estaba completa salvo por una carta: faltaba el diablo. Supuse que tendría la imagen de Hades con el signo de Escorpio. A fin de cuentas, Plutón era el nombre romano para Hades y también el planeta regente de aquel signo.

Sin embargo, por mucho que me atrajeran las cartas, por mucho que estuviera desesperada por sostenerlas entre mis manos y desplegarlas en un patrón para ver qué podían decirme, necesitaba saber lo que había pasado la noche anterior, aquella mañana, a mí, a Rachel, a Leo, a Patrick, a todos nosotros. Al mundo de Los Claustros.

—¿Puedes creerlo? —dijo Rachel, mirando las cartas—. ¿Las has visto?

—Rachel… ¿Qué pasó anoche?

—Primero ven y míralas.

Me dirigí al borde de la mesa y admiré las delicadas espirales de pintura y las facciones etéreas de las figuras que había en las cartas. En las esquinas de cada carta vi la forma distintiva de un águila con una corona dorada: el imprimátur de la familia De Este. La misma águila que aparecía en los documentos antiguos que habíamos visto en el Morgan y una vez más en los papeles de Lingraf. Y, por mucho que quisiera hablar de lo que había pasado la noche anterior, no podía apartar la vista de lo que tenía ante mis ojos sobre la mesa. Sabía que no existía nada que fuese más poderoso que la curiosidad. Siempre la había considerado algo más potente que la lujuria. ¿Acaso no había sido esa la razón por la que Adán había mordido la manzana? Porque había tenido curiosidad. Porque había necesitado saber. Por propósitos de investigación. Tomé la carta del mundo, la cual mostraba la extensión de los cielos con Saturno en el centro, con la boca abierta y un niño en la palma de su mano.

—Son increíbles.

—¿Te imaginas lo que seremos capaces de hacer con ellas?

—¿Qué pasó anoche, Rachel? —volví a preguntar, cruzándome de brazos.

Rachel seguía observando las cartas con una mirada encandilada y le llevó un minuto volver a poner los pies sobre la tierra.

—No sé —dijo—. Me he despertado y estaba aquí. No recuerdo mucho después de la segunda tirada. Es como si en mi memoria hubiese una laguna enorme. Prácticamente no recuerdo nada desde la medianoche hasta las seis de la mañana.

Era el mismo lapso que yo tampoco conseguía recordar.

—¿Y cuando te fuiste?

—Cuando me fui, Patrick estaba bien. Tú y Leo estabais bien.

—Leo y yo… ¿seguíamos ahí?

Rachel sacudió la cabeza y sacó una de las sillas para sentarse.

—¿Creo que sí? La verdad es que no estoy segura. Lo único que sé es que, en mi último recuerdo de Patrick, él estaba vivo. Y que me he despertado aquí esta mañana. Y que tú no estabas.

Rachel dejó aquel comentario en el aire. No era una acusación en sí, sino un modo de restarle importancia a su participación al traer a cuento la mía. Un reconocimiento, de nuevo, de que lo que fuera que hubiese pasado era algo que habíamos compartido, que ambas habíamos participado en ello juntas y a sabiendas.

—Me he despertado en el piso de Leo.

—¿Y qué es lo que recuerdas?

—Prácticamente lo mismo que tú. La lectura y que luego me entraron náuseas y que Leo intentó darme algo de comer. Lo que nos dio fue muchísimo más intenso de lo que pensé que sería. Aunque Leo no parecía demasiado afectado.

—Tolerancia —explicó Rachel, antes de añadir—: Ha desarrollado tolerancia.

No había pensado en que a lo mejor Leo habría tomado aquellas drogas antes, tal vez incluso más de una vez, pero tenía sentido.

—¿Crees que ha sido una sobredosis? —le pregunté a Rachel, sin saber si podría recordar lo que les había pasado a las tazas que habíamos usado o incluso lo que habíamos hecho con los sobrecitos de plástico.

—¿O una reacción adversa?

—Pero todos tomamos la misma dosis de la misma mezcla.

—Puede que haya sido mala suerte y nada más.

No contesté. Si bien no tenía cómo articular la oscuridad que había sentido aquella noche, estaba segura de que había sido algo más que simple mala suerte.

224

* * *

Quise que los días tras la muerte de Patrick fuesen diferentes, pero Los Claustros abrió cada día a las 10 a.m. salvo el miércoles, y los visitantes que se paseaban por las galerías seguro no habrían leído el breve artículo que publicó *The New York Times*, en el cual se conmemoraba la prematura muerte de un conocido curador de arte medieval. Nadie más usó la biblioteca durante aquellos espléndidos días de verano, pues preferían el brillo del sol sobre su piel, la humedad de la hierba bajo sus muslos. Solo Rachel y yo permanecimos en nuestras sillas de cuero verde, ante aquellas grandes mesas de roble y rodeadas de tomos de arte y arquitectura.

—Solo seguid haciendo lo que habéis estado haciendo —nos dijo Michelle de Forte cuando hizo una visita a Los Claustros a la semana siguiente—. Es posible que el nuevo curador quiera continuar con la investigación de Patrick y ya. Ambas tenéis que seguir como si ese fuera el caso.

—¿Cuándo encontrarás a alguien para que asuma el puesto? —preguntó Rachel.

Estábamos en la biblioteca, rodeadas de libros, algunos de los cuales Rachel había abierto, y uno de ellos mostraba un manuscrito medieval que ilustraba los signos del zodiaco y las funciones corporales con las que se relacionaba cada uno: Libra con el intestino delgado, Escorpio con los genitales.

Michelle nos miró y luego a la puerta de la oficina de Patrick.

—Hacemos lo que podemos —explicó—, pero no queremos apresurarnos en contratar a alguien y que sea un error. Hasta entonces... —Se encogió de hombros y se dirigió al exterior, de vuelta a los soleados jardines.

Aquello fue todo lo que nos dijo. Hasta que el teléfono de Rachel sonó al día siguiente.

—*Es belladona, el forense está seguro* —nos contó Michelle.

Su voz sonaba frágil, invadida por una presión que era incapaz de soltar, salvo, quizá, de manera explosiva, lo cual seguramente estaría tratando de evitar. Estábamos sentadas en el borde del jardín, con el teléfono en medio de las dos y el volumen tan bajo como era posible.

—*Cuando terminaron la autopsia* —continuó Michelle—, *la encontraron en sus tejidos y en su sangre. Había mucha. Una cantidad considerable de veneno.*

—¿Suicidio? —aventuró Rachel.

—*Claro que no* —repuso Michelle—. *¿Cómo se te ocurre?*

Porque, pensé para mí misma, Rachel y yo sabíamos que la alternativa era muchísimo peor. Estudié el perfil de Rachel y busqué un atisbo de lo que fuera —sorpresa, culpa—, pero ella solo parecía anonadada.

—¿Qué podemos hacer? —pregunté, para romper el silencio.

—*Pues… hay una investigación en curso. La policía se pondrá en contacto con vosotras. Ya me han contactado a mí y están empezando a contactar al personal de Los Claustros.*

—¿Podría haber sido un accidente? —preguntó Rachel. Fue en aquella pregunta donde noté un temblor en su voz que delataba su devastación. Otra pérdida violenta que iba a tener que procesar. Que ambas íbamos a tener que procesar.

—*Lo están tratando como un asesinato.* —Michelle hizo una pausa antes de añadir—: *A estas alturas estamos recomendando a cada miembro del personal que colabore con la investigación policial, pero, si vosotras queréis contar con un abogado presente, es decisión vuestra.*

* * *

Dos días después, los detectives de la comisaría treinta y cuatro en Inwood quisieron hablar con nosotras por separado, y yo aún no sabía nada de Leo.

Una de ellos, la detective Murphy, se reunió con nosotras en la zona de recepción de la comisaría y le dijo a Rachel:

—Enviaremos una patrulla a Los Claustros cuando hayamos terminado de hablar con Ann para que pase a buscarte.

Rachel asintió y me dedicó una última mirada antes de dirigirse al museo y dejarme sola bajo las luces amarillas y parpadeantes de la comisaría.

Había imaginado que la entrevista se llevaría a cabo en una sala vacía con una mesa de metal y sillas incómodas, quizá con un espejo unidireccional. No obstante, me condujeron hasta la oficina de la detective Murphy, un espacio bastante acogedor que me recordó a las oficinas de los profesores, lleno de pilas de papeles y fotos familiares algo descoloridas en marcos ligeramente deslustrados. Ella me señaló al sillón de cuero que había en una esquina y se sentó tras su escritorio, mirándome. También había otro detective en la oficina, uno que no me habían presentado aún. Este se apoyó contra un archivador y de tanto en tanto miraba el reloj que colgaba sobre la puerta de la oficina de la detective Murphy.

—Imagino que estarás muy afectada por lo que le ha sucedido a Patrick —empezó la detective—. Estamos entrevistando a todos los que estaban en el museo aquel día, es el procedimiento estándar.

Me pregunté por un segundo si la detective habría estado antes de todo ello en Los Claustros, si, durante su hora de la comida le gustaba pasearse por las galerías y pensar en los cuerpos momificados enterrados en nuestros sarcófagos.

—Empecemos con lo básico. Viste a Patrick el día de su muerte, ¿verdad?

—Sí —contesté.

—¿Y cómo lo viste aquel día? ¿Qué impresión te dio?

—Parecía normal. Un poco estresado. Ha sido una época bastante ocupada para él. Para todos.

—Vale. Estresado. ¿Te pareció enfadado o incómodo?

—No que yo me diera cuenta, no.

—¿Has visto a alguien extraño por Los Claustros estos últimos días? ¿Alguien a quien no conozcas?

—Sería complicado que alguien esté en el área de personal del museo y no se le detecte —comenté—. Y la biblioteca apenas se ha usado este verano. Todos los que entran dejan sus datos, así que podéis contactarlos. En cuanto a visitantes en sí... —me encogí de hombros—, vemos miles cada día.

—¿Y qué sabes de alguna relación? —La detective verificó sus notas—. ¿Sabes si tenía novia? ¿O novio?

La imagen de Patrick sujetando la muñeca de Rachel me pasó brevemente por la cabeza, junto con sus siluetas a contraluz en la puerta de su casa y la forma en la que Margaret había hablado del tiempo que habían pasado juntos en Long Lake.

—No que yo sepa —mentí.

—Lo que estamos tratando de determinar es un móvil —dijo el otro detective—. Por el momento, no tenemos ni idea por qué alguien querría asesinar a Patrick.

—No lo sé —dije—. De verdad no se me ocurre. Todos lo queríamos, el personal de Los Claustros, el personal del Met. Era muy respetado. A veces las cosas pasan sin razón, sin motivo. A veces es mala suerte y nada más.

—Lo normal es que los envenenamientos no se produzcan por mala suerte —acotó la detective Murphy.

—En Los Claustros, los envenenamientos accidentales son algo que nos preocupa a todos —repuse. No sabía si era cierto, pero parecía completamente plausible dado el número de niños que visitaban el museo y la cantidad de plantas venenosas que cultivábamos.

—Entonces, ¿no se te ocurre alguien que pudiera haber tenido algún motivo para envenenar a Patrick? ¿Alguien a quien le cayera mal? ¿Alguien con quien hubiera discutido en el trabajo?

—Nadie.

—Cuando trajimos a Leo Bitburg para interrogarlo —empezó a decir el otro detective—, nos contó que Rachel y Patrick habían tenido una relación. ¿Alguna vez viste algo que indicara que eso podría ser cierto?

Traté de sonar lo más despreocupada que pude, al tiempo que me esforzaba por disfrazar mi preocupación porque Leo ya hubiese acudido a la comisaría a prestar declaración y que no se hubiese molestado en hablar conmigo.

—He empezado a trabajar allí este mismo verano, así que no lo sé.

—Leo Bitburg dijo, y cito textualmente: «Rachel y Patrick llevan saliendo más o menos un año. Todos lo sabíamos en el museo. Pasaban el día juntos». Pero ¿tú nunca viste nada?

—Soy bastante nueva —repuse.

—¿Consideras a Rachel una amiga cercana? —me preguntó la detective Murphy.

—Sí. Eso creo —contesté.

—¿Y nunca te habló de que estuviera con Patrick?

—No.

—Vale. —La detective Murphy siguió tomando notas—. ¿Y qué hay de ti? ¿Tuviste alguna relación con Patrick fuera del museo?

Pensé en el día en el que fuimos a la tienda de antigüedades de Ketch, del modo en que se había plantado y había mirado sobre mi hombro, justo como mi padre había hecho cuando revisaba mi trabajo. Pero negué con la cabeza y dije:

—No.

—¿Y qué sabes de la belladona? —añadió la detective.

—Que es venenosa. Que crece en Los Claustros desde su apertura en 1930.

—¿Sabías que la raíz es la parte más venenosa de la planta?

—No.

—Por el momento —empezó a decir la detective, mientras daba golpecitos al escritorio frente a ella con su lápiz—, creemos que a Patrick le dieron una potente dosis de raíz de belladona, probablemente molida en polvo. Algo que se podría haber añadido con facilidad en la comida o en la bebida. El sabor es casi imperceptible, por lo que habría sido fácil que Patrick no lo notara. ¿Alguna vez has visto que alguien le llevara comida? ¿Has visto a alguien en la cocina con actitud sospechosa?

Me pregunté si habría pasado en la cocina, o si Patrick habría ido a buscar más de la mezcla que todos habíamos tomado. Si, mientras Leo estaba ocupado cuidando de mí, él habría ido a servírsela por sí mismo. Aunque no hubiéramos hablado al respecto, todos nosotros —Rachel, Leo y yo— sabíamos que no podíamos compartir lo que había sucedido aquella noche con la policía.

Por ende, lo que dije fue:

—Es una cocina compartida. La usamos todos. Como en cualquier oficina, la gente siempre está confundiéndose con las cosas: se comen el almuerzo de otro, se beben su café. —Me volvió a la mente el trozo de pastel que Leo me había hecho comer aquella noche y me pregunté de quién habría sido.

—¿Quieres decir que quizá la víctima podría haber sido otra persona?

Pensé en lo fácil que era que las cosas se salieran de control, que se cometieran errores, que pasaran accidentes. El hecho de que me despidieran, la muerte de mi padre… la forma en la que todos vivíamos, siempre en el borde de un precipicio y tan a merced del destino que nos hacía ir de un lado a otro, del éxito al fracaso, de la vida a la muerte. Aquellos eran los caprichos que los antiguos romanos habían intentado racionalizar con su filosofía y sus dioses, aunque muy en el fondo habían sabido la verdad: el destino era tan brutal como fortuito.

—Solo estoy diciendo qué clase de cocina tenemos —aclaré.

—¿Y tú? —preguntó el otro detective—. ¿Estás involucrada en alguna relación personal con alguien del museo?

—En alguna relación íntima —especificó la detective Murphy.

—¿Eso qué tiene que ver con la investigación?

—Lo único que queremos es hacernos una idea adecuada de cómo es el ambiente laboral —repuso el detective.

—Pues… Rachel y yo somos amigas. Y he estado saliendo con Leo, pero no lo describiría como una relación formal.

Ambos tomaron nota.

—¿Y qué hay de Rachel? ¿Qué opinas de ella… —la detective hizo un ademán con la mano— en general?

—En general, creo que es una persona bastante agradable y profesional. No creo que sea capaz de hacer algo así, la verdad.

—¿Y estás segura de eso? Dado que eres nueva, claro, ¿crees que la conoces lo suficiente como para afirmar algo así?

—La conozco tan bien como a cualquier otra persona —dije. No me pareció necesario compartir con ellos que estábamos viviendo juntas y que pasábamos todo nuestro tiempo libre en la compañía de la otra. Quería alejarme tanto como fuera posible de lo que había sucedido, pues el instinto de supervivencia era algo que me venía de forma natural.

—Vale —dijo la detective Murphy antes de ponerse de pie y hacerme un gesto hacia la puerta—. Puede que tengamos más preguntas en el futuro. ¿Podrías decirle a Rachel que nos avise cuando esté lista para que una patrulla pase a buscarla cuando llegues al museo?

Se ofrecieron a llevarme en coche, pero me apetecía ir andando. Seguí los caminos serpenteantes de hormigón en dirección al museo, más allá de grupos de personas despatarradas sobre mantas de pícnic y chicas tumbadas con las rodillas cruzadas leyendo. Un paisaje urbano. Y, en aquel momento, ansié encontrarme entre ellos, con una sandalia bamboleándose desde uno de los dedos de mi pie y la mente en alguna otra parte. Preocupada por si las hormigas se habían colado en los sándwiches que había comprado en la tienda de la calle 24 oeste, en lugar de estar preocupándome por la muerte de Patrick, sobre mi posible participación en ella. Quizá sí se había tratado de un accidente; quizá sí se había equivocado con la dosis una vez que Leo se había marchado; quizás el forense había pasado algo por alto al centrarse en comprobar la teoría del veneno.

Tenía claro por qué había decidido no contarle todo lo que sabía a la detective Murphy. Era porque lo que Rachel y yo habíamos descubierto era tan poco común que valía la pena arriesgarse, valía la pena tomar las decisiones que habíamos tomado. ¿No era aquello lo que la ciudad enseñaba? Que le correspondía a cada uno subir hasta la cima, buscarse la vida, arriesgarse. Cuando llegué a Nueva York, había estado ansiosa por olvidar quien era, por convertirme en alguien nuevo, en el tipo de persona que creía en el tarot. Alguien que se sintiera feliz al ser atraída hacia el mundo insólito y oscuro de Los Claustros. Hacia un mundo en el que era posible salirte con la tuya. Y Rachel me había ayudado a convertirme en aquella persona.

Una vez que arribé al museo, subí por el camino de atrás, entré por la puerta metálica y noté el hierro frío en las puntas de mis dedos antes de soltarla y dejar que se cerrara a mis espaldas. Encontré a Rachel sentada a nuestra mesa en la biblioteca, con la cabeza inclinada sobre el libro que había escogido.

Me senté frente a ella. Tenía las mejillas sonrojadas por la caminata cuesta arriba, y el cuerpo tenso por la emoción de la entrevista. Nuestras miradas se cruzaron sobre pilas de libros y montones de notas.

Lo único que dije fue:

—No les he dicho nada.

—Sabía que no lo harías —dijo ella.

CAPÍTULO DIECIOCHO

El funeral de Patrick se llevó a cabo una tarde nublada de sábado, una hora después de que Los Claustros hubiese cerrado sus puertas a los visitantes. No sabía quién lo había organizado, pero todos estaban presentes: no solo el personal, sino el curador del Morgan, el personal de la Colección Frick, profesores de Columbia, Yale, Princeton y la Universidad de Pensilvania. Había mesas con sofisticados embutidos y copas de champán, además de sillas extra que habían sido colocadas bajo la sombra de los membrilleros. Oí que Moira decía que habían planeado el funeral antes de enterarse de que la muerte de Patrick había sido un asesinato, información que solo se había compartido con unos cuantos, pues un administrador del Met había logrado esconderla de la prensa. Al menos por el momento.

Los invitados pasearon por los jardines o se llevaron sus copas de champán hacia las galerías para escapar del sol de media tarde que finalmente había decidido hacer acto de presencia. Me llevé una sorpresa al ver que no había personal de seguridad, nadie que les recordara a los invitados que no debían derramar champán sobre las pinturas al fresco o los retablos ni dejar *hors d'oeuvres* sobre los alféizares. Más tarde, mientras recorría las galerías, recogí servilletas de papel con trozos de embutidos a medio comer y los llevé a la papelera que había en la cocina del personal.

Rachel iba de negro. Llevaba un vestido recto con una larga cadena de oro que acababa en un colgante esmaltado, pintado de color verde y rojo. Me había prestado un vestido recatado y apropiado para la ocasión, pero me quedó claro por las vestimentas de otros invitados que podría haber escogido algo más expresivo. Por todos lados había distintos colores y texturas.

Nos habíamos cambiado en la oficina de Patrick. Nos habíamos quitado la ropa que habíamos usado para trabajar y nos habíamos puesto nuestros vestidos juntas, como si se tratara de unos vestidores del instituto y no del lugar en el que el cadáver de Patrick había estado tendido hacía casi dos semanas.

—No quiero hacer esto —dijo Rachel, mientras se daba la vuelta para que yo le subiera la cremallera del vestido.

—Ni tú ni nadie.

—Aún espero encontrármelo allí fuera.

—Lo sé.

—Lo digo en serio. Es como si no se hubiera ido, como si solo su cuerpo no estuviera.

Me apretó la mano con fuerza antes de que apretujáramos la ropa en las mochilas y saliéramos hacia el sol del verano que se iba ocultando. Al tener que hacer frente al funeral de Patrick, me di cuenta de que Los Claustros, y quizás incluso Rachel, me habían dado algo: la oportunidad de empezar de cero, lejos de Walla Walla, lejos del recuerdo del funeral de mi propio padre, de la falta de estabilidad que había tenido que soportar el último año. Y, en ello, encontré algo de consuelo.

Vi a Leo bajo uno de los arquitrabes del fondo del Claustro Bonnefont, con la mitad superior de su cuerpo en las sombras y la inferior al sol. Llevaba sus tejanos con manchas recientes de hierba y tenía el rostro oculto. No se había molestado en cambiarse para la ocasión. Quería acercarme a él y quedarme a su lado, en la periferia del funeral, pero, cuando di un paso en su dirección, Rachel me sujetó del brazo, mientras con el otro se cubría los ojos del sol.

—No me dejes —me susurró.

Y fue así como Rachel y yo nos quedamos de pie, hombro con hombro, al lado de la floreciente milenrama, mientras escuchábamos a Michelle de Forte dar un discurso, y luego al curador del Morgan. Aruna contó historias sobre Patrick, con la mirada clavada en nosotras prácticamente todo el rato. Cuando el último orador terminó de hablar, un cuarteto de cuerda que se había acomodado bajo la galería empezó a tocar, y por primera vez me di cuenta de la maravillosa acústica que tenía Los Claustros, incluso en el exterior.

Antes del funeral, Michelle nos había dicho que íbamos a contar con un reemplazo para Patrick a finales de agosto, para lo cual solo quedaba una semana, y, mientras observaba a las figuras que se movían por los caminos del jardín, me pregunté cuál de ellos estaría planeando dónde llevar a cabo su primera cena de productos ecológicos para los administradores del museo; cómo mejorar la señalización de las galerías; cuándo empezar a proponer sus propias exposiciones, tras ver, por supuesto, si los préstamos que Patrick había pedido podían deshacerse y que nuestra investigación sirviera a otros propósitos. Estaba segura de que el papel del curador de Los Claustros era algo que les interesaba a muchos.

Aruna se nos acercó con una copa de champán en la mano.

—«Todas las cosas suceden por un orden establecido por Dios» —dijo.

—Boecio —añadí—. A Patrick le habría parecido adecuado.

—«Mi destino da vueltas sobre una rueda cambiante, como el rostro pálido de la luna que no puede evitar desaparecer». Headlam —dijo Rachel, a modo de respuesta.

—Creo que el destino de Patrick ya no está sobre la rueda, Rachel. Se ha caído de ella.

—Pero el nuestro aún gira —contestó Rachel, mirando más allá de Aruna, hacia donde un grupo de curadores se había reunido sobre un campo de hierbas que incluía beleño negro y mandrágora.

—A todos nos obsesiona nuestro destino —comentó Aruna, distraída—. Pues es lo único que no somos capaces de controlar. Lo único ante lo que estamos ciegos. ¿No estás de acuerdo, Rachel?

Le eché un vistazo a Rachel, quien había devuelto su atención a Aruna.

—Hay modos de ver más allá —comenté.

Aruna alzó una ceja.

—¿Crees que hay modos de ver cómo va a girar la rueda de la fortuna, Rachel? —Aruna hizo girar la oliva que danzaba en el fondo de su copa y ladeó la cabeza—. Quizá ya hayas encontrado alguno.

—No sé a qué te refieres, Aruna.

—Deberías tener cuidado con las cosas en las que depositas tu fe —añadió Aruna—. Los humanos tenemos una tendencia a dejarnos seducir muy rápido por la promesa del conocimiento. —No esperó a que pudiera responder, sino que alzó una mano a modo de saludo y añadió—: Lo siento, debo ir a saludar a alguien. —Abandonó nuestro círculo y se marchó.

—Se esfuerza mucho en ser un enigma —dijo Rachel.

Solo que, por primera vez, me di cuenta de que Aruna no era ningún enigma, sino que era un oráculo. Al fin y al cabo, ¿acaso los oráculos no eran mujeres que resguardaban templos de conocimiento?

Negué con la cabeza.

—Sabemos mejor que nadie lo fácil que es dejarse seducir por los misterios del pasado.

—No te dejes seducir, Ann. A veces es mejor no saber lo que nos depara el futuro.

Pensé en cómo Rachel había sobrevivido, en la muerte de sus padres, en la de Patrick. No era muy difícil comprender por qué no querría saber lo que nos deparaba el futuro, por qué le era más sencillo creer que Patrick seguía entre nosotros, entre las flores, de algún modo. Caminamos hasta el fondo del jardín y nos sentamos en el bajo muro de piedra que lo encerraba, desde donde observamos a la gente, grupos que se formaban y se dispersaban, la división celular social.

Nuestras copas de champán se habían calentado. Tenía la impresión de que era una prima lejana en una boda familiar, la cual podía pasar inadvertida, pero que de algún modo seguía siendo necesaria para el evento. Tras unos minutos más en los que los últimos rayos de sol de la tarde nos calentaron la piel, Rachel dijo:

—Me alegro muchísimo de que acabaras aquí este verano.

—Y yo.

—De todo esto, al menos nos quedará eso.

El sol de agosto ya se estaba poniendo un poco más temprano, y algunos días ya se podía notar un frescor en el viento. Todo lo que había a nuestro alrededor se estaba volviendo más frío, y tal vez yo también.

—Si quieres, puedes venir conmigo a Cambridge. Podrías conseguir trabajo en el Fogg —me dijo.

No habíamos hablado de lo que pasaría cuando agosto llegara a su fin, aunque había un mensaje en mi bandeja de entrada del restaurante en el que solía trabajar que me preguntaba si pensaba volver en septiembre. Tan solo ver el nombre del restaurante había hecho que el pecho me doliera, como si el pánico me hubiese apretado los pulmones.

—Puede ser —dije, antes de beber un sorbo de mi champán—. Creo que me gustaría quedarme en Nueva York.

Rachel asintió.

—Siempre puedes preguntarle a Aruna si sabe de algún puesto disponible en la Beinecke.

Teníamos pensado escribir un artículo que desvelara nuestro descubrimiento de las cartas y una traducción completa de los documentos que Lingraf había transcrito. Un artículo que iba a revelar los orígenes reales del tarot en el ocultismo, el interés del Renacimiento por analizar el destino, por conocer el futuro. Una vez publicado, no cabía duda de que ambas podríamos elegir a dónde queríamos ir. Una recompensa por todos los riesgos que habíamos asumido durante aquel verano.

Rachel hizo un gesto en dirección al curador del Morgan.

—Lo mejor será que me acerque a saludar. ¿Quieres que te lo presente?

—No, estoy bien aquí.

No había mucho más que hacer que esperar a que el funeral llegara a su fin. Me levanté del muro de piedra y me dirigí a las galerías con la esperanza de poder distraerme con los cuadros y las esculturas. Una vez dentro, agradecí el silencio y, al estar frente a mi obra de arte favorita de la colección —una pintura al fresco de un león—, me senté en un banco y reseguí con la mirada las curvas de su cola. Leo y yo no habíamos tenido oportunidad de hablar desde la noche de la lectura, y los pocos mensajes de texto que habíamos intercambiado me habían dejado con más preguntas que respuestas. Pero no había sido porque no lo hubiera intentado, sino porque Rachel me había necesitado más que nunca tras la muerte de Patrick.

—¿Te has escapado? —Era Leo.

—Me estoy tomando un descanso —le contesté, mirándolo.

—¿No estás de humor como para aprovecharte de un asesinato para conseguir tu siguiente empleo? Bien por ti.

—Eso es muy injusto.

—¿Eso crees? ¿No has visto lo que está pasando en los jardines?

—¿Qué otra cosa se supone que tenemos que hacer? —pregunté—. Teníamos que reunirnos y afrontarlo juntos.

Leo se movió hacia la ventana de la galería, un arco gótico angosto hecho de grueso vidrio flotado. Al solo quedar iluminado desde atrás, parecía una silueta oscura, con sus rasgos ocultos por las sombras.

—Y eso lo hacemos poniéndonos nuestras mejores galas y dándonos palmaditas en la espalda, todo ello a unos pasos de donde un hombre fue asesinado.

—Leo...

—¿Qué ganas con su muerte, Ann? ¿Te has puesto a pensar en eso?

Sí que lo había hecho, a pesar de que no podía soportar las respuestas.

—Podría hacerte la misma pregunta —contesté a media voz.

—Sabes por qué lo hice —dijo él, apoyándose una mano de uñas negras por la tierra sobre la nuca—. Patrick me lo pidió. —Su voz sonaba débil. Tenía un aspecto cansado, y su piel bronceada parecía tensa sobre sus pómulos—. Ann, confía en ti misma. Estás aquí y no allí fuera por una razón.

Solo que mi intuición no funcionaba como la de Leo —rápida y astuta, tan parte de él como su propia piel—, sino que me costaba más acceder a ella. Había empezado a depender de las cartas para que me guiaran, para afilar mi intuición. Pero Leo siempre se las ingeniaba para quedarse a un lado, no porque tuviese miedo o se estuviese apartando, sino porque le gustaba evaluar las cosas, evaluar a las personas. Era calculador.

—Todos lamentamos la muerte de alguien de forma distinta.

—No la excuses.

—Me estoy excusando a mí misma —le dije, y lo decía en serio.

—Bueno, pero no lo hagas por Rachel. No lo merece.

—Es mi amiga.

Leo se echó a reír.

—¿No te has dado cuenta ya de que Rachel no tiene amigos? Solo admiradores. Has ido a fiestas llenas de gente a las que yo considero amigos, pero ¿has conocido a algún amigo de Rachel en algún momento?

Tenía la mirada fija en él, enfadada porque tuviese razón al menos en parte. Porque el mundo en el que me había encerrado de forma muy cuidadosa estuviera empezando a resquebrajarse.

—No lo has hecho, ¿a que no? Ahora que lo piensas… ¿a quién te ha presentado ella? A nadie, ¿verdad?

—¿Y eso qué tiene que ver?

—Porque alguien lo hizo —dijo, estirando los brazos hacia ambos lados—. Alguien que está aquí lo mató. Alguien que está paseándose por el museo en este mismo momento. Tú, yo, Rachel, Moira. Y te niegas a reconocerlo.

Era una realidad que no estaba lista para afrontar, porque, si lo hacía, solo iba a significar una cosa: más pérdida. Por ende, lo había racionalizado. Lo había compartimentado. No había visto la muerte de Patrick, al menos hasta aquel momento, como un asesinato. Incluso tras el interrogatorio y las pruebas, había seguido creyendo que había otra alternativa, que a Patrick le había esperado un destino distinto. Me levanté del banco y me acerqué hacia donde estaba Leo.

—Tengo que poder superar esto —le dije en voz baja—. No puedo renunciar, no ahora.

Leo estiró una mano para tocar un mechón de mi cabello, y su áspero nudillo me rozó el cuello mientras lo hacía. Alcé la vista hacia él, deseando que se inclinara hacia mí y me besara. Quería que me consolara, quería encontrar algo que fuese estable en un mundo que parecía no dejar de cambiar a mi alrededor. Porque él tenía razón: era un mundo que yo era incapaz de ver por completo, por mucho que quisiera.

—Ann —me dijo—, espero que seas lo suficientemente lista para sobrevivir a esto.

Detrás de nosotros, la puerta de la galería crujió al abrirse, y pude oír sus zapatos antes que su voz.

—Deberíamos irnos —me llamó Rachel—. ¿Ann?

—Ann y yo estábamos pensando en ir a cenar. ¿Verdad?

Asentí, con el rostro aún alzado en dirección a Leo y dándole la espalda a Rachel. El silencio era tenso y probé las palabras en la boca hasta que me sentí segura de pronunciarlas.

—Creo que voy a pasar la noche con Leo —dije, sin apartar la vista de él.

—¿Cómo?

Me giré para observar a Rachel. Parecía frágil y cansada. Me di cuenta de que su vestido parecía colgar de forma incómoda de las partes más huesudas de su cuerpo: sus hombros, su clavícula, los huesos de su cadera que se notaban por debajo del vestido. Aquel también había sido mi aspecto cuando había estado de duelo. No me había percatado de cuándo Rachel había empezado a perder peso, pero en aquel momento lo vi, al observar su silueta encajada entre las estatuas de madera de Juana de Arco y santa Úrsula de Colonia.

—Voy a cenar con Leo —repetí—. Si no te importa, claro.

—Claro que no me importa. —Tenía los brazos cruzados—. Cada una toma sus propias decisiones.

Por un momento dudé de lo que estaba haciendo y dije:

—¿Quieres que vaya y…?

—No —me interrumpió ella—. No quiero.

Se giró para marcharse, pero, cuando llegó a la puerta que la iba a conducir hacia el Claustro Bonnefont y hacia el sol, justo por debajo del horizonte, se dio media vuelta y dijo:

—Ten cuidado, Ann. La parte más alta de la rueda puede dar miedo.

La puerta se cerró a sus espaldas.

—¿Qué ha querido decir con eso? —me preguntó Leo.

—Nada —contesté, aunque, mientras caminábamos por las galerías, no pude evitar echarle un último vistazo a la rueda de la fortuna y a las figuras colgadas en ella. Las palabras de Rachel se quedaron grabadas a fuego en mi mente.

CAPÍTULO DIECINUEVE

Me encontré con Laure en el centro, en una apretujada calle secundaria en la que filas de edificios residenciales de ladrillos bloqueaban la vista del sol de la mañana. La cafetería en la que habíamos quedado estaba decorada con baldosas hexagonales en blanco y negro y espejos con marcos de acabado en bronce, además de unas mesas de madera brillante acompañadas de sillas de cuero. Había platos apilados con rodajas de pan tostado y huevos fritos que servían a los clientes, y le eché un vistazo rápido a la sala mientras buscaba a Laure antes de encontrarla sentada en un taburete en la barra que daba hacia la calle, donde los coches y los peatones creaban el paisaje del día.

Tras un concierto en Red Hook, Leo me había invitado a pasar la noche en su piso, y no me había dado tiempo de lavarme el cabello. Mi ropa aún olía a tabaco, pues era la misma que me había puesto mientras estaba tras bastidores y observaba cómo los otros grupos se preparaban para salir a escena. Mientras salía a toda prisa del piso de Leo para reunirme con Laure, me había recogido el pelo en una coleta de rizos caídos, pues no había querido peinarlos. Quería recordar el modo en que Leo había envuelto el índice en ellos antes de estirarlos. Eso había sido antes de decirme que iría a su casa con él, sin ningún atisbo de pregunta en su tono.

No habíamos hablado de lo que estábamos haciendo, y en ocasiones me preguntaba si estaría llevando a otras mujeres a la misma cama que a mí en las noches en las que no lo veía. No obstante, aún era fácil apartar esos pensamientos, pues no quería a Leo todas las noches, de todos modos. Rachel no me lo habría permitido.

—Pareces… —Laure le dio un sorbo a su café— ¿desarreglada?

Le eché un vistazo al vestido que llevaba y que había pasado la noche arrugado en el suelo. El piso de Leo solo tenía un pequeño espejo sobre el lavabo del baño, pero sabía que Laure tenía razón. Me pasé una mano por la parte delantera del vestido, como si aquello fuera suficiente para hacer desaparecer las arrugas.

—Al menos te lo estás pasando bien —dijo ella.

—El jardinero de Los Claustros —le expliqué—. Estamos…

Laure asintió.

—Yo también tuve un jardinero de Los Claustros cuando me acababa de mudar a la ciudad.

Le eché un vistazo a la carta. Dudaba de que Laure me hubiese invitado a aquel lugar para hablar de mi vida amorosa o de la suya. Aunque sí que recordaba a la perfección el novio que había tenido en Whitman: un jugador de fútbol que fumaba sin parar entre clases y que siempre llevaba un ejemplar del libro *Aullido* metido en el bolsillo trasero. Me pregunté qué habría sido de su vida. No me acordaba de su nombre.

—Y bueno… —dije, tras pedir una pila de tortitas que había visto pasar hacía tan solo un minuto—. ¿Cómo van las cosas por Yale?

—Todo muy bien —repuso Laure, para llenar el silencio. Me dio un ligero empujón con el hombro—. Lamento mucho lo de Patrick —me dijo, mirándome a la cara mientras lo hacía—. Ojalá hubiese sabido que estabas ahí. Habría… —Se encogió de hombros, sin terminar la oración.

Me fastidió un poco que estuviese jugando a ser la hermana mayor cuando, durante los dos últimos años que había pasado en Walla Walla me las había arreglado por mí misma, sin saber nada de ella. Incluso le había escrito un correo electrónico para pedirle consejo cuando había recibido el rechazo de Yale, pero Laure nunca me había contestado. Me había dolido, claro; a los demás les resultaba sencillo dejarme atrás. Y en aquel momento, cuando había conseguido volver a abrirme camino con garras y dientes hasta su mundo, íbamos a desayunar en un restaurante como si nada hubiese pasado.

—Lo encontramos Rachel y yo —dije, y dejé que el comentario llenara el silencio.

—Ann…

Meneé la cabeza, para apartar a Laure y al recuerdo.

—Ahí vamos. Al menos yo. Creo que ha sido más duro para Rachel. Lo conocía desde hacía más tiempo.

—¿Y cómo te va con ella?

—¿A qué te refieres? —Puede que lo dijera con un tono algo defensivo, porque Laure alzó una mano y casi la apoyó sobre mi brazo, pero cambió de opinión y la volvió a dejar sobre su regazo.

—Me refiero… —Inspiró hondo—. ¿Ha sido una buena compañera de trabajo? ¿Te ha apoyado?

—Es más que una compañera de trabajo —le dije—. Es mi amiga. —Tras lo de la noche anterior, había atribuido su actitud en la galería al hecho de que todos (ella, Leo y yo) estábamos bajo muchísimo estrés. Una discusión, un mal momento, no era suficiente para deshacer el verano que habíamos pasado juntas.

—¿Y no has notado… —alzó la mano y la agitó un poco para enfatizar la pausa que estaba haciendo— algún comportamiento extraño?

—¿Más allá de la muerte de nuestro curador? —No quise sonar sarcástica, pero los comentarios de Laure me estaban provocando.

—Solo lo pregunto porque sucedieron cosas extrañas cuando Rachel estuvo en Yale.

Pensé en sus padres. Sabía que una pérdida de tal magnitud podía hacer cambiar la gravedad del mundo para alguien.

—Cuando estaba en mi primer año de posgrado en Yale, y Rachel en tercero de carrera, su compañera de habitación murió —me contó Laure—. Se cayó por la ventana. Vivían en la tercera planta de Branford, un edificio histórico y viejo. Todos nos quedamos sorprendidos porque muchas de las ventanas habían estado cerradas debido a la pintura durante décadas. Parecía imposible que alguien pudiera abrir la ventana, pero Rachel lo hizo. Y, justo después de las fiestas de Navidad, su compañera de habitación saltó. O se cayó. —Laure bebió un sorbo de su café y me miró—. O alguien la empujó.

—Madre mía, pobrecita Rachel.

—Resultó que habían sido compañeras de habitación desde su primer año de universidad. Aunque eran muy cercanas, el día después de su muerte, Rachel...

—Todos lamentamos la muerte de alguien de forma distinta —la interrumpí, pues quería evitar lo que sabía que iba a ser una crítica a la forma en la que Rachel se comportaba tras la muerte de alguien.

—A eso me refiero, Ann. No me pareció que estuviese lamentando la muerte de su amiga. Parecía como si la estuviera celebrando.

¿Quién es Laure para juzgarla?, pensé. Sabía que era imposible para aquellos que no habían experimentado la muerte de un ser querido comprender cómo esta transformaba tu mundo de una forma terrible y extraña. El hecho de que no se pudiera juzgar a las personas por el modo en que lamentaban la muerte de alguien era algo que Rachel y yo compartíamos.

—¿Tenía alguna coartada? —pregunté.

Laure asintió.

—Estaba en la ciudad.

—Entonces, ¿por qué sugieres que Rachel la empujó?

—Existen otros modos de empujar a alguien —repuso Laure a media voz. Estaba a punto de decirle que no había visto nunca a Rachel comportarse de ese modo cuando Laure continuó hablando—: Y no fue solo eso. Tenía la costumbre de tratar mal a otras personas. Yo misma la vi una vez gritándole a otro estudiante. Gritaba a todo pulmón, con tanta fuerza y tanto desenfreno que solo pude pescar un par de cosas, una frase que no dejaba de repetir: «No lo sabes, no lo sabes». Le pregunté a otro estudiante de posgrado, uno que llevaba más tiempo que yo en Yale, y él me dijo que Rachel tenía fama de ser algo complicada. Parece que, durante su primer año de carrera, acusó a un estudiante de posgrado de haber hecho algo para bajarle la nota solo porque no quiso acostarse con él. Pero no había ninguna prueba, tan solo lo que cada uno decía. Al final el tipo tuvo que abandonar Yale. Luego, durante la primavera, en una fiesta del Departamento, expuso a un profesor casado por estar teniendo una aventura con una de sus estudiantes. —Laure bebió otro sorbo de su café—. Todos en Yale sabemos que es muy lista, que de verdad tiene muchísimo talento, solo que... —hizo una pausa— también es muy inestable.

—Estamos compartiendo piso —le dije, tanto para descartar los miedos de Laure como para reafirmar mi propia valentía.

—Ann...

—Y hemos estado trabajando juntas desde que llegué a la ciudad.

—Rachel no trabaja con otras personas.

—Sí que...

—No. *A ti* te parece que estáis trabajando juntas, pero te puedo asegurar que Rachel lo ve de otro modo.

A pesar de que la camarera llegó con nuestra comida, el hambre que había tenido al salir del piso de Leo había desaparecido.

—Ann... —dijo Laure, con delicadeza—, ¿no te has preguntado por qué te escogió Rachel?

—¿A qué te refieres?

—Me refiero a que eres buena. Eres nueva en la ciudad y quieres complacer a la gente. Quieres ganarte tu lugar aquí. Pero no sabes con qué clase de persona estás lidiando. Ni en qué mundo vive, ni qué tipo de persona es. Rachel pasará por encima de tantas personas como sea necesario para conseguir lo que quiere.

Durante mis días más oscuros, sí que había considerado aquella idea. Laure no era la primera que me había demostrado lo fácil que era dejarme atrás, y había pensado que sería muy sencillo para Rachel abandonarme si las cosas se ponían feas. A fin de cuentas, la nueva era yo, la que no encajaba. Más de una vez me había preguntado si en algún momento iba a dejar de serlo. Aun así, también había aprendido que no era tarde para ponerme a mí misma como prioridad. Rachel y yo éramos amigas. Éramos conspiradoras y compañeras de trabajo. Sin embargo, Laure me estaba diciendo algo que yo ya sabía: necesitaba un plan de contingencia.

Me quedé mirando la cubertería y las servilletas blancas que nos acababan de traer con el desayuno.

—¿Hay rumores de que ella tuvo algo que ver con la muerte de Patrick? —le pregunté.

—No sé si hay rumores, pero yo te lo digo. Aquí y ahora. Creo que fue ella quien lo hizo. —Laure esperó un segundo antes de preguntar—: ¿Y tú?

—No —le dije. La Rachel que yo conocía no era así de problemática. Era minuciosa y organizada. Matar a Patrick frente a mí, frente a todo el museo lleno de gente, no era su estilo.

—No la conoces tanto como crees.

—¿Alguna vez has pensado que quizás eres tú quien no la conoce? —Me sorprendió oír mi propia voz alzarse, un sonido fiero desde el fondo de mi garganta.

Laure me apoyó una mano en el brazo.

—Deberías dejar Los Claustros.

—¿A qué te refieres?

—Quiero decir que trabajar con Rachel Mondray nunca ha sido algo bueno para la gente que conozco. Si fuera tú, empezaría a buscar otro empleo. Hoy mismo.

Casi me eché a reír. Era imposible. ¿Dejar las cartas, la investigación y los manuscritos que había en Los Claustros? ¿Dejar las traducciones de mi padre y los documentos de Lingraf en manos de Rachel? Mi mejor oportunidad para lo que quedaba del año sería quedarme en la ciudad. Dejar el museo en aquellos momentos solo significaría una cosa: tendría que volver a casa y abandonarlo todo, no solo mis ambiciones, sino también los propios objetos. Y no estaba dispuesta a hacer algo así. Estaba decidida a quedarme.

—¿No has notado el patrón, Ann? La muerte se aferra a Rachel. La sigue a todos lados. No puede ser una coincidencia.

—Ha tenido mala suerte —le dije. Aunque sabía que también podría tratarse de algo completamente diferente, algo que no estaba lista para compartir con Laure, por lo que añadí—: ¿No crees que si Rachel hubiese asesinado de forma sistemática a todos sus seres queridos alguien lo habría notado ya? ¿Has pensado que ella misma podría ser una víctima?

Laure apoyó las manos sobre su regazo.

—Creo que es posible que sea ambas cosas —dijo—. Quizá Patrick…

Se encogió de hombros y dejó que la frase y lo que implicaba quedara entre nosotras, en el aire.

—Solo quiero asegurarme de que vayas a estar bien.

No pude evitar mirar a Laure mientras sacaba unos cuantos billetes de mi cartera y los dejaba sobre la barra junto al desayuno que no había tocado. Si bien parecía sincera, me era imposible confiar en alguien que me había abandonado cuando más la había necesitado.

—Rachel me ha enseñado a cuidar de mí misma —le dije, levantándome de mi sitio.

—Ann, si algún día necesitas algo…

Me giré antes de llegar a la puerta, enfadada por que el ofrecimiento hubiera llegado en aquel momento. Cuando ya no necesitaba nada de ella.

—¿No fue eso lo que me dijiste cuando te graduaste de Whitman? *Si algún día necesitas algo…* Sí que necesité algo, Laure, mucho antes de llegar a Nueva York. Te necesitaba a ti. Necesitaba a una amiga.

Laure empezó a abrir la boca para contestar, pero no estaba dispuesta a oír sus excusas.

—Bueno, pues ahora ya la tengo.

* * *

En el trayecto hacia el museo, me balanceé de atrás hacia adelante frente a un grupo de colegialas que se habían reunido alrededor de un móvil y se reían y señalaban a lo que fuera que apareciera en la pantalla. Podía ver el papel que desempeñaban en el grupo: la lista, la guapa, la nerviosa. Quizás era por ello que nunca había sido capaz de encontrar un grupo de amigas: no encajaba en ningún papel. Y, al haberme hecho mayor, ya no era lo suficientemente voluble para amoldarme a alguien más. Nueva York me había enseñado que ya no me importaba no encajar; lo que quería era sobresalir.

Cruzar la entrada de Los Claustros siempre me hacía sentir como si estuviese abandonando el mundo moderno al atravesar la puerta: un laberinto de paredes de piedras talladas y arcos góticos, techos abovedados y pasillos angostos. Resultaba difícil imaginar que, fuera de aquellas paredes frescas, la ciudad brillaba, fiera y rápida, ajena al sol lánguido del verano. La palabra *claustro*, al fin y al cabo, provenía del latín *claudere*, que significaba «cerrar». En aquel lugar nos encerrábamos y dejábamos fuera al resto de Nueva York.

Lo que me había dicho Laure se había quedado grabado en mi mente y se negaba a marcharse. Y, mientras intentaba que la investigación y la biblioteca me abstrajeran hacia el mundo del descubrimiento, me di cuenta de que estaba leyendo por encima páginas de textos sin darme cuenta de que me había saltado algo, de que mi mente vagaba por pasillos secretos. Decidí que un paseo por las galerías me ayudaría a despejarme.

Me gustaba tener la posibilidad de ver obras de arte cuando quisiera, una serie de pinturas casuales e individuales que formaban un cuadro más grande y completo. Por tanto, cuando visitaba otros museos de la ciudad, me resultaba estresante tener que quedarme con todos los detalles de una obra en una simple pasada como visitante. ¿Podría captar las delicadas sombras de un Tintoretto o notar la forma en que Monet había construido su empaste si tan solo pasaba unos pocos minutos de un solo día con aquella obra? El trabajar en un museo había hecho que tuviera un sentido de familiaridad del modo más real posible, pues las obras de arte de Los Claustros se habían vuelto como una especie de familia para mí.

Crucé las galerías y saludé con la cabeza a los de seguridad mientras me dirigía hacia los jardines, con la esperanza de encontrarme con Leo. Sin embargo, cuando la suerte no lo puso en mi camino conforme paseaba por los senderos adoquinados y me quedaba un rato cerca del toronjil y la lavanda, decidí caminar bajo el último arco gótico del Claustro Bonnefont y rumbear hacia los cobertizos del jardín.

Y, cuando giré la esquina, los vi: Leo con las manos metidas en los bolsillos, y Rachel con los brazos cruzados. Sus cuerpos parecían empujarse en direcciones distintas a pesar de su proximidad. Estaba demasiado lejos como para oír lo que estaban diciendo, pero podía saber por sus rostros, por la intensidad con la que las palabras salían de sus bocas, que estaban discutiendo. Pero no tenía modo de saber cuál era el motivo.

Durante un minuto, me quedé en aquel lugar, de pie bajo el arco gótico y con las manos apoyadas a cada lado de la jamba, para observarlos. El viento presionó mi vestido contra la parte de atrás de mis piernas, y quizá fue su ondeo lo que captó su atención, porque entonces ambos se giraron para verme. Leo ni siquiera se dignó a saludarme con la cabeza, sino que se marchó, ofendido, de vuelta al cobertizo.

—¿Qué ha pasado? —le pregunté a Rachel cuando se acercó.

—Nada —contestó—. Estábamos hablando sobre la investigación. No quería discutirlo donde Moira pudiera oírnos.

Me di cuenta de que Rachel seguía llevando su bolso, aquel que solía dejar en la biblioteca ni bien llegaba.

—¿Dónde has estado? —me preguntó.

—Ah, he ido con una amiga de Whitman a por un café —le dije, haciendo un ademán con la mano para restarle importancia.

—¿Con Laure?

—Ajá.

—¿Y anoche con Leo?

—Me pareció que sería mejor eso que volver tarde y encender todas las luces.

—No me habría molestado.

—Lo recordaré para la próxima.

—Me siento un poco sola cuando no estás —comentó Rachel, girándose para mirarme mientras caminábamos; sus ojos estudiaron mi expresión.

—Bueno, no creo que Leo quiera que me quede muy seguido de todos modos —le dije.

—No hagas eso. No te menosprecies. Qué más quisiera él que poder tenerte en su piso cada noche.

El modo en el que lo dijo me hizo sentir tanto calidez como incomodidad, por lo que me limité a decirle:

—Gracias.

—¿Sabes? —me dijo, sosteniendo la puerta de la biblioteca para que pasara—. Leo es muy divertido, pero también puede ser muy cabrón. Tenlo presente.

Asentí, pues creía que ya lo había advertido.

—Y, si en algún momento quieres ir a por un café, no tienes que ir hasta el centro para encontrarte con Laure. Podríamos verla en alguna cafetería que esté de camino al museo o podría venir al piso. Solo la conozco un poco…

—No pasa nada —la interrumpí—. No creo que vayamos a seguir viéndonos mucho.

Ante aquel comentario, Rachel esbozó una sonrisa.

—Bueno, la oferta sigue en pie.

Una vez en la biblioteca, Rachel sacó la caja de cartas de su bolso y las dejó sobre la mesa.

—Voy a hacer una lectura rápida —le dije, estirando una mano hacia las cartas. Había algo en las lecturas que hacía que mis nervios se calmaran y que me ayudaba a ver las cosas con claridad. Como si, durante los momentos de mayor oscuridad, cuando no podía ver lo que me rodeaba, las cartas me guiaran.

Rachel las empujó en mi dirección, y yo las desplegué y saqué tres. La primera mostraba a una mujer que vertía agua de una urna a otra. Habíamos asociado la carta con la templanza, una de las doce virtudes de Aristóteles, porque la imagen se centraba en el equilibrio y la armonía. Después de la carta de la templanza, saqué un dos de espadas y una reina de copas, la figura de la intuición.

Les había preguntado a las cartas por Rachel y tenía la impresión de que, cada vez que lo hacía, la oscuridad parecía toparse con ella en las lecturas. Incluso si solo era en la periferia, en una sola carta o con una del revés. Mis lecturas estaban cada vez más turbadas por algo que aún no conseguía comprender. Y también había algo sobre mí en ellas, a pesar de que les había preguntado por Rachel.

Cuando aparté la mirada de las cartas, Rachel me estaba mirando.

—¿Qué dicen?

—Algo distinto para cada uno —repuse, dando un golpecito al pesado roble de la mesa con un nudillo para romper el hechizo.

No obstante, me aseguré de memorizar la tirada, la pintura que se desprendía y los atisbos de láminas doradas que permanecían detrás de mis párpados. La dualidad del dos, la paciencia y la simetría de la templanza, la intuición que necesitaba para poder confiar, pero que solo parecía encontrarme de las formas más impredecibles.

CAPÍTULO VEINTE

El piso de Leo no tenía ni un poco de la luz cristalina de la que disfrutaba el piso de Rachel en el Upper West Side. En el de él siempre parecía filtrarse la luz indirecta del sol que atravesaba cortinas delgadas y el humo de los cigarrillos y la marihuana, con un sinfín de tejanos sucios y botas de trabajo desperdigados por el suelo y el aroma ligeramente amargo del café barato que hervía en la cafetera desde mucho antes de que me levantara. Y aquella mañana el calor del día ya había empezado a colarse a través de las grietas de los resquicios de las ventanas y las paredes. Me aparté del gato de su compañero de piso, el cual dormía a los pies de la cama, pues incluso aquella pequeña cantidad de calor era demasiada.

Era sábado, por lo que me asomé a la cocina mientras me ponía unos pantalones deportivos y me ataba los cordones de la cintura.

—¿Podemos ir al High Line?

La última vez que me había quedado a dormir allí, Leo me había dicho que debería dejar algunas cosas, por lo que había traído una mochila llena de pertenencias que había arrumbado en el fondo de su armario.

—No —me dijo. Estaba sentado en el sofá, bajo un rayo de sol—. Los neoyorquinos de verdad no vamos al High Line.

—Eso no puede ser cierto.

—Pues lo es. Yo soy neoyorquino y te lo confirmo. —Estaba leyendo una entrevista a Tracy Letts que se había publicado hacía un mes.

—Hacer cosas de turistas puede ser divertido —seguí insistiendo.

Leo no dijo nada, sino que se limitó a beber su café.

Decidí que ya seguiría insistiendo una vez que hubiésemos salido por la tarde y quizá tras unas cuantas cervezas a la hora de la comida. Mientras tanto, cambié de tema.

—¿Cómo fue tu entrevista con la detective?

A Leo lo habían vuelto a llamar para que acudiera a la comisaría, y parecía inevitable que nos llamaran también a nosotras. Leo no alzó la mirada, solo anotó algo con lápiz en el margen de la revista.

—Bien. Quería saber si había notado que algo faltara en los jardines, si había visto a alguien.

—Y no has visto a nadie, ¿verdad? —Todavía había una parte de mí, en aquellos momentos, que se aferraba a la idea de que la investigación se resolvería como un accidente: una sobredosis, una reacción alérgica.

Leo cerró la revista y la dejó a un lado.

—Le dije que no había visto a nadie en los jardines, salvo por los miles de personas que se pasean por ellos cada día. Y que no creo que ninguno de ellos haya asesinado a Patrick.

Me puse cómoda en su sofá harapiento y doblé las rodillas contra el pecho para observarlo. Por mucho que Leo trabajara en Los Claustros, no formaba parte de ese lugar del mismo modo en que Rachel y yo lo hacíamos, del modo en que el personal de conservación y el de preparación lo hacían. Leo podía apartarse la mayor parte del tiempo y encerrarse entre los cobertizos y los jardines. Podía pasarse días trepando árboles y podando ramas; y, de hecho, lo hacía. Todo ello era de lo más romántico. Poder ser el guardián de los jardines medievales en una de las ciudades más concurridas del mundo, pasar el día de forma activa y cultivar plantas con las que la gente disfrutaba. No obstante, a Leo podía molestarle el tema en ocasiones, aquella distancia entre nuestros trabajos, nuestros futuros en el museo.

—No me refería…

—Lo sé, lo siento. Y, a pesar de que quieres ir al High Line, he pensado que podríamos hacer algo más típico de la Nueva York de la vieja escuela. ¿Quieres ir a Greenwich Village en su lugar?

—Claro. ¿Crees que podríamos ir al bar en el que Helen Frankenthaler y Lee Krasner solían pasar el rato?

—El Cedar Tavern se convirtió en edificios residenciales en el 2006. Le vendieron el bar en sí a un tipo que lo reconstruyó en Austin.

—Oh. —En ese caso, no sabía por qué no podíamos ir al High Line.

Leo se levantó y se sirvió otra taza de café.

—Vístete para que podamos salir un rato.

Volví a la habitación y me puse un vestido veraniego con tirantes finos y un diseño de flores. Las pertenencias que pretendía dejar en el piso de Leo las metí a empujones entre su cesto de la ropa sucia y un viejo amplificador que había en el fondo de su armario. En la parte de arriba había una pila de sombreros de paja, del tipo que Leo solía llevar cuando trabajaba. Me estiré para agarrar uno mientras me preguntaba si combinaría bien con mi vestido, aunque la pila era tan alta que tuve que ponerme de puntillas para alcanzar uno de los bordes con un dedo. Cuando tiré de él, la pila entera se cayó, incluido algo que soltó un fuerte estruendo al chocar contra el suelo de madera.

Hice una pausa para ver si Leo lo había oído, pero él seguía en la cocina, lavando platos y guardando la vajilla del desayuno. La imagen de mí misma saliendo de su habitación con uno de sus sombreros, del modo en que algunas chicas se ponían las camisas de sus novios, un préstamo de vestimenta que parecía reforzar la sensación de intimidad, apareció en mi mente. Aquello era lo que quería, una señal de a dónde nos estábamos dirigiendo. Solo que, mientras volvía a apilar los sombreros y buscaba algo en la habitación sobre lo cual subirme, también encontré aquello que había producido el gran estruendo.

Era un objeto delicado, uno que me había sorprendido que sobreviviera a la caída sin romperse. Se trataba de una estatuilla de marfil tallada de una mujer vestida con una túnica ondeante, con un león dormido a sus pies. Sobre la cabeza llevaba una corona, y, en el cuello, un crucifijo tallado con mucho detalle. La figurilla no llegaba a los diez centímetros, y era algo privado y devocional, claramente hecho para quienquiera que fuese su dueño. Era una antigüedad. Si no la hubiese encontrado en el armario de Leo, la habría podido imaginar sin ninguna dificultad en una exposición de Los Claustros.

—¿Ya estás lis...? —Leo abrió la puerta, con la mano aún en el pomo. Se detuvo al verme con la figura en la mano.

—¿De dónde has sacado esto? —le pregunté, alzando la estatuilla hacia la luz y girándola bajo ella. Sus zonas con grabados se habían oscurecido por el paso de los años.

—Es santa Daría —dijo él, avanzando en mi dirección para luego quitarme la figura de las manos. La dejó sobre la cómoda.

—Es preciosa.

—Era de mi abuela.

—¿Has ido a tasarla? Deberías ponerle un seguro, parece muy antigua.

—No lo he hecho, no.

—¿Sabes de dónde la sacó? —No sabía por qué le estaba insistiendo tanto. Parte de mí quería salir del piso e ir a Greenwich Village, caminar del brazo de Leo por delante de edificios majestuosos de piedra rojiza cuyas pesadas puertas de madera estuvieran adornadas con ventanas de vidrios emplomados. Sin embargo, otra parte de mí había estudiado Arte el tiempo suficiente para saber que aquella estatuilla era algo auténtico, algo muy valioso.

—Creo que mi abuelo la compró en Europa cuando terminó su servicio en la Segunda Guerra Mundial.

Asentí, pues aquello parecía posible.

—Mi madre siempre quiso llevarla a tasar al programa *Antiques Roadshow*, pero nunca se terminó de animar.

—Conozco un comerciante de antigüedades en la calle 56 este que podría darte una tasación.

Leo me dedicó una mirada extraña.

—¿Vamos a salir o no? —preguntó.

Me puse uno de sus sombreros de paja, y él jugueteó con el borde. Quería que dijera que me quedaba bien, que él mismo me quedaba bien.

—Deberías llevarte tus cosas —me dijo—. No sé si podremos volver esta noche, tengo planes.

No había mencionado que tenía algo que hacer. Pensé en la mochila que había escondido hacía unos minutos en el fondo de su armario, en el hecho de que tan solo unos días atrás me había dicho que yo también tenía un lugar en su piso.

—Aunque… —empezó, antes de que pudiera protestar— mejor déjalo. Seguro que volveremos en unos días.

No era lo más romántico que alguien me había dicho nunca, pero en aquel momento me lo pareció. Traté de ocultar la sonrisa que había llegado a mi rostro con el borde del sombrero mientras salíamos del piso.

* * *

El día se pasó muy rápido, de una librería a otra. Visitamos una tienda que se especializaba en vinilos antiguos y un bar que preparaba cócteles que llevaban nombres de famosos escritores de la generación *beat*. Caminamos por las calles de Greenwich Village, y volví a recordar lo residencial que podía ser Nueva York, casi suburbano en aquellos pequeños enclaves, cada uno con su respectiva identidad. Había flores y árboles llenos de hojas. Había madres ricas y jóvenes a las que sus hijos arrastraban por la calle en dirección a los parques, pues era el día libre de las niñeras. Y también estaba el calor. La humedad y la falta de brisa, la forma en la que amplificaban el olor del cigarrillo que el camarero se estaba fumando en su descanso; el humo del camión de transporte de mercancías, el olor del curry del restaurante tailandés que estaba preparando su bufé para la hora de la comida. Y, bajo todo ello, el olor del asfalto caliente, el olor metálico y terroso de la ciudad en verano.

No había esperado enamorarme de Nueva York, pero el enamorarte de una ciudad podía hacer que esta brillara con fuerza. A veces me preguntaba si Leo mantendría su brillo si me lo llevara de aquella ciudad, si la propia Nueva York seguiría pareciendo brillante desde lejos. Me encantaba lo grande y lo pequeña que podía ser, tan rara y alegre. A pesar de que no me parecía que fuera mi hogar y no sabía si algún día lo sería, era donde se suponía que debía estar en aquellos momentos. Y tal vez también para siempre.

Nunca me había sucedido nada hasta que había llegado a Nueva York. En Walla Walla, todo era predecible: el mismo café, las mismas tiendas, las mismas personas haciendo cola. Los únicos descubrimientos que se podían hacer eran aquellos que ya habían sido descubiertos decenas, o más bien centenas, de veces por otras personas, otros estudiantes, otros académicos. No obstante, en Nueva York, tenía la impresión de que lo único que se podía hacer era descubrir cosas. E incluso cuando no estabas tratando de descubrir nada, los descubrimientos te encontraban. La ciudad tenía un modo de hacer que todo fuera cósmico e inevitable, mágico.

Estábamos caminando en dirección a donde la Cedarn Tavern había estado cuando el móvil de Leo sonó. Al principio no le hizo caso, pero entonces volvió a sonar y pude ver en la pantalla que se trataba de un prefijo de la zona. Leo contestó.

—¿Hola?

Mientras él hablaba, me giré para contemplar el escaparate del negocio que había a nuestro lado. Vendía bolígrafos y objetos caros de papelería. En el escaparate había fajos de papel labrado, desplegados en un semicírculo como si de naipes se tratara. Según un cartel, podían grabar iniciales en cualquiera de sus productos por un módico precio.

—Este no es un buen momento... Vale, lo entiendo.

Si bien traté de no escuchar con atención, me pareció reconocer la voz de la detective Murphy al teléfono. Su tono monótono.

—¿Podría ir el lunes por la mañana? Vale. Sí, podemos vernos en los jardines.

Luego una pausa.

—Sí, puedo mostrarle lo que plantamos allí. A las diez estaría bien.

Se guardó el teléfono en el bolsillo y se giró hacia mí, con los hombros tensos y las manos metidas en los bolsillos.

—¿Quieren hablar contigo otra vez?

—Sí. Es parte del proceso, según me ha dicho.

—Seguro que no es nada —le dije y estiré una mano para envolver la suya, más grande—. Ninguno de nosotros sabe lo que Patrick hizo esa noche después de que nos fuimos.

—¿Me mencionaron cuando te entrevistaron?

Negué con la cabeza.

—Solo que les habías contado lo de Patrick y Rachel.

—¿Y qué les dijiste?

—Que no los había visto juntos.

—Ann, eso hace que parezca que estoy mintiendo.

Di un paso hacia atrás.

—Claro que no. Solo estaba diciendo la verdad. Nunca los vi juntos. Al menos no de ese modo, no como a una pareja. —Sabía lo rápido que podía convertirse aquello en una discusión de verdad. Y no quería tener que exponer las grietas que había en mi relación con Leo y Rachel, grietas cuyos contornos aún me resultaban confusos, incluso a mí—. No quiero hacerte parecer un mentiroso —continué.

Leo asintió y volvimos a caminar, hombro con hombro, hasta que, unos pasos más allá, me rodeó con un brazo y me atrajo a su lado.

—Venga —me dijo—. Vamos a emborracharnos a plena luz del día como los expresionistas abstractos.

No llegamos a emborracharnos a plena luz del día, o al menos yo no lo hice. Leo se bebió cuatro manhattans y se fumó casi una cajetilla entera antes de que nos despidiéramos aquel día. No llegó a contarme sobre aquello que tenía que hacer y que impedía que me quedara a pasar la noche en su piso, pero oí que le pedía al taxista que lo llevara hacia el centro. Caminé hasta el metro y me dirigí al piso de Rachel, el cual estaba vacío y a oscuras.

Rachel no estaba, y no conseguía recordar ninguna vez en la que hubiese estado sola en aquel piso. Lancé mi bolso a la cama, sobre la que se derramaba el sol de media tarde y calentaba los suelos de parqué, el edredón blanco y las paredes. Saqué la caja de cartas del tarot y las mezclé ligeramente, con cuidado de no estropear la lámina dorada, y escogí tres cartas con los ojos cerrados. Abrí los ojos y desplegué el ocho de bastos, la reina de espadas y una tercera carta, una que estábamos considerando el carro —con el dios romano Mercurio sobre un carro dorado con una falange de caballos que tiraba de él—, sobre la mesa. Era una tirada que hablaba de intensidad, de un cambio dramático, de darles la vuelta a las cosas y acelerarlas. Sostuve las manos sobre las cartas durante un momento e imaginé cómo estas habrían relucido a la luz de las velas en el siglo quince, antes de devolverlas a su caja.

En el salón, dado que Rachel no estaba, quise dejar que mi curiosidad volara con libertad. Inspeccioné cada estantería: aquellas que estaban llenas de tratados medievales y libros académicos de Historia del Arte y aquellas que exhibían fotos de Rachel enmarcadas en plata. Había varias con sus padres y una con una chica que llevaba una sudadera de Yale. Cuando agarré el cuadro para inspeccionar la parte de atrás, donde un nombre que no conocía y una fecha estaban escritos —Sarah, Yale, 2012—, mi teléfono sonó. Dejé que saltara el buzón de voz y seguí observando la foto. La chica tenía las mejillas redondeadas y unos ojos pequeños y juntos. Ambas sonreían, de un modo en que nunca había visto a Rachel sonreír, a lo grande y emocionada. No había más fotos con amigos, sino tan solo algunas con sus padres y otras de ella sola: Rachel contemplando los mosaicos en Rávena; Rachel en Tavern on the Green, un restaurante de Central Park, soplando unas velas de cumpleaños.

Al final del pasillo se encontraba la habitación de Rachel. Solo había entrado en ella una vez, unos días después de haberme mudado, cuando había necesitado hacerle una pregunta sobre la hora a la que nos marcharíamos al trabajo, aunque ella había contestado desde la puerta y la había cerrado de inmediato. En aquel momento, aproveché la oportunidad para abrir la puerta y echar un vistazo al interior. Era como la mía, pero más grande, y tenía cuatro ventanas que daban hacia el parque, mientras que desde las mías se podía ver el edificio de al lado. Su habitación era blanca y estaba bien ordenada, la cama estaba hecha a la perfección y había ropa doblada sobre una silla. No obstante, lo que me llamó la atención fueron las estanterías. Cubrían la pared de arriba abajo, estaban hechas de una madera fina y contenían no solo tratados de filosofía, sino también incontables libros de ficción.

Saqué un ejemplar de *La agonía y el éxtasis*, de Irving Stone, solo para descubrir que se trataba de una primera edición firmada por el autor. Lo mismo ocurría con montones de libros más que fui escogiendo. Y también había libros antiguos, algunos manuscritos y un libro de horas en miniatura, todos ellos guardados en cajas de plástico marrón para protegerlos de la luz del sol. Traté de imaginar lo que sería tener tanto dinero como para poder permitirme comprar los objetos que estudiaba.

Al lado de la cama de Rachel había dos mesitas con lámparas de cristal transparente y pantallas redondeadas de color beis. Sobre la cama había un pequeño grabado, una copia del dibujo de Durero de la diosa Fortuna. Me llevó un minuto darme cuenta de que puede que no se tratara de ninguna copia.

Oí un suave crujido en el salón, por lo que me apresuré en volver al pasillo para que Rachel no me sorprendiera espiando, pero solo era la puerta de la terraza, que se había cerrado sola. Había olvidado dejarla abierta con el sujetapuertas de piedra.

Volví a la habitación de Rachel y abrí el cajón de una de las mesitas de noche, solo para ver lo que había en el interior: tres bolígrafos alineados con precisión y una libreta encuadernada en cuero. Lo cerré antes de que la tentación de abrir la libreta fuese demasiada para resistirla, aunque, en realidad, lo que estaba buscando eran pruebas, algo que demostrara lo que Laure había dicho, algo que pudiera explicar la tensión que invadía a Leo cada vez que el tema de Rachel salía a colación. Incluso algo que me indicara lo que ella sabía en realidad sobre lo que le había pasado a Patrick. Sin embargo, lo único que descubrí fue que Rachel era de lo más rígida: toda su ropa estaba doblada con exactitud, y sus libros estaban organizados por fecha y tema. Su cama estaba hecha con la precisión de un rigorista; sus gustos eran de los caros. Rachel podía ser mezquina, ambiciosa y a veces un poco cruel, pero nada de eso indicaba que fuese una asesina.

Me volvió a sonar el móvil. Aquella vez sí que contesté, al ver el nombre de mi madre en la pantalla. Habían pasado semanas desde la última vez que habíamos hablado por teléfono, y durante ese tiempo me había limitado a mandarle un breve mensaje en respuesta a sus preguntas cada vez más alarmadas.

Deslicé el dedo por la pantalla y contesté:

—¿Mamá?

—*Por Dios, Ann. Llevo semanas tratando de hablar contigo. ¿Estás bien? Leí lo que pasó en donde trabajas. La muerte.* —Susurró la palabra, y me pregunté quién se lo habría contado. Sabía muy bien que mi madre no leía el periódico.

—Estoy bien —le dije, tratando de usar el tono que solía usar cuando ella se comportaba de ese modo y se encontraba en el límite entre la preocupación extrema y el pánico—. No me pasa nada. La policía se está encargando de todo.

—*Quiero que vuelvas a casa, Annie, de verdad. Ya te dije que la ciudad no era un lugar seguro.*

Era cierto. Cuando me había enterado de que el Met me había aceptado en su programa, mi madre había hecho una lista de todas las razones por las que Nueva York era peligrosa, muchísimo más que Walla Walla o incluso Seattle. Claro que, si bien aquellos miedos le habían dado a mi madre una razón para quedarse, jamás podrían haber sido suficientes para impedir que yo me marchara.

—La ciudad es bastante segura.

—*¿Cuándo volverás a casa?*

Era la pregunta que me había temido, la razón por la que había evitado sus llamadas y había mantenido mi comunicación a raya y sin dar mucha información por mensajes. Todavía no tenía ningún plan concreto, ningún lugar específico en el cual fuese a quedarme.

—No lo sé, mamá.

—*Porque tengo que hacer planes para conducir hasta Seattle para recogerte. No puedes pretender que lo deje todo de pronto cuando resulte que tienes que marcharte de ahí. Cuando tengas que volver a casa porque no te queden más opciones.*

—Tendré más opciones —dije, quizá con demasiado ímpetu.

—*No me grites, no es culpa mía.*

—Lo siento, mamá.

—*Eres igual que tu padre* —me dijo—. *No quiero que termines como él y que lo pierdas todo. Quiero que vuelvas a casa antes de que llegues a ese punto.*

—Lo haré, mamá, te lo prometo. —Aunque no tenía ninguna intención de hacer nada semejante.

Cuando la escuché llorar desde el otro lado de la línea, quise consolarla, quise decirle algo que pudiera hacerla sentir mejor. Pero la verdad era que mi madre no podía saber lo cerca que había estado de lo que le había sucedido a Patrick en el museo, que estaba empezando a pensar, del modo en que a lo mejor Rachel ya lo hacía, que la muerte me seguía a todos lados. Que, en mis días más oscuros, me preguntaba si no habría sido yo la que había llevado la muerte a Los Claustros.

—*Por eso no quería que fueras desde el principio* —me dijo, con la voz entrecortada—. *Porque esto es lo que pasa cuando sales al mundo, Ann. Cuando salimos al mundo. Terminamos perdiendo porque siempre tenemos las cartas en contra.*

CAPÍTULO VEINTIUNO

E n Los Claustros, el personal había empezado a pasar gran parte de su tiempo compartiendo apuntes: divulgaban las preguntas que les habían hecho los detectives a cargo de la investigación y compartían las teorías que tenía cada uno sobre lo que podría haber sucedido. Los otrora silenciosos pasillos de piedra estaban llenos de suaves susurros y conversaciones por lo bajo, palabras que desaparecían cuando Rachel y yo pasábamos por allí. Pese a que era difícil no tomarse aquellas actitudes como algo personal, también era imposible ignorar la realidad: nosotras dos habíamos sido las más involucradas, las más cercanas a Patrick. Por lo que, mientras la investigación se mantuvo abierta, permanecimos en su sombra.

Parecía que la pregunta más importante era por qué nadie había instalado cámaras en la oficina de Patrick ni en la biblioteca. Era una pregunta que molestaba a Louis, quien siempre respondía diciendo que Los Claustros era una comunidad en la que había confianza, que Patrick se había opuesto de forma tajante a que los académicos fuesen vigilados, pues aquel no era el objetivo del museo. Aquella irritación la compartía el resto del personal de seguridad, quienes estaban fastidiados por el hecho de que la policía cuestionara sus estándares de trabajo.

Rachel y yo estábamos ocupadas delimitando los parámetros del artículo que teníamos pensado publicar sobre las cartas, pero Michelle también nos había pedido, para prepararnos para la llegada del nuevo curador y su curador adjunto, que organizáramos un documento de bienvenida que especificara el estado de las próximas exposiciones, las partes más destacadas de las colecciones y las obras de arte que debían ponerse en exhibición en las galerías durante el otoño. Era un trabajo tedioso, el cual requería especificar los códigos de identificación y que incluyéramos la correspondencia existente entre Patrick y el Museo Cluny en París o la National Gallery en Londres.

—La función de búsqueda no va —señaló Rachel, empujando su silla hacia atrás y soltando un suspiro.

Estábamos en el proceso de buscar los códigos de identificación de las obras que iban a salir en préstamo por el mundo al año siguiente. Lo normal era que de aquel tipo de trabajo se encargara el Departamento de Registros, pero el de Conservación no era el único al que le faltaba personal aquel verano.

—Llevémonos la lista y anotémoslos uno a uno. —Me miró a la espera, ya de pie, con un lápiz en una mano y una hoja de papel en la otra.

Recorrimos las galerías y anotamos los códigos hasta que llegamos a las obras más pequeñas que había en la lista y que se encontraban en la zona de almacenamiento. Nuestras tarjetas llave nos permitieron entrar en las salas de conservación y luego en el almacén, donde había filas y filas de estanterías en una oscuridad con la temperatura controlada. Rachel le dio al interruptor de la luz, y los fluorescentes despertaron con dificultad.

La cantidad de objetos que se cedían al Museo Metropolitano de Arte cada año era abrumadora. Y aquellos eran solo los que el museo aceptaba. Durante sus primeros años, el museo se había vuelto una especie de repositorio para todos los cuadros, esculturas y obras de arte que no hubiesen sobrevivido a la transición de una generación a otra. Y, de tanto en tanto, el museo vendía por lo bajo algunas obras que no habían conseguido llevar a ninguna galería, para hacer espacio para lo nuevo que pudiera llegar.

El almacén, por tanto, era un vertedero escogido y conservado con mucho rigor. En el almacén de Los Claustros había montones de ejemplares de capiteles tallados y fragmentos de cerámica. Había manuscritos encerrados en cajas de plástico de color ámbar con elaborados encuadernados con joyas, además de miniaturas, figuras devocionales, artículos de joyería, relicarios, iconos bañados en oro y el dedo del pie fosilizado de un santo. Nos detuvimos para anotar el código de identificación de un relicario de san Cristóbal.

Saqué una estantería y me quedé observando las exquisitas miniaturas de jabalíes y unicornios de marfil mientras Rachel anotaba códigos en su hoja de papel. Me percaté de que había algunos lugares en los que faltaban ciertas obras de arte.

—¿Y estas dónde están? —pregunté, señalando los lugares vacíos.

—Seguro que están en exhibición —dijo Rachel, mirando por encima de mi hombro—. O en préstamo.

Reseguí las etiquetas de los objetos ausentes con el dedo. Cada código de identificación empezaba con las tres primeras letras del título de la obra, e intenté imaginar lo que habría estado allí. ANI para *anillo, quizá*; un TOU que podría haber indicado *Toulouse.* Solo que la siguiente etiqueta me llamó la atención. Las tres primeras letras del código de confirmación rezaban DAR. Y solo entonces miré el título, *Santa Daría.* Los detalles especificaban: *marfil, Alemania, 1170, donación del Museo Weston en 1953.* Me anoté el código de identificación y seguí a Rachel, quien ya estaba en la zona de manuscritos.

El tiempo que pasamos en el almacén pareció infinito, y, a pesar de que intenté concentrarme en lo que me decía Rachel —«¿Has visto la Biblia de Otón III en algún lado?»—, lo único que conseguía era reproducir en mi cabeza la sensación de la figurilla del piso de Leo en mi mano, la forma en la que había sido tanto pesada como liviana, la forma tan precisa con la que estaba tallada. Había buscado la historia de santa Daría cuando había llegado a casa aquella misma noche. Era una santa poco conocida de la época temprana del cristianismo, quien había empezado su vida como una sacerdotisa de la diosa Minerva.

Pero, al ser una renegada de la religión romana, seguro que se le había otorgado el destino escogido para las sacerdotisas carentes de fe: ser enterrada viva en los arenales cerca de las catacumbas romanas. La imagen de mí misma, atrapada en alguna de las salas del museo, sin puerta, ventanas ni salida alguna, me invadió la mente.

—¿Ya estás? —me preguntó Rachel, mientras cerraba un cajón y se volvía hacia donde estaba—. Creo que ya lo tengo todo.

Asentí.

—¿Estás bien, Ann?

—Sí —le aseguré—. Es solo que… tengo una sensación rara.

—Odio cuando me pasa eso —repuso ella, manteniendo la puerta abierta para que pasara.

Una vez que volvimos a la biblioteca, esperé sin mucha paciencia a que la función de búsqueda de nuestra red interna volviera a funcionar. Cuando lo hizo, introduje el código de identificación y le di al intro.

Claro que había sabido lo que me iba a encontrar, pero aquello no cambió el hecho de que en la pantalla frente a mí estuviera la estatuilla que se me había caído encima en el armario de Leo. Debía valer —traté en vano de calcular el precio de un objeto tan histórico e inestimable— al menos unos 50 000 dólares. Si bien aquello no era demasiado para los estándares de Los Claustros, sí que lo sería para un jardinero, para un guionista en ciernes.

Cerré mi portátil y me puse de pie, sin enfrentar la mirada interrogante de Rachel. Necesitaba aire fresco.

Fuera, la hierba del Claustro Cuixá se mecía por la brisa que provenía del río Hudson, y las margaritas bailaban y se agitaban alegremente mientras me dirigía, resignada, hacia las oficinas de seguridad.

—¿Todo el mundo puede acceder a los almacenes? —pregunté, asomando la cabeza por la puerta.

—Estás dejando que se escape el aire acondicionado —se quejó Hal, el guardia de seguridad de servicio, así que entré.

Nunca me había parecido que los procedimientos de seguridad en el museo fuesen algo sofisticado, sino más bien laxo. Había montones de monitores y equipo informático que grababa de forma constante un registro de los movimientos de los visitantes y del personal. Aunque también era una cocina improvisada, con pilas de cajas de pastitas y una cafetera adicional. Un montón de radios sin usar estaban enredadas en una esquina. Al fin y al cabo, no importaba; todo estaba protegido por una alarma. Salvo, por supuesto, el almacén.

—Creo que sí —contestó él—. No lo supervisamos mucho porque allí solo entra el personal. ¿Por qué?

—Curiosidad.

—¿Ha pasado algo?

—No, no. —No había pensado qué decir entonces. No había pensado qué debía decir si me preguntaban por qué quería saberlo. Pero Hal devolvió su atención a los monitores, y yo me quedé allí observando el flujo de visitantes que circulaban por las galerías, con sus cuerpos como bancos de peces que se juntaban y se dispersaban. No estaba lista para contárselo a nadie. Quería descifrarlo todo por mí misma primero.

Decidí recorrer el museo por si existía la remota posibilidad de que la estatua en realidad estuviera en exhibición. Sin embargo, cada vitrina de cristal confirmó mi sospecha. Tenía el estómago hecho un nudo y me arrepentí de haberme puesto de puntillas para llegar hasta los sombreros de paja.

Pero qué mala pata, pensé. No, en aquel momento sabía que se trataba de otra cosa. Era el destino. El modo en el que Leo me había animado a adueñarme de lo que quisiera de pronto me pareció algo más peligroso.

Antes de volver a la biblioteca, pasé mi tarjeta llave para entrar de nuevo en el almacén. Saludé con la cabeza al personal de conservación y empecé a sacar las estanterías que contenían los objetos mientras buscaba aquellos en concreto que eran pequeños y valiosos. Aquellos que tenían piedras preciosas o que estaban hechos de metales o materiales caros.

También me aseguré de observar las cámaras. Había cuatro en el almacén, y cada una de ellas grababa un cuadrante distinto. Era imposible que Leo no saliera en las grabaciones si había estado allí, pero era difícil que las cámaras fueran lo suficientemente rápidas para captar a alguien que se estuviera guardando un objeto disimuladamente.

Empecé a notar un patrón: cada tres o cuatro cajones, faltaba una pieza. El código de identificación estaba etiquetado de forma ordenada, y el espacio donde debería haber ido el objeto se encontraba vacío. Sabía que era posible que algunas piezas estuvieran en préstamo o que otras hubiera sido enviadas al Met. Incluso era posible que el Departamento de Conservación estuviera limpiando algunas. No obstante, mientras seguía abriendo cajones, me percaté de que ninguna de las piezas más grandes se hallaba ausente de un modo tan evidente. Era más difícil sacar del museo un capitel tallado que una obra de arte que cabía en el bolsillo, claro. Y los periodos medievales y del Renacimiento temprano contaban con montones de objetos así.

Cerré el último cajón y volví a la biblioteca, donde Rachel alzó la vista hacia mí, con una mirada interrogativa.

—¿Dónde estabas? —me preguntó.

No estaba lista para contárselo. Para admitir ante ella —y ante mí misma— lo que Leo había estado haciendo. No quería revelar lo íntimo que era aquel descubrimiento, reconocer que el hombre con el que me había acostado hacía tan solo unos días había tenido un móvil para asesinar a Patrick. Seguía demasiado ocupada inventándome excusas: quizás aún no era demasiado tarde para devolverlos, tal vez fuese una coincidencia. Solo que esa era la parte complicada de la investigación; podías seguir un impulso, una corazonada, pero los resultados podían hacer que te llevaras toda una decepción, y, en ocasiones, destrozarte. Estaba a punto de mentir y decirle a Rachel que había ido a dar un paseo rápido cuando la puerta de la biblioteca se abrió y Moira entró, seguida de la detective Murphy.

—Ah, qué bien que estáis juntas —dijo Moira—. La detective Murphy quiere hablar con vosotras.

—Gracias, Moira. —La detective se quedó allí, a la espera de que Moira se marchara.

Esta se quedó unos segundos cerca de la puerta, hasta que finalmente alzó una mano y dijo:

—Bueno, estaré en el vestíbulo.

Una vez que la puerta se cerró tras ella, la detective Murphy sacó su libreta y pasó algunas páginas.

—Anoche recibimos información de una fuente anónima —dijo, dirigiéndose directamente a Rachel—, la cual confirma que Patrick y tú estabais involucrados en una relación íntima que quizás estaba llegando a su fin cuando él fue asesinado.

Rachel alzó la vista de sus notas para mirarnos a ambas.

—El testigo afirma que te vio discutir con Patrick en su coche en el *parking* del museo. El mismo testigo asegura haberte visto ir y venir de los cobertizos de los jardines más de una vez.

—La última vez que hablamos le dije que solo volvería a conversar con usted con mi abogado presente —dijo Rachel.

—En ese caso, quiero preguntarle a la señorita Stilwell si tiene algo que agregar ante esta nueva información.

Iba a decir algo cuando vi que Rachel meneaba la cabeza de forma casi imperceptible para decir que no.

—Ann también tiene un abogado.

—¿Es eso cierto, señorita Stilwell?

Pasé la mirada de una a la otra.

—Tiene un abogado —repitió Rachel, mirándome y asintiendo.

—¿Señorita Stilwell?

—Es cierto —dije, aunque, en realidad, no lo era.

—Ojalá no haya venido hasta aquí solo por nosotras —comentó Rachel.

—No —dijo la detective, cerrando su libreta—. Pronto podremos entrevistarlas a ambas, con sus respectivos abogados, por supuesto.

Una vez que la puerta se cerró, Rachel se giró para mirarme.

—¿Crees que...? —No terminó la frase. La máscara que solía llevar, siempre tan serena, sonriente y segura, había desaparecido, si bien solo por un momento en que sus ojos parecieron atormentados y rojos. Quizás era la primera vez en la que miraba hacia abajo y se percataba de la cuerda floja por la que habíamos estado caminando, de la abrumadora sensación de vértigo.

—Rachel —la llamé—. Tenemos que salir de aquí y hablar.

★ ★ ★

Nos sentamos en un banco del Claustro Bonnefont, con la mirada puesta hacia el Hudson, y nuestras piernas desnudas se rozaban como si fuésemos colegialas.

—Leo ha estado robando en el museo —le dije.

Durante un segundo Rachel no dijo nada, sino que se negó a enfrentar mi mirada.

—¿Estás segura? —me preguntó, tras un suspiro.

Le expliqué cómo había encontrado la figurilla, cómo había examinado el almacén.

—Hay más obras de arte que no están —le dije—. Lo he comprobado. Y también he comprobado las galerías y los registros de préstamos. Hay demasiados objetos desaparecidos como para que se trate de un error. ¿Un broche de disco del siglo diecisiete? ¿Un relicario de san Elías? ¿Quién querría pedir prestados esos objetos?

Rachel se quedó mirando el camino que serpenteaba debajo de los muros. Había imaginado que estaría más sorprendida, pero parecía resignada ante la noticia.

—Tienes razón —dijo finalmente—. Es el tipo de cosas que es fácil de esconder. ¿Has hablado con él al respecto?

—No, claro que no.

—Bien —dijo ella.

—Le da un móvil para hacerlo. —Dejé aquel comentario en el aire.

—Exacto. Solo que ahora parecen pensar que yo tuve un motivo para matarlo. Por eso ha venido la detective. Porque quiere asustarme. Cree que tanto presentarse por aquí va a hacer que acabe confesando. —Rachel soltó una carcajada, débil y seca—. Y, en realidad, tú eres la única que ha descubierto una teoría de verdad. Algo que vale la pena investigar.

Si bien no lo había pensado de ese modo, Rachel tenía razón: estaba cambiando a Leo por Rachel. Delatar a Leo significaba salvar a Rachel. También significaba que tendríamos, que *yo* tendría, más libertad para terminar nuestra investigación.

—Aun así, no me parece el tipo de persona que envenenaría a alguien —le dije—. Robar sí, pero matar...

—Pero es lo que tiene más sentido, ¿no crees? Tiene acceso y oportunidad de entrar en el almacén. Si Patrick se hubiese enterado de lo que estaba haciendo, también habría tenido un móvil.

Pensé en cómo Leo y Patrick siempre se habían comportado de forma cordial pero distante. Siempre había notado una especie de frialdad entre ellos.

—¿Te dijo alguna vez Patrick que sospechaba de Leo? Aunque fuera algo sin demasiada importancia.

Rachel negó con la cabeza.

—No, pero no sé si lo habría hecho. —Entonces añadió en voz baja—: Leo siempre fue un tema peliagudo entre los dos.

Un colibrí pasó zumbando por nuestro lado antes de acomodarse sobre una planta de salvia que estaba floreciendo y que tenía sus flores lila de olor intenso y terroso de cara al sol.

—¿Quién crees que ha sido el soplón? —pregunté finalmente.

—¿No se te ocurre quién puede haber sido? —me preguntó ella, mirándome a los ojos.

Ya me lo había preguntado yo misma, y sabía que tanto Leo como Moira habrían hecho una llamada como aquella de muy buena gana.

—Deberíamos ir a buscarla antes de que se vaya —dijo Rachel, poniéndose de pie y ofreciéndome una mano que yo acepté.

—¿No necesitas a tu abogado para eso?

—Es tu descubrimiento, no el mío —dijo ella.

CAPÍTULO VEINTIDÓS

Encontramos a la detective Murphy en las oficinas del personal, hablando con el director del programa docente. Se limitó a alzar una ceja antes de seguirnos hasta una sala vacía que solíamos reservar para las reuniones semanales del personal, reuniones que Patrick siempre había presidido.

—¿No necesitáis que vuestros abogados estén presentes? —preguntó.

—Hay algo que debemos contarle. —Si bien no había pensado cómo iba a montar las siguientes oraciones, me recordé a mí misma que, como cualquier académica que se preciara, debería empezar por mi hipótesis y luego pasar a los materiales de apoyo—. Leo ha estado robando en el museo —le dije.

La detective guardó silencio, pero sacó su libreta y la abrió.

—Este fin de semana me topé con un objeto de valor en el piso de Leo. Un objeto que pertenece a Los Claustros. Es una estatuilla de marfil de santa Daría —expliqué.

—¿Le preguntaste al respecto? —Su bolígrafo seguía rasgando el papel.

—Sí, y me dijo que era de su abuela. Solo que hoy, mientras estábamos en el almacén, me he dado cuenta de que esa misma obra falta en nuestra colección.

—¿Y estás segura de que no se trata de una réplica?

—Sí. También descubrí que había más obras desaparecidas. Varios broches, artículos de joyería, figurillas...

—Espera —me interrumpió la detective—. ¿Estás diciendo que Leo ha estado robando en Los Claustros? ¿Cómo podría ser eso posible? Es un museo. Un museo importante.

—Los objetos que se guardan en el almacén son diferentes —le expliqué—. Rara vez se ponen en exhibición, y muchos son pequeños. No más grandes que la palma de una mano, o incluso más pequeños. Y, aunque tenemos cámaras de seguridad en el almacén, no se suelen vigilar demasiado porque allí solo tiene acceso el personal. Además, es normal que falten algunos objetos de la colección porque pueden estar en exhibiciones itinerantes, en préstamo, siendo restaurados o en rotación. Es probable que no falten objetos suficientes como para que sea una señal de alarma en un museo tan grande como el Met.

La detective Murphy anotó unas cuantas cosas más.

—¿Te ha dicho Leo que esté pasando por problemas económicos? ¿Consume drogas? ¿Es aficionado a las apuestas? ¿Tiene deudas?

Negué con la cabeza.

—No tiene mucho dinero, y la verdad es que no lo he visto gastándolo.

—¿Cuánto gana un jardinero en Los Claustros?

—No lo sé —repuse—. Lo suficiente para vivir en Nueva York en un piso compartido con otra persona.

—¿Sabes si ha hecho alguna compra grande últimamente? ¿Coches, vacaciones, joyas? —La detective Murphy me miró las muñecas, las orejas y la garganta.

—No —contesté.

—Es posible que Patrick se haya enterado —dijo Rachel, desde el otro extremo de la mesa.

Ambas nos giramos para mirarla. No pude evitar recordar las cartas que había visto en la biblioteca la semana anterior; el carro en particular, un símbolo de velocidad, de hechos que se suceden con rapidez, de ruedas girando y el tiempo volando. Parecía que íbamos más rápido en aquel momento, y quería detenerme, aminorar la velocidad, quizás incluso ir marcha atrás un poco.

—Debería preguntarle a Louis si aún tienen esas cintas de seguridad o si las reciclan —añadió Rachel.

—No hay cámaras en los cobertizos del jardín —dijo la detective, casi para sí misma. Luego añadió—: ¿Leo ha venido a trabajar hoy?

Asentí.

Siempre había notado algo anárquico en Leo. La forma en la que hablaba y se comportaba, el modo en el que nunca parecía importarle lo que la gente pensara de él. El hecho de que tocara el bajo no porque amara la música, sino porque le encantaba el ruido: salvaje y caótico, incluso un tanto violento. Aun con todo, no estaba segura de que aquello lo señalara como un asesino, si bien yo sabía que bajo toda su apariencia de punk hastiado había una ambición cuidadosamente pulida, algo que escondía entre sus obras de Sam Shepard, metido en su bolsillo junto a sus guantes de trabajo.

—Vale —dijo la detective Murphy, mientras guardaba la libreta en su bolsillo—. Hablaré con Louis. Lo más probable es que no podamos hacer nada al respecto hasta mañana. Necesitamos una orden judicial; tenemos que revisar esas cintas. Y vamos a tener que corroborar tu versión de los hechos. Por casualidad no le hiciste una foto a la estatuilla, ¿no?

—No. —Recordé el modo en el que Leo había tamborileado sus dedos sobre mi piel aquella mañana, una rápida percusión de deseo. Mientras tanto, la figura de santa Daría había permanecido oculta en su armario. Aparté aquel pensamiento de mi mente—. No —repetí.

—Vale. A partir de aquí nos encargaremos nosotros. —La detective Murphy hizo una pausa—. Gracias por vuestra honestidad.

Cuando la puerta se cerró a sus espaldas, Rachel estiró una mano hacia la mía y me dio un apretón.

—Has hecho lo correcto.

* * *

Intentamos trabajar aquella tarde, pero me costaba concentrarme. Parecía como si la velocidad que había experimentado hacía unas horas hubiera dado paso a un ritmo glacial, pues el día se había vuelto lentísimo. Me quedé mirando las páginas y releí oraciones hasta que mi cerebro dejó de procesar hasta los significados más sencillos. Me di cuenta de que lo había visto. Había estado en las cartas: yo, la reina de espadas, había usado el conocimiento para acabar con otros.

En aquel momento me percaté de que, si bien mi conexión con las cartas había sido algo gradual, confiaba en ellas. Confiaba en ellas más de lo que confiaba en mí misma, en muchos sentidos. Y, hasta aquel momento, no se habían equivocado. Aunque todavía no podía asegurar si ello se debía a la suerte o a alguna otra cosa.

Tras quedarme mirando el mismo párrafo durante veinte minutos, decidí levantarme y estirar las piernas. Fui al baño a mojarme la cara, y al salir me encontré a Rachel en el pasillo, esperando a que saliera.

—¿Estás bien?

—Sí —contesté. Solo que había algo en el modo en el que Rachel parecía estar la mar de tranquila ante las noticias de la culpabilidad de Leo que hacía que me sintiera incómoda, una amabilidad empalagosa que me parecía falsa.

Y, a pesar de que traté de evitar los jardines durante la mayor parte del día, me di cuenta de que deseaba que Leo se cruzara en mi camino en otros lugares del museo. Quizá me quedé demasiado rato en la cocina o crucé los claustros demasiado despacio, pues parte de mí necesitaba verlo. Como si fuese a contarme una versión diferente de los hechos, una que pudiese hacer desaparecer mis miedos y me absolviera de la culpa que sentía al haberlo delatado. Solo que tenía que encontrármelo por casualidad, de modo que no irrumpiera de forma directa con la investigación de la detective Murphy. Por tanto, fue como si el destino hubiese intervenido cuando, al final del día, oímos cómo alguien llamaba a la puerta, tras lo cual Leo asomó la cabeza.

—Acabamos de terminar de recortar las flores y tenemos dos cubos llenos de ellas, por si alguien quiere llevarse algunas a casa. Todo gratis, claro; es una pena tirarlas. ¿Ann?

Tan solo unas horas atrás habría estado encantada por el ofrecimiento, por la ternura de aquello. Solo que, en aquel momento, al tener que enfrentarme a Leo, no supe qué hacer ni qué decir. Al menos no frente a Rachel.

—Puedo ponerlas en un jarrón y traértelas, si quieres.

Rachel estiró una mano y la apoyó sobre la mía.

—No necesitamos flores, Leo —le dijo.

—¿Podemos hablar un segundo aquí fuera? —me preguntó, con la vista clavada en la mano de Rachel, en el gesto que había hecho.

—Pues...

—Leo —intervino Rachel—, Ann no puede marcharse ahora mismo.

—Vale, hablemos aquí, entonces. —Entró en la biblioteca y dejó que la puerta se cerrara a sus espaldas. El modo en el que llenaba el espacio era algo notorio, y, durante un segundo, me pregunté si debería preocuparme.

—Leo, creo que lo mejor es que te marches —dijo Rachel, poniéndose de pie.

—¿Podemos hablar un momento a solas? —preguntó él.

—Parad —dije yo.

—¿Qué está pasando? —preguntó Leo, mirándome.

El silencio de la biblioteca era algo incómodo. A través de él, podíamos oír el ritmo constante de los pasos de los visitantes mientras recorrían el pasillo en el exterior. Los Claustros funcionaba de ese modo, como un lugar de lo más privado para unos cuantos miembros del personal y como un espectáculo para los visitantes. No había nada en el mundo que pudiera hacer que yo quisiera cambiar el lado de la puerta en el que me encontraba.

—Es por la estatuilla —dije finalmente.

—¿Qué le pasa? —No parecía nervioso, aunque tal vez sí un poco a la defensiva, con las manos tensas y metidas en los bolsillos.

—Sé que la robaste. Sé que salió del almacén.

Leo suspiró y se pasó una mano por el pelo. Este cayó sin resistirse y casi rozó la parte de arriba de sus hombros.

—Ann…

—Leo —lo interrumpí, con la voz más segura—. Has robado en el museo, y no solo plantas. He visto las estanterías del almacén. Hay varios objetos más que no están.

Él se encogió de hombros, sin decir nada.

—¿Patrick te descubrió? —le pregunté. Me giré para mirarlo, si bien no me levanté de la silla en la que estaba.

Ante ello, Leo alzó la mirada hacia mí.

—No. Madre mía, Ann, no. Patrick nunca lo supo. Nadie tendría que haberlo descubierto. Ya sabes cómo es el almacén en el Met. Hay *miles* de objetos. Obras de arte que jamás verán la luz del sol. Objetos que no son lo suficientemente valiosos, que no tienen la calidad suficiente. Objetos que son demasiado específicos o que provienen del ducado incorrecto. Las excusas para tenerlos allí guardados son infinitas. Por cada objeto en las galerías, hay dos decenas más en el almacén que han sido calificados como insuficientes para exponerlos.

—¿Por qué lo hiciste?

—¿Por qué no? —contestó él—. No es como si tú no tomaras decisiones cuestionables aquí todos los días. Al decidir qué tiene valor y qué no. ¿Cuándo fue la última vez que tomaste en serio algo que no tuviese valor? Exacto, no lo haces. Pasas por alto todo lo que no esté consagrado como algo especial, valioso o poco común. Algunos de esos objetos en el almacén desaparecieron hace años y nadie se ha enterado nunca. Porque nadie recuerda esos objetos. Yo les doy una segunda vida. Y sí, mientras lo hago gano algo de dinero.

Era, de forma indirecta, la misma razón por la que me había sentido atraída hacia las cartas del tarot, hacia mi propia investigación, hacia los objetos que habían sido dejados de lado y que necesitaban que alguien los defendiera. Y, en cualquier caso, Leo siempre había sido sincero conmigo. Era la clase de persona que creía que podías hacerte con lo que quisieras siempre y cuando no le hicieras daño a nadie, tal como me había explicado mientras bebíamos unas cervezas tibias. Había escupido una cáscara de pipa y había añadido: «Salvo por los ricos. Esos sí que se lo merecen». En aquel momento había pensado que era una especie de homenaje al anarquismo, un sentimiento rebelde que se había convertido en el mantra de su vida. Solo entonces me di cuenta —aunque a lo mejor ya lo había hecho aquel día— de que lo decía en serio.

—¿Acaso no tienes deudas? —continuó—. ¿No te cuesta llegar a fin de mes en esta ciudad con lo que nos pagan aquí? Por supuesto, Rachel no. Pero tú sí, Ann. No has intentado vivir aquí, día tras día, con tan poco dinero que tienes que compartir tu espacio con montones de compañeros de habitación que van y vienen. Mientras todos tenemos tres, cuatro o cinco empleos solo para poder mantenernos a flote. Yo lo hice para tener un lugar en el que poder escribir. Para experimentar. Para no sentir que me consumía cada día de mi vida. ¿No es algo que puedas entender, Ann? ¿No es eso por lo que estás aquí? Para escapar de esa sensación.

No dije nada, sino que clavé la mirada en él. Tenía razón. Era justo por eso que había llegado hasta allí.

—¿Cuántos objetos te has llevado? En total —pregunté.

Leo se echó a reír.

—No tenéis ni idea, ¿verdad? No sabéis cuántos objetos están en préstamo o en el Departamento de Conservación y cuántos se han convertido en becas para escritores o subvenciones para programas de residencia. El arte que produce arte. Es algo hermoso, si lo piensas. La simetría, la réplica. —Pasó la mirada de Rachel hacía mí y meneó la cabeza—. No puedo creer que no lo entiendas.

—¿Qué le pasó a Patrick? —preguntó Rachel finalmente. Se había mantenido en silencio todo aquel rato, sin mirar siquiera cómo discutíamos, pues tenía la vista clavada en los vitrales de la ventana del extremo de la biblioteca.

—¿Patrick? —repitió Leo—. No pasó nada con Patrick.

En aquel momento vi cómo se daba cuenta de lo que implicaba aquella situación, incluso si tardó un poco más de tiempo que nosotras en hacerlo.

—Estáis de coña. No podéis pensar que yo... —Dejó de hablar, y empezó de nuevo—. Nadie se da cuenta de lo que pasa en el almacén, y mucho menos Patrick. No tenía ni idea. Yo no he tenido nada que ver con lo que le ha ocurrido a Patrick. Absolutamente nada. Soy un ladrón, no tengo problema con robarle a la gente o a los lugares que tienen todo el dinero del mundo, pero jamás mataría a nadie. ¿Lo decís en serio?

—Eres el único que tiene un móvil para hacerlo —le dije, dejando que el comentario saliera de mí como un suspiro, como si lo hubiese estado conteniendo desde que Leo había entrado en la biblioteca.

—No tengo ningún móvil —dijo Leo—. Por mucho que Patrick y yo no fuéramos los mejores amigos, lo respetaba. Todos lo hacíamos.

—Pero si él te descubrió... —Empecé, como si la situación no fuese lo suficientemente clara.

—Si me hubiera descubierto, habría ido a la cárcel. Así que me aseguré de que nadie lo hiciera. Admítelo, Ann. No te habrías enterado si no hubieses estado en mi armario aquel día. Se suponía que tenía que encontrarme con mi comprador de antigüedades el día anterior, pero al final le dije que no para pasar el día contigo. Tú eres la razón por la que alguien ha terminado dándose cuenta. Mi debilidad por ti.

Tenía la mirada clavada en mí, y su voz sonaba más ronca de lo que jamás la había oído. Pude notar cómo el dolor se extendía desde las palmas de mis manos hasta mi estómago. Le creía. Leo era un delincuente —eso, al menos, lo había sabido siempre—, solo que no ese tipo de delincuente.

—Le hemos contado lo de los robos a la detective Murphy —admití finalmente. Fue algo horrible compartir aquella información con él. Había sido yo quien había dejado que el mundo de fuera se colara en el interior; había sido yo quien había roto el velo.

—¿Que habéis hecho qué? —preguntó él, con la mirada aún fija en mi rostro—. Ann, venga ya.

—Ellos se encargarán a partir de ahora.

Alcé la mirada hacia él, y parte de mí se sintió desesperada por enterrar mi rostro en su pecho, por que me acariciara el cabello y me dijera que no pasaba nada. Quería que me dijera que se iba a salir con la suya. La otra parte de mí sabía que aquello nunca más sería posible. De todos los secretos que manteníamos en Los Claustros, no había guardado el suyo. Esperaba que algún día pudiera entenderlo; que entendiera que tenía que proteger mi investigación por encima de todo lo demás. Era lo único que podría entender.

—Vale —dijo Leo—, puedo decirles dónde han terminado todos los objetos. Pero tengo que adelantarme a los hechos. —Una vez más, se pasó una mano por el pelo—. Ann, tienes que saber que no tuve nada que ver con lo que le sucedió a Patrick, ¿vale?

Le devolví la mirada.

—¿Me crees?

—Sí.

Avanzó hasta donde estaba sentada a la mesa y se arrodilló frente a mí para que nuestros ojos estuvieran a la misma altura.

—Lo siento mucho —me dijo, apoyando la mano sobre la mía.

Entonces me soltó, se puso de pie y abandonó la biblioteca. Al verlo marchar, no estaba segura de por qué se había disculpado. ¿Se había disculpado por habernos conocido, por haberme hablado aquel día en el jardín? ¿Por haber robado? ¿O por que yo lo hubiese descubierto? ¿Por no haberse esforzado más para ocultarlo? No estaba segura, pero tuve la sensación de que el tiempo parecía empujarme hacia adelante en arrebatos y movimientos bruscos, en sacudidas y saltos, y estaba empezando a marearme; estaba lista para que el paseo acabara.

Sabía que Leo creía que él y yo éramos iguales en el fondo. Éramos dos personas que intentaban abrirse paso en un mundo que favorecía al resto y, por tanto, teníamos que pelear por cualquier ventaja que pudiésemos obtener. Y tenía razón. Éramos supervivientes. Escalábamos desde los polvorientos lugares en los que habíamos empezado nuestro viaje, destinados a grandes cosas. Al decidir proteger a Rachel y a mí misma, aquello era lo que había hecho: asegurarme de poder seguir escalando.

Entonces lo comprendí: todos estábamos luchando por lo que era mejor para nosotros, por lograr nuestras metas y nuestros sueños. Vi que allí, en Los Claustros, a pesar de que era sencillo olvidar que aún estábamos en Manhattan, todos seguíamos protegiendo nuestros intereses —escalando y escalando— y estábamos dispuestos a hacer lo que hiciera falta para alcanzarlos. Sobre todo yo.

Volví la vista hacia la mesa cubierta de libros y cuadernos y pensé para mis adentros que lo peor que podía hacer no había sido delatar a Leo. Lo peor sería desaprovechar aquella oportunidad. Así que pensaba seguir escalando.

CAPÍTULO VEINTITRÉS

A la mañana siguiente, el museo permaneció abierto a pesar de los detectives que anotaban cosas por todos lados y que fotografiaban las bandejas de los almacenes y los cuadros del laboratorio de conservación, así como las herramientas que había en el cobertizo del jardín. Aquella mañana, los detectives habían traído una orden de búsqueda y se la habían mostrado al equipo de seguridad de servicio, quienes les habían permitido el acceso y se lo habían notificado de inmediato al Met. Solo que en la Quinta Avenida no podían hacer nada más que dejar que los detectives buscaran huellas, hicieran fotos y husmearan por doquier, todo ello mientras un abogado que habían enviado al lugar observaba el procedimiento con suma atención. Moira hizo lo mejor que pudo para mantenerlos fuera del vestíbulo y lejos de los visitantes y, durante la mayor parte de la investigación, tuvo éxito.

A Michelle también la habían hecho acudir al museo, y allí se encontraba, con los brazos cruzados en el pasillo de piedra fría que conducía a las oficinas del personal, donde contestaba preguntas de vez en cuando, aunque más que nada miraba su teléfono y consultaba con la agencia de relaciones públicas que el museo había contratado por si las noticias se les escapaban de las manos. Ya nos habíamos enterado de que *The New York Times* tenía planeado un pequeño artículo que se iba a publicar el martes en la sección de Arte del periódico.

Había pasado suficiente tiempo desde que Patrick había sido asesinado como para que ya no quedara ninguna cinta de seguridad. Lo único que había eran rumores, y, en mi caso, esa incómoda forma en la que uno se movía después de una muerte: al principio con dudas y luego con más confianza, así esta fuera falsa.

En la cocina del personal, oí a dos curadores quejándose entre ellos de que las cintas de seguridad no se remontaban a hacía demasiado tiempo. «Están en bucle», dijo uno de ellos. «¿Te imaginas? Cada siete días vuelta a empezar». Lo que significaba que no había ninguna grabación de Leo, ninguna prueba concluyente.

En el exterior, todo lo que había en el cobertizo del jardín había sido etiquetado y guardado en gruesas bolsas de plástico. Habían quitado las flores secas que Leo había reunido con tanto cariño y había colgado con pinzas y las habían metido a la fuerza en bolsas de papel, y un montón de pétalos secos estaban desperdigados por el suelo donde aquello había ocurrido. El invernadero en el que sabía que Leo conservaba sus plantas personales, las que vendía para ganar dinero, también había sido arrasado, aunque daba la impresión de que la policía no había notado que hubiese nada diferente allí. Parecía que todas las plantas eran las mismas. Incluso habían excavado el montón de abono y habían hecho fotos y catalogado con atención cada objeto.

Si bien los visitantes de Los Claustros no parecieron darse cuenta de lo que estaba sucediendo a su alrededor, los miembros del personal del museo sí que lo notamos. Cada vez que alguien abría una puerta u oíamos unos pasos en los pasillos de piedra, alzábamos la cabeza y apartábamos la atención de nuestro trabajo. Michelle nos había informado que no debíamos hacer preguntas, sino solo contestarlas. No obstante, las únicas preguntas que nos hicieron aquel día fueron cosas como: «¿Habéis visto a un hombre con una cámara pasar por aquí?» o «¿Puedo acceder al vestíbulo por la galería ocho o la doce?». El equipo de forenses parecía estar constantemente perdido en el laberinto que era Los Claustros, paseaban de sala a sala y asomaban la cabeza por el siguiente arco gótico para ver si por fin habían encontrado el camino correcto.

Uno de ellos, el especialista en botánica, un hombre joven, pareció interesarse por Rachel. Cuando cruzó la biblioteca de camino a la oficina de Patrick para anotar qué plantas había cultivado él en el interior, se quedó un rato para hacernos algunas preguntas.

—¿Cómo es trabajar aquí? —preguntó, observando el techo abovedado que se entrecruzaba sobre nuestras cabezas.

—Como trabajar en el siglo trece, pero con fontanería —repuso Rachel, sin alzar la mirada del libro que estaba leyendo.

El forense recorrió la biblioteca y toqueteó los lomos de algunos libros más antiguos antes de dedicarnos una sonrisa tímida y salir por donde había llegado.

En medio de aquel sinfín de distracciones, estaba intentando encontrar sitio en nuestro artículo para todos aquellos detalles históricos que habíamos descubierto durante nuestra investigación. Datos como la lista de objetos que Ercole de Este y su mujer habían tenido en propiedad: *libri* (libros), 3284; *contenitore* (vasijas), 326; *calcografia* (placas de cobre grabadas), 112; así como 36 sabuesos de caza. O el hecho de que, durante el verano de 1497, la ciudad de Ferrara había sufrido unas lluvias torrenciales que habían inundado el *studioli* del duque y la duquesa, lo que había estropeado cartas, manuscritos y varias *cartes da trionfi*. También habíamos encontrado un registro de una subasta que contenía *six douzaine cartes de tarot d'Italie pour la famille d'Este*, las cuales se habían vendido por cuatro mil francos a un coleccionista privado de Suiza en 1911. De forma metódica, Rachel y yo habíamos construido una red de información que contaba la historia de las cartas: diseñadas en Ferrara por Pellegrino Prisciani, el astrólogo de Ercole de Este, tras lo cual habían sido utilizadas por una corte que estaba completamente fascinada con los dioses oscuros y caprichosos de la antigua Roma. Junto a los documentos de Lingraf que mi padre había traducido, afirmábamos que las cartas, del mismo modo que tantas otras cosas durante el Renacimiento, habían tenido un doble propósito: sí, se las había usado para jugar al tarot, pero también para predecir el futuro. Sabía que se trataba de la contribución a la cultura de las cortes del Renacimiento más innovadora que había surgido en años.

Solo que aún había vacíos. Vacíos en los registros y en nuestro conocimiento. De modo que, como hacían los detectives en el exterior al rebuscar en el montón de abono para hallar alguna prueba, nosotras también tuvimos que hacer suposiciones e inferir. Lo único que nos distinguía de ellos era una biblioteca y seiscientos años de diferencia. Seguí escribiendo de forma meticulosa otra nota al pie y transcribiendo otra traducción.

Al otro lado de la puerta de la biblioteca, de pronto oímos un alboroto, un sonido de barrido y un montón de rápidos y ruidosos pasos sobre el suelo de piedra. Rachel y yo empujamos nuestras sillas hacia atrás para poder asomar la cabeza por la puerta, y entonces vimos a Moira correr por el pasillo, con la falda levantada, mientras perseguía a Leo, quien se dirigía al jardín dando grandes zancadas.

—Estás de excedencia —dijo Moira en voz alta mientras lo seguía persiguiendo.

Leo no respondió, sino que siguió caminando a un ritmo tranquilo, pues sus largas piernas le permitían ir a más velocidad que a Moira a través de la muchedumbre que llenaba el pasillo. Moira sacó su radio y llamó a Louis para que se dirigiera hacia allí e hiciera algo, para que lo detuviera. Pero Leo siguió avanzando.

—¡Leo! —lo volvió a llamar.

Leo dobló una esquina, de camino a los cobertizos del jardín, y nosotras lo seguimos un paso por detrás de Moira. No obstante, al llegar a la parte trasera de los jardines, dos agentes de policía que iban de paisano detuvieron a Leo al cortarle el paso. La detective Murphy estaba con un grupo de forenses, los cuales estaban metiendo un objeto en el fondo de una bolsa de plástico para pruebas, y uno de ellos se acomodó su guante de látex antes de sacar un marcador para etiquetar el objeto. La detective se acercó a nosotros con calma, y de camino apartó de una patada una maceta de plástico, negra y vacía.

—No puedes estar aquí —le informó la detective. Se sujetaba las manos frente a ella, como si estuviese llamándole la atención a un niño pequeño.

—Tengo objetos personales allí —dijo Leo, señalando al cobertizo—. Trabajo que me ha tomado años.

—Ahora todo son pruebas.

—Había plantas que estaban secándose para sacarles las semillas. Había híbridos. Había…

—Restos de una planta de belladona cuya raíz había sido cortada —interpuso la detective.

—No, no puede ser —dijo Leo—. Plantamos la belladona al empezar la primavera y solo la extraemos justo antes del invierno. Si se hubiese sacado una planta entera…

—¿Te habrías dado cuenta?

La detective Murphy lo miró y le hizo un gesto a uno de los miembros de su equipo para que le llevara el espécimen en cuestión. Sostuvo en alto la bolsa de plástico, la cual contenía una planta verde moteada y sin vida, con flores de color lila difuminado. Las bayas de la belladona seguían verdes. Me percaté de que también había un trozo faltante de raíz. Un revoltijo fibroso y grueso con una gran mancha blanca en el medio.

—Eso no ha salido de este jardín. No he arrancado nada desde la primavera —se excusó Leo.

—Sígueme —le dijo la detective, quien pasó por su lado. Cruzó el Claustro Bonnefont hasta llegar a un lecho de donde apartó un grueso arbusto de hojas verdes y flores lila. En la tierra había un espacio revuelto de donde claramente habían arrancado algo para luego cubrir el agujero de forma apresurada.

—¿Te diste cuenta de esto? —preguntó, mirando a Leo.

Leo se agachó y dobló su larga figura contra sus rodillas. Apartó el arbusto hacia un lado y removió con las manos la tierra que era tan parte de su vida como el propio museo. Observó las plantas que había alrededor, aquellas que él mismo había cultivado desde que eran semillas y que había resguardado de las duras heladas de principios de primavera. Su mano permaneció durante un momento más sobre una hoja antes de alzar la mirada y enfrentar a la detective Murphy.

—No, no me di cuenta. Pero ¿no cree que si lo hubiese hecho yo me habría asegurado de rellenarlo todo bien? ¿De deshacerme de la planta? ¿Sabe cuántas cosas terminan en el montón de abono en una semana cualquiera? Mantillo, hojas, plantas recortadas… Tenemos hectáreas enteras de jardín que cuidar. Y está todo expuesto. Para el personal, sí, pero también para el público.

—Y, aun así, en estos momentos tenemos tanto el móvil como la oportunidad, y ambos te señalan a ti —dijo la detective, ladeando la cabeza un poco mientras estudiaba a Leo—. Y ahora tenemos esto. —Señaló las plantas de belladona con la barbilla—. ¿Tal vez prefieras ahorrar tiempo y venir con nosotros directamente a la comisaría?

Leo echó un vistazo a los jardines, a las plantas que caían y a las que estaban floreciendo, a las columnas de mármol cubiertas de rosa que rodeaban el claustro.

—Vale —contestó él—. Parece que no tengo más remedio.

—Me alegro de que nos entendamos. —La detective Murphy le indicó a Leo el camino hacia la puerta trasera, donde habían aparcado todos sus coches y furgonetas para que los visitantes del museo no pudieran verlos.

* * *

No fue hasta más tarde que nos enteramos de que habían arrestado a Leo, cuando nos encontrábamos en Central Park, acompañadas de un pícnic para cenar que habíamos metido en una cesta. Rachel lo había sugerido. «Un nuevo inicio», había dicho. Solo que yo no estaba lista para dejarlo todo atrás aún. Había algo en lo que Laure tenía razón: Rachel superaba las cosas muy deprisa. El año en el que mi padre murió, yo había estado en todo momento a punto de ponerme a gritar o de destrozar cualquier objeto frágil que tuviese cerca. A aquellos momentos los seguían ratos de normalidad, pero la pena provenía del hecho de que yo sabía que debía seguir viviendo, incluso tras su partida. Lo más difícil había sido ver el tiempo pasar, el modo en el que mi corazón latía: firme e insistente, incluso ante mis deseos más fieros por hacer que parara.

Desplegué una manta azul de cuadros sobre la hierba y estiré los bordes, tras lo cual aparté hojitas y ramitas que se habían quedado sobre la lana aterciopelada. Rachel abrió la cesta y empezó a organizar lo que había dentro: un contenedor de cristal con paté, algunos quesos envueltos en papel encerado, una baguette, un cuchillo y platos. También había nectarinas maduras y un racimo de uvas, además de un trozo de una barra de chocolate. Todo había sido guardado con cuidado en el piso, tras haberlo comprado a un precio exorbitante en la tienda gourmet de la avenida Columbus.

El mensaje de Moira nos llegó mientras el sol se ocultaba bajo un muro de árboles que enmarcaban el lado oeste de aquella gran extensión verde: *Han arrestado a Leo. Cualquier solicitud por parte de la prensa, por favor dirigidla a Sarah Steinlitt (ssteinlitt@metmuseum. org)*. Rachel cortó un trozo de pan y deslizó el cuchillo de un lado para otro mientras untaba el queso, sumida en sus pensamientos.

—¿Quieres un poco? —preguntó, ofreciéndome el trozo de pan al cual ya le había dado un mordisco.

—Lo han arrestado —dije. Había perdido el apetito.

—Pues claro que lo han arrestado.

—No crees que haya sido él de verdad, ¿no?

Rachel se encogió de hombros como si aquello no importara. Entonces me di cuenta de que, para ella, no lo hacía.

—Quizá sí —dijo, cortando una de las nectarinas. Su jugo de color rojo amarillento se le deslizó por el pulgar—. ¿No tienes hambre?

Me pasó un trozo de la fruta y la acepté. Rachel se lamió los dedos para limpiárselos.

—Come, están buenas.

Me metí la fruta a la boca y probé su dulzura y su calidez. Me recordó a casa, a los melocotones de finales de verano que caían de los árboles que había en Walla Walla, hasta que el ambiente se llenaba de un olor a mermelada fermentada, mezclado con la hierba seca de los campos. La nostalgia me invadió por completo y sin invitación.

—No deberías preocuparte por Leo —añadió Rachel, con lo cual interrumpió mi ensoñación—. El propio Leo rara vez se preocupa por sí mismo.

—No puedo evitarlo.

Rachel me miró.

—Ya se te pasará —sentenció, deslizando un trozo de pan en el contenedor del paté para sacar lo que quedaba—. De hecho, creía que ya lo habías superado. —Rachel se sacudió las manos y sacó un paquetito de su bolso, envuelto y atado con una cinta blanca y amarilla—. Es para ti —me dijo al entregármelo.

El paquetito parecía contener algo pesado y considerable en su interior. Un regalo no parecía adecuado en absoluto si se consideraba la situación en la que nos encontrábamos, pero Rachel insistió.

—Ábrelo —me pidió, al tiempo que volvía a meter en la cesta algunos de los restos del pícnic: las cortezas y los huesos de la fruta.

Quité la cinta blanca y amarilla del papel marrón y abrí una de las esquinas, donde antes había estado sellado con firmeza, para revelar una caja de madera. Dentro de la caja había una baraja de cartas del tarot, y en ellas vi que había pintadas con acuarelas y de forma experta imágenes como la del bufón y el carro, además de los juegos de bastos y espadas. Las propias cartas parecían algo usadas, de hecho, como desgastadas por el tiempo. Saqué la primera y recorrí una de las esquinas con el dedo. Las habían impreso en papel rústico, lo que, combinado con las imágenes, determinaba que provenían del siglo dieciocho o diecinueve. Las ilustraciones tenían mucho detalle y habían sido ornamentadas con el típico estilo oculto con adornos delicados de pintura y láminas doradas. En la otra cara, un jaspeado de color celeste se mezclaba con remolinos rosados.

—Son francesas —dijo Rachel, sacudiéndose de encima miguitas de pan y sin mirarme a los ojos—. Seguramente de Lyon, de principios del siglo diecinueve. ¿Quizá de 1830?

—Son preciosas.

—Son un regalo.

—No puedo aceptar algo así —le dije, haciendo un ademán para devolvérselas. Una baraja así seguro que debe costar unos cuantos miles de dólares, o tal vez más.

—Puedes y deberías hacerlo —repuso, mirándome a la cara—. Ya es hora de que tengas tu propia baraja.

Saqué algunas cartas más para admirar sus ilustraciones.

—¿Dónde las has conseguido? —pregunté, y me quedé observando la imagen del colgado, el cual pendía de un pie.

—¿Quieres decir si las he robado?

—No, no…

—Son de un comerciante poco conocido que hay en el centro. No son de Stephen. Pero no se lo digas —dijo—. Y su procedencia es impecable.

Dispuse algunas sobre la manta entre las dos y me percaté de las conexiones que había entre aquellos símbolos y los de la baraja del siglo quince que teníamos en casa.

—¿Por qué no haces una lectura de prueba? —me animó Rachel, encogiéndose de hombros un poco al sugerirlo.

Las junté todas y las barajé con cuidado. Nunca había creído que debiese hacerles preguntas específicas a las cartas; parecía un exceso de arrogancia el saber qué preguntar. En su lugar, lo que quería era la sensación que me dejaban, la red que las cartas creaban, la impresión que me daban. Saqué el dos de espadas invertido, la sota de copas y el diez de espadas. Tan solo arcanos menores en aquella pequeña tirada. La sota de copas representaba el servicio y el instinto; la espada, como siempre, y sobre todo cuando estaba del revés, el acto de cortar algo por la mitad. Al diez de espadas no me lo solía encontrar, pero significaba mala suerte, derrota. Me mostraban una fractura, un corte y una partida, incluso un fracaso, un giro en las tornas. Podía situar algunas de aquellas cosas, aunque a otras aún no las sabía reconocer.

—¿Qué dicen? —me preguntó Rachel desde el otro lado de la manta.

—Que debo confiar en mi intuición —contesté a media voz, devolviendo las cartas a la baraja.

CAPÍTULO VEINTICUATRO

E l artículo ya estaba casi listo para que lo entregáramos. Sabíamos que iba a hacer mucho más por nuestras carreras de lo que un verano trabajando en Los Claustros era capaz. Para mí, se trataba de algo más que de una entrada al programa de posgrado que escogiera y la certeza de que no iba a terminar de vuelta en Walla Walla. También era una prueba de que el trabajo de mi padre como traductor, desconocido y oculto durante tanto tiempo, también iba a tener un impacto significativo. Una oportunidad que quizá nunca habría podido tener en el curso de su vida.

Una oportunidad. Aquello era lo que el artículo me brindaría, la oportunidad de decir que sí o que no; la oportunidad de vivir en Nueva York; la oportunidad, casi, de reescribir el pasado. Era un momento decisivo para mi carrera, un descubrimiento que solo ocurría una vez por generación, del tipo que rara vez les sucedía a mujeres jóvenes, y menos aún al inicio de sus carreras. Y mientras Rachel y yo nos afanábamos con cada nota al pie y revisábamos y volvíamos a revisar cada traducción del latín del siglo quince, Leo estaba esperando en una celda a que le permitieran salir bajo fianza.

La noche anterior había soñado con él. Soñé que estábamos en el bar del Bronx en el que los ventiladores se movían sin ganas de un lado a otro. Allí, mientras bebíamos unas cervezas, me había confesado en susurros y desde el otro lado de la mesa que él no había hecho nada. Que él no había robado ni envenenado a Patrick.

Al día siguiente, cuando se lo conté a Rachel, ella me dijo:

—Lo conozco desde hace más tiempo que tú y creo que te sorprendería saber lo que Leo es capaz de hacer.

Estábamos sentadas una al lado de la otra en la mesa del comedor de su piso, y el sol de media tarde se acumulaba sobre el parqué. Moví mi cursor por la pantalla mientras hacía el tedioso trabajo de darle formato a las fechas y a la información bibliográfica.

—Cuando empecé a trabajar en Los Claustros, Leo era incluso más salvaje de lo que es ahora —empezó Rachel, observando a través de la ventana hacia donde las copas de los árboles de Central Park se mecían con suavidad de un lado para el otro. Bajo ellos, había familias que disfrutaban de los últimos fines de semana de verano y paseaban por los senderos—. Nunca hablaba con el personal. Patrick siempre decía que lo habían contratado como a ti, en un apuro, porque el jardinero con el que llevaban muchísimo tiempo trabajando renunció de pronto y necesitaban a alguien. Parece un milagro que en cuatro años no lo hayan despedido.

No dije nada, sino que me limité a seguir bajando por el documento y ajustando información.

—La verdad es que no me sorprende demasiado. Nunca creyó que tuviese que someterse a las reglas. Leo piensa que vive tanto por encima como por debajo de las expectativas de la sociedad. Fue así como hizo siempre su trabajo de jardinero: creyéndose demasiado bueno para el puesto, pero también feliz de poder revolcarse en el barro.

Antes de trabajar en Los Claustros, durante mucho tiempo había sido una seguidora diligente, si bien algo rencorosa, de las reglas; alguien que devolvía los libros a la biblioteca siempre a tiempo, y que seguía cada proceso de cierre del trabajo al pie de la letra. El ver a Leo pasárselo bien al no seguir las reglas había despertado algo en mí: un disfrute del caos que se había estado formando en mi interior desde antes de llegar a Nueva York. Era fácil para alguien como Rachel menospreciar lo que Leo había hecho, pues las reglas se acomodaban ante las personas como ella. Siempre había una manera de darle la vuelta a la situación que se pudiese comprar o solucionar tirando de influencias. Era, en mi opinión, algo cobarde. Lo que Leo había hecho exigía valentía.

Aun con todo, sabía que había una amplia brecha entre robar y asesinar. A pesar de que Leo era del tipo que se saltaba las reglas y presumía de ello, eso no lo convertía en un asesino. Me guardé mis pensamientos y los dejé dar vueltas y vueltas en mi cabeza hasta que se convirtieron en un tóxico brebaje de paranoia, uno que me dejaba constantemente al límite y de mal humor, pero que parecía hacer que Rachel se sintiera más tranquila de lo que había estado al inicio del verano.

Rachel estiró los brazos por encima de la cabeza.

—¿Y si nos tomamos un descanso? Ya me he cansado de estar aquí sentada, ¿quieres ir a dar un paseo?

—Creo que prefiero acabar con esto —le dije. Y era cierto, en parte; sí que quería acabar el artículo, pues casi no nos quedaba nada por hacer. Aunque también necesitaba un poco de tiempo a solas.

—Como veas —me dijo, empujando su silla para levantarse.

Sobre el borde de mi portátil, la vi atar su largo cabello en una coleta y ponerse un par de zapatillas de deporte. Luego, cuando la puerta del piso se cerró a sus espaldas, me asomé por la ventana para ver por dónde iba, a la espera de que entrara al parque, antes de tomar el móvil y marcar el número que había en la tarjeta que la detective Murphy me había dado. Me quedé apoyada en la ventana y observé los límites del parque, atenta por si veía el vaivén de la coleta de Rachel.

—¿Puedo hablar con Leo? —pregunté, cuando la detective contestó la llamada.

—*¿Quieres decir que si puedes venir a verlo?*

—Eso —contesté. Nunca había conocido a nadie a quien hubieran arrestado, por lo que no estaba segura de lo que podía hacer o no.

—*Si él quiere, sí.*

—¿Voy a la comisaría sin más o...?

—*Ann.* —Podía oír a la detective Murphy organizar papeles al otro lado de la línea. La imaginé con el teléfono apoyado entre la mejilla y el hombro, en su oficina desordenada—. *¿Puedo preguntar qué pasa?*

La verdad era que no sabía qué estaba pasando, por lo que dejé la pregunta sin contestar.

—*¿Hay algo más que quieras contarme?* —preguntó finalmente.

—No creo que haya sido él —dije a media voz.

—*¿Por qué lo dices?*

—Porque no sería capaz de hacer algo así.

—*A veces no somos conscientes de lo que la gente es capaz de hacer.* —Hizo una pausa—. *A veces incluso no sabemos lo que nosotros mismos somos capaces de hacer.*

—¿Usted cree que es culpable?

Al otro lado de la línea, pude oír a la detective pensarse su respuesta; el golpeteo de su lápiz la delató a través del teléfono, como un rápido *staccato*.

—*Creo que podría serlo* —me dijo, tras un momento.

—Hay una gran diferencia entre poder y serlo de verdad.

—*¿Eso crees?*

—Por supuesto. —Parecía una distinción muy absurda, aquella línea entre «quizá lo hizo» y «lo hizo». La diferencia entre ser un asesino y solo pensar en lo mucho que te gustaría ver a alguien muerto—. ¿De qué se le acusa? —pregunté.

—*Por el momento solo de los robos. No tenemos suficientes pruebas para retenerlo por asesinato. Pero sí por hurto agravado.*

No sabía qué más podía decir. Fuera, vi cómo las personas entraban y salían del parque. ¿Siempre había sido así de delgada aquella separación? ¿No tenías que ser un asesino para matar? Leo no era más que una solución para la detective Murphy, un elemento tachado de una lista que significaba que ya no tenía que seguir investigando.

—*Ahora que lo pienso, podrías ayudarme con algo.* —Entonces pude oír a la detective pasar las páginas de su libreta al otro lado de la línea—. *El abogado de Leo nos ha dicho a quién estaba usando para traficar los objetos. Y es toda una sorpresa, la verdad. Pensamos que podría haberle sido difícil encontrar a un intermediario, pues no es sencillo dar con alguien dispuesto a comerciar con objetos de origen cuestionable, pero resulta que es una tienda en el centro. En la calle 56 este, un comerciante de antigüedades llamado...*

Solo que, mientras ella buscaba entre sus apuntes para dar con el nombre, yo ya lo sabía. Tenía un nudo en la garganta y una presión en el pecho. Sentía tanto los brazos como las piernas increíblemente ligeros.

—¿Libros y Antigüedades de Ketch? —pregunté.

—*Sí. ¿Lo conoces?*

—No mucho, solo he ido un par de veces.

—*¿Con Patrick?*

—Sí. Y también con Rachel.

Los ojos del cordero del anillo que llevaba en el dedo y que Rachel me había comprado reflejaron la luz. Si bien traté de quitármelo, permaneció fijo y atascado en mi dedo hinchado.

—*¿Y cuándo fue eso?*

—Hace como un mes —le conté—. Quizás un poco más.

—*¿Viste algún objeto que encajara con las descripciones de aquellos que no están?*

—No, pero tampoco es que los estuviera buscando.

—*¿Y hay objetos valiosos?*

—Sí —contesté.

—*¿Sabes cómo podría haber entrado en contacto Leo con esa tienda?*

—No.

—*¿Nunca fuiste allí con él?*

—No, nunca.

—*Ya hay varios que se han vendido* —me contó la detective Murphy—. *Estamos en proceso de rastrearlos, pero parece que algunos aún pueden estar en la tienda.*

Pensé en los preciosos broches y anillos que Stephen tenía en su tienda, en la familiaridad que Rachel tenía con el inventario, en la forma en la que mis brazos seguían bronceados por las tardes que habíamos pasado en el muro de piedra del museo, descansando y compartiendo historias.

En aquel momento caí en la cuenta de que nadie me había contado nada en realidad. Ni Leo ni Patrick y muchísimo menos Rachel. Todos se habían guardado la verdad para sí mismos, la habían mantenido escondida para su propio uso. Solo Aruna había estado allí, misteriosa con sus palabras y su don de la oportunidad.

Y, a pesar de que había estado frente a mis narices todo el verano, no me había percatado del triángulo amoroso entre Rachel, Patrick y Leo hasta aquel momento. Solo que no era un triángulo en realidad, sino una rueda. Y en el centro, en el lugar del que surgían todos los radios, se encontraba Rachel. *Regno, regnavi, sum sine regno, regnabo*: «yo reino, he reinado, no tengo reino, reinaré». Nos hacía girar a todos como si fuésemos parte de su eje. Cada uno de nosotros separados y solo mediados gracias a ella. Aunque, claro, los detalles eran confusos y estaban escondidos con la maestría con la que Rachel urdía historias y la forma en la que me había hecho partícipe de todo aquello y me había mantenido cerca.

—¿A dónde debo ir si quiero ver a Leo?

—*Su fianza está siendo procesada* —dijo la detective—. *En cuanto eso esté completo, saldrá en libertad.*

—¿Quién la ha pagado? —pregunté, con curiosidad.

—*Parece que él mismo* —contestó.

—¿Y cuándo lo pondrán en libertad?

—*Mañana.*

Estaba a punto de decir algo más cuando la puerta del piso crujió al abrirse y vi a Rachel plantada allí, un poco sudada.

—Me he dejado el reloj —me dijo, para luego tomarlo de la mesita de la entrada y ponérselo en su delgada muñeca.

Terminé la llamada y me alejé de la ventana a paso tranquilo. No sabía cómo no me había dado cuenta de que estaba volviendo. Quizás había tomado un atajo a través del bosque y había corrido por la avenida.

—¿Algo interesante por ahí fuera? —me preguntó, señalando el lugar en el que había estado apoyada.

—No, solo contemplaba el final del día —contesté.

—Cuando vuelva, vayamos a cenar a Altro Paradiso —propuso, mientras sostenía la puerta abierta—. Se me antoja comida italiana.

—Perfecto.

—Pues vale —dijo—. Volveré pronto.

Esperé a ver que su larga y ondeante coleta se internara una vez más en el parque antes de sacar el teléfono y enviarle un mensaje a Leo. *Tenemos que hablar, llámame en cuanto salgas.* Inmediatamente después borré el mensaje del teléfono y de mi portátil para que Rachel no tuviera ningún modo de encontrarlo.

El piso estaba en silencio, como siempre. Lleno de libros y utensilios de cocina, mantas caras de cachemira que estaban dobladas con cuidado sobre los lomos de los sofás. Empecé a abrir los cajones de la cocina, los cuales contenían pequeños manteles y servilletas, cuchillos y sacacorchos, y busqué con cuidado en cada cajón hasta que encontré lo que estaba buscando: uno lleno de cachivaches varios, cinta adhesiva, tijeras, pequeños destornilladores y libretas usadas. Metí la mano y tanteé en el interior hasta que oí lo que esperaba, el tintineo del metal contra el metal, una anilla de oro con montones de llaves en él. Debía haber al menos quince.

Me llevé el llavero y me dirigí al vestíbulo para llamar al ascensor, preocupada mientras este subía desde la planta baja, una planta tras otra, por que Rachel fuera a estar en el interior. Cuando el ascensor llegó por fin, estaba vacío. Sostuve la puerta abierta con el pie para que nadie más en el edificio pudiese usarlo y empecé a probar las llaves en la cerradura del ático. La quinta que probé encajó, y el botón para la decimosexta planta se iluminó.

Cuando el ascensor se detuvo, se abrió directamente hacia el piso de los padres de Rachel y reveló un largo pasillo de una época anterior a la guerra delineado con cuadros y dibujos en marcos dorados. Reconocí varios de inmediato. Había un dibujo de Henri Matisse de la primera mitad de su carrera, un cuadro de pintura al pastel de Quentin de la Tour del siglo dieciocho y un Canaletto de un paisaje de Venecia. Al final del pasillo había un salón de dos plantas con ventanas que cubrían las paredes enteras y quedaban oscurecidas por cortinas de lino grueso, las cuales habían sido corridas para siempre para impedir el paso del sol. Encendí una lámpara de estilo chino de tonos blancos y azules.

Sobre algunas mesitas desperdigadas por la sala había fotografías de Rachel y sus padres en marcos de plata de ley: fotos de ellos navegando por el mar Mediterráneo y de ella en su uniforme de la escuela Spence. También había fotos de sus padres con jefes de Estado y en cenas para inversores de museos. Fotos en Aspen y en Los Hamptons y también fotos más antiguas, en Long Lake con sus abuelos en el porche.

Y también había libros, filas y filas de libros, encuadernados en cuero y con letras doradas: primeras ediciones, panfletos de eruditos, manuscritos valiosos; así como también sofás tapizados cubiertos por cojines con borlas. Caminé por otro pasillo y me asomé a cada habitación hasta que di con la de Rachel.

Tenía mucho estilo y no era demasiado grande, de color verde pistacho y una gran cama con estilo de trineo. Rachel tenía sus propios cuadros de fotos, y les eché un vistazo con curiosidad a las fotos de ella en el instituto, sola en la proa de un velero, leyendo sobre un diván en algún lugar de la costa adriática. Solo que lo que más había en aquel lugar eran grabados. La habitación de Rachel estaba llena de grabados enmarcados en cobre del siglo dieciséis, así como algunas páginas de manuscritos medievales enmarcadas. Me quedé un rato observando algunas antes de dirigirme a su escritorio y abrir sus cajones.

La mayoría estaban vacíos. Solo quedaban unos cuantos bolis y una libreta en blanco. Había varias monedas en el cajón de arriba y algunos restos que solían acumularse en las habitaciones de infancia: unos cuantos envoltorios de caramelos y un pendiente abandonado. Imaginé que llevaría años sin dormir en aquel lugar.

El último cajón de su escritorio estaba cerrado, y, mientras buscaba en los otros cajones para dar con la llave, me di cuenta de que el llavero que tenía en la mano podría ser la solución. Tras unos cuantos intentos fallidos, una de ellas encajó en la cerradura y lo pude abrir.

Dentro había dos cosas: la foto de un pequeño velero, cuyo nombre era Fortuna, y un broche grabado en forma de disco, con piedras verdes y perlas engarzadas con maestría en el centro. Lo reconocí de inmediato del documento que Michelle de Forte había hecho circular por el museo con las imágenes y descripciones de cada objeto perdido que Leo había robado.

Mientras recorría sus bordes con filigranas doradas que me resultaban tan familiares, recordé un proverbio romano que Virgilio había vuelto popular en la *Eneida: Audentes fortuna juvat*, «la fortuna favorece a los osados». Parecía que Rachel, al mismo tiempo que Leo, había sido de lo más osada.

CAPÍTULO VEINTICINCO

L a oferta me llegó en un correo electrónico de parte de Michelle tres días después, en el cual me preguntaba si quería quedarme de forma indefinida en Los Claustros. El salario sería una cantidad considerablemente mayor que la que había estado ganando hasta el momento, y me ofrecerían un cambio de puesto de forma inmediata a curadora asistente, lo cual resultaba irónico, dado que aún no había nadie a quien asistir en la oficina principal. Me guardé la noticia para mí y leí y releí el correo de Michelle hasta que memoricé cada coma y cada signo de interrogación.

Mientras tanto, la cantidad de visitantes y el calor de finales de verano había aumentado de forma gradual. En agosto se produjo un incremento de turistas que paseaban por las galerías mientras se abanicaban con los mapas del museo y se despatarraban sobre los bancos de piedra, deshinchados y bañados en sudor. El personal se sentía del mismo modo. Los del programa docente se habían cansado de los buses de niños de campamento que no dejaban de llegar al museo y de los guías turísticos privados que les quitaban el trabajo. Estábamos hartos de apretujarnos entre montones de visitantes para llegar al baño o a nuestras oficinas, así como de lo mucho que afectaba la cantidad de cuerpos que había en el museo al aire acondicionado, que ya resultaba insuficiente de por sí. Con cada día que pasaba —sudoroso, lento y largo—, septiembre se acercaba cada vez más, incluso a pesar de que aún parecía estar a un mundo de distancia.

Aunque no había recibido noticias de Leo, Rachel ya había ido a Cambridge para preparar el piso en el que se iba a quedar durante el semestre de otoño, el cual empezaba en la primera semana de septiembre. Había intentado traer a colación el tema de que me quedara en su piso, pero yo había estado intentando evitarlo desde que había descubierto el broche. En su lugar, había organizado visitas a algunos pisos que me pudiera permitir sin que ella se enterase. Si bien ninguno de ellos era mucho más grande que el piso en el que había vivido antes, todos me ofrecían un alquiler de un año.

Y, a pesar de que el nuevo curador aún no había empezado a trabajar, ya habían llegado a la etapa de selección final, según Michelle. En el mismo correo en el que me había ofrecido trabajo, me había preguntado si podría vaciar la oficina de Patrick. Dado que no había mucho más que hacer en la biblioteca y que los jardines estaban cubiertos por un manto de calor intenso, llevé una bolsa de basura al otro lado de las puertas, coronadas por los ciervos en plena batalla, y me puse a ello.

Su oficina siempre había sido un lugar de paz, y, dado que sus ventanas no tenían manivelas, las sostuve abiertas con libros para dejar que el aire fresco circulara. Incluso si hacía calor, se estaba mejor que con el aire recirculado y sofocante que el sistema central del aire acondicionado se esforzaba por producir. La mayoría de los libros de Patrick ya habían sido guardados en cajas para donarlos a la biblioteca de Yale hacía semanas, pero aún quedaban algunos papeles, objetos personales y demás cachivaches en los cajones del escritorio. El tener que tirar aquellas cosas a la basura, cosas que habían compuesto una vida, que le habían dado forma a una carrera, era, de algún modo, lo peor de todo. Y me imaginé, con cierto morbo, lo que podrían encontrar en mi propio escritorio algún día: tarjetas de cumpleaños de mis padres, trozos de papel abandonados, bolígrafos sin tinta. Guardé algunas cosas para la biblioteca y una para mí, un ejemplar desgastado de *El nombre de la rosa*, y tiré el resto a la basura.

Me estaba preparando para encargarme del montón de archivadores que había detrás del escritorio de Patrick cuando Moira entró a la oficina.

—¿Sabes a quién van a contratar? —Se apoyó contra la puerta cerrada que había a sus espaldas y habló casi en susurros.

—No lo sé —contesté, lanzando las últimas cosas que quedaban a la bolsa.

—¿Se te ocurre quién podría ser?

Sí que se me ocurrían un par de personas, pero no tenía la paciencia para comentarlo con Moira.

—La verdad es que no.

Moira se acercó al escritorio de Patrick y abrió un cajón.

—¿Has encontrado algo?

—Nada —dije.

Moira era el tipo de personas que no solo se tomaba su tiempo para procesar una tragedia, sino que se pasaba el resto de la semana investigándola, estudiando a las víctimas e internalizando el sufrimiento de estas como si fuese el suyo.

—¿Puedes creer que Leo haya salido bajo fianza? Ya está fuera, por si no te has enterado. Podría aparecerse por aquí en cualquier momento.

—Creo que lo tiene prohibido.

—¿Y eso importa? ¿Quién lo va a detener? ¿Te lo imaginas, entrando aquí como si nada?

La forma en la que lo dijo, con melancolía, como si hubiese repetido la escena en su cabeza una y otra vez mientras estaba de camino al trabajo, me hizo darme cuenta de que no estaba segura de que Moira hubiera comprendido la gravedad de la situación. Disfrutaba mucho de desempeñar su papel en aquella tragedia, por muy secundario que este fuese. Yo sabía que Leo jamás iba a ser un empleado contrariado que regresara a su lugar de trabajo, sino que iba a seguir adelante, que iba a trabajar como camarero para ganar dinero en algún bar del Bronx, en algún lugar como el Crystal's Moonlight, donde no se tenía que firmar ningún documento.

—No creo que Leo vaya a volver.

—Ah, es verdad que vosotros dos tuvisteis algo, ¿no? Recuerdo que alguien lo mencionó, quizás alguno de los guardias de seguridad —comentó ella, mirándome por el rabillo del ojo.

Me encogí de hombros, con la esperanza de que, si me quedaba callada, Moira se marcharía, pero parecía de lo más cómoda allí, apoyada en el borde del escritorio, moviendo su larga pierna en un ritmo silencioso.

—Bueno, estás mejor así —me dijo.

—¿Cómo dices?

—Sin Leo. Imagino que habéis cortado, ¿no?

No estaba segura de que en algún momento hubiésemos estado juntos lo suficiente como para romper, pero asentí al tiempo que apilaba algunos libros que quedaban. Moira se quedó en silencio durante algunos segundos mientras observaba la curva de la ventana.

—Nunca sabré qué le visteis —dijo al final, distraída.

Y el uso del plural fue lo que me llamó la atención: *visteis*.

—¿A qué te refieres? —le pregunté, observándola con cuidado.

—A que Rachel y tú sois tan amables. Sois buenas chicas, con futuro. Nunca sabré qué os pasó por la cabeza para estar con Leo.

Claro. En el fondo, siempre lo había sabido. Había estado allí, en los bordes de lo que me mostraban las cartas. Había estado en la forma en la que Rachel nos había mirado el día en que nos había descubierto en el cobertizo del jardín: dura y calculadora. Lo había visto, solo que había preferido pasarlo por alto. Lo había hecho desaparecer.

—¿Y qué pensaba Patrick de que ellos estuviesen juntos? —pregunté, como si nada.

—Oh —dijo ella—, no creo que se haya dado cuenta. Al menos no de inmediato. Ni siquiera sé si seguían juntos para entonces. Fue cuando ella llegó al museo. Durante un tiempo pareció que ella y Leo de verdad iban a durar. Pero entonces se hizo pedazos, como todo lo que rodea a Leo.

—¿Y se volvió incómodo? —Aunque no era eso lo que quería preguntar. Quería saber cosas como si habían durado mucho tiempo juntos, si había sido algo serio, si le había hecho daño a Leo, quién había cortado la relación o de cuánto se había llegado a enterar Patrick.

—¿Entre ellos dos?

—O con Patrick —respondí, asintiendo.

—Hubo un tiempo en el que Leo y Patrick peleaban mucho. Pequeñas discusiones insustanciales. Comentarios que oíamos de paso por aquí y por allá. Pero, en su mayoría, Patrick se comportó como un caballero. Claro que no puedo decir lo mismo de Leo.

—¿Y cómo acabó todo?

Me pareció que Moira se lo estaba pasando en grande con todo ello. En el fondo era una cotilla, el conducto mediante el cual se transmitía la información en Los Claustros. Al no ser considerada parte del personal esencial del museo, en momentos como ese no podía evitar disfrutar de que yo estuviera prendada de cada palabra que salía de su boca.

—No sé —dijo, quitándose una pelusa imaginaria de su falda—. Antes de que llegaras. Solo que no sé exactamente cuándo. A Rachel le gustaba poner a Patrick celoso. Creo que se trataba más de eso que de un interés real por Leo, la verdad.

La imagen de Rachel y Leo juntos me llegó de sopetón, y no pude evitar imaginarlos juntos de todos los modos posibles. Me avergoncé de que las imágenes estuvieran plantando una semilla de deseo en mi estómago, un tirón que me empujaba a querer saber más, a saberlo todo, un tirón que hacía que quisiera haberlo visto todo, que hubiese pasado frente a mis ojos.

—Ya conoces a Rachel —siguió Moira, observándome del mismo modo en que un gato vigilaba a una mosca atrapada en una telaraña, con curiosidad mientras esta daba vueltas—. Nunca se compromete con algo por mucho tiempo. Solo aceptó quedarse este verano porque Michael se fue. Se suponía que se iba a ir a Berlín. No se suponía que fuese a quedarse, solo fue… —Hizo un ademán con la mano— el destino. Siempre me he preguntado si se quedó por Leo.

Tras ello, Moira se bajó de la mesa con un suave movimiento, salió de la oficina, y me dejó sosteniendo una pila de libros contra el pecho con un brazo y la pesada bolsa de basura con el otro. El silencio de la biblioteca, con sus largas mesas de roble y sillas de cuero verde, su techo abovedado y sus pequeñas y angostas ventanas de estilo gótico, me pareció de pronto sofocante. Tuve el impulso de lanzarme hacia el gentío para ahogar las ideas que se estaban entretejiendo en mi mente.

Me llegó un mensaje de Leo: *Vale, pues hablemos.*

Aquello era lo único que decía, pero fue suficiente para que dejara todo lo que estaba haciendo en Los Claustros aquel día. Corrí por las escaleras del metro y le eché un vistazo a mi reloj mientras esperaba el tren. Una vez que llegué a su parada, caminé lo más rápido que pude hasta acabar prácticamente corriendo para cuando llegué a su piso. Aun así, no estaba preparada para verlo de aquel modo, con un dispositivo de vigilancia en el tobillo y un gran corte en el pómulo. Sostenía un chándal agujereado por la cintura y estaba muy pálido, con el pelo peinado hacia atrás.

No me dijo nada cuando llegué, no me invitó a pasar ni me dio ninguna explicación, sino que se limitó a abrir la puerta. Se giró hacia el interior de su piso, donde un bocadillo a medio comer reposaba sobre la mesa de la cocina.

—¿Qué quieres, Ann?

—Te acostaste con Rachel —le dije, casi sin aliento.

Leo se apoyó en la encimera, donde había tazas de café tiradas por ahí y miguitas de desayunos preparados con prisa. Me pregunté qué le habría contado a su compañero de habitación sobre aquella situación.

—¿Y?

—Que no me lo contaste —repuse, un poco descolocada por la despreocupación de su tono, por lo indiferente que parecía. Me senté a la mesa para calmarme un poco.

—¿Me contaste tú sobre cada persona con la que te habías acostado? ¿Era algo que necesitara saber?

—No, pero…

—Venga ya, Ann. La actitud de niñita desamparada no te pega. Has pasado mucho tiempo con Rachel, ya sabes cómo es. No eres tan inocente.

Quería que me lo contara todo sobre su relación con ella. Quería saber si pensaba que sus pechos eran mejores que los míos, cómo olía, si le gustaba el sexo oral o si había pasado la noche en la misma cama en la que él y yo habíamos dormido, exquisitamente colocados con marihuana de la buena y cerveza barata. Tenía razón, no era inocente en absoluto. No sabía si alguna vez lo había sido.

—Me habría gustado que me lo contaras. —Mi voz salió casi en un susurro.

—¿Por qué? ¿Habría cambiado algo?

—Quizá.

—¿Lo dices en serio, Ann? ¿Me habrías evitado? ¿O quizás la habrías evitado a ella? No, lo dudo. Te lo has pasado de lo lindo involucrándote en Los Claustros. Lo he visto. En nuestro pequeño culebrón. Encajas a la perfección, como la pieza que faltaba. —Hizo una pausa para sacar un vaso de la alacena y me dio la espalda—. Incluso a mí me pareció que eras la pieza que faltaba.

No sabía qué decir, salvo que la forma en la que me había situado como algo necesario y entrelazado con él, con Rachel, me hacía sentir como una mierda, aunque también me emocionaba.

—Antes de que vinieras —empezó—, todo era muy claustrofóbico. Rachel y yo. Rachel y Patrick. Moira, que grababa cada momento de ello. Los mismos personajes cada día, el mismo trabajo monótono. Cortar los arbustos, barrer las hojas, plantar las semillas. Y entonces llegaste tú. Y había algo especial en ti. Pude ver que Rachel lo percibió al instante. Hiciste que nuestro viejo juego se ampliara y lo convertiste en algo diferente. Hiciste que todos creyéramos que algo nuevo podía pasar.

—¿Hablasteis de esto? ¿De mí? ¿Lo hablaste con Rachel?

Leo asintió.

—Ella y yo tenemos algo en común, ¿sabes? Creemos que en ocasiones hacer las cosas bien exige un coste mayor. Ya no se puede tener éxito a través de los canales convencionales. Hay demasiada competencia, demasiado dinero de por medio, demasiados críos con dinero de sus papis que no tienen que escribir por las noches entre turnos de camarero y su empleo durante el día. No esperaba que Rachel lo entendiera, pero sí que lo hacía. Sabía lo competitivo que es el mundo, incluso para alguien de su posición. Ambos estábamos dispuestos a hacer lo que hiciera falta.

—Patrick —dije.

—Sí. Para ella, Patrick era lo que hacía falta.

—Pero tú no lo mataste —repuse.

Leo soltó una carcajada.

—No, no lo maté.

—¿Y la belladona?

—Yo no lo maté, Ann. ¿Por qué iba a hacerlo? Estaba vendiendo objetos por lo bajo y ganaba bastante dinero con ello. Aquello hacía que pudiese dejar mi segundo trabajo para ponerme a escribir por las noches. Rachel me ayudó a encontrar a alguien que los comerciara. Ella lo sabía todo; fue ella quien me lo sugirió. No olvidaré nunca cómo lo planteó: «Estarías dejándolos en libertad», me dijo. Los estaríamos devolviendo a sus lugares de origen. Así que los vendimos, aunque ella nunca se quedó con nada, a pesar de que le ofrecí un veinte por ciento. Solo que ella no lo hacía por el dinero, sino que creo que lo que le gustaba era la emoción de hacerlo. Le gustaba burlarse de Patrick, tanto de forma personal como profesional. Y no solo lo hicimos en Los Claustros. Sí, nos han atrapado en Los Claustros, pero también me he llevado cosas de la Beinecke y del Morgan. Cartas, páginas de manuscritos, unas cuantas primeras ediciones. Con el acceso que tiene Rachel, era algo sencillo. Lo que pasa es que quiero quedarme con algo del dinero que he sacado con algunas de esas ventas, y por ello he decidido no divulgar el papel que tiene Rachel en este negocio secundario. ¿Cómo crees que he conseguido pagar la fianza? Ni siquiera estaba seguro de si iba a contártelo, pero…

Leo hizo una pausa, se dirigió a la nevera para sacar una cerveza y la abrió.

—Dado que ya no podré tomar muchas más de estas —dijo, haciendo un gesto de brindis en mi dirección—. Me sorprende lo bien parada que ha salido de todo este asunto, la verdad.

—¿Por qué no me lo contaste? —Era una pregunta absurda, y lo sabía. Al fin y al cabo, ¿qué habría significado que lo supiera? ¿Qué habría hecho yo con aquella información?

—Se suponía que ibas a ser algo temporal. —La forma en la que lo dijo no fue desagradable o despectiva, sino más bien tierna, como si fuese una estudiante de intercambio o una *au pair* a la que habían acogido y a la que habían terminado tomándole cariño, a pesar de que inevitablemente iba a tener que irse—. Pero Rachel se encariñó contigo. Yo me encariñé contigo. Y también están las cartas. Las cartas del tarot lo han echado todo a perder.

Nunca le había contado nada sobre las cartas del tarot, a pesar de que había querido hacerlo muchísimas veces. Era un secreto que había guardado para compartir solo con Rachel; aunque estaba claro que ella no había tenido la misma consideración.

—Lo sabes.

—Rachel me lo contó. ¿Y sabes qué? Rachel y Patrick se conocieron en Yale. Él estaba dando una charla y Rachel estaba entre los asistentes. Los presentaron, y él le ofreció un trabajo a media jornada en el museo durante su último año en la universidad. No sé cuánto tardaron en acostarse. La verdad es que me daba igual. Nunca me han afectado ese tipo de cosas. A fin de cuentas, todos somos animales que tratan de pasar el rato. Pero Patrick… Patrick se enamoró de Rachel. Cuando se enteró de lo nuestro, me dio un puñetazo en la cara. El moretón tardó dos semanas en desaparecer, y tuve que decirle a todo el mundo en el trabajo que el guitarrista me había dado por accidente durante un ensayo. Creo que Patrick pensaba que Rachel era la mujer de su vida. Que iba a sacarse el doctorado y que iba a volver a la ciudad para mudarse con él a Tarrytown. Solo que fue entonces cuando Patrick compró las cartas. Era coleccionista, ya sabes, siempre andaba comprando cosas para acabar guardándolas en casa. Rachel me contó que más de una vez le pidió que se las regalara. Luego se ofreció a comprárselas, pero él no quiso. Y ella se enfadó, como ya te imaginarás. No existe nadie a quien la palabra *no* le siente tan mal como a Rachel.

—Y Rachel…

Leo asintió.

—Yo soy un ladrón —admitió— y un relativista moral. ¿Me siento culpable por robar en Los Claustros? Pues no. Son objetos inanimados, no me quita el sueño. Pero ¿significa eso que haya matado a Patrick? Por supuesto que no. Mi relativismo moral no llega tan lejos. Sin embargo, el de Rachel… me temo que sí.

—¿Y se lo has contado a la detective?

—No —dijo, dándole un sorbo a su cerveza—. ¿Por qué iba a hacerlo? ¿A quién te parece que le van a creer? ¿A mí, un delincuente, o a Rachel Mondray? Lo ha montado todo para que yo parezca culpable, claro. Sabía que no iba a delatarla porque aún había algunas cosas que habíamos robado y que no se habían vendido, pero, incluso si lo hubiese hecho, no habría cambiado nada. —Meneó la cabeza—. No esperé que me culpara por el asesinato de Patrick, aunque, cuando la policía se dio cuenta de que fue un envenenamiento, supongo que no tuvo más remedio.

—¿Y no le preocupaba que todo pudiese salir mal?

—Rachel es muy meticulosa. Lo planea todo. Y, cuando algo sale mal, siempre ha sabido arreglárselas para librarse de las consecuencias. ¿Por qué iba a ser diferente en esta ocasión?

—Tenemos que hacer que asuma la responsabilidad de lo que ha hecho —le dije, mirándolo, y con una especie de desesperación en mi voz, una urgencia, a pesar de que sabía bien, y las propias cartas me lo habían confirmado, que Leo tenía razón.

Él se encogió de hombros.

—No tienen suficientes pruebas para sentenciarme —dijo—. Al menos eso es lo que dice mi abogado. Todo es circunstancial. Pasaré unos meses en una prisión de mínima seguridad por los robos antes de salir bajo libertad condicional. Trabajaré para pagar la multa. De hecho, es algo que me emociona. ¿Unos meses para escribir sin ninguna interrupción? Me da igual si es aquí o en el norte del estado bajo la vigilancia de un guardia de seguridad. No hay cómo delatar a Rachel. Lo va a negar todo, ya la he visto hacerlo. El día en que Patrick se enteró de que nos habíamos estado acostando, la confrontó. Creo que Moira se lo contó, porque siempre quiso que Patrick superara su fijación por salir con jovencitas de veinte años y empezara a salir con mujeres de su edad. Pero Patrick encaró a Rachel en el jardín, yo los oí discutir. Y ella lo negó todo, sin afectarse, a pesar de que ese mismo día lo habíamos hecho en el cobertizo. Creo que todavía quedaba algo de mi semen dentro de ella. —Soltó una risa forzada—. Se le da bien traficar cosas; su cara de póquer es increíble.

Cuando se dio cuenta de la expresión que tenía, se acercó a la mesa y se sentó frente a mí.

—Oh, Ann. —Me acarició la mejilla—. No quiero que pienses que hacía esto con todas las chicas. Como te he dicho, ambos pensamos que eras especial desde que te conocimos.

Me puse de pie y lo dejé allí sentado, ligeramente inclinado hacia adelante y con la mano aún estirada hacia donde había estado mi rostro para acariciarlo. Una parte de mí quería gritar y luchar. Quería quemarlo todo hasta los cimientos. Pero la otra parte de mí no podía evitar sentirse emocionada por haber estado en el centro del meollo, por haber mediado entre ellos, por haber sido alguien que ambos disfrutaran.

—No serás capaz de atraparla —me dijo en voz más alta, una vez que me dirigí a la puerta—. Tendrás que jugar su juego, eso es lo único que Rachel respeta.

CAPÍTULO VEINTISÉIS

Las palabras de Leo se quedaron conmigo, tintinearon en mi cabeza como si se tratara de cubitos en un vaso, sueltas hasta que se disolvieron en algo que se asemejaba a un plan. Y así fue como me vi aceptando ir a Long Lake cuando Rachel, al final de su última semana y de camino al trabajo, dijo:

—Deberíamos ir por última vez antes de que me vaya.

Sus clases de posgrado iban a empezar pronto, y, a pesar de que me había ofrecido su piso en Nueva York, aún no le había contado que ya había firmado un contrato para un piso en Inwood que daba inicio el uno de septiembre. Era más sencillo de ese modo. Rachel había empezado a hacerme preguntas lastimeras todos los días, como «vendrás a visitarme, ¿no?» o «hablaremos por teléfono durante la semana, ¿verdad?». Aquella mañana, mientras bebíamos un café, me había pedido con cierta intensidad:

—No me olvides, ¿vale?

Ojalá pudiera.

Conforme hacía las maletas para el fin de semana, me di cuenta de que aún tenía tiempo para irme. El piso que había alquilado al llegar a Nueva York seguía siendo mío durante cuatro días más, por lo que aún podía decidir no ir a Long Lake. Solo que, mientras el hidroavión se inclinaba de forma vertiginosa hacia el atardecer antes de plantarse suavemente sobre el agua oscura del lago, sabía que no era una opción. Era mi destino. *Audentes fortuna juvat*, «la fortuna favorece a los osados». Y la ciudad y Los Claustros me habían convertido en alguien capaz de asumir riesgos.

No había nadie que nos diera la bienvenida como en la ocasión anterior, y la casa estaba a oscuras. Lo único que nos mostraba el camino era la línea de luces que había sobre el muelle. Para cuando cruzamos el jardín y llegamos a la puerta principal, ya podía oír el motor del avión al apartarse del río y dejarnos solas, a ambas, en la creciente oscuridad.

—¿No está Margaret? —le pregunté a Rachel.

—No, están de fiesta por el Día del Trabajo —me explicó—. Suele haber gente por aquí, por lo que tienen menos de lo que encargarse. —Le dio a un interruptor que iluminó el salón y la madera teñida de color miel con un brillo cálido.

Había ido a Long Lake para que Rachel no pudiera escapar de la verdad, para que no pudiera esconderse detrás de Aruna o de Michelle de Forte o de sus abogados. Para que no pudiera desaparecer entre el gentío de la ciudad. Solo que no había considerado que Margaret y su marido podían no estar. La idea era que ellos tenían que ser la barrera, el seguro en caso de que las cosas con Rachel se salieran de control, aunque tal vez fuera mejor así. Rachel habría querido que fuera algo entre nosotras dos, de todos modos.

Había practicado mentalmente la conversación que necesitaba tener durante días; ponía palabras en la boca de Rachel y dejaba que otras salieran de la mía. Aun con todo, el resto del fin de semana lo había dejado sin planificar. Sabía que se iba a producir de la forma en la que estaba destinado a producirse y no quería que las cartas me dijeran qué esperar. No aún. Vi a Rachel abrir la nevera y echarle un vistazo a lo que había dentro. El congelador también estaba prácticamente vacío.

—Podemos ir al pueblo a cenar —dijo ella, mientras abría y cerraba algunas alacenas.

Llevamos nuestras mochilas a las habitaciones en las que nos habíamos quedado la vez anterior. Me acerqué a la ventana y apoyé los dedos sobre el alféizar. Comprendí que no se trataba de que Los Claustros me hubiera cambiado, sino que me había moldeado hasta convertirme en la afilada punta de la persona que siempre había sido. Nueva York no me había mostrado de lo que era capaz, sino que más bien no me había dejado otra opción que ser capaz, como el punto final de una dura lección que había dado inicio con la muerte de mi padre.

Y no solo había sido la ciudad. Rachel y Leo me habían mostrado un modo diferente de vivir, y, por ello, me había enamorado de ambos. Contemplé el lago desde la ventana, indecisa entre el deseo de destruirlo todo y el de aferrarme a ello para siempre. Ambos impulsos tiraban de mí con la misma intensidad.

Cuando Rachel llamó a la puerta, no pude evitar dar un brinco.

—No quería asustarte —me dijo, entrando en la habitación con un jersey en una mano y un juego de llaves en la otra.

—No ha sido nada.

Nos subimos a una furgoneta que Rachel sacó marcha atrás de un garaje abierto y por un largo camino de tierra bordeado de tupidos olmos y robles. Tras recorrer casi un kilómetro y medio de árboles y pantanos, cruzamos una sencilla puerta de metal y giramos a la izquierda para incorporarnos a una autopista de dos carriles. Solo nos llevó unos diez o quince minutos hasta poder ver la calle principal de un pequeño pueblo estacional: puestos de gafas de sol, pequeñas y emocionantes atracciones infantiles que funcionaban con monedas y carteles que ofrecían bebidas frías y helados.

A pesar de la cantidad de tiempo que había pasado en la ciudad, algunos de mis recuerdos más vívidos son de la calle principal de aquel pueblecito. Me recordaba a Walla Walla y a la intimidad de caminar por las aceras llenas de turistas en verano, serpentear entre coches aparcados, tiendas cuyos escaparates estaban a reventar de juguetes y recuerdos —que no habían cambiado en años— y que habían sido diseñados para atraer a los viandantes.

—Comeremos algo y luego iremos a por provisiones —dijo Rachel, mientras caminaba por la acera en dirección a un restaurante que tenía sombrillas blancas y rojas abiertas sobre mesas de pícnic de madera—. Espero que te gusten las hamburguesas, porque eso es lo único que tenemos por aquí. La pizzería cerró hace un año, aunque quizás haya sido lo mejor. Tenían una pizza horrible, algo bastante impactante si pensábamos que estábamos en Nueva York.

Solo había unas pocas mesas libres, y Rachel lanzó su jersey sobre una de ellas antes de que nos pusiéramos a hacer cola, la cual estaba llena de jubilados y familias jóvenes, así como de unos cuantos adolescentes que habían escapado de la supervisión de sus padres por una noche. Hicimos nuestro pedido a un par de chicas que estaban de pie detrás de unas ventanas con unas aberturas tan pequeñas que casi no las dejaban oír. Las chicas tenían que agacharse constantemente, y sus orejas casi tocaban el mostrador para poder entender lo que les decíamos.

Rachel vaciló un poco al pedir, pero a nadie pareció importarle. Desde que habían arrestado a Leo, su comportamiento había cambiado casi de forma imperceptible: parecía más ligera, más juguetona, como si cualquier preocupación que quedara en ella hubiera desaparecido. Me pregunté cómo lo justificaba, pues estaba segura de que lo hacía. ¿Qué le dice una a una amiga que ha cometido un asesinato? ¿Cómo se podía pasar el rato hasta que era imposible evadir la verdad durante más tiempo?

Nuestra comida llegó. Mi hamburguesa estaba llena de grasa y sal.

—¿Crees que a Moira le caerá bien Beatrice? —preguntó Rachel entre sorbos de refresco.

Habían contratado a Beatrice Graft como reemplazo de Patrick. Era profesora en Columbia y solía dar charlas en Los Claustros, por lo que había sido una de las candidatas predilectas desde el inicio.

—Me parece que Moira cree que ella misma debería ser la curadora —le dije.

—Patrick me contó una vez que la habían contratado cuando tenía treinta años. ¿Te lo imaginas? Debe llevar allí al menos otros treinta años.

Podía imaginarlo. Moira tenía la apariencia de alguien que había estado en las salas góticas del museo durante demasiado tiempo: pálida, atenta y seguro que llena de secretos.

—¿Crees que estarás bien? —me preguntó, y su voz sonó preocupada de verdad—. Será como empezar de nuevo. Nueva yo, nuevo Leo, nuevo Patrick.

Se me ocurrió que aquello no tendría por qué ser algo malo.

—Me las apañaré.

—Eso fue lo que le dije a Michelle —dijo ella, mirando más allá de mí a una mesa ocupada por una pareja joven—. Le dije que serías capaz de sostener el museo con todo el caos. Incluso si no llevas mucho tiempo trabajando allí. Le dije que podrías encargarte. Ella no estaba segura, ¿sabes? De que fueras a encajar bien en el museo a largo plazo. Pero yo se lo aseguré.

—Gracias —le dije, aunque hubo algo en aquel comentario que no me gustó: el espectro de una deuda, de mi propia insuficiencia.

—No es nada. Para eso estamos las amigas. Además, me gusta saber dónde encontrarte por si te necesito.

Comimos en silencio mientras la noche se asentaba sobre el pueblo, y las estrellas se podían apreciar con facilidad más allá de la única farola que había. En aquel momento me di cuenta de que toda la generosidad de Rachel —aquello que me había impresionado tanto, aquello que parecía tan sincero— era en realidad el origen de su control. Era tanto la benefactora como quien controlaba todo hasta el último detalle; nos movía a todos con maestría a nuestro propio paso y nos envolvía con privilegios cuando hacíamos lo que ella quería. Y, si bien era obvio que yo le caía bien, también creía que era más lista que yo, más capaz.

Antes de dejar la ciudad, había llamado a Laure para contárselo todo, en caso de que algo saliera mal. Me creyó sin ningún atisbo de duda y prácticamente sin afectarse cuando le expliqué lo que había sucedido. No obstante, quiso saber si me encontraba bien, y yo le aseguré que sí.

Comprendí que Rachel había creado una enorme pérdida o que al menos se había situado en el centro de ella. Sabía cómo aquello podía cambiar a una persona. Por tanto, había querido tantear su pérdida y probármela para ver cómo me quedaba. Recordaba el modo en que había recortado cada artículo sobre la muerte de mi padre y los había guardado, algunos incluso de solo unas pocas líneas. Su obituario no había sido más grande que mi pulgar. Fue el recuerdo del obituario de mi padre lo que me llevó a buscar los artículos sobre la muerte de los padres de Rachel. Y encontré muchos: recuentos de la zona hechos por el *Post-Star Gazette* que le dedicaban una página entera a los intentos por rescatarlos, al daño que había sufrido el velero, al estado que presentaba Rachel cuando habían dado con ella. Luego, al querer experimentar incluso más su pérdida, pasé a los artículos que el *Yale Daily News* había publicado sobre el suicidio de su compañera de habitación. Con cada palabra que leía, las cosas que en algún momento habían parecido mala suerte, predestinadas e ineludibles, parecían tratarse menos de un capricho del destino y más de algo planificado.

Rachel arrugó nuestros envoltorios de papel y los llevó hasta la papelera.

En el trayecto de regreso, sacamos las manos por la ventana para dejar que el aire revitalizara nuestra piel. Para cuando llegamos a la casa ya era tarde. Rachel puso un disco en el salón, y su sonido rasgado resonó por toda la casa de madera y hacia el exterior por las ventanas abiertas hasta llegar a las orillas del lago, donde trató en vano de ahogar el canto de los grillos.

Se enroscó en una butaca vieja y abrió un libro, con una copa de vino sobre la mesita a su lado. Habíamos pasado mucho tiempo de nuestro primer viaje a Long Lake leyendo, por lo que, para aquella ocasión, había guardado en mi mochila un libro que llevaba mucho tiempo con ganas de leer —*El nombre de la rosa* de Umberto Eco—, el ejemplar grueso y desgastado que me había llevado de la oficina de Patrick.

Una vez en el sofá, abrí el libro y comencé a hojearlo, hasta que las páginas se detuvieron, de pronto, en el final. Y allí, en la parte de atrás del libro, encajada contra la cubierta de papel, había una carta. Reconocí el fondo azul oscuro de inmediato, el salpicón de estrellas doradas que formaban constelaciones en el cielo nocturno. Alcé la vista y vi a Rachel sumida en su libro. Le di la vuelta a la carta. Era la que nos faltaba, el diablo. La carta que completaba la baraja. Su cubierta ya había sido retirada para revelar a Jano, el dios de las transiciones y la dualidad. Al parecer, Patrick siempre había estado al tanto de lo de las cartas ocultas.

CAPÍTULO VEINTISIETE

Me guardé el descubrimiento para mis adentros incluso cuando, al día siguiente, nos tumbamos sobre unas suaves y mullidas toallas de playa y hundimos los dedos de los pies en la arena. Una sombrilla inclinada nos proporcionaba un poco de sombra mientras el sol se dirigía hacia el oeste. En el horizonte, un cúmulo de nubes se estaba reuniendo. Me aventuré hacia el lago, y su fondo rocoso me pinchó los pies cada pocos pasos hasta que estuve lo suficientemente dentro para bucear. El agua me llenó las orejas mientras mis brazos cortaban el aire y me llevaban hasta la vieja plataforma flotante que estaba anclada a la orilla.

Y, conforme me subía a la plataforma, descubierta y llena de trocitos de madera descascarada, contemplé lo bronceados que estaban mis brazos y lo delgada que se había vuelto mi figura gracias al verano en Nueva York. Siempre me habían encantado los últimos días de aquella estación. El brillo incesante del sol en agosto y la hierba seca en Walla Walla, donde la vuelta a clases era la primera señal de que el otoño venía en camino, seguido muy de cerca por los cielos amenazantes del invierno. Sabía que los cielos de Nueva York iban a soltar algo más que una simple amenaza. Del mismo modo en el que el verano había sido caluroso, el invierno iba a ser helado. «Glacial», había dicho Leo una noche, apoyado en la escalera de emergencia de su piso mientras exhalaba el humo del porro que se había estado fumando. Aun con todo, me moría de ganas de experimentar la brisa de invierno que se alzaba del Hudson. Me tumbé sobre la plataforma hasta que noté que la piel me escocía y se moteaba por el calor, y solo entonces me volví a sumergir en el lago y nadé hasta la orilla.

Rachel y yo repetimos aquella rutina —nadar, dormitar, apretujarnos bajo la escasa sombra que proporcionaba la sombrilla— hasta bien entrada la tarde, hasta que el cielo comenzó a oscurecer y las nubes dejaron de ser blancas para convertirse en grises y devoraron el horizonte con su tamaño. El viento también había empezado a soplar con fuerza, agitaba las páginas de nuestros libros y tiraba de la sombrilla. Conforme el sol se ponía, nos dimos cuenta de que nos habíamos demorado demasiado. Al otro lado del lago, una oscura franja de lluvia se nos estaba acercando, y las gotas que caían formaban una espuma blanca sobre la superficie del agua. El día había dado paso a la oscuridad —aquella experiencia tan surrealista que solo parecía suceder en los días más calurosos de verano—, y, aunque ningún rayo había cruzado el cielo, un escalofrío repentino me dijo que no iba a tardar en hacerlo. Entonces, directamente sobre nuestras cabezas: truenos. Una ráfaga de viento volcó nuestra sombrilla y la hizo dar tumbos por el jardín, con las toallas y los libros arrastrándose detrás de ella. Los perseguimos bajo la lluvia que descendía con fuerza sobre nuestros hombros y piernas descubiertas, los acorralamos mientras bailaban con el viento y luego corrimos hacia el porche y la seguridad de la casa. Ya podía oír el golpeteo constante y ensordecedor de la lluvia que caía contra el techo, el cobertizo y las ventanas.

—No creo que nos vayamos a quedar sin luz —dijo Rachel, tan pronto como nos encontramos dentro.

No había pensado que todo podría volverse más oscuro, pero, cuando el viento golpeó el lado más grande de la casa, retrocedí por instinto. En tan solo cuestión de minutos, la tarde había cambiado de forma irrevocable, y en aquel momento deseé tener conmigo lo único que parecía haber conseguido mantenerme anclada mientras todo lo demás a mi alrededor daba vueltas y más vueltas: las cartas. Dejé a Rachel en el salón, observando la tormenta, y me dirigí a la habitación en la que dormía. Tanteé en mi mochila hasta que di con lo que buscaba: la caja de cuero con la cinta verde que contenía las cartas.

Al querer hacer una lectura completa, metí la carta del diablo en medio de la baraja y me acomodé, con las piernas cruzadas, en el centro de la vieja alfombra tejida de cara a las ventanas, las cuales estaban salpicadas de lluvia. Empecé el proceso de barajarlas con suavidad y de disponer una tirada, situé las cartas con decisión y las acomodé en un complicado patrón de diez naipes. Cinco iban a indicar lo que había sucedido antes, y otras cinco, lo que aún estaba por suceder. Y, conforme las sacaba, no pude evitar sorprenderme ante lo que vi en mi pasado. Estaba el dos de copas del revés: una carta que reflejaba la falta de confianza, el desequilibrio. Junto a ella se encontraba la carta de Saturno, una carta que habíamos asociado con la carta del mundo en una baraja tradicional: la figura paterna; aunque también, en la Roma antigua, Saturno se había fusionado con el dios griego Cronos, un titán que había usurpado el lugar de su padre y había devorado a sus hijos. El diez de oros del revés enfocaba aquella lectura incluso más en mi familia, y también estaba la luna. La carta más voluble de todas, la cual arrojaba luz sobre nuestros errores. Tuve que apartar la vista de la verdad que las cartas estaban intentando mostrarme con claridad.

—¿Qué dicen? —preguntó Rachel. Me había seguido hasta la habitación y estaba apoyada en el marco de la puerta. Entonces, en una voz tan baja que apenas la pude oír sobre la lluvia, añadió—: ¿Qué te dicen las cartas que no pueda decirte yo?

—No es eso, es más como una sensación. —Alcé la vista—. Algo que se desbloquea. —Solo que, para mis adentros, sabía que también podía ser algo más. El documento que habíamos traducido decía que las cartas eran prescriptivas: predecían el futuro, aunque quizá también lo volvían realidad.

Rachel se negó a entrar en la habitación; se quedó bajo el umbral y me miró desde allí.

—Venga ya, Ann —me dijo—. No crees de verdad que las cartas puedan predecir el futuro. Eso no existe. Solo nosotros mismos podemos crear nuestros futuros.

No obstante, su voz sonaba débil, y entonces recordé la historia que me había contado sobre su madre y las hojas de té, el modo en que aquella lectura la había llenado de un miedo que nunca la había abandonado del todo.

—Todos queremos creer que existe algo más grande que nosotros mismos —dije, mientras sostenía en la mano las cartas que me quedaban y observaba el patrón que había dispuesto—. ¿No era eso lo que solía decir Patrick?

—¿Para qué querrías saberlo? —preguntó ella, al tiempo que entraba en la habitación y se acomodaba en el suelo frente a mí, con las piernas cruzadas—. Si lo que dices es cierto y hay algo que nos espera, algo que quizá podamos ver, ¿por qué querrías saberlo?

Fue entonces cuando me di cuenta de que Rachel tenía miedo de verdad. Mientras que yo había cedido ante mi intuición, ella se había alejado. Me pregunté si finalmente habría encontrado a la mujer que le había hecho la lectura de las hojas de té a su madre. Y, durante un instante, me permití imaginarla: entrando en la tienda solo para que la echaran, mientras la adivina la señalaba con un dedo acusador. Sin embargo, lo cierto era que ambas teníamos razón a nuestro modo. Yo sí que creía que estábamos destinados para algunas cosas, del modo en que creía que mi padre estaba destinado a encontrarse al lado de la carretera aquel día y que nada que yo pudiese haber hecho habría detenido su muerte. Porque ¿cómo sería vivir con la alternativa? Siempre preguntándome a mí misma si podría haberlo salvado al tomar una decisión distinta.

Rachel me sacó de mi ensoñación al estirar una mano entre nosotras para apoyármela en el brazo.

—Ann, creer puede ser divertido, pero eso es lo único que es: un pasatiempo. No es el trabajo de verdad. El trabajo está aquí. —Señaló las cartas, y su dedo se quedó suspendido sobre las ilustraciones—. Centrémonos en eso.

Alcé la vista hacia ella, sentada frente a mí, casi suplicando. Supuse que en algún momento habría hecho lo mismo con Patrick.

—Solo déjame hacerte una lectura, entonces —dije.

Era un reto, pero también una prueba para ver cuánto estaba dispuesta Rachel a que la presionara. Caí en la cuenta de lo mucho que había cambiado desde aquella versión que había sido durante mis primeras semanas, cuando me había esforzado tanto por dar la talla, por estar a su nivel. Rachel me buscó la mirada, y por primera vez supe que nos encontrábamos al mismo nivel. Ella estaba tan insegura como yo lo había estado hacía un tiempo. Conforme el sonido de la lluvia sobre los cristales de la ventana aumentaba, Rachel asintió.

—¿Qué quieres preguntarles? —le dije, sosteniendo la baraja en la mano.

—Pregúntales por mi futuro.

Asentí y empecé a colocar las cartas en un simple patrón de cinco. No obstante, cada carta que sacaba era la misma: un as del revés. Las únicas cartas de la baraja que no tenían ninguna ilustración salvo por una única imagen de su palo. Seguí sacando cartas hasta que llegué a cinco y cerré los ojos para notar mejor la suavidad de la vitela. Cuando los volví a abrir, me sorprendió ver que las dos cartas que quedaban no habían cambiado la tirada, pues eran el as restante y la carta que había deslizado en la baraja antes de que Rachel llegara, antes de pensar que podría llegar a hacerle una lectura: el diablo. Cuando vi las cartas que se suponía que debían perfilar el futuro de Rachel, estas me dijeron que no había ningún futuro. Al menos, no uno que yo pudiera ver. Solo había vacío y un cambio súbito. Muerte.

—Ann...

Al otro lado de las cartas, el color de Rachel había abandonado su rostro para posarse sobre su pecho, donde había coloreado sus clavículas de un rojo intenso y desigual. Antes de que pudiera decir nada, Rachel se levantó y abandonó la habitación.

La seguí hasta la planta de abajo, donde la encontré de pie junto a la ventana.

—¿Las cartas te han dicho lo que le pasó a Patrick? —me preguntó, sin girarse para mirarme.

En retrospectiva, vi que sí que lo habían hecho. Solo que no había sido lo suficientemente buena para leerlo en aquellos momentos.

—Quizá.

—Nunca pensé que fueses el tipo de chica que se iba a meter en todo esto así —dijo, girándose para darme la cara. Su voz era débil y aguda—. Parecías de lo más práctica al principio.

—Es que no lo entiendes —dije, casi para mí misma. Recordé el trabajo que había hecho mi padre al traducir aquellas páginas, cómo había intentado resolver aquel misterio, cómo estas siempre habían estado destinadas para mí, siempre me habían estado esperado. A mí, no a Rachel.

Rachel se echó a reír, y el sonido fue como si un cristal se estuviera rompiendo.

—La carta se te presentó —dije—. El diablo.

Fuera, un rayo cruzó el cielo, y el estruendo sacudió la casa y a nosotras mismas. El impacto había sido cerca, tanto que le había dado al cobertizo, y las llamas empezaron a extenderse desde el extremo del muelle y cada vez más. Al igual que la carta de la torre, el cobertizo estaba en llamas. El calor del rayo había superado a la lluvia y le había prendido fuego al edificio, el cual estaba empezando a derrumbarse hacia el lago.

Rachel no dudó, sino que corrió hacia la tormenta, en dirección al fuego. La seguí, pero la lluvia me golpeaba la piel y me costaba ver a través del viento que aullaba y el humo que se extendía por todo el muelle a no mucha altura.

Si bien Rachel conocía el camino a la perfección, yo tuve que mantener la vista en los tablones para asegurarme de que no me estaba acercando demasiado al borde. Cuando por fin llegué al final del muelle, Rachel se encontraba dentro del cobertizo. Un rincón del edificio todavía echaba humo a pesar de la lluvia, y parte del techo se había caído. Dos botes que se habían alzado del agua para mantenerlos a buen recaudo habían empezado a balancearse por el viento.

—Lo sabías —le dije, gritando para que me oyera por encima de la tormenta—. Sabías que la tenía. Que él sabía lo de las cartas verdaderas que había debajo.

Dejé la implicación de aquel comentario en el aire. Patrick había sabido lo de las cartas, aunque no estaba segura de cuándo lo había descubierto. De lo que sí estaba segura era de que Rachel me había mentido.

Ella se giró para mirarme, y el viento agitó su cabello.

—¿Qué quieres que te diga, Ann? ¿Te hará sentir mejor que te cuente los detalles? ¿Cambiará algo eso para ti?

—No son detalles, Rachel. Es la verdad.

—Venga, vale. Mira quién ha decidido de pronto que la ética importa. Sí, lo sabía. Pero no fue él quien hizo aquel descubrimiento. Fuiste tú, esa es la verdad.

—Lo sabías y no me lo dijiste.

A pesar de que las corrientes y los truenos se habían desplazado hacia el este, con sus rugientes ecos que resonaban a la distancia, la lluvia seguía cayendo como una serie de agujas que se me hundían en la piel.

Rachel entrecerró los ojos.

—¿Fuiste a ver a Leo también?

Por un instante me pregunté si él se lo habría contado, aunque la forma en la que Rachel lo preguntó, con tanta curiosidad, me hizo asumir que no lo había hecho.

—Leo no me hizo falta para entenderlo todo —le dije. Y, si bien aquello era cierto, Leo me había estado pidiendo que viera a Rachel por quien era en realidad desde hacía más tiempo que cualquier otra persona.

—Ya lo imaginaba. ¿Qué te dijo?

—Nada que no supiera ya.

Rachel echó la cabeza hacia atrás y soltó una carcajada. No había modo de no notar la forma en que su cuerpo se sacudió con el movimiento, tan flexible y bronceado. Incluso en medio del caos, su belleza resultaba una especie de refugio.

—No tienes ni idea, Ann. ¿Qué vas a saber tú?

El hecho de que Rachel pensara que había descubierto tan poca cosa me provocó una punzada de placer. La conocía mejor de lo que ella creía. Había estado prestando atención.

—Leo siempre ha tenido mucha imaginación —continuó—. Aunque no creo que tengan suficientes pruebas para sentenciarlo, de todos modos.

—No, él tampoco lo cree.

—Una pena, la verdad.

—Lo que sí me dijo fue que tú mataste a Patrick. —Las palabras llevaban días dando vueltas dentro de mi boca, y en aquel momento salieron con torpeza, casi extrañas para mis oídos, y con bastante fuerza para combatir el estruendo de la tormenta.

—¿Y por qué iba a pensar algo así? —Rachel dio un paso en mi dirección, y, ante aquella distancia más corta, tuve que resistirme al impulso de retroceder, de mantener una barrera entre nosotras.

—Porque él no lo hizo. Y esa carta —Hice un gesto hacia la casa—, esa carta es el móvil, Rachel. Tenías que ganarle, ¿verdad? Una vez que descubrió las cubiertas falsas, sabías que había llegado el momento.

Algo cambió en el rostro de Rachel, pero no estaba segura de si fue una reacción o solo la lluvia.

—Podría haber sido un accidente —dijo ella—. Una sobredosis, un error. A fin de cuentas, se sabe que Leo ha cometido unos cuantos. —Me miró de arriba abajo.

Conocía a la perfección los accidentes de los que hablaba Rachel y los errores de Leo.

—¿Por qué no me contaste lo que tuviste con Leo? —Aquella parecía ser la única pregunta que me permitiría a mí misma hacer de entre todas las que abarcaban los temas que más me lastimaban.

—Porque te habría estropeado el rollo. Y Leo sí que sabe pasárselo bien. —Esbozó una sonrisa, tensa y forzada.

Contemplé el otro extremo del lago, donde el agua era tan oscura como la tinta y se agitaba como el mar abierto en plena noche. En aquel momento, deseé con desesperación que Rachel me convenciera de que no había sido así, que culpara a alguien más, que pudiera borrar su pasado y el mío, como si así pudiésemos empezar de cero.

—No necesitabas saberlo —continuó—. No te habrías enterado de nada si Patrick no te hubiese llevado aquel día a la tienda de Stephen. ¿Sabes que se suponía que iba a ser yo quien lo acompañara? No tú. Te llevó para castigarme, creo. Como un modo de decirme que podía reemplazarme. Aun así, creo que vio en ti lo mismo que yo: alguien capaz de guardar un secreto, alguien que puede poner su propio éxito por encima del bienestar de los demás. Alguien como yo. Nos parecemos, Ann.

—Yo no soy una asesina —le dije.

—Detesto esa palabra —dijo ella—. Asesina. La belladona es la verdadera asesina. Supongo que puedes llamarme *la mano del destino*, si quieres. Lo prefiero a *asesina*. Tiene más musicalidad.

—¿Y qué me dices de tu compañera de habitación?

Rachel soltó una carcajada.

—¿Y tú cómo te has enterado de eso?

—Leí las noticias.

—Madre mía, Ann. Eres una investigadora nata. No la maté; se tiró por la ventana ella solita.

—Pero Patrick...

—Pero Patrick, pero Patrick —me imitó—. En serio, Ann. No lo conocías; no sabías cómo era antes de que tú llegaras. No lo soportaba. No soportaba cómo me ponía las manos encima y me hablaba del futuro. Sabía perfectamente que todo el trabajo que estaba haciendo en Los Claustros se debía solo a que le gustaba.

Y, si eso cambiaba, todo iba a desaparecer en un instante. Así que decidí hacer algo al respecto.

Me di cuenta de que, de algún modo, tanto Rachel como yo habíamos llegado a Los Claustros gracias a un favor de Patrick; un favor que tenía que ser devuelto, claro.

—Y ni siquiera era un académico —añadió—. Ya no, al menos. Siempre se mantenía ocupado comprando cosas y amontonándolas en esa triste casucha que tenía en Tarrytown. Y lo normal era que fuesen puras porquerías. Era un mal curador y un coleccionista todavía peor. ¿Por qué crees que me acostaba con Leo? Porque me apetecía. Y ¿por qué crees que me acostaba con Patrick? Porque me parecía que tenía que hacerlo.

No sabía cuánto de lo que me estaba diciendo era cierto, pues nunca había visto a Rachel hacer algo que no quisiera hacer. Aunque sí sabía lo que era pensar que una estaba atrapada. Yo también habría hecho lo que fuera para quedarme en Los Claustros, del mismo modo en que habría hecho cualquier cosa para escapar de Walla Walla.

—Pero ese idiota… —Meneó la cabeza—. Años y años de comprar páginas de manuscritos de segunda clase y relicarios falsos y al final tuvo que dar con algo bueno. —Soltó otra carcajada—. Esas cartas… De verdad que no sabía lo que tenía. Pero tú sí. —Dio otro paso más en mi dirección y se quedó tan cerca que no habría tenido problema para alzar una mano y tocarla—. Tú sí sabías lo que eran. Y ¿qué iba a hacer Patrick con ellas? ¿Ponerlas en cuadros en su casa? Quizá las habría donado si de verdad se hubiera dado cuenta de lo que tenía. O habría escrito un artículo que abordara unos cuantos temas limitados. Así que no, no iba a permitir que eso sucediera. Lo hice por nosotras, Ann. Por las dos.

—Podríamos haberlo incluido, podríamos haber… —Solo que, mientras lo decía, me di cuenta de que no era cierto. Ninguna de las dos había querido eso, y me pregunté si quizás habría pasado por alto a propósito el hecho de que Patrick supiera lo de las cartas, de que lo había descubierto.

—No lo merecía. —Rachel casi escupió las palabras con desdén—. Todos estos años han estado plagados de grandes descubrimientos hechos por grandes hombres. Sabía que, si lo hubiéramos compartido con Patrick, habríamos pasado a ser relegadas a coautoras, como mucho. Todo el mundo habría pensado que el descubrimiento había sido de él. Que había sido él quien había reconocido la calidad cuando a todos los demás, en el transcurso de los siglos, los habían engañado como a idiotas. Solo que el idiota era él, no nosotras. No tú. Nunca lo habría sabido de no haber sido por aquella noche en la biblioteca. Tenía razón, ¿sabes? Resultó que las drogas sí que lo hicieron ver con mayor claridad. Aquella noche por fin se dio cuenta de que había algo raro al tocar las cartas, y siguió tocándolas y tocándolas para tratar de descubrir lo que era. Me esforcé mucho para distraerlo, pero estaba obsesionado. Hasta que finalmente lo entendió y encontró una forma de quitar la cubierta falsa. Ahí fue cuando supe que había llegado el momento.

—Y fue entonces cuando lo envenenaste.

—Ya te he dicho que no soy una asesina. Tras unas cuantas horas, Patrick creyó que necesitaba algo más, algo extra que lo ayudara a ver con mayor claridad, solo una dosis más. Así que fui al cobertizo del jardín a buscar la planta. Molí la raíz de la belladona en el cobertizo de Leo y se la ofrecí. Lo vi mezclarla con agua. Y me quedé allí sentada mientras se la bebía de buena gana. Con ansias, incluso. Si hubiese prestado atención, a lo mejor se habría dado cuenta de lo diferente que era, pero creo que en el fondo quería bebérsela, ¿sabes? Fue decisión suya.

La forma en que lo justificó, como un acto que se podría haber evitado con facilidad, hizo que me recorriera un escalofrío. Su lógica no tenía pies ni cabeza.

—Rachel, lo que describes no es una elección. Patrick no lo decidió. Tu interpretación del poder de decisión es un lujo, una cortina que nos separa del destino. De un destino del cual tú eres la autora.

—El poder de decisión es lo único que todos compartimos —me dijo, quitándole importancia a mis palabras—. Es el terreno de juego más justo.

—No lo es, Rachel. ¿Crees que yo quería terminar trabajando en Los Claustros? ¿Crees que quería involucrarme en todo esto? No fue decisión mía.

—Claro que sí. Podrías haber vuelto a Walla Walla. Podrías haberte marchado tras la muerte de Patrick. Podrías haber decidido, un millón de veces, no hacer cosas conmigo que te involucraran más y más en todo esto, solo que no lo hiciste. Siempre que tuviste la oportunidad de decidir lo contrario, te quedaste. Y ¿sabes por qué? Porque *somos iguales*, Ann.

Se equivocaba al creer que podíamos elegir. Yo sabía que no había verdaderas decisiones en la vida. Lo sabía con una certeza absoluta, porque yo no había decidido estar en la carretera aquel día. Ni mi padre tampoco había decidido que su coche se estropeara de camino a casa, por todas las reparaciones que se le debían haber hecho hacía tanto tiempo, justo en la única curva ciega que había entre Whitman y nuestra casa. Podía ver la oscuridad que había en las cartas. En el rostro de Saturno y en lo blanco de la luna, podía ver lo que había pasado aquel día, lo que me había esforzado tanto por olvidar. Cómo había conducido a casa desde el campus, por aquel atajo rústico que pasaba por los campos de trigo, unos campos cuya hierba había crecido mucho y estaba lista para ser cortada. No lo había visto en la curva, no había visto el coche en medio de los altos y atestados tallos de trigo. Solo lo había notado: un ruido sordo, un golpe tan intrascendente contra el parachoques de mi furgoneta.

Solo cuando miré por el retrovisor fui capaz de ver la escena completa. Vi su cuerpo tendido en el borde de la tira gris de asfalto. Había corrido hacia él, entonces lo recordé. Pero había sido demasiado tarde. Y él me había dicho que me marchara. Que siguiera adelante. Que no me detuviera hasta que estuviera muy lejos de casa. «No ha sido tu culpa», me había dicho. «No dejes que esto te arruine la vida». Aunque claro que ya lo había hecho.

Sin embargo, mi padre había tenido razón. No había sido culpa mía, aquello ya lo había entendido. El destino había intervenido para ponernos a ambos en la carretera aquel día, bajo el cielo abrasador de agosto. Rachel se equivocaba al pensar que yo había tenido alguna oportunidad de decidir en algún momento. Las decisiones no existían. Porque, si hubiese podido decidir, habría virado hacia la izquierda, habría tomado el camino largo, habría hecho cualquier cosa para prevenir lo que le había pasado a mi padre —lo que me había pasado a mí— aquella tarde. Y, si fuera tan sencillo guiar las decisiones, entonces habría decidido parar las lágrimas que me anegaron los ojos, recuperar el aliento, hacer que mi voz no sonara como el aullido del viento y el estruendo de la lluvia. El recuerdo que mi mente y mi cuerpo habían luchado tanto por reprimir —mi padre, su cuerpo ensangrentado, los campos dorados y el suelo cubierto de polvo a nuestro alrededor, mis manos en el volante— me estaba desbordando una vez más.

—Ann —me llamó Rachel, acercándose hasta donde estaba para envolverme en un abrazo—. Ya está hecho —me dijo—. No podemos volver atrás.

Entonces lloré, más fuerte aún, porque tenía razón. No podíamos volver atrás, y lo peor de todo era que no sabía si quería hacerlo. Porque todo aquello, incluida la muerte de mi padre, me había conducido hasta aquel momento. Rachel tenía razón, sí que nos parecíamos. Solo que comprenderlo no me proporcionó ningún alivio. Era una derrota aplastante, y lo único que pude hacer fue envolver mis brazos a su alrededor y dejarme caer contra ella, dejar que me sostuviera.

—Lo hice por nosotras —susurró contra mi cuello.

Y una parte de mí, en algún lugar de mi interior, quiso creerle. Anhelaba que lo que Rachel decía fuese cierto. Que, a partir de aquel momento, estuviésemos Rachel y yo juntas, ante todo. No más figuras paternas, no más padres, no más amantes. Solo que ya había visto en las cartas lo que iba a suceder a continuación, y en ello, entre mi cuerpo tambaleante y mi mente atormentada, hallé algo de alivio. Del mismo modo en que mi pasado me había encontrado en las cartas, sabía que tampoco iba a poder escapar del futuro que habían construido para mí. No había ninguna decisión que tomar.

CAPÍTULO VEINTIOCHO

Para cuando el amanecer empezaba a abrirse paso por las montañas Adirondack, ya me encontraba en la carretera rural, de camino hacia el pueblo. Alzaba la mano con el pulgar hacia arriba cada vez que oía un coche, pero, dado que el sol apenas había salido, había pocos y pasaban muy de vez en cuando, más que nada furgonetas de trabajo que ya iban llenas de personas y cargadas de escaleras al ir en dirección a algún lugar en obras.

Cuando llevaba caminando alrededor de una hora, una mujer que iba vestida con un uniforme de limpieza aparcó cerca y bajó su ventanilla.

—¿A dónde vas? —me preguntó.

No lo sabía.

—Adonde sea que pueda tomar un bus —le dije. Me había colgado el bolso lleno en el hombro y también llevaba puesta la mochila, lo que me cubría incluso de más peso.

—Johnsburg, entonces —me dijo, estirándose para abrir la puerta del copiloto desde dentro—. Puedo dejarte bastante cerca.

Fuimos en silencio, acompañadas por el sonido de los árboles que se sacudían en el exterior. Su coche olía a tabaco, y la mujer le daba golpecitos con frecuencia al cigarrillo que llevaba en la mano por fuera de la ventana para sacudir las cenizas.

—¿Estás huyendo de algo? —me preguntó cuando llevábamos un rato conduciendo—. Si no quieres hablar de ello, no pasa nada. Es solo que pareces alguien que está huyendo de algo. —Hizo un ademán hacia mi mochila, que había depositado en el asiento de atrás.

—Más o menos.

—¿Es por un tipo? Yo tuve que huir de un tipo hace mucho. Cuando una relación se va al traste... —Soltó un silbido y puso los ojos en blanco.

—De una mala relación —contesté.

—Saldrás de esta. Yo pensé que nunca me libraría del todo, pero lo hice. Y él no me encontró, si eso es lo que te preocupa. Por mucho que siempre digan que te encontrarán, la verdad es que muy pocas veces lo hacen. Se aburren de buscar o se lían con tu hermana (en mi caso fue con mi hermana), y luego...

Frenó con fuerza para dejar que dos ciervos cruzaran la carretera por delante del coche. Casi me estrellé de cabeza contra el salpicadero y me pregunté si sus cinturones de seguridad funcionarían siquiera.

—Por los pelos —dijo.

Conforme la hembra se adentraba en el bosque, el macho giró la cabeza para mirarme con sus ojos negros, vidriosos y carentes de emoción.

—Como te decía —siguió hablando la mujer—, estarás bien. Te llevaré hasta Johnsburg. No tenemos que hablar sobre el tema.

Y no lo hicimos. Condujimos el resto del camino escuchando la radio por la autopista de dos carriles que llevaba hasta la estación de autobuses, mientras la luz de la mañana pasaba de ser blanquecina a volverse totalmente clara. No le había dejado ninguna nota a Rachel. Solo me había marchado, había apagado el móvil y había empezado a alejarme de allí, de ella y de todo lo que había sucedido.

El viento había estado algo frío aquella mañana cuando me había levantado, antes de que saliera el sol. El verano había llegado a su fin. El mundo que habíamos construido en Los Claustros, aquel que mantenía a todo lo demás fuera de sus paredes, se había derrumbado como la estructura en la carta de la torre, la cual caía hacia el mar. Era inevitable, lo sabía. Relaciones como la nuestra, mundos como aquel... no podían soportar la presión del exterior, en especial cuando aquella presión provenía de tu propio pasado. A fin de cuentas, ¿qué podía contarle a la detective Murphy? ¿Que Rachel había creado un sistema de moralidad complejo en el que podía absolverse porque las víctimas siempre tenían la oportunidad de decidir, a pesar de que ella misma había orquestado sus destinos? ¿Que me estaban buscando por haber atropellado a alguien en Washington y haberme dado a la fuga? No, sabía que no lo entenderían. Solo que yo sí lo hacía. Y las cartas también.

La mujer me dejó en la estación de autobuses y me metió unos cuantos billetes en la mano.

—Los vas a necesitar —me dijo.

Y, aunque intenté devolvérselos, la mujer insistió. En la estación, usé un teléfono público para llamar a Laure y preguntarle si podía quedarme con ella el resto de la semana, solo hasta que pudiese mudarme al piso que había alquilado. Ella aceptó de inmediato.

—*¿Estás bien?* —me preguntó por teléfono.

—Sí —le aseguré.

—*¿Rachel te ha hecho algo?*

—No.

Laure se quedó callada al otro lado de la línea, y casi pude oírla mordisquearse el labio inferior mientras trataba de decidir si debería presionarme para que le diera más información.

—Ya te contaré qué pasó cuando llegue —le dije, antes de que me lo pidiera. En realidad, no quería hablar del tema. Sabía que nadie lo entendería.

Me llevó el resto del día llegar a la ciudad: entre transbordos de buses y trenes, dos líneas de metro y por último recorrer cinco manzanas a pie. No fue hasta casi las 07 p.m. que llegué al piso de Laure en Brooklyn, donde ella vivía con su novio y dos gatos. Dejé en el suelo el bolso y la mochila que llevaba y me dejé caer sobre el sofá.

—Puedes quedarte todo el tiempo que necesites —me dijo, mientras me pasaba un vaso de agua.

—Solo necesito una semana.

Laure asintió.

—Gracias —le dije.

—Y bueno… —empezó Laure, sentándose a mi lado en el sofá—. ¿Qué ha pasado?

—Simplemente no estaba escrito en las cartas.

Y, aunque intentó presionarme para que soltara más información, me resistí. No era la historia de Laure. Era la mía. Una historia que sabía bien que no muchas personas iban a poder creer. Tras echarme una siesta y darme una ducha, bebimos demasiado vino de garrafón en un restaurante cuyas mesas llegaban hasta la acera y luego caminamos de vuelta a casa bajo el brillo anaranjado de las farolas. Por primera vez, vi otro lado de Nueva York: el mundo fuera de Los Claustros, que seguía siendo cálido y bullicioso, a pesar de que las hojas no iban a tardar en cambiar de color y de que el viento gélido estaba a punto de empezar a arreciar. Lo respiré todo.

★ ★ ★

El día siguiente era lunes, por lo que me subí al metro para dirigirme a Los Claustros y disfruté una vez más del montón de gente a mi alrededor y del aire viciado y caliente. Íbamos a tener a una nueva curadora en el museo, y para aquella ocasión había vuelto a ponerme la ropa que había traído desde Walla Walla. El tosco poliéster ya no me daba vergüenza, sino que solo me hacía sentir nostalgia.

Cuando llegué al vestíbulo, me percaté de que Moira se había negado a mirarme y se había agachado detrás del escritorio para sacar más mapas y folletos de bienvenida. Lo mismo sucedió en la cocina, donde el personal de Conservación me saludó con la barbilla a toda prisa antes de marcharse rápidamente y dejarse olvidados sus paquetitos de azúcar. Michelle, con Beatrice Graft a su lado, me encontró en la biblioteca.

—Ay, Ann. No sabíamos que ibas a venir —dijo Michelle—. ¿Te importaría darnos unos minutos? —le pidió a Beatrice.

Por un instante, me temí, de nuevo, que fuese a despedirme. Que Michelle me fuera a decir que Beatrice y el museo ya no me necesitaban. Solo que en aquella ocasión Patrick no iba a estar allí para salvarme.

—Claro, ven a buscarme cuando acabes —le contestó Beatrice, antes de abandonar la biblioteca.

Michelle se acercó a mi mesa y sacó una silla para sentarse junto a mí.

—Ann —empezó—, pensamos que querrías algunos días libres tras lo que ha sucedido. Pero dado que estás aquí... —Dejó de hablar un segundo—. Supongo que es un buen momento para presentarte. Sabes que no tenías que hacer esto para demostrar tu compromiso con el museo. Ya lo tenemos presente.

—¿Qué es lo que ha sucedido? —le pregunté.

Entonces Michelle me dedicó una mirada curiosa.

—¿No te has enterado?

—¿Enterarme de qué?

—Ay, no. —Michelle salió de la biblioteca deprisa y consultó algo con Beatrice antes de volver a sentarse a mi lado—. Ann —empezó de nuevo, hablando muy despacio—. Este ha sido un verano muy difícil para Los Claustros, y más aún para ti a nivel personal. Pensaba que ya lo sabías, como erais tan cercanas..., pero, dado que no lo sabes, prefiero ser yo quien te lo cuente. Rachel ha fallecido. Parece que murió en un accidente de navegación. Es una tragedia. Todo nuestro personal, la familia entera de Los Claustros ha... —Dejó la oración sin terminar.

—Me he estado quedando con una amiga en Brooklyn —le dije—. No me había enterado.

—Ya, no lo sabías. Lo entiendo. Lo siento muchísimo, Ann.

Y de verdad parecía que lo sentía. Michelle tenía el rostro acongojado, y, cuando bajé la mirada, me di cuenta de que me estaba sosteniendo la mano.

—¿Cuándo pasó? —pregunté.

—Ayer. Parece que estaba navegando a una islita en Long Lake, pero no comprobó que el tapón del velero estuviera puesto.

No lo estaba, y el velero empezó a inundarse. No tenía un chaleco salvavidas a bordo. Trató de nadar hasta la orilla, pero se desató una tormenta. Le fue imposible.

—Ah —dije, mirando hacia abajo, hacia las manos en mi regazo, las de Michelle y la mía, entrelazadas. No sabía si estaba esperando que me pusiera a llorar, si necesitaba una puesta en escena de mis sentimientos. No sabía lo que yo misma necesitaba.

—Sí —dijo Michelle—. Es particularmente trágico porque parece que sus padres murieron de la misma forma. De verdad, no lo podemos creer.

Me quedé sentada en silencio junto a Michelle hasta que ella me dio un apretón en las manos y las soltó, pues el periodo de duelo colectivo había llegado a su fin.

—Date algo de tiempo. Ve a casa y tómate unos días libres. Todo esto se quedará aquí esperándote para cuando regreses. De verdad te necesitamos, Ann Stilwell. Estás haciendo un muy buen trabajo aquí.

Pensé en lo diferente que era aquella situación comparada con la primera reunión que habíamos tenido. El verano nos había cambiado a todos, había alterado los hilos de nuestras realidades. *Las Moiras han estado ocupadas tejiendo*, pensé.

—¿Cómo te enteraste?

—Leo me llamó —dijo Michelle, tras dudarlo un segundo.

No dije nada ante eso.

—Puedes irte tranquila. ¿Qué te parece si quedamos en que vuelvas el jueves? O la próxima semana si necesitas más días. De verdad, lo que necesites. Después del verano que has tenido, no te culparía si quisieras renunciar.

—No voy a renunciar —le dije, empujando mi silla hacia atrás y poniéndome de pie—. Me gustaría dar un paseo, pero luego volveré. Quiero estar aquí; no me imagino tener que pasar por esto en ningún otro lugar.

Michelle me miró y sonrió.

—De acuerdo —dijo.

* * *

Bajé la colina para alejarme de los muros de Los Claustros, con su silueta desigual aún visible a través de los árboles, hasta que llegué a un banco. Bajo la rama baja y curva de un olmo, saqué mi móvil y, por primera vez desde que había dejado Long Lake, lo volví a encender. Había cuatro mensajes de Rachel, pero no escuché ninguno de ellos. Me limité a buscar el nombre de Leo hasta que di con él y lo llamé.

—*Era su contacto de emergencia* —me dijo, antes de que pudiera articular palabra—. *¿Te lo puedes creer?*

No dije nada.

—*¿Estabas allí cuando pasó?* —me preguntó.

—No.

—*Es probable que haya sido mejor así.*

—¿Cuándo te llamaron?

—*Anoche. Llamé a Michelle de inmediato.*

Me di cuenta de que estaba sentada en el borde del banco y que apretaba uno de los lados con tanta fuerza que tenía los nudillos blancos.

—¿Qué te dijeron?

Pude oír que se acomodaba al otro lado de la línea.

—*Que se había ahogado. Que seguramente trató de nadar hasta la orilla y calculó mal la distancia.*

Me quedé en silencio.

—*¿Estás bien?*

—Sí —dije finalmente. Y una parte de mí lo decía en serio; me sorprendió que pudiese ser cierto.

—*Parece apropiado* —dijo Leo.

—¿En qué sentido?

—*Que el destino intervenga cuando nadie más lo hizo.*

Volví a quedarme callada.

—Tengo que irme, Leo.

—*Oye* —dijo, y esperó un segundo. Lo imaginé pasándose una mano por el pelo, con una taza de café no muy lejos de donde se encontraba—. *¿Te gustaría ir a cenar o algo? Tenemos un concierto en...*

—Leo —pronuncié su nombre despacio y con suavidad—. No sé.

—*Vale* —dijo él, volviendo a cambiar de posición con incomodidad al otro lado de la línea—. *Si cambias de opinión...*

—Tengo que irme. Quizá, no sé. —Si lo mío con Leo debía funcionar, sabía que lo haría, sin importar lo mucho que me resistiera ni lo que él insistiera.

Y, tras eso, colgué, solté el borde del banco y flexioné los dedos hasta que la sangre me volvió a circular por la mano. Tras un verano lleno de gente en Los Claustros, el parque volvía a estar en silencio a finales de agosto. No había grupos de personas tendidas sobre mantas, ningún lector agitaba sus sandalias de forma despreocupada, ningún niño perseguía su pelota. Me encontraba sola, con la brisa que provenía del Hudson como única compañía y la sólida pared de madera de Los Claustros a mis espaldas. Vi que la hierba había empezado a secarse y que estaba alta y marrón, justo como había estado aquel día en Walla Walla. Mi padre se habría alegrado al ver todo lo que había conseguido en aquella ciudad.

Pensé en ese día, en la forma en la que me había dicho, tan seguro y decidido: «No es culpa tuya». Antes de empezar a trabajar en Los Claustros, no le había creído. No había podido. Por ello, había enterrado la vergüenza, la devastación y la culpa tanto como había podido, más allá de lo que mi memoria podía recordar y de mi vida en Walla Walla, más allá de mi propio dolor. Aun así, el verano había hecho que todo se revelara, y allí, bajo ese sol, finalmente pude ver la verdad. Mi padre había tenido razón todo ese tiempo. No había sido mi culpa. Aquel destino había sido escogido para mí y me habría encontrado fuera como fuere, sin importar cuánto tiempo me escondiera de él.

Al final, decidí no escuchar los mensajes que Rachel me había dejado. Los borré todos para no tener la tentación de volver atrás y escuchar su voz, tan rítmica y melodiosa. También borré sus mensajes de texto, porque no soportaba verlos. Sin embargo, las fotos sí que las conservé. Las dejé en mi teléfono para poder recordar cómo había sido el verano, cómo habíamos sido nosotras, cómo había sido yo antes.

De vuelta en el piso de Laure aquella noche, después de que su novio preparara la cena y yo secara los platos, saqué el portátil de mi mochila y lo apoyé sobre mi regazo. Abrí el artículo que Rachel y yo habíamos escrito y seleccioné su nombre con el cursor. Tras un minuto de mirar su nombre en azul, con el cursor parpadeando al final de este, le di a suprimir. Y entonces lo entregué, sin dudarlo ni un segundo. Conmigo como única autora.

De mi mochila, que había metido bajo el sofá que estaba haciendo también de cama, saqué la cajita de cuero atada con la cinta verde y la abrí. Dentro estaban las cartas, la baraja completa. Toqué con el dedo la carta de arriba, los enamorados, y sentí su historia. La luz iluminó el anillo que Rachel me había comprado en la tienda de Stephen, el cual había llevado puesto desde aquel día. Me lo quité y caminé desde el piso de Laure hasta el East River. Allí, con vistas al horizonte de Manhattan, lo tiré al agua salada.

CAPÍTULO VEINTINUEVE

E l artículo se publicó en diciembre. Para entonces ya me habían dado mi propia oficina en Los Claustros; la más pequeña, pero, aun así, era mía. Y, para cuando la primera nevada secó las puntas de la hierba del Fort Tryon Park, ya nadie mencionaba a Rachel ni a Patrick. Yo era la única que recordaba cada detalle de aquel verano. Y, cada primavera, siempre llegaba una noche, solo una, mientras volvía a casa caminando bajo las calles brillantes y calurosas de Nueva York, en la que un viento cálido me traía todo de vuelta. Incluso cuando dejé de volver a casa andando por la noche durante la primavera, aquellas brisas me encontraban —a través de ventanas o en el calor de un metro que se aproximaba— sin invitación y aunque estuviera quieta.

Se lo debía todo a aquel verano que todos estaban tan dispuestos a olvidar. En marzo me habían llegado decenas de cartas de aceptación a programas de doctorado y montones de departamentos me invitaron para celebrar mis logros. El artículo había sido aclamado por doquier y había recibido críticas muy generosas. Por supuesto, nadie mencionó mis anteriores cartas de rechazo. Ellos, al igual que yo, creían que el tiempo que había pasado en Los Claustros había creado una nueva versión de mi persona. Y yo sabía que era cierto. Al final, decidí ir a Yale, no porque allí viviese el fantasma de Rachel, sino porque era donde Aruna trabajaba, y ella se había convertido en lo más parecido que tenía a una familia, al menos en aquel momento.

Durante meses, las cartas se quedaron en su caja sin abrir, hasta que Aruna me sugirió que las vendiera a la Beinecke en una venta privada, una que no cuestionaría demasiado de dónde provenían. El precio que acordamos fue lo suficientemente alto como para permitirme vivir en New Haven con la tranquilidad de saber que no tenía que buscar otro trabajo ni pedir ningún préstamo para mantenerme durante mi etapa como estudiante de posgrado, y tal vez incluso durante más tiempo.

En mi segundo año en Yale asistí a un simposio del Morgan de nuevo, pero aquella vez acompañada de Aruna. Allí conocí a Karl Gerber, el curador especializado en el Renacimiento cuya ausencia me había conducido a Los Claustros, a Rachel, a Patrick y a todas las sombras de mi pasado. Era un hombre gentil y amable y se disculpó por la situación en la que me había metido sin querer.

—Pero pensé que lo sabías —me dijo mientras bebíamos un café entre charla y charla—. Que sabías que no estaría. Organizamos mi viaje con anticipación, claro.

Entonces me di cuenta de que quizá Patrick había orquestado toda aquella jugada. Que el momento que yo había creído que había sido cosa del destino, el momento en el que él había llamado a la puerta de Michelle, había sido planeado. Tal vez había sido al ver el nombre de Lingraf en mi solicitud.

—¿Patrick lo organizó? —le pregunté.

—Ah, no —dijo él, bajando la voz—. Fue Rachel. Ella fue la que me ayudó a conseguir aquel puesto ese verano en la Colección Carrozza, en Bérgamo. Me dijo que trabajarías en Los Claustros, estaba segura de ello. Y que te cuidarían bien. Rachel tenía muchas ganas de ver todo lo que habías aprendido al trabajar con Lingraf.

Karl me ofreció un cigarrillo, y yo lo acepté. Inhalé profundamente.

Resultó que Lingraf no vivió lo suficiente para ver el artículo publicado, ni siquiera los vientos fríos que surgieron de la cordillera de las Cascadas en el invierno que siguió al verano que pasé en Los Claustros. Murió de un infarto, en el despacho de su casa, un mes después de mi graduación. Tenía ochenta y nueve años. Debido a ello, nunca iba a llegar a saber si Rachel se había puesto en contacto con él, si él le había hablado de mí, si, durante aquello, ella había visto una oportunidad, por pequeña que fuese. Una oportunidad que iba a cambiar su mundo y el mío de forma irrevocable.

Ahora sé que el pasado nos puede revelar más que el futuro. Fue una lección que aprendí incluso antes de llegar a Los Claustros. El saber lo que sucedió aquel día, en aquel trozo de asfalto, me cambió para siempre. Y, si bien las cartas me habían revelado muchas cosas, aún había algunos vacíos que llenar. Fue así como descubrí, mientras estudiaba microfichas en la Biblioteca Pública de Nueva York, que a los padres de Rachel les había encantado navegar en Laser. Estas eran unas embarcaciones a vela finas y poco profundas que eran muy populares en carreras. El problema que podía haber con los Laser era que sus cascos tenían dos tapones de drenaje: uno en la popa que, si no estaba, hacía que el velero se inundara de inmediato; y otro, dentro de la cabina, que hacía que la embarcación se llenara de agua de forma más gradual.

Descubrí que los accidentes de barco eran algo bastante común en Long Lake, aunque la gente no solía morir ahogada. Debido a ello, la investigación sobre la muerte de los padres de Rachel y el hecho de que ella hubiera sobrevivido de milagro había sido algo que ocupó la atención de la policía y de los periodistas en Johnsburg durante meses. La pregunta más importante era: ¿cómo podía ser que el segundo tapón, aquel que tendría que haber estado en la cabina del velero, hubiera terminado en una papelera en el restaurante en el que Rachel y sus padres habían cenado aquella noche?

Por supuesto, la policía entrevistó a todo el mundo. Pero ningún trabajador o cliente podía recordar que alguien hubiera subido a bordo de aquel velero, atado en el muelle de madera y sacudido por el viento y las olas contra los parachoques de plástico, salvo por Rachel, claro. Al no haber habido ningún móvil ni testigos, la policía había terminado abandonando el caso. Una decisión que, sin duda, había estado motivada por la intervención del abogado de la familia Mondray, quien había solicitado, en términos jurídicos y cortantes, que la policía le diera tiempo a la familia para superar su pérdida. A fin de cuentas, Rachel también había sido una víctima del velero hundido. Solo que, en palabras del investigador principal, ella había tenido muchísima suerte.

Suerte, probablemente del latín *sors*, que significa «fortuna» o «destino». Suerte, tan solo otra palabra para denominar al destino. Sabía bien que Rachel no era de las que creía en la suerte. Podía verla, mientras leía el artículo, sacar los chalecos salvavidas del velero y dejarlos olvidados sobre el muelle. La podía ver subiendo al velero casi al final de la cena para quitar el tapón de la cabina. El accidente apuntaba a Rachel se mirara por donde se mirare. Según su cálculo, aún quedaba alguna probabilidad de que sus padres sobrevivieran. Pero, con un poco de suerte, sería ella quien lo hiciera. Y ellos no.

Había tenido razón al decir que éramos iguales. Solo que yo lo habría dado todo con tal de poder reescribir el destino que yo le había otorgado a mi padre. Y Rachel no había sentido ni un ápice de culpabilidad, claro.

Las cartas que saqué aquella noche en Long Lake me contaron cómo iba a acabar la historia de Rachel, pero, al final, le dejé aquella decisión a ella. A la mañana siguiente, durante el amanecer casi líquido, me dirigí al final del muelle en donde los Laser permanecían suspendidos por encima del agua, con los mástiles abajo y las velas recogidas, y me subí a bordo de cada velero, con cuidado de no moverlos demasiado para que no se soltaran. De cada una de las cabinas, retiré los chalecos salvavidas y el tapón, un pequeño disco de plástico blanco que me metí en el bolsillo. Lo llevé hasta el piso de Laure y, cuando volvíamos a casa después de cenar, con el viento cálido que provenía del East River, lo saqué de mi bolsillo y dejé que cayera sobre el asfalto.

Verás, somos tanto los maestros de nuestro propio destino como víctimas de las Moiras, las tres diosas hilanderas que tejen nuestros futuros y los cortan para ponerles fin. Y, si bien aún creo que podemos controlar las cosas pequeñas de la vida, esas minúsculas decisiones que conforman el día a día, creo que, quizá, la forma principal de nuestras vidas no la determinamos nosotros. Esa forma le pertenece al destino. Los Claustros vinieron a buscarme y me entregaron mi destino ese verano. Solo que ahora, al igual que Rachel, prefiero no saber cómo termina la historia.

LA GUÍA DE ANN STILWELL PARA LEER EL TAROT

ARCANOS MAYORES

TÍTULO EN LA BARAJA DE FERRARA (Y DIOS ROMANO ASOCIADO)	SIGNO DEL ZODIACO	PLANETA REGENTE	ILUSTRACIÓN EN LA BARAJA DE FERRARA	SIGNIFICADO O INTERPRETACIÓN AL DERECHO	SIGNIFICADOO INTERPRETACIÓN AL REVÉS
0 EL LOCO (CARTA TRADDICIONAL)					
NUSCE (PROMETEO)	ACUARIO	URANO	Un hombre vestido con un traje sencillo y raído. En lugar de sostener una antorcha y sus pertenencias, esta figura sostiene un cetro en llamas, al estilo de Prometeo. La constelación de Acuario se alza en un cielo anaranjado tras el loco.	Inicios y nuevos caminos. Esto puede representar un nuevo comienzo, un nuevo proyecto o un salto de fe. La carta es un heraldo del cambio y puede indicar anticipación al futuro, creación e incluso magnetismo.	Temeridad o proyectos incompletos. La imposibilidad de comprometerse con el trabajo, la familia o las relaciones. Imprevisibilidad. Rebeldía o comportamiento despreocupado. Independencia obstinada.
1 EL MAGO (CARTA TRADDICIONAL)					
GUSMA (MINERVA)	GÉMINIS	MERCURIO	Una mujer vestida con una túnica blanca sentada en un trono dorado y que sostiene una lanza. Lleva una corona en la cabeza y la flanquea una pareja de búhos iguales. En el cielo brillante y azul claro que tiene a sus espaldas se puede ver la constelación de Géminis.	Entendimiento y sabiduría. Tradición. Objetividad y un deseo por alcanzar una comunicación clara. La habilidad de ser un traductor entre mundos o personas. Ingenio, presteza y habilidad. Esta carta es un símbolo de resolución de problemas y de una búsqueda implacable.	Ambiciones no alcanzadas o éxito esquivo. Falta de preparación o el hecho de encontrarse en el borde de un nuevo comienzo. Una inestabilidad o inquietud que puede verse en ocasiones como superficialidad.

TÍTULO EN LA BARAJA DE FERRARA (Y DIOS ROMANO ASOCIADO)	SIGNO DEL ZODIACO	PLANETA REGENTE	ILUSTRACIÓN EN LA BARAJA DE FERRARA	SIGNIFICADO O INTERPRETACIÓN AL DERECHO	SIGNIFICADOO INTERPRETACIÓN AL REVÉS
2 LA SACERDOTISA (CARTA TRADDICIONAL)					
TRIXCACCIA (DIANA)	CÁNCER	LUNA	La diosa Diana, vestida de cazadora y con una diadema con forma de luna, cerca de un arroyo en el que un ciervo bebe agua. En el cielo a sus espaldas se aprecia la constelación de Cáncer.	Intuición y un gran nivel de percepción. También indica empatía y cuidado paternal, por lo que la carta puede referirse a percepciones psíquicas. Puede señalar que se posee la habilidad de la adivinación. También es una carta que puede representar la tenacidad o el apego a los padres.	Distracción y falta de concentración. Esto se puede manifestar como una naturaleza exigente o quisquillosa, que bloquea la habilidad de conectar con la propia intuición. Dudas sobre uno mismo y ansiedad. Puede indicar indulgencia por actitudes autocomplacientes.
3 LA EMPERATRIZ (CARTA TRADDICIONAL)					
TRIXIMPERA (VESTA)	VIRGO	VENUS	Vesta, envuelta en una túnica blanca y con el cabello sujeto a la altura de la nuca mientras atiende una hoguera. Más allá del fuego hay un burro (símbolo tradicional de Vesta), y la constelación de Virgo se puede ver en el cielo diurno.	Conexión con la feminidad y la fertilidad. Un impulso hacia ser maternal (aunque no necesariamente con la descendencia propia). El deseo de ser de ayuda. Practicidad, modestia y en ocasiones exigencia. Esta carta indica tolerancia y optimismo, una habilidad para cultivar.	Bloqueo, ya sea creativo, personal o físico. Tendencia a ser puritano o vengativo. Una dosis moderada (o no) de escepticismo. Críticas hacia uno mismo y hacia los demás, en especial con respecto a ámbitos que se suelen considerar femeninos, como el cuerpo, el hogar y los sentimientos.

TÍTULO EN LA BARAJA DE FERRARA (Y DIOS ROMANO ASOCIADO)	SIGNO DEL ZODIACO	PLANETA REGENTE	ILUSTRACIÓN EN LA BARAJA DE FERRARA	SIGNIFICADO O INTERPRETACIÓN AL DERECHO	SIGNIFICADOO INTERPRETACIÓN AL REVÉS
4 EL EMPERADOR (CARTA TRADDICIONAL)					
SARIMPERA (APOLO)	ARIES	MARTE	Apolo, quien sostiene un arco y flechas, dispara al cielo y apunta directamente hacia el sol. Lleva una corona de laureles en la cabeza y está flanqueado por una serpiente que se dirige hacia la hierba. La constelación de Aries se aprecia en el cielo de media tarde.	Liderazgo e individualidad. Es una figura paterna que puede indicar independencia y asertividad. En el mejor de los casos, esta carta puede indicar que se acerca una fuente de inspiración o una pasión recién descubierta.	Mezquindad y egoísmo. Tiranía o arrogancia. Una reticencia a ver la verdad y una preferencia por los propios caprichos, incluso cuando estos requieren engaños y mentiras. Tendencia a la fragilidad.
5 EL HIEROFANTE (CARTA TRADDICIONAL)					
PHANTAIERO (JÚPITER)	SAGITARIO	JÚPITER	Un hombre con barba sentado en un trono, con cúmulos de nubes en el cielo a sus espaldas y un rayo en una mano. Sobre uno de los brazos del trono hay águilas doradas, y la constelación de Sagitario se puede ver sobre la tarima en la que él se encuentra.	Valores espirituales. Tradición y conocimientos. La profecía como habilidad y como derecho. Una carta que también puede indicar un suave inicio o un optimismo alerta, así como jovialidad.	Capacidad de aprender y de valerse por sí mismo. En ocasiones, indica una tendencia a un exceso de confianza. Deseo de rebelarse contra las estructuras o instituciones tradicionales, a nivel social, familiar y personal. Un recordatorio para seguir tus objetivos.

TÍTULO EN LA BARAJA DE FERRARA (Y DIOS ROMANO ASOCIADO)	SIGNO DEL ZODIACO	PLANETA REGENTE	ILUSTRACIÓN EN LA BARAJA DE FERRARA	SIGNIFICADO O INTERPRETACIÓN AL DERECHO	SIGNIFICADOO INTERPRETACIÓN AL REVÉS
6 LOS ENAMORADOS (CARTA TRADDICIONAL)					
TORESAMAN (VENUS)	TAURO	VENUS	Una imagen de Venus como una mujer de cabello largo y ondeante, desnuda (Venus púdica), en el mar y de pie sobre un hilo de espuma, mientras un par de cisnes la llevan a la orilla. La constelación de Tauro, ilustrada con estrellas doradas, pende del cielo.	Poder de decisión (de pareja, pero también en la vida), así como un deseo de construir, estabilizar y mantener relaciones. Un símbolo de paciencia e intención. Seguridad y confianza en el prójimo.	División y posesividad. También una tendencia hacia el letargo. Negarse a tomar una decisión que ha ralentizado tu progreso. Obstinación.
7 EL CARRO (CARTA TRADDICIONAL)					
CULUMCAR (MERCURIO)	Ø	MERCURIO	Un Mercurio de pies alados sobre un carruaje que avanza a través del desierto de Egipto. Una falange de caballos negros alados tira del carruaje.	Impulso, velocidad o libertad de movimiento. Un avance decidido y sin descanso hacia una meta. Sin embargo, la carta también representa una necesidad de conocer el camino que se avecina. Esta carta expresa liderazgo y abrirse camino.	Una advertencia de que las cosas avanzan demasiado deprisa. Una señal de que se recomienda un avance lento y deliberado o incluso dar marcha atrás. En una lectura: una señal de advertencia que puede leerse en conjunto con otras cartas.

TÍTULO EN LA BARAJA DE FERRARA (Y DIOS ROMANO ASOCIADO)	SIGNO DEL ZODIACO	PLANETA REGENTE	ILUSTRACIÓN EN LA BARAJA DE FERRARA	SIGNIFICADO O INTERPRETACIÓN AL DERECHO	SIGNIFICADOO INTERPRETACIÓN AL REVÉS
8 LA JUSTICIA (CARTA TRADDICIONAL)					
TITIAGIU (JUSTICIA)	LIBRA	URANO	Una mujer vestida con una túnica ondeante, con una cuerda dorada en la cintura, que sostiene una balanza. No está ciega, sino que lo ve todo. El peso de su balanza está equilibrado.	Justicia y armonía. La habilidad de ver la verdad a pesar de que esté oculta. Idealismo y la capacidad de ser diplomático y sincero. Firme y decidida, esta carta indica una habilidad o disposición para negociar de forma objetiva y con compasión.	Una verdad esquiva u oculta. La presencia de algún tipo de interferencia o mentira. Si bien la justicia se suele representar como una mujer con los ojos vendados, solo cuando la carta está al revés se tiene en cuenta la venda. Representa una advertencia de que no todo es lo que parece.
9 EL ERMITAÑO (CARTA TRADDICIONAL)					
MITAERE (QUIRÓN)	Ø	QUIRÓN	La imagen de un centauro (Quirón) que carga con un cetro sobre el hombro, a solas. En el paisaje a sus espaldas, lo único que se ve es una cordillera y una cueva que simboliza su condición de ermitaño.	Un giro hacia el interior o un viaje de autorreflexión. La necesidad de estar a solas y reflexionar. Un símbolo de que se necesita un mayor estudio.	Reclusión. Alejamiento de los amigos, la familia o las obligaciones. Negación a reflexionar o el hecho de reflexionar demasiado.

TÍTULO EN LA BARAJA DE FERRARA (Y DIOS ROMANO ASOCIADO)	SIGNO DEL ZODIACO	PLANETA REGENTE	ILUSTRACIÓN EN LA BARAJA DE FERRARA	SIGNIFICADO O INTERPRETACIÓN AL DERECHO	SIGNIFICADOO INTERPRETACIÓN AL REVÉS
10 LA RUEDA DE LA FORTUNA (CARTA TRADDICIONAL)					
TUNAFOR (FORTUNA)	LEO	JÚPITER	Una figura femenina y alada, con un vestido azul oscuro, que sostiene una rueda en la que están atadas cuatro figuras. Gira la rueda a su antojo, y la figura más desafortunada se encuentra hacia abajo.	La carta del destino y la fortuna. Una señal de alegría y buena suerte, de haber sido agraciado en el amor, la vida o el trabajo. Una carta muy poderosa que puede representar un cambio inesperado que resulte inevitable, predestinado y ya escrito.	Mala suerte. El hecho de que la carta salga al revés se alinea con la figura que se encuentra en la parte de debajo de la rueda. Esta carta al revés señala mala fortuna. Sin embargo, no todo está perdido, pues la rueda girará de nuevo y esta carta puede ser un símbolo de progreso.
11 LA FUERZA (CARTA TRADDICIONAL)					
TUDOZA (HÉRCULES)	Ø	SOL	Hércules, con el pecho al descubierto, sentado al lado de un león, el cual está tumbado con la cola alzada a medias. Junto a ellos hay una forja, cuyo calor se puede apreciar a pesar del sol, el cual se halla en su punto álgido.	Determinación y voluntad feroz. Persistencia y poder internos. El acto de descubrir la motivación y una fuerza primordial. Esta carta representa el poder del interior, no del exterior. No debería limitarse a las percepciones fisicas del poder.	Vulnerabilidad. Incapacidad para provocar cambios. La sensación de estar atado o restringido por situaciones o personas que te rodean. También puede indicar frustración o abuso de poder.

TÍTULO EN LA BARAJA DE FERRARA (Y DIOS ROMANO ASOCIADO)	SIGNO DEL ZODIACO	PLANETA REGENTE	ILUSTRACIÓN EN LA BARAJA DE FERRARA	SIGNIFICADO O INTERPRETACIÓN AL DERECHO	SIGNIFICADOO INTERPRETACIÓN AL REVÉS
12 EL COLGADO (CARTA TRADDICIONAL)					
ENDOAPPE (NEPTUNO)	PISCIS	NEPTUNO	Neptuno bajo el agua mientras sostiene un tridente. Está rodeado por un banco de peces. En las profundidades del mar a sus espaldas se puede distinguir la constelación de Piscis.	Flexibilidad, poeticidad, un estado de suspensión. Esta carta es lírica en el sentido de que señala un momento de pausa y reflexión y la tendencia a ceder ante la sugestión. Esta carta fluye con la corriente. Si esta es favorable, señala la imaginación y la ensoñación o la falta de preparación para formar parte del mundo.	Inestabilidad, caos y misticismo. Cuando se resiste el embate de la marea y de la corriente, esto puede ocasionar inestabilidad o falta de voluntad para entender o aceptar significados más profundos. También puede indicar la fragilidad de la mente o de la voluntad.
13 LA MUERTE (CARTA TRADDICIONAL)					
MORS (ORCUS)	ESCORPIO	PLUTÓN	Orcus sentado en un trono. A su lado se encuentra una hidra de tres cabezas. El paisaje es árido y oscuro, lo que simboliza una noche eterna. Lo único que ilumina el cielo es la constelación de Escorpio, con su larga cola que se extiende hacia el horizonte.	Transformación y transición. La cualidad de un fénix que resurge de sus cenizas. Aunque también, como parte de la transformación, la pérdida de lo familiar. Una inmersión en lo nuevo y a veces en lo incómodo. Intensidad y perspicacia. Una carta que simboliza un cambio de estación.	Estancamiento. Amargura o crueldad. Falta de voluntad para cambiar o crecer. Celos, secretos o sospechas. Necedad hasta el límite del peligro. Venganza y rencores.

TÍTULO EN LA BARAJA DE FERRARA (Y DIOS ROMANO ASOCIADO)	SIGNO DEL ZODIACO	PLANETA REGENTE	ILUSTRACIÓN EN LA BARAJA DE FERRARA	SIGNIFICADO O INTERPRETACIÓN AL DERECHO	SIGNIFICADOO INTERPRETACIÓN AL REVÉS
14 LA TEMPLANZA (CARTA TRADDICIONAL)					
TIATEMPER (VIRTUS)	Ø	VENUS	Según Aristóteles, la templanza era la más importante de las virtudes. Templanza aparece como la líder de las virtudes, con un vestido blanco y pasando agua de una vasija a otra.	Moderación y armonía. Necesidad de ver ambos lados, de equilibrar los deseos y los caprichos. Y, al hacerlo, una mezcla y alquimia. La habilidad de hacer que dos objetos dispares sean compatibles.	Excesiva indulgencia o rigidez. Falta de armonía. Tensión o bloqueos. Incapacidad para mezclar o verter agua de las urnas. Un progreso detenido. Incapacidad para conseguir la paz o trabajar con otros.
15 EL DIABLO (CARTA TRADDICIONAL)					
BOLUSDIA (JANO)	Ø	PLUTÓN	En este caso, el diablo está personificado como Jano, el dios de dos caras. Jano está de pie y muestra sus dos caras. En un lado de la carta están la luz y la alegría, mientras que en el otro, la pena y la oscuridad. Jano está de pie bajo un arco en el borde de la Tierra.	Lo prohibido. Ataduras, restricciones, fracasos. Encandilarse u obsesionarse con otros con facilidad. Pasión y tierras salvajes. Un espacio alejado de donde los humanos habitan o interactúan, ya sea real o ficticio. Sexualidad.	La liberación por medio del caos. Argucias. La habilidad para reconocer la fuerza de las ataduras y las restricciones por lo que son. Ansiedad. Necesidad de hacerle frente a las fuerzas oscuras en tu vida.

TÍTULO EN LA BARAJA DE FERRARA (Y DIOS ROMANO ASOCIADO)	SIGNO DEL ZODIACO	PLANETA REGENTE	ILUSTRACIÓN EN LA BARAJA DE FERRARA	SIGNIFICADO O INTERPRETACIÓN AL DERECHO	SIGNIFICADOO INTERPRETACIÓN AL REVÉS
16 LA TORRE (CARTA TRADDICIONAL)					
RESTOR (VULCANO)	Ø	SOL	En la parte baja de una torre, se puede ver un hombre con barba de pie que atiende un fuego. Sin embargo, el fuego se ha extendido hacia el propio edificio, y el cielo más allá se encuentra oscuro.	Cambios inesperados. Un giro de tornas. Soltar o abandonar antiguos modos de pensar, relaciones o intereses. Claridad o rebeldía feroces. Una partida dramática.	Una señal de que el momento de reconstruir ha llegado. Un periodo de reflexión y construcción. Una advertencia de que se producirá una resistencia al cambio, pero que no es necesaria. Encarcelamiento.
17 LA ESTRELLA (CARTA TRADDICIONAL)					
ELLAST (AURORA)	Ø	VENUS	Una mujer vestida de color azul oscuro se encuentra sobre un orbe suspendido frente al cielo del amanecer. Tiene una mano estirada hacia la única estrella que queda en el cielo azul.	Esperanza y renacimiento. Iluminación personal o divina. Realización a una escala significativa y profunda. Una sensación de calma. Esta carta puede indicar aguas tranquilas en tu vida personal, profesional o sentimental.	Pesimismo o escepticismo. Pérdida de esperanza hacia el prójimo, hacia el mundo que te rodea o hacia ti mismo. Una sensación de aislamiento o de ser poco adecuado y torpe. La creencia de estar desconectado o falto de inspiración.

TÍTULO EN LA BARAJA DE FERRARA (Y DIOS ROMANO ASOCIADO)	SIGNO DEL ZODIACO	PLANETA REGENTE	ILUSTRACIÓN EN LA BARAJA DE FERRARA	SIGNIFICADO O INTERPRETACIÓN AL DERECHO	SIGNIFICADOO INTERPRETACIÓN AL REVÉS
18 LA LUNA (CARTA TRADDICIONAL)					
NALU (LUNA)	Ø	LUNA	Una mujer vestida con una túnica blanca que sostiene una luna creciente en la palma de la mano y flota en el cielo nocturno. Sobre su cabeza se puede ver un círculo de lunas que representan todas sus fases.	Miedo o ilusión. Decepción. No todo es lo que parece, y la verdad está oculta. Esta carta es una advertencia. Una señal de que hay engaños, argucias o traiciones en tu entorno. Aquello se puede referir a quienes te rodean o a algo interno y psíquico.	La sensación de reconocer mentiras y argucias. Pequeños e inconsecuentes errores que se pueden dejar atrás. La carta de la luna al revés puede indicar que cuesta asimilar algo nuevo en la vida o en la identidad. Un recordatorio para llevar un registro de sueños.
19 EL SOL (CARTA TRADDICIONAL)					
LOS (SOL)	Ø	SOL	Un cupido sostiene el sol en lo alto contra un cielo dorado. No es una representación tradicional del sol, sino un niño. Está desnudo, salvo por una nube que lo cubre. Sobre el sol vuela un águila blanca, la insignia de la familia De Este.	Optimismo, éxito y abundancia. Un retorno increíble. Satisfacción o alegría. Aunque aún no esté presente, esta carta simboliza un cambio positivo inminente. Una señal de renovación o de transparencia, de logros profesionales.	Pesimismo injustificado. Incapacidad para ver el futuro o verlo nublado. Una advertencia de que tus decisiones no son de fiar, pues vas a ciegas. Un retraso en la ruta hacia el éxito.

TÍTULO EN LA BARAJA DE FERRARA (Y DIOS ROMANO ASOCIADO)	SIGNO DEL ZODIACO	PLANETA REGENTE	ILUSTRACIÓN EN LA BARAJA DE FERRARA	SIGNIFICADO O INTERPRETACIÓN AL DERECHO	SIGNIFICADOO INTERPRETACIÓN AL REVÉS
20 EL JUICIO (CARTA TRADDICIONAL)					
CIUMGUIDI (CERES)	Ø	TIERRA	El juicio se representa como Ceres, quien se encuentra en un campo de trigo dorado y sostiene un manojo de trigo en una mano y una hoz en la otra. En el cielo sobre su cabeza se puede ver la estrella del alba.	Un momento de explicaciones. De hacer balance y evaluar las cosas. Puede indicar un perdón tras haberlo deliberado. Resolver problemas personales, ya sea con uno mismo o con otros.	Bloqueo o incapacidad para ver las señales. Ceguera. Una señal de que el cambio se acerca, pero de que no se lo ha podido ver aún. Resistencia a aceptar un gran cambio o a ponerlo en acción.
21 EL MUNDO (CARTA TRADDICIONAL)					
DOMUN (SATURNO)	CAPRICORNIO	SATURNO	Un hombre con barba sostiene a su hijo con una mano, y su boca, un agujero oscuro, está abierta. Tras él se encuentra el mundo en miniatura, aunque aún es uno antediluviano. El mundo justo después de que el cielo y la tierra se separaran.	Finales, una sensación de haber cumplido un ciclo. Una señal de perseverancia y ambición. Indica que te corresponde ponerle fin a un capítulo. Una sensación de alivio, pero también de practicidad, de frugalidad. Triunfo y éxito en el ámbito personal y profesional.	Fracaso al intentar completar algo. Falta de inspiración, lentitud. En ocasiones, una especie de exigencia con uno mismo o con el trabajo. Una señal de que ha llegado el momento de volver a centrarse, de que puedes estar perdido.

ARCANOS MENORES

*Nota: A las cartas de los arcanos menores que se encuentren al revés se les tiene que asignar el significado opuesto del que se indica a continuación.

CARTA	ESPADAS (razón, comunicación: aire)	BASTOS (creatividad, acción: fuego)	COPAS (sentimientos, intuición: agua)	OROS (materialidad, éxito: tierra)
AS	Claridad.	Creación.	Intimidad.	Prosperidad.
UNO	Determinación. Fuerza. Triunfo.	Inicios. Empezar de cero. Una aventura o viaje.	Abundancia. Fertilidad. Realización.	Perfección. Prosperidad. Dicha. Grandes riquezas.
DOS	Equilibrio, pero en el caso de que haya una disputa, indica un punto muerto.	Viajes. Valentía para aventurarse por nuevos caminos.	Compañerismo emocional. Conexión con otra persona. Unión.	Actividad. Habilidad con las palabras. Traducción y comunicación.
TRES	Decepción. Rechazo. Separación o traición.	Comercio. Practicidad o conocimientos útiles. Habilidades especiales.	Resolución. Conclusión. Cerrar un capítulo. Celebración.	Maestría. Habilidad artística o creativa. Reconocimiento o premios.
CUATRO	Descanso. Llenar un pozo. Retiro. Reclusión.	Estabilidad. Armonía romántica. Tranquilidad y disfrute.	Aversión. Decepción. Incapacidad de superar algo o dejarlo pasar.	Posesividad. Acumulación. Mezquindad.
CINCO	Conquista. Derrota. Interés propio.	Conflicto. Competencia. Rivalidad o celos.	Inestabilidad emocional. Pérdida de amistades. Conexión incompleta.	Pérdidas económicas o bancarrota. Desamparo. Adversidades o inseguridad.
SEIS	Viaje o transición. Aventura. Superación o pasar página.	Conquista. Triunfo. Alcanzar una meta.	Recuerdos. Experiencias pasadas. Nostalgia, en ocasiones abrumadora.	Filantropía. Caridad. Altruismo. El impulso de ser generoso.
SIETE	Perseverancia. Fortaleza. Capacidad para resistir.	Éxito. Superar la adversidad. Ganar negociaciones.	Incapacidad para alcanzar una pasión. Expectativas poco realistas. Ensoñaciones.	Ingenio. Creatividad. Ganancias. Descubrir tesoros.
OCHO	Conflicto. Restricciones o limitaciones. Adversidades.	Trabajo veloz. Prisa para alcanzar una meta.	Falta de esfuerzo. Abandono. Partida.	Habilidades. Aprendizaje. Manualidades. Diligencia.

CARTA	ESPADAS (razón, comunicación: aire)	BASTOS (creatividad, acción: fuego)	COPAS (sentimientos, intuición: agua)	OROS (materialidad, éxito: tierra)
NUEVE	Desesperanza. Desamor. Ansiedad.	Anticipación. Expectativa. Determinación. Conciencia.	Abundancia. Éxito material o victorias. Ganancias.	Plenitud. Logros. Prudencia. Consuelo material.
DIEZ	Mala suerte. Derrota. Falta de energía.	Cargas. Responsabilidad. Muchísima presión.	Armonía familiar. Alegría. Virtud.	Herencia. Legado. Linaje. Afluencia.
SOTA	Curiosidad e investigación. Percepción y discreción.	Lealtad. Una señal de noticias importantes. Códigos.	Sorpresa. Buenas noticias. Ofrecimiento de servicios o ayuda.	Estudios. Academia. Reflexión. Deseo de aprender o de obtener conocimientos.
CABALLERO	Capacidad y habilidad. Impetuosidad ocasional.	Pasión. Lujuria. Consuelo en lo desconocido.	Oportunidad o llegadas. Un nuevo acercamiento o descubrimiento.	Intención metódica. Persistencia. Capacidad.
REINA	Percepción. Sentido común.	Exuberancia y entusiasmo. Gracia.	Devoción. Calidez. Intuición femenina.	Prosperidad. Lujos. Opulencia y generosidad.
REY	Control. Claridad. Autoritarismo. Experiencia. Intelecto.	Visión. Madurez. Espíritu emprendedor.	Equilibrio emocional. Buenos consejos. Profesionalismo.	Responsabilidad. Fiabilidad. Generosidad hacia el prójimo. Perspicacia laboral.

AGRADECIMIENTOS

En primer lugar, quiero darle las gracias a Sarah King por leer los primeros capítulos de un proyecto abandonado e insistirme en que aquello podía convertirse en algo (¡y también por leer con tantas ganas las incontables versiones distintas!). Este libro no existiría de no haber sido por ti.

A Natalie Hallak, mi editora, cuya visión y entusiasmo por este libro nunca perdió fuerza: muchísimas gracias. Trabajar contigo ha sido como asistir a una *master class* sobre cómo hacer que una narrativa pase de buena a increíble, y te agradezco el apoyo incondicional y amable que siempre me has brindado. A mi agente, Sarah Phair, cuyos sabios consejos y cabeza fría siempre son un lugar seguro: me convenciste para que te mostrara una de las primeras versiones de este libro y desde entonces lo has apoyado. ¡Gracias por aportarle tanta energía Virgo a todo lo que haces!

Muchas gracias también a dos personas que fueron una gran influencia para este libro (a pesar de que ninguno de nosotros lo sabía en su momento): Herb Kessler y Josh O'Driscoll. Hace muchos años me dejasteis asistir a vuestro coloquio medieval, y toda esa rareza que vi allí terminó siendo la semilla que dio como fruto esta obra. Y Josh, tu Instagram me ha ido de perlas.

Ningún agradecimiento estaría completo sin darle las gracias a las personas que han soportado mis variopintos intereses en el transcurso de los años: mis padres. Nunca os habéis sorprendido cuando os contaba la siguiente estrafalaria aventura en la que pensaba sumergirme. Y le habéis dado la bienvenida a mi fase de escritora con el mismo entusiasmo y apoyo con el que habéis recibido todas las anteriores. Siempre habéis hecho que todo pareciera posible, y ello es un gran regalo para una hija. Sois, en resumen, los mejores. Gracias también a Bet y a Wade por sembrar en mí el amor por el arte. A David, Karen y Aiais, gracias por no dejarme de hablar de libros. Y al resto de mi familia: soy muy afortunada de teneros.

Sin embargo, nadie ha oído tanto sobre este libro como Andrew Hays, cuya paciencia, amor, creatividad, ingenio, talento, amabilidad y buen humor son la piedra angular de nuestras vidas. Sin ti nada sería así de divertido, brillante o alegre. Me encanta vivir contigo a la sombra de la montaña que nos unió. Y a nuestro perro, Queso, quien nos acompaña mientras escribimos: buen chico, te queremos mucho.